Diogenes Taschenbuch 24529

BILL BEVERLY, geboren 1965 und aufgewachsen in Kalamazoo, Michigan, hat am Oberlin College und an der University of Florida studiert. Seine Forschungen über flüchtige Kriminelle und ihre Geschichten gingen in den Band *On the Lam: Narratives of Flight in J. Edgar Hoover's America* ein. Er unterrichtet US-amerikanische Literatur und Schreiben an der Trinity University in Washington, DC.

Bill Beverly

Dodgers

ROMAN

Aus dem Amerikanischen von
Hans M. Herzog

Diogenes

Titel der 2016 bei Crown Publishers,
an imprint of Crown Publishing Group,
a division of Penguin Random House LLC, New York,
erschienenen Originalausgabe:
›Dodgers‹

Die deutsche Erstausgabe
erschien 2018 im Diogenes Verlag
Covermotiv: Foto von Nick Sayers

Veröffentlicht als Diogenes Taschenbuch, 2020

www.diogenes.ch
60/20/36/1
ISBN 978 3 257 24529 5

Für Olive,
die mir ein neues Leben geschenkt hat

Und mit einem letzten Blick auf das Haus und auf einige kleine Kinder, die vor der Türe spielten, brach ich auf … Meine Route führte durch dichte und unwegsame Wälder in die Stadt, wo mein Bruder wohnte.

James W. C. Pennington,
›The Fugitive Blacksmith‹
(1849)

Every cheap hood strikes a bargain with the world.

The Clash, ›Death or Glory‹

1

The Boxes

1

Die Jungs kannten nur The Boxes; für sie gab es nichts anderes.

Auf der Straße rollte zwischen den intakten Fahrzeugen und den Wracks ein Auto durch, kroch über Papier und Glasscherben.

Die Jungs standen Wache. Sie beobachteten, wie das Morgenlicht in die schmalen Zwischenräume zwischen den schwarzen Häusern sickerte, die dicht an dicht standen, wie eine Reihe lockerer Zähne. Sie waren die halbe Nacht da gewesen: Laut Fin ließ man einen Jungen nicht die ganze Nacht Wache schieben. Die halbe war okay. Sie mitten in der Nacht auszuwechseln, hielt sie auf Zack, sagte Fin. Es hielt sie wach. Es machte sie zu Männern.

Die Haustür ging auf, und zwei User stolperten heraus, geschockt von der Sonne, die sie beäugten wie eine alte Bekannte, hallo, länger nicht gesehen. Manche Männer verließen das Haus so, denen ging's besser, nachdem sie drin gewesen waren. Andere waren gut drauf, wenn sie reingingen, konnten sich aber kaum auf den Beinen halten, wenn sie rauskamen. Die beiden User beachteten die wachestehenden Jungs nicht. Sie nahmen die fünf Stufen zum Gehsteig hinunter und stützten sich dabei am Steinmäuerchen ab. Unten klatschte ein Mann den anderen laut ab, auf die Handfläche, ganz old school.

Wieder ging die Tür auf. Kopf wie ein Totenschädel, dreckiges Grinsen, stechender Blick, Haare aus der Stirn gestrichen. Sidney. Er und Johnny regelten den Betrieb und hielten den Laden am Laufen, ließen im Halbstundentakt junge Laufburschen den Stoff holen und das Geld wegbringen. Sidney sah nach rechts und links und witterte wie eine Ratte, schob dann etwas auf die Treppe. Dosen mit Cola und Energydrinks, gekühlt, in einem Karton. Einer der Jungs kam und reichte den Karton herum; jeder nahm sich eine oder zwei Dosen. Sie rissen die Laschen auf, standen im Schatten und tranken.

Der Morgen war noch kühl und ein wenig klamm. Das Licht kroch immer weiter zwischen die Häuser, tauchte die Straße in Rosa. Schritte näherten sich von rechts, ein Angestellter auf dem Weg zur Arbeit, Sakko und gelber Schlips, goldene Ohrstecker. Die Jungs musterten ihn von oben; er sah nicht hoch. Diese Männer, die schwarzen Männer, die Schlipse mit Krawattennadeln trugen, die zwar Gehälter bezogen, aber es irgendwie nie aus The Boxes hinausgeschafft hatten: Mit denen redete man nicht. Die ließ man nicht ins Haus. Denn wenn man sie reinließ und sie aus irgendeinem Grund nicht wieder rausfanden, dann wurden sie garantiert vermisst, und jemand kam sie suchen. Also ließ man sie am besten gar nicht erst rein. Auch das hatte Fin ihnen beigebracht.

Fernseher gingen an, und am Himmel funkelten Flugzeuge wie Klingen. Irgendwo hinter ihnen zischte ein Rasensprenger – *Fisch, Fisch, Fisch* –, nicht laut, aber unüberhörbar. Um sieben kamen mehrere User gleichzeitig und gegen acht noch einer, ein Bild des Jammers; er wirkte bedrückt wie jemand, der sich seinen ganzen Wochenvorrat in einer einzigen Nacht reingezogen hatte. Um zehn gingen die Jungs, die nachts um zwei gekommen waren. Ein Junge, East, der draußen das Sagen hatte, verteilte etwas Geld an die, die weggingen. Es war Montag, Zahltag vor dem Haus.

Die neuen Jungs um zehn waren Dap, Antonio, Marsonius oder Sony und Needle. Needle übernahm den nördlichen Bereich und behielt die Straße im Auge, Dap kümmerte sich um den Süden. Antonio und Sony blieben beim Haus mit East, dessen Zwölfstundenschicht am Mittag endete. Antonio und Sony waren tagsüber gut zu gebrauchen. Nachts brauchte man Jungs, die wussten, wie man leise war und wach blieb. Die Tagesjungs mussten nur leise aussehen.

East wirkte ruhig und war es auch. Er sah nicht taff aus. Er blieb unauffällig, war schweigsam, der Dünnste von allen. Er machte nicht viel her. Doch er hielt die Augen offen und hörte zu. Und was er hörte, merkte er sich.

Die Jungs hatten ihren eigenen Slang – sie gaben einander Spitznamen, putschten sich gegenseitig auf. East hielt sich da raus. Sie hielten East für steif und griesgrämig. Anders als die Jungs, die bei ihren Müttern oder mit anderen Jungs zusammenwohnten, schlief East allein, an einem den anderen unbekannten Ort. Er war vor ihnen im alten Haus gewesen und hatte Dinge gesehen, die sie nie gesehen hatten. Er hatte gesehen, wie ein Reverend auf offener Straße erschossen wurde, wie eine Frau vom Dach sprang. Er hatte gesehen, wie ein Hubschrauber in einen Baum krachte und wie ein durchgeknallter Mann ein gekapptes Starkstromkabel aufhob und erstrahlte wie ein menschlicher Weihnachtsbaum. Er hatte gesehen, wie die Polizei eine Razzia durchführte und das Haus trotzdem weitermachte.

Mit ihm war nicht zu spaßen, und die anderen respektierten ihn, denn obwohl er jung war, hatte er nichts von dem an sich, was sie am meisten an sich hassten: ihre Kindlichkeit. Er war nie Kind gewesen. Nicht dass sie wüssten.

Irgendwann nach zehn brauste ein Feuerwehrauto vorbei: Sirenen, Motorenlärm und quietschende Reifen auf dem Asphalt. Die Feuerwehrleute musterten die Jungs.

Sie hatten sich verfahren. Die Straßen im Viertel waren ein Labyrinth, lauter Winkel und Ecken. Man suchte vielleicht nach einem Haus im nächsten Block, doch der schloss nicht direkt an diesen Block hier an. Die Straßenschilder waren in alle möglichen Richtungen verbogen oder fehlten ganz.

Das Löschfahrzeug kam nach einer Minute wieder, fuhr in die Gegenrichtung. Die Jungs winkten. Sie waren zwar alle keine Kinder mehr, sondern Heranwachsende, aber Feuerwehrautos mochte doch jeder.

»Da drüben«, sagte Sony.

»Hä?«, machte Antonio.

»Brennt irgendwem sein Haus«, sagte Sony.

Der zarte, graue Rauch hob sich von dem strahlenden Himmel ab. »Bestimmt ein Küchenbrand«, sagte East. Nichts Schlimmes, niemand verbrannte. Wenn jemand verbrannte, hörte man das Sirenengeheul noch in fast zwei Kilometern Entfernung, sogar hier im Viertel. Doch immer mehr Löschwagen brausten herbei. Die Jungs hörten sie auf den anderen Straßen.

Oben wedelte ein Hubschrauber mit dem Schwanz.

Gegen elf wurde es heiß, und zwei Männer stürzten aus dem Haus. Einem ging es gut, und er zog ab, doch der andere legte sich ins Gras.

»Aufstehen«, verlangte Sony. »Hauen Sie ab hier.«

»Halt bloß die Fresse, Kleiner«, sagte der Mann, er war vielleicht um die vierzig. Er hatte eine geschwollene Nase, und unter dem halboffenen Hemd fiel East ein Verband auf, wo der Mann sich verletzt hatte.

»Gehen Sie weiter«, sagte East. »Wenn Sie sich hinlegen müssen, gehen Sie in den Garten hinterm Haus. Oder Sie gehen nach Hause. Hier legen Sie sich jedenfalls nicht hin.«

»Das ist *mein* Haus, Junge«, sagte der Mann, der sich unbedingt hinlegen wollte.

East nickte, grimmig und geduldig. »Das ist *mein* Rasen«, sagte er. »Regeln sind Regeln. Gehen Sie wieder rein, wenn Sie nicht laufen können. Hier bleiben Sie nicht.«

Der Mann steckte eine Hand in die Hosentasche, doch East sah, dass er nichts drin hatte, nicht einmal Schlüssel.

»Mann, alles in Ordnung«, sagte East. »Keiner will Ihnen was. Wir können nur die Leute nicht im Vorgarten rumliegen lassen.« Er stieß den Mann leicht gegen ein Bein. »Verstanden?«

»Mir *gehört* dieses Haus«, sagte der Mann.

East wusste nicht, ob das stimmte. »Gehen Sie weiter«, sagte er. »Schlafen Sie hinten, wenn Sie wollen.«

Der Mann stand auf und ging in den Garten hinters Haus. Als Sony nach ein paar Minuten nachsehen ging, schlief er, am ganzen Körper zitternd, kämpfte gegen irgendwas in seinem Inneren.

Der Qualm des Feuers schien sich zu lichten, ehe er wieder dichter wurde. Löschwagenmotoren und Pumpen dröhnten, und die Straße runter ließen ein paar Nachbarskinder einen Ball von der Hauswand abprallen. East kannte zwei von ihnen – aus einem gepflegten Haus mit grünen Markisen, vor dem manchmal ein weißer Ford stand. Diese Kids wahrten Distanz. Jemand hatte es ihnen gesagt, vielleicht wussten sie auch einfach Bescheid. Seit zwei Tagen spielte noch ein drittes Kind, noch ein Mädchen mit, ein größeres. Wenn sie gewollt hätte, hätte sie sich jeden Abpraller schnappen können, doch sie spielte fair.

East gab sich einen Ruck, wandte den Blick von den Kids ab und betrachtete stattdessen den Heli, der oben baumelte und den Himmel durchpflügte.

Als er wieder hinsah, war das Spiel beendet, und das Mädchen schaute rüber. Sah ihm in die Augen, und dann hielt sie direkt auf ihn zu. Er warf ihr einen bösen Blick zu, doch sie kam immer näher, langsam, die beiden Nachbarskinder im Schlepptau.

Sie war vielleicht zehn.

East stieß sich ab. Schlenderte lässig den Vorgarten runter. Sony machte schon Stress: »Geh wieder zurück, Mädchen.« East hielt die flache Hand waagerecht vor die unterste Rippe: *Bleib cool.*

Das Mädchen war rundlich, mondgesichtig, dunkelhäutig, trug ein sauberes weißes Hemd. »Das ist ein Crackhaus, stimmt's?«, fragte sie ihn vergnügt.

Genau wie Fin sagte: Alle glaubten immer noch, es ginge nur um Crack. »Nee.« East warf Sony einen Blick zu. »Wo kommste her?«

»Ich bin aus Jackson, Mississippi. Ich geh auf die New Hope Christian School in Jackson.« Sie wies mit dem Kopf nach hinten auf die Nachbarskinder. »Das da sind meine Cousinen. Meine Tante heiratet morgen in Santa Monica.«

»Kleine, ist uns doch scheißegal«, sagte Antonio oben im Vorgarten.

»Hört euch diese kleinen Gangstas an«, tönte das Mädchen. »Geht ihr überhaupt zur Schule?«

Bestimmt kam die Kleine aus einer guten Wohngegend. Hatte bestimmt eine Mutter, die ihr eingeschärft hatte: *Halt dich in L. A. von diesen Ghettojungs fern,* und logo, was tat sie als Erstes?

East sprach kurz und bestimmt. »Du hast hier nichts zu suchen. Du gehst besser wieder drüben spielen.«

»Du hast mir überhaupt nichts zu sagen«, trumpfte das Mädchen auf. Sie wedelte mit dem Arm Richtung Antonio. »Und der Zwerg da sieht aus wie 'n Viertklässler. Wie alt biste? Neun?«

»Scheiße, ja«, feuerte Sony sie kichernd an.

Irgendwo dröhnten Motoren von Feuerwehrwagen, die sich wieder in Bewegung setzten. East trat ein paar Schritte zurück und horchte. Eine Frau ging mit ihrer Tochter vorbei; sie stritten sich wegen Süßigkeiten. Und oben schrappte immer noch der Helikopter. Das machte East nervös. Zu viele Teile in Bewegung.

»Zisch ab, Kleine«, sagte er. »Du störst hier nur.«

»*Du* störst hier«, gab das Mädchen zurück. Mit einer Hand an die Mauer gestützt, nicht wegzukriegen, wie kleine schwarze Mädchen halt sind. Eine Kämpferin.

»Dieses Kid«, schnaubte East. Kids waren das Letzte, was man am Haus haben wollte. Frauen waren vernünftig, Männer konnte man warnen. Aber Kids, die wollten nachsehen.

Über den flachen Straßenbelag näherte sich ein Quietschen, schwer zu sagen, woher. Reifen. Easts Walkie-Talkie knackte an seiner Hüfte. Er nahm es hoch. Es war Needle, der im Norden Schmiere stand. Doch East hörte nur ein Keuchen, als laufe jemand oder würde zu Boden gedrückt. »Was ist los?«, fragte East. »Was ist?« Nichts.

Er sah sich um, rannte den Rasen wieder hoch.

Da kam etwas. Aus beiden Richtungen, donnernd, wie ein Zug. Er funkte ins Haus. »Sidney. Da kommt irgendwas.« Der Hubschrauber hing jetzt direkt über ihnen.

Sidney, unwirsch: »Alter, was denn?«

»Sofort hinten raus«, sagte East. »Los.«

»Sofort?«, wiederholte Sidney ungläubig.

»Sofort!« East drehte sich um. »Jungs, weg hier«, befahl er Antonio und Sony. Er wusste, dass sie wussten, wie und wohin sie verschwinden sollten. Das hatte er ihnen eingeschärft. Jeder in Easts Crew kannte die umliegenden Gärten, die Fluchtwege; dafür hatte er gesorgt.

Das Dröhnen raste die Straße rauf – fünf Autos von jedem Ende, große weiße Polizeiwagen. Sie wirbelten den Staub auf, stoppten mit quietschenden Reifen schräg vor dem Haus. East sprach wieder in sein Funkgerät.

»Raus! Raus!« Dabei schob er sich schon von dem Haus weg. Von *seinem* Haus. Eine Dose Classic Coke lag auf der Seite im Gras und schäumte vor sich hin. Keine Zeit, sie aufzuheben.

Sidney funkte nicht zurück.

Wie waren sie bloß an Dap und Needle vorbeigekommen? Die ihn nicht gewarnt hatten? Unfassbar. Wütend drückte er sich an der Mauer entlang zum Gehweg. Es roch intensiv nach heißen Motoren und Reifenabrieb. Die anderen Jungs waren weg. Jetzt waren nur noch er und das Mädchen da.

»Ich hab's dir gesagt«, zischte er. »Hau ab!«

Stures Ding. Sie beachtete ihn nicht. Sah sich um, auf das Rudel weißer Wagen, die polierten Helme und tiefschwarzen gerippten Schutzwesten: Also, wenn *das* kein Anblick war.

Vier der Cops duckten sich, teilten sich auf und stürmten gleichzeitig die Veranda. Oben wurde ein Fenster aufgerissen, und darin tauchte, wie ein Fisch in rostigem Wasser, ein altes, zerfurchtes Gesicht auf. Es musterte kurz das Geschehen, hielt dann einen Gewehrlauf nach draußen. East fuhr herum. Das Mädchen.

»Verflucht!«, schrie er. »Verschwinde!«

Natürlich rührte sich die Kleine nicht. Das Geballer begann.

East sprang auf den Gehweg, duckte sich hinter das Mäuerchen. Unter den Schießgeräuschen hörte man die Cops vergnügt blaffen, geduckt hinter ihren Wagen wie im Fernsehen. Alle suchten Deckung, außer dem Hubschrauber, den fröhlich kläffenden Straßenkötern und dem Mädchen aus Jackson.

East passte hinter einen geparkten Buick, rot vom Rost. Sein Atem ging stoßweise, schnell und leicht. East versuchte, den von der Hitze aufgeplatzten Wagenlack nicht zu berühren. Hinter ihm erfüllten Geschosse und Fragmente der Hausfassade die Luft. In den Einsatzwagen plärrten und tröteten Cop-Funkgeräte. Das Gewehr im ersten Stock ballerte an ihnen vorbei, um sie herum, von der Straße weg, in die Autos, durchlöcherte eine Windschutzscheibe, ließ einen Reifen seufzen.

Das Mädchen, im Niemandsland, schaute zum Haus. Dann sah sie in die Richtung, wohin East gelaufen war, und merkte, dass er recht gehabt hatte. Ihre Blicke trafen sich.

Er winkte ihr mit einer Hand zu: *Komm mit mir. Komm her*.

Dann traf sie die Kugel.

East wusste, wie sich angeschossene Menschen verhielten, wie sie stolperten oder krochen oder versuchten, der Kugel zu entkommen, dem, was sie in ihnen anrichtete. Das Mädchen war anders. Sie zuckte zusammen – East beobachtete sie. Dann streckte sie die Hände aus und legte sich behutsam hin. Zögernd schaute sie in den Himmel, und einen Moment lang zweifelte sie daran – die konnte sie doch nicht getroffen haben, diese Kugel. Dieses Mädchen war einfach irre. Genauso unwirklich wie das Feuer.

Dann wuchs der Blutfleck auf dem weißen Baumwollhemd. Ihr Blick wanderte und blieb an East hängen. Sie starb rasch und sacht.

Das Walkie-Talkie meldete sich wieder.

»Verdammt, Junge«, keuchte Sidney.

Die Polizisten im Hintergrund sahen ihre Chance, und

drei von ihnen zielten. Klappernd fiel das Gewehr im Fenster das Dach hinunter. Im selben Moment traten die vier Cops auf der Veranda die Tür ein.

»Du solltest uns warnen«, krächzte Sidney. »Du solltest deinen Job machen.«

»Ich hab dir alles gesagt, was ich wusste«, sagte East.

Sidney antwortete nicht. East hörte ihn keuchen.

Er unterbrach die Verbindung. East kannte den Fluchtweg. Ein letzter Blick – zerstörte Fenster, Cops erklommen den Rasen, ein User schwankte ins Freie, als stünde er in Flammen. *Vor seinem* Haus. Und das Mädchen aus Jackson lag auf dem Gehsteig, ihr Blut rann, ein langer Finger wies Richtung Gosse, es fand den Weg. Ein Cop beugte sich über sie, doch sie starrte hinter East her. Sie sah ihm nach, die Straße hinunter, bis er um eine Ecke bog und verschwand.

2

Das Treffen fand anderthalb Kilometer entfernt in einer Tiefgarage unter einer namenlosen Autolackiererei statt. Die Garage war schon vor Jahren geschlossen worden – irgendwas mit Bauordnung, Erdbeben –, aber man kam immer noch mit einem Auto rein, durch einen Wanddurchbruch auf dem Nachbargrundstück unter einem Apartmentgebäude. Nichts hielt die Leute lange von einem Parkplatz fern.

Auf der Treppe hielt sich East sein Hemd vor die Nase. Es roch nach Pisse und Betonstaub. Drei Etagen tiefer stieß er die Tür auf und atmete erst wieder, als sie hinter ihm ins Schloss gefallen war. An einer vergessenen Stromleitung hingen immer noch ein paar intakte Glühbirnen und funktionierten. An der Decke, entlang eines Risses, bewegte sich etwas, überlebte irgendwie.

East fragte sich, wer da sein würde. Fin hatte in The Boxes und anderswo Hunderte von Leuten. Wenn etwas schiefgegangen war, könnte so ein Treffen nur die direkten Vorgesetzten betreffen. Oder es war jemand da, dem man lieber nicht begegnen wollte. So oder so, man musste aufkreuzen.

Am anderen Ende sah er Sidneys Wagen – einen Dodge Magnum Kombi, ganz in Mattschwarz. Johnny lehnte sich dagegen, machte seine Dehnübungen. Er straffte die Arme hinter seinem Kopf und drehte den Oberkörper hierhin und dorthin, dass sich die Muskeln an- und wieder entspannten. Dann beugte er sich vor und schwang die Ellbogen in Bodennähe.

Sidney stand ein Stück entfernt in der Dunkelheit, seinen kleinen kurzläufigen Revolver auf Easts Kopf gerichtet.

»Drittklassiger Versager, erbärmlicher Motherfucker.«

East rührte sich nicht. Es hieß, manchmal würden hier unten Leute umgebracht, die Leichen in den finsteren Luftschacht geworfen, wo niemand sie riechen konnte. Er sah ausdruckslos an der Waffe vorbei.

Sidney war außer sich. »Ich verlier nicht gern Häuser. Fin verliert nicht gern Häuser.«

»Ich habe noch nicht herausgefunden, was passiert ist«, sagte East schlicht.

»Deine Jungs sind scheiße. Wer war's?«

»Dap. Needle.«

»Irgendwer ist dämlich. Irgendwem war's scheißegal.«

East widersprach. »Sie wussten Bescheid. Das war zwei Jahre lang mein Haus.«

»Es war *mein* Haus, Junge«, blaffte Sidney. »Du warst für den Vorgarten zuständig.«

East nickte. »Ich war lange dabei.«

»Das beste Haus, das wir im Viertel hatten. Fin hat was für dich übrig – sag du ihm, dass es weg ist.«

Es war nicht die erste Knarre, die sich East vom Hals geredet hatte. Man zappelte nicht herum. Man zeigte ihnen, dass man keine Angst hatte. Man wartete.

In diesem Moment meldete sich Sidneys Handy. Er sicherte die Waffe und steckte sie weg. Hinter ihm wackelte Johnny mit dem Kopf und löste sich vom Auto. Johnny war ein seltsamer Begleiter, tiefschwarz und langsame Bewegungen, während Sidney halb Chinese und ständig aufgekratzt war. Johnny war witzig. Er konnte nett sein, kümmerte sich um Probleme im Haus, verhinderte, dass die User übereinander herfielen. Man trieb aber besser nicht seinen Blutdruck in die Höhe.

»Sidney rennt nicht gerne«, sagte Johnny lachend. »Falls dir das noch nicht klar war.«

East atmete wieder. »Sind alle rausgekommen?«

»Gerade mal so. Ein paar User haben sie erwischt. Weder Geld noch Ware.«

»Wer hat auf die Cops geschossen?«

»Keine Ahnung, Mann. Irgendein alter Trottel, hatte 'ne Flinte in seiner *Hose*. Wir haben zugegriffen und zugelangt. Was man von ihm irgendwie auch behaupten kann.«

Sidney steckte sein Handy weg. Er drehte sich um, wütend. »Jemand wurde *erschossen*.«

»Ich weiß«, sagte East. »Ein kleines Mädchen.« Er sah das Mädchen aus Jackson vor sich, ihr rundliches Gesicht, wie eine Pflaume, irgendein kleines quietschrosa Ding ins Haar gebunden.

»In den Nachrichten wird's kein kleines Mädchen sein«, sagte Johnny, »sondern ein sehr großes Mädchen. Wirst *du* erschossen, ist es bloß ein kleines Mädchen.«

Es war eine schlimme Zeit gewesen. Vor drei Monaten hatten sie Fins rechte Hand Marcus verhaftet. Marcus war für die Finanzen zuständig, hatte nie Stoff dabei, fuhr nie zu schnell, war nie bewaffnet, ein ruhiger Typ. Er hatte einen verkrüppelten Arm mit sieben Fingern an der Hand. Er wusste auswendig, woher alles kam und wohin es ging – keine Bücher, nichts zu verbergen. Zweiundzwanzig Jahre alt, kompetent, klug: Fin gefiel das. Doch jetzt hatten sie ihn, keine Kaution. Keine Kaution hieß, die Polizei konnte ihm einfach Fragen stellen, bis ihnen die Fragen ausgingen. Seitdem standen sie unter Dauerstress. Ein Posten wurde festgenommen, obwohl er nur herumlungerte – sie hielten ihn drei Tage fest. Drogenkuriere wurden auf der Straße eingesammelt, einfach nur Kids, die Polizei trieb sie mit Autos und Scheinwerfern zusammen, las sie dann einzeln auf.

Irgendein Richter wollte Krieg führen, deshalb war alles schwierig geworden.

Entnervt fuhren sie in dem schwarzen Kombi nach Süden. Sidney hustete feucht, als hätte ihn das Laufen lungenkrank gemacht. Er wischte sich über sein verzerrtes Gesicht. »Ihr seht euch die Straßenschilder nicht an«, blaffte er.

»Mann, wen juckt das? Ich kenn diese Straße«, sagte Johnny. Aus dem Lautsprecher dröhnte irgendein *Pumma, Pumma, Pum,* und die Klimaanlage blies East kalt ins Gesicht. Er schloss die Augen, wie Sidney verlangt hatte, und schaute nicht nach draußen.

Sein Haus zu verlieren – das würde man ihm anhängen. Tagsüber fielen die Jungs in seine Verantwortung; ihr Versagen fiel in seine Verantwortung. Zwei Jahre lang hatte er den Vorgarten geleitet, er hatte die Posten ausgebildet, und bis heute hatten alle gesagt, er habe seine Sache gut gemacht. Seine Jungs kannten ihre Aufgaben; sie kamen pünktlich, stritten sich nicht, machten keinen Krach. Er begriff nicht, was schiefgelaufen war. Dieses Mädchen – er hätte nicht so lange mit ihr reden dürfen. Dann wäre sie vielleicht weggegangen. Er hätte sie von Antonio ein bisschen herumschubsen lassen können. Sie war jetzt ohnehin tot.

Was hätte er tun sollen? Wenn so viele Cops auftauchen, um ein Haus einzunehmen, dann nehmen sie es auch ein.

Als der Wagen langsamer wurde, flippten ein paar Hunde aus, aber East öffnete die Augen nicht. Einige der Nachbarshunde gehörten wahrscheinlich Fin. Die meisten Menschen hielten gerne Hunde, wenn man ihnen Futter für sie gab. Und die Cops sahen sich gerne da um, wo Hunde lebten. Daher hielt man keine Hunde, wo man wohnte.

»Schaut euch die Hausnummern nicht an.«

»Mann, wie soll ich dann sehen, welches Haus es ist?«, konterte Johnny.

Sie parkten weiter unten in der Straße und gingen zu Fuß. Ein kleines Mädchen auf einem Hohlnaben-Dreirad kratzte mit seinen Plastikrädern über den Gehweg. Es war ein heißer und windiger Tag geworden. Als Sidney *»Jep«* sagte, bogen sie alle ab und stiegen zwei Stufen hinauf zu einem niedrigen gelben Haus.

ZU VERKAUFEN stand auf einem Schild. Jemand hatte den Namen des Immobilienmaklers geschwärzt.

Es öffnete eine kleine Frau mit markanten Gesichtszügen, die East schon mal irgendwo gesehen hatte. Auf dem Kopf trug sie ein mit Schmucksteinen besetztes schwarzes Haarnetz. Ihr Mund war schmal und farblos, wie ein Schlitz. Sie ließ die drei ein und zog sich dann in eine Küche zurück, wo irgendwas blubberte, aber keinen Geruch abgab.

Das Zimmer war leer, schmucklos, brauner Holzboden. Die zugezogenen Jalousien dämpften das Tageslicht zu Violetttönen. Vereinzelte Nägel hier und da an den Wänden verrieten, dass hier einmal Menschen gewohnt hatten. Es waren auch zwei Bewaffnete da, Circo und Shawn. East kannte sie vom Sehen. Es war nie gut, sie zu sehen.

»Sind alle aus deinem Haus entkommen, als es passiert ist?«, fragte Shawn. Er war ein großer Kerl, wie Johnny.

»Der kleine Wichser hat uns nicht mal gewarnt.«

East ignorierte das. Er musste sich jetzt nicht mehr gegenüber Sidney verantworten. Er fragte sich, wie viel alle darüber wussten.

Shawn wischte sich mit einem Finger über die Wangeninnenseite, biss sich dann so fest auf die Lippen, dass sich sein Gesicht zu einer Fratze verzog.

»Brauchst du mich morgen in Westwood?«

»Kommt drauf an. Mal sehn, was der Tag so bringt«, sagte Sidney. »Manchmal geschehen auch Wunder.«

Shawn lachte kurz, es war mehr ein Husten. Dabei tätschelte er zufrieden die Wölbung in der Hosentasche seiner Jeans.

Ein Sicherheitssystem piepte, und weiter hinten im Flur öffnete sich eine Tür – nur ein Klicken und ein frischer Luftzug. Die Frau verließ leise die Küche, auf bloßen Füßen, und ging in den Flur. Sie huschte durch die einen Spaltbreit offene Tür und schloss sie hinter sich. Einen Moment später öffnete sie sich mit einem Piepton wieder. East behielt die Frau im Auge. Es umgab sie eine Aura, als verbringe sie ihre Zeit in dieser Welt damit, Dinge in einer anderen Welt zu ordnen.

Sie zeigte auf East, Sidney und Johnny. »Ihr könnt kommen«, sagte sie ruhig.

East war schon in Zimmern wie diesem gewesen, wo nur die Waffen sprachen. Bis heute, dem Tag, an dem er das Haus verlor, hatte er das aufregend gefunden. Heute war er froh, dass er weggerufen wurde. Als er der Frau folgte, fing er einen von ihrem Körper ausgehenden Duft auf und atmete ihn ein. Wenn er einer Frau so nahe kam, war das gewöhnlich eine Userin, die gerade kam oder ging. Oder die am Bordstein arbeitete oder sich beim Grillen mit Flecken bespritzt hatte. Diese Frau roch nach einem seltsamen Parfüm, das nicht aus einer Flasche kam. East hielt den Atem an.

Ihr Haarnetz glitzerte: winzige schwarze Perlen.

Als sie die Tür öffnete, piepte das System wieder.

Fins Zimmer: von zwei Kerzen abgesehen, unbeleuchtet. Er saß in einer Ecke, barfuß und die Beine überkreuz auf einem Polsterhocker, den Kopf gebeugt, als bete er, eine Kopfhälfte war im Dunkeln. Er war stämmig bis fett, und unter seinem Hemd zeichneten sich die Schultern ab.

In diesem Zimmer lag ein großer, weicher Teppich. Mitten im Raum stand ein zweiter Polsterhocker, leer.

Fin hob den Kopf. »Zieht die Schuhe aus.«

East bückte sich und nestelte an seinen Schnürsenkeln herum. In der Tür hinter ihnen tauchte Circo auf, neunzehn, mit einem Polizistengürtel, Pistole auf einer Seite und Schlagstock auf der anderen. Er streckte die Nase ins Zimmer, sah sich um und ging. *Gut.* Die Tür piepte, als die Frau sie hinter sich ins Schloss zog.

Johnny nahm eine Zigarette heraus.

»Hier drin wird nicht geraucht, Mann«, sagte Fin.

Johnny friemelte sie wieder in die Schachtel zurück. »Tut mir leid.«

»Das Haus steht zum Verkauf.« Fin wischte sich über den Hinterkopf. »Kauf's dir doch. Dann kannst du hier tun und lassen, was du willst.«

Die drei Jungs stellten ihre Schuhe neben die Tür.

Staub kringelte und schwebte über den Kerzen. Fin saß da und wartete, wie ein Lehrer. Als er sprach, klang das bedrohlich sanft.

»Was ist passiert?«

Sidney antwortete, bedrückt, keuchend. »Keine Vorwarnung, Mann. Wir bezahlen eine ganze Crew Jungs da draußen. Als es soweit war, hat keiner angerufen. Sie haben nicht geschrien, gar nichts gemacht.«

»*Ich* hab dich angerufen«, widersprach East.

»Als die Polizei schon an die Tür hämmerte.«

Sidney wollte ihn also absägen.

»Warum haben sie nicht angerufen?«, sagte Fin leise, amüsiert, fast als stelle er sich die Frage selbst.

Sidney schubste East unnötigerweise nach vorn. Dieses *Warum* galt also ihm.

»Es war eine Menge los«, begann East.

Fin, fragend: »Eine Menge?«

»Löschfahrzeuge. Wohnhausbrand«, sagte East. »Jede Menge Lärm. Da haben die Außenposten – Needle, Dap – vielleicht gedacht: Die Polizei fährt zu dem Feuer. Vielleicht. Das heißt, ich habe noch nicht mit ihnen gesprochen, weiß es also nicht.«

»Ich denke, deine Jungs wissen, dass sie anrufen sollen, wenn sie einen Polizisten sehen.«

»Na klar, das wissen sie«, sagte East. »Na klar.«

»Und warum hast du nicht mit ihnen gesprochen?«

»Geht etwas schief, lass die Finger vom Telefon«, antwortete East, »das waren deine Anweisungen.«

Fins Blick wanderte von East zu Sidney und wieder zurück. »Gab es wirklich einen Brand?«

»Ich sah Rauch. Ich sah Feuerwehrautos. Ich bin nicht hingegangen, um nachzusehen.«

»Womöglich ist es auch egal«, sagte Fin leise, »aber vielleicht interessiert es mich.« Er warf East einen finsteren Blick zu, dann senkte er den Kopf. East hatte ein Gefühl, als flattere ein Vogel in seinem Brustkorb.

Eine Minute verging, ehe Fin wieder sprach. »Macht jedes Haus dicht«, sagte er. »Sagt allen Bescheid. Tauchstation. Ich will *überhaupt nichts* hören. Ich sage das nur ungern, aber die Leute müssen sich ein paar Tage lang woanders nach Stoff umsehen.«

»Verstanden«, sagte Sidney. »Aber was werden wir tun?«

»Nichts«, antwortete Fin. »Wir schließen meine Häuser.«

»Schon klar«, sagte Sidney. »Aber wieso baut dieser kleine Nigger Scheiße, und *ich* kriege kein Geld mehr? Und Johnny auch nicht?«

»Ich habe euch gelehrt, für schlechte Zeiten etwas auf die hohe Kante zu legen«, sagte Fin. »Und, Sidney, ich habe dich gelehrt, mir gegenüber dieses Wort nicht zu verwenden. Du weißt es besser, warum gehst du also nicht raus. Hast du mich verstanden?«

Sidney wich zurück und verzog das Gesicht. »Dafür entschuldige ich mich«, sagte er und machte kehrt, um seine Schuhe aufzuheben.

»Du auch, Johnny. Du kannst gehen.« Fin seufzte. »East, du bleibst.«

»Sollen wir auf ihn warten?«

»Nein«, sagte Fin. »Geht nur.«

East rührte sich nicht, sah den beiden Jungs nicht nach, die sich hinter ihm bewegten. Als die Tür mit einem Piepen aufging und die zwei gingen, stand die Frau barfuß draußen und wartete. Sie trug ein Tablett mit zwei dampfenden Tontassen herein. Dann stand sie einfach nur stumm da, und etwas wurde zwischen ihr und Fin ausgetauscht, keine Worte, wie eine Art elektrischer Ladung. Dann setzte sie das Tablett mit den zwei Tassen auf dem leeren Polsterhocker ab.

Stumm musterte sie East, machte dann kehrt und ging durch die Tür wieder hinaus. *Piep.*

»Wie geht's dir?«, fragte Fin. »Erledigt?«

East gab es zu. Ihm tat alles weh. Er war so verspannt wie noch nie. Seine Knie schlotterten fast. »Ja.«

»Setz dich.«

East ließ sich steif auf den zweiten Hocker sinken und saß in dem halbdunklen Raum neben dem dampfenden Tablett. Fin breitete wie ein großer Vogel die Schultern aus. Er bewegte sich langsam, kopflastig, als wäre sein Schädel mit etwas Schwererem als Hirn und Knochen gefüllt.

Fin war der Bruder von Easts Vater – nicht dass irgendwer East jemals mit seinem Vater bekannt gemacht hätte. Andere wussten das; manchmal nahmen sie es East übel, dass er sich unter diesem fürsorglichen Schutzschirm befand. Doch es beeinflusste auch sie, diese besondere Aufmerksamkeit, die ihm zuteilwurde, seinem Haus, seiner Crew. Als East noch klein war, hatte sich Fin gelegentlich gezeigt – nicht bei familiären Anlässen wie die Großmutter, bei der zu Hause es ein paar Weihnachtsfeiern gegeben hatte, oder wie die Tante, die manchmal sonntags nachmittags in ihren leuchtenden schlabbrigen Kirchenklamotten mit Sandwiches und Obst in lädierten Plastikbehältern vorbeigekommen war. Fin kam vorbei, wenn Easts Mutter Probleme hatte: um einen Geschirrspüler anzuschließen, um East zum Arzt zu bringen, wenn er eine Ohrenentzündung hatte oder eines der schlimmern Fieber, an die er sich jetzt nur noch dunkel erinnerte. Einmal nahm Fin East mit zu einem Spiel der Lakers, gute Sitze in Spielfeldnähe. Doch East verstand Basketball nicht, die lauten Summer und die Stuhlreihen aggressiver Weißer, und sie gingen, lange bevor das Spiel entschieden war.

Doch seit East größer war, gab Fin die stille Präsenz im Hintergrund. East war nie Kurier gewesen, ein kleiner Junge, der sich mit einer Brotdose voller Stoff oder Geldscheine in Häuser schlich und sie wieder verließ. Mit zehn hatte er am Ende eines Wohnblocks Schmiere gestanden, mit zwölf war er Helfer in einer Haus-Crew. Zwei Jahre lang hatte er sein eigenes Haus geleitet, Jungen befehligt und bezahlt, manche davon älter und stärker als er. In dieser Zeit hatte er Fin nicht oft zu Gesicht bekommen, doch häufig hatte er gespürt, dass der Sog des Blutes seines Onkels ihn tiefer in die Wellen trug.

Wollte er das machen? Es spielte keine Rolle: Er hatte sein Auskommen. Respektierten die Jungs ihn, weil er besser als jeder andere eine Straße kontrollieren und eine Crew leiten konnte oder weil er einer von Fins Lieblingsschützlingen war? Es spielte keine Rolle: Er hatte so oder so das Sagen, und das wussten die Jungs. Würde er dieses Leben meistern können, oder würde er in ihm ertrinken wie andere Jungs, die er aus seiner Gang geworfen oder blutig oder tot auf der Straße gesehen hatte?

Es spielte keine Rolle.

»Probier es«, sagte Fin.

East berührte eine Tasse, und seine Hand zuckte zurück. Heiße Getränke war er nicht gewohnt.

»Noch nicht bereit?« Fin griff nach seiner Tasse und trank geräuschlos. Der dichte Dampf stieg empor. »Jetzt erzähl mir noch mal, warum dieses Mädchen erschossen wurde.«

East sah sie wieder vor sich, ihr Gesicht mit der Seite auf der Straße. Diese trotzigen Augen. Er sah sie immer noch. »Ich hab versucht«, sagte er, doch dann entglitt ihm seine Stimme, und er musste fest schlucken, um sie wiederzubekommen. Er betrachtete den Tee, der Dampf wallte auf.

»Ich hab versucht, sie zu überreden, dass sie geht«, sagte East. »Sie hatte das ganze Wochenende auf der Straße Ball gespielt und war gerade erst zum Haus hochgekommen. Dann die Polizei. Sie ließ sich nichts sagen.«

»Verstehe. Sie hatte also einfach nur Pech. Schlechtes Timing.«

»Sie war aus Mississippi.«

Fin saß da und sah East lange an.

»Weißt du, dieses Mädchen schadet mir mehr als das Haus«, sagte er dann. »Wir haben etliche Häuser. Wir können umziehen. Jedes Mal, wenn wir mit einem Haus umziehen, nehmen wir die alten Kunden mit und gewinnen neue dazu. Dieses Mädchen wird uns teuer zu stehen kommen. Für dieses Mädchen werde ich die Rechnung zahlen müssen.«

»Ich weiß.«

»Sie ist gestorben.«

East schluckte. »Ich weiß«, sagte er.

Fin rührte seinen Tee um und sah in die Tasse. »Steh auf, und verschließ die Tür«, sagte er. »Bei dem, was jetzt passiert, soll hier keiner hereinplatzen.«

East stand auf. Er stolperte über den Teppichflor. Das Schloss war nur eine Drucktaste. East drückte sie sanft.

Fins dunkle Augen folgten ihm bis zu seinem Sitzpolster.

»Jetzt bist du also frei. Hattest ein Haus. Hattest einen Job. Hast das Haus verloren. Hast den Job verloren.«

East ließ den Kopf hängen, doch Fin wartete, dass er etwas sagte. »Ja, Sir.«

»Du fragst dich, was als Nächstes kommt?« Fin machte mit den Lippen ein Schmatzgeräusch. »Denn vielleicht kommt als Nächstes gar nichts. Vielleicht solltest du dir eine Auszeit nehmen.«

Eine Auszeit nehmen, dachte East. Das sagten sie, wenn sie einen nicht mehr wollten.

»Du könntest aber etwas für mich tun«, sagte Fin. »Du kannst ja oder nein sagen. Aber sonst keinen Ton. Wir werden nicht darüber reden. Nicht jetzt, nicht nächstes Jahr, niemals. Du behältst es für dich, bis du stirbst.«

East nickte. »Ich kann schweigen.«

»Ich weiß. Ich weiß, dass du das kannst«, sagte Fin. »Also: Ich will, dass du eine Autofahrt unternimmst. Ich will, dass du am Ende dieser Fahrt etwas machst.« Er drehte einen Fuß nach oben und zog daran. Biegsame Gelenke, eine langsame Bewegung. »Einen Mann ermordest.«

East zog eine Schulter nach vorn und trocknete sich daran sorgfältig den Mund ab. Ein Funke entzündete sich in seinem Magen; eine Schlange rollte sich zusammen.

»Du kannst ja oder nein sagen. Aber sobald du ja sagst, machst du mit. Oder nicht. Also überleg's dir.«

»Ich mach's«, sagte East automatisch.

»Das weiß ich«, sagte Fin. Er trank seinen restlichen Tee aus, dann schüttelte er zweimal den Kopf, ein langes Zittern, das ein Lachen oder auch etwas völlig anderes hätte sein können. Dann spürte East Fins Blick und schluckte das heftige Pochen in sich hinunter.

»Sei morgen früh fertig, neun Uhr. Du brichst umgehend auf. Bring also Kleidung mit, Schuhe. Mehr nicht. Keine Brieftasche. Keine Waffe. Wir werden dir alles abnehmen. Bring dein Handy mit, aber du darfst es nicht behalten. Keine Telefone auf dieser Reise. Und keine Kreditkarten – wir geben dir Geld. Verstanden?«

»In Ordnung.«

»Lass dein Handy an, Sidney wird sich melden.«

»Sidney ist gerade nicht sehr zufrieden mit mir.«

»Sidney bleibt nichts anderes übrig«, sagte Fin. »Klar? Ein paar andere Jungs kommen auch mit. Sie sind ein wenig älter, erfahrener. Du fühlst dich vielleicht fehl am Platz. Sie haben vielleicht auch so ihre Zweifel. Besonders nach dem heutigen Tag.« Mit den Fingern streifte er die restliche Feuchtigkeit von der Innenseite der Tasse. »Aber ich glaube, du hast etwas, das sie brauchen.«

Von diesem Lob aus Fins Mund wurde ihm warm.

»Ihr werdet fünf, sechs Tage weg sein. Wenn du einen Hund, 'ne Schlange oder ein anderes Tier hast, finde jemand, der es füttert.«

East schüttelte den Kopf.

»Gut«, sagte Fin. »Dann haben wir hier über gar nichts gesprochen. Uns nur auf den letzten Stand gebracht. Bleib noch kurz, und trink deinen Tee.«

East hob die schwere Tasse hoch. Er benetzte seine Zunge. Zuerst schmeckte der Tee alt, wie Staub. Als hätte man ihn vom Boden aufgefegt.

»Magst du das?«

East mochte ihn nicht, wollte es sich aber nicht anmerken lassen. »Was ist es?«

»Hat keinen Namen. Tut dir aber gut«, sagte Fin. »Die Frau hatte früher einen Teeladen. Dann bekam sie Probleme. Ich habe ihr geholfen. Sie kennt sich im Geschäft aus. Sie weiß, wie man Sachen aus dem Hafen holt. Und sie kann Tee aufgießen.«

East nickte. »Ist sie aus China?«

»Halb Thai. Die andere Hälfte alles andere«, sagte Fin träge. »Wie geht's deiner Mutter?«

East hustete kurz. »Ganz gut. Sie war ein bisschen krank, aber jetzt geht's ihr besser.«

»Wie steht's ums Haus?«

»Es steht noch«, sagte East. »Es stünde besser ums Haus, wenn sie ein wenig saubermachen würde.«

»Du bist der Mann der Familie«, sagte Fin. »Du könntest dich aufraffen und putzen. Besuch sie, ehe du aufbrichst.«

»Ja, Sir. In Ordnung.«

»In Ordnung«, sagte Fin. »Du tust mir einen großen Gefallen, Mann. Was du machen wirst, ist nicht einfach. Du sollst wissen, dass es mir wichtig ist.« Fins Hände umfassten seine Füße und streckten sie, verdrehten sie. Als spielten Knochen keine Rolle und könnten nach Belieben verformt werden. »Ich werde nicht vergessen, dass du das für mich getan hast«, wiederholte Fin. Er stellte seine neben Easts Tasse. Als sich die beiden Tassen berührten, gab es einen tiefen Ton, wie das Läuten einer Standuhr.

»Geh, Junge«, sagte Fin. »Kein Wort. Neun Uhr. Sidney wird nach deiner Crew sehen, sich um sie kümmern. Keine Sorge. Fall nicht auf.«

East erhob sich. In seinen weißen Socken kam er sich kindisch vor.

Fin holte ein dickes Bündel Scheine heraus. Er zählte Zwanziger ab – fünfhundert Dollar. Die reichte er East, ohne hinzusehen.

»Etwas davon ist auch für deine Mutter.«

»In Ordnung.«

»Eins solltest du noch wissen. Dein Bruder ist mit dabei. Er nimmt an der Fahrt teil.«

East nickte. Doch in seinem Brustkorb zerplatzte eine kleine Wutperle: sein Bruder. Babysitting. Nicht dass sein Bruder ein Baby wäre.

»Es wird dir vielleicht nicht gefallen. Ich dachte, ich gebe dir eine Nacht, dich mit der Vorstellung anzufreunden.« Fin rieb sich die Füße, zog an einem Zeh, bis er knackte. »Du weißt, warum er mitkommt.«

East steckte das Geld weg und legte die Hand über seine Hosentasche. »Ja, ich weiß.«

Eine üble Straße. Hunde schmissen sich gegen die Zäune. Fernseher nuschelten Haus für Haus durch vergitterte Türen und Fenster. East war der einzige Mensch, der sich im Freien aufhielt. Er betrat eine Veranda und schloss die Tür auf.

Im Wohnzimmer, in einem Nest aus schaler Luft, lag seine Mutter und sah sich eine Gameshow an. Sie sah älter aus als ihre einunddreißig: triefnasig, gleichzeitig fett und blutarm. Sie trank aus einem Plastikbecher, zwischen den Knien eine Flasche mit billigem Wein.

East näherte sich von hinten. Sie bemerkte ihn, aber erst spät.

»Easton? Was machst du denn hier?«

Wie immer kam ihre Heftigkeit halb überraschend. Sie setzte sich auf.

»Hallo Mama«, sagte East. Er schaute zur Seite auf die Gameshow.

»Komm und setz dich.«

Er setzte sich neben sie, und sie nahm ihn fest in die Arme, was er geduldig über sich ergehen ließ, wobei er ihren Arm tätschelte. Sie stellte den Fernseher nicht leiser; der Ton ließ die Fenster erzittern. Als sie ihn freigab, war ihre Nase wieder feucht geworden, und sie suchte nach etwas zum Abwischen.

»Ich dachte, du kämst vielleicht vorbei. Ich hab Eier mit Schinken gemacht.«

East stand wieder auf. »Ich kann nichts essen. Ich will nur nach dir sehen.«

»Lass mich für dich sorgen«, tadelte sie ihn.

East zuckte die Achseln. Aus dem Fernseher dröhnte nun Werbung, sogar noch lauter. Er verzog das Gesicht. Er halbierte den Batzen Scheine, den Fin ihm gegeben hatte, und sie nahm ihn, ohne Widerstand oder Dank. Das Geld knitterte ungesehen in ihrer Hand.

East sagte: »Schöner Tag. Hast du was davon mitbekommen?«

»Hä?«, machte seine Mutter, wieder überrascht. »Ich bin heute nicht draußen gewesen, glaub ich. Wo ist Ty? Hast du ihn gesehen?«

»Hab ihn nicht gesehen. Ihm geht's gut.« Er verschwand in der Küche, ein kleines Rückzugsgebiet hinter einer mit leeren Gläsern übersäten weißen Anrichte. Er sah, wie sie einen langen Hals machte, ihm nachsah.

»Er hat mich nicht besucht.«

»Er ist wohlauf. Er ist beschäftigt.«

»Er ist mein *Baby.*« Ihre Stimme wurde laut und hektisch.

»Tja, ihm geht's gut. Er kommt schon noch vorbei. Ich sag ihm Bescheid.«

»East«, befahl sie, »du isst ein paar Eier. Sie sind noch in der Pfanne.«

Lass mich für dich sorgen.

Als er auf den Schalter drückte, wurde eine der beiden Neonröhren an der Decke lebendig. Die Küche war ein Notstandsgebiet. Was man leicht wegwerfen konnte, warf East in einen Müllsack. Mit einer Serviette aus einer Hamburgertüte zerquetschte er Ameisen. Die Eier auf dem Herd waren widerwärtig – kalt und nass, sichtbare Schalenreste. Er wandte sich ab.

Seine Mutter war aufgestanden. Sie stand in der Tür.

»Easton«, hauchte sie, »bleibst du hier?«

Peinlich berührt, sagte er: »Mama, nicht.«

Stolz sagte sie: »Dein Bett ist bezogen.«

»Heute Abend geht's nicht.«

»Nie seh ich einen von euch«, schniefte sie.

Als wäre jede Minute eine Tonne schwer. »Mama, lass mich den Müll raustragen.«

»Warum isst du nicht ein paar Eier?«

»Mama«, sagte er flehend.

»Keiner meiner Jungs liebt mich«, erklärte sie irgendwas an der gegenüberliegenden Wand.

East ließ den Müllsack fallen. Er fand in den gestockten Eiern eine Gabel, packte eine Portion Eier darauf und schob sie sich in den Mund. Schwefel. Er versuchte mit geschlossenen Augen zu kauen und zu schlucken, drehte sich dann zu seiner Mutter um. Um seine Zahnhälse spülten immer noch Eierreste, grauenhaft.

»Siehst du.« Seine Mutter strahlte.

Easts Zimmer war klein, aber ordentlich: Doppelbett mit Kissen, zwei Fotos auf einem Regalbrett. Den Teppich hatte er aufgerollt, weil ihm das Muster nicht gefiel, und verkehrt herum wieder hingelegt. Ein wenig Staub, aber keine Unordnung. Er schloss die Tür, doch der Fernsehlärm schüttelte ihn immer noch durch. Er nahm Hemden, Strümpfe und Unterwäsche aus der Pressspankommode und stopfte sie in einen Kissenbezug. Er schaute sich einen Moment um, als die Tür aufging.

Seine Mutter stand in der Tür, sie war wacklig auf den Beinen, setzte ihm aber immer noch nach.

»Hat Ty noch Klamotten hier?«, fragte er.

Sie lachte gequält. »Tys Klamotten – die hat er mitgenommen – hab's nicht gesehen – keine Ahnung, was Ty anhat.«

»Hemden? Irgendwas?«

Ty war zwei Jahre jünger, aber zuerst ausgezogen. In dem Zimmer, das sie sich zehn Jahre lang geteilt hatten, war nichts von ihm. Kein Spielzeug, keine Plüschtiere, keine Bilder an der Wand. Als wäre es nie auch Tys Zimmer gewesen.

Sie wollte es wissen. »Willst du irgendwohin? Du siehst aus wie ein Landstreicher.«

»Ty und ich brauchen für ein paar Tage Klamotten.«

Sie summte, beiläufig, aber wissend. »In Schwierigkeiten?«

»Nein.«

»Koffer im Schrank. Aber die sind alt.«

»Ich brauche keinen Koffer«, sagte East.

Er blieb stehen und wartete stocksteif, bis sie den Rückzug antrat. Nach einer Weile hörte er das Quietschen der Sofafederung: Sie hatte sich hingelegt. Er war allein. Er kontrollierte den Holzklotz, den er unter seinem Bettgestell befestigt hatte: stabil. Er löste ihn mit einer Flügelschraube. Er legte seine Bankomatkarten darunter, dann befestigte er den Klotz wieder mit der Schraube.

An der Haustür sagte er: »Ich bin in ein paar Tagen wieder da. Dann besuche ich dich. Ich komm vorbei und bleibe bei dir.«

»Das weiß ich doch. Ich weiß, dass du zurückkommst«, gurrte seine Mutter. Er nahm das übrige Geld heraus, nahm sich drei Scheine und gab ihr den Rest.

»Ich weiß, du steckst nicht in Schwierigkeiten«, sagte sie flehend. »Meine Jungs tun das nicht.« Er neigte sein Gesicht nach unten, und sie gab ihm einen Abschiedskuss.

Die Straße runter, dem Lärm ihres Fernsehers entronnen, hörte East die Stille rauschen wie Wellen. Er ging in nördlicher Richtung, bis er zu einem Bürokomplex mit achtstöckigen sandgrauen Gebäuden kam. Zwei von ihnen bildeten eine Art Ecke oder Winkel, und East ging darum herum. Von irgendwo im Dunkeln drang das leise Stimmengewirr lärmender trinkender Menschen.

Ein schmaler Gehweg führte hinter die Geräteinsel mit der Klimatechnik. Der Betonblock voller Klimageräte gab East Deckung, als der sich am Fuße des letzten Gebäudes bückte. Seine Finger fanden den zwischen den Scheiben eines Kellerfensters steckenden behelfsmäßigen Metallkeil. Das Fenster kippte nach innen weg, doch er hielt es fest, ehe es Krach machte. Leise, einen Körperteil nach dem anderen, zwängte er sich hindurch.

Der Kriechkeller, düster hinter staubigen Fenstern, war sauber, der aus verdichteter Erde bestehende Boden an den Seiten höher als in der Mitte. Er war leer, von Easts Sachen und dem Wasserhahn in einer Ecke abgesehen. Der ließ sich nicht aufdrehen, tropfte aber pausenlos, und East hatte eine breite Schüssel aus rostfreiem Edelstahl daruntergestellt; es gab immer Wasser, klares, kaltes Wasser. Er warf sein Bündel zu Boden, hielt das Gesicht über die Schüssel und sah zu, wie sich sein Spiegelbild verkehrt herum von der anderen Seite ins Wasser schob.

Er trank. Dann wusch er sich Gesicht, Hände, Achselhöhlen.

Seine Schlafstelle bestand aus zwei Decken und einem Kissen, die er in einem Matratzenladen gekauft hatte, und einem großen, schweren Pappkarton in Waschmaschinengröße. Die Klimaanlagen summten tagein, tagaus, übertönten Stimmen und Straßenlärm. Doch das reichte nicht. East hielt inne, streckte sich, kniete sich dann neben dem Karton auf den Boden. Sein Loch. Er kippte die Pappe an einer Seite hoch und rückte auf dem Boden darunter die Decken gerade. Er klopfte das Kissen aufrecht und legte sein Kleiderbündel an den Fuß der Bettdecke. Dann glitt er darunter und ließ den Karton über sich fallen. Wie ein Reptil, eine Schlange, fand er am meisten Ruhe im Dunkeln. Sogar der Lärm der Klimageräte verschwand. Nichts. Niemand.

Er atmete und wartete.

3

Neben Easts umgedrehtem Karton lag seine Schlafstätte aus Decken und dem Kissen. Seine Schuhe warteten gemeinsam auf der flachen Erde, neben dem alten Kissenbezug voller Klamotten. Durch die Kellerfenster schlichen die ersten Lichtstrahlen, das blasseste Blau.

Er war es nicht gewohnt, die Nacht durchzuschlafen. Lange Zeit hatte er von Mitternacht bis Mittag vor dem Haus Aufsicht geführt. Er reinigte die Zähne mit dem kalten klaren Wasser, das in der Stahlschüssel stand. Er putzte sein Zahnfleisch, die Finger dehnten sein Gesicht zu seltsamen Fratzen. Wieder wusch er sich Arme, Hals und Gesicht. Er ließ die Hosen runter, wusch sich die Schenkel, alles um die Eier herum, und zitterte in der Morgenkälte.

Er überprüfte sein Handy – Antonio, Dap, Needle, Sony. Nichts. Das Haus. Er musste zurück und nachsehen. Von dem Bürokomplex waren es zehn Minuten zu Fuß. East überquerte die Hauptstraße, wo die Markisen runtergelassen wurden, Taquerias und Felgenshops, der Randbereich der Wohngegend. Dann hinein, vorbei an den Häusern, wo alles wach wurde, Männer mit Bechern, Taschen und Schlüsseln die Stufen hinunterhüpften, in Autos sprangen. Jogger und Hundeausführer, alte Frauen, die in ihren Haustüren standen und rauchten.

Ein paar Blocks tiefer im Viertel wurden die Autos älter und waren nicht mehr so dicht an dicht am Bordstein geparkt. Reihenhäuser standen blind da, Türen und Fenster waren mit Sperrholz verbarrikadiert. Zuerst nur ein paar, dann mehr. Dann zwei von dreien. Das waren The Boxes.

Er bog in seine Straße ein. Hier hatte Dap an einem Ende Schmiere gestanden. Doch er hatte nicht angerufen. Needle beobachtete das andere Ende, fünf Blocks weiter. Er hatte zu spät angerufen. Sidney sagte, früher, vor den Handys, sei es besser gewesen: Man wusste, mit wem man Verbindung aufnehmen konnte und mit wem nicht. Man saß nie herum und sorgte sich, warum jemand nicht an sein Handy ging.

Zwei alte grauhaarige Frauen standen tratschend auf dem Rasen vor ihren Häusern. Wenn sie brabbelten, um den Morgen zu bewerten, war East an den meisten Tagen schon seit Stunden da gewesen, und seine Augen und seine Haut hatten sich schon an die Bewegungen des Tages gewöhnt. Doch an diesem Morgen waren sie ihm gegenüber im Vorteil.

Als er sich dem Haus näherte, betrachtete er es von der Seite: die braune Fassade pockennarbig von Kugeln, die oberen Fenster offen wie Augen. Immer noch schien Rauch in der Luft zu hängen. Die Tür war jetzt nur noch eine angeschraubte Sperrholzplatte. Gelbes Polizeiabsperrband sperrte den Vorgarten von einer Seite zur anderen ab.

Er duckte sich darunter durch, um nachzusehen. Stromkabel, Ladekabel, alles von der Veranda verschwunden. Ihm blieb also noch etwa eine Stunde Akku übrig. Na ja, sein Handy würden sie ihm ohnehin wegnehmen. Er sah sich im Vorgarten um, doch der verriet nichts.

Auf einem Stück des Gehwegs waren noch deutlich Blutspuren zu sehen. Er versuchte, nicht hinzuschauen. Das Gesicht des Mädchens aus Jackson war immer noch ganz vorn in seinem Gedächtnis, und er wollte es nicht sehen, weder in seinem Kopf noch sonst irgendwo.

Ein Mann im Anzug ging vorbei. Jeden Tag ging er wortlos vorbei, doch heute nickte er East zu und polterte: »Guten Morgen.«

East nickte zurück.

»Sie haben euch erwischt, stimmt's, Junge?« Der Mann war gut drauf. »Haben euren Laden dichtgemacht.«

East ignorierte ihn, doch der Mann ließ nicht locker, nach den Ereignissen gestern war er offenbar übermütig geworden. »Du hast einen Kissenbezug, wie ich sehe. Steckt dein ganzes Leben da drin?«

East zuckte die Achseln und ging schneller. Er hätte einen Ast abbrechen und den Mann grün und blau schlagen können, damit er schwieg und weglief. Aber wozu?

Er probierte es mit dem Handy an der frischen Luft, versuchte es bei Dap, bei Needle. Keiner von ihnen ging ran. Er hinterließ barsche Anweisungen: »Ruf mich an.« Doch er hatte seine Leute ausgebildet: Wenn wir abhauen müssen, Finger weg vom Telefon. Jetzt verstieß er selbst gegen diese Regel.

Er musste in neunzig Minuten beim Treffpunkt sein. Zeit für einen Spaziergang und ein Frühstück. Er wählte einen Weg durch den Süden von The Boxes. Vögel und kleine Insekten rührten sich zwischen den Bäumen, summten wie Handys. Drei kleine Mädchen waren früh draußen, malten auf dem Gehweg mit bunter Kreide, so breit wie ihre Handgelenke.

Ein Huster von einer Veranda galt ihm. »Ey, Mann. Ey«, sagte die Stimme.

East schaute auf, blieb dann stehen. Es war ein Mann von vielleicht fünfunddreißig oder vierzig, ein User, der manchmal Easts Haus aufgesucht hatte. Der Mann saß da und trank aus einem hohen Pappbecher.

»Was brauchst du?«, sagte East.

Es war seltsam, was er wusste und was nicht. Er kannte diesen Mann, seine geheimen Stunden. Er erinnerte sich, wie er zum ersten Mal in den Abendstunden aufgetaucht war, mit gutgepflegtem Gesicht, einem dicken goldenen Ring. Dann war er häufiger vorbeigekommen. East erinnerte sich, wie er seine Arbeit verloren hatte und wie sich die Zeit, in der er Drogen nahm, in seinen Gesichtszügen niedergeschlagen hatte, wie er immer dünner geworden war und dass in seinen Augen jetzt dieses Licht glänzte, dieses geniale, schwindende Licht.

Was er nicht wusste, war der Name des Mannes.

»Was machst du jetzt?«, sagte der Mann.

»Gar nichts.«

»Wo soll ich jetzt hin?«, fragte der Mann ungehalten.

East zuckte die Achseln. In seinem Kopf hörte er Fins Worte. *Tauchstation. Die Leute müssen sich woanders nach Stoff umsehen.* In anderthalb Kilometer Entfernung kannte er ein anderes Haus, das nicht Fin gehörte. Man sprach aber nicht über andere Häuser, die man kannte. Man stellte keine Zusammenhänge her.

Der Mann hustete dreimal und spuckte etwas Großes, Silbriges aus. »Du *weißt* es nicht? Inakzeptabel, Mann.«

East senkte den Blick und setzte sich wieder in Bewegung.

»Junge, lass mich nicht hängen«, rief die Stimme, folgte ihm.

Um acht rief Sidney ihn an und sagte ihm, wohin er gehen sollte. Keine zwei Kilometer entfernt – jenseits des südlichen Endes des Viertels. »Vergiss nicht, für ein paar Tage Klamotten mitzubringen.«

»Hat Fin mir gesagt«, sagte East.

»Na klar hat er das«, spottete Sidney. Dann gab Easts Telefon den Geist auf.

Er kaufte einen Donut mit Zuckerglasur, um ihn im Gehen zu essen, pflückte dann eine Orange von einem tiefhängenden Zweig. Er drehte sie beim Gehen in der Hand, eine kleine, schwere Welt. Sie war zwar reif, doch er wartete noch, bis er sie aß.

In der Gasse hinter einer Reihe Läden erzählte Michael Wilson East von seinem Wagen. Michael Wilson hatte eine Art aufgemotzten Polizeiwagen mit neuen Lampen unten vorne und hinten und Unterbodenbeleuchtung. Mit einer zweiten Batterie konnte Michael Wilson sein Soundsystem die ganze Nacht lang laufenlassen, so laut wie ein Club, und dennoch den Wagen anlassen und damit wegfahren.

Michael Wilson war zwanzig – langer Körper, lange Zähne, große braune Augen, die er gern hinter einer silbrigen Sonnenbrille verbarg. Lachte immer. Hatte immer eine Geschichte auf Lager. Er war immer mal wieder in The Boxes aufgetaucht, manchmal als Aufpasser, manchmal brachte er den Lohn oder Essen vorbei. Er war ein Senkrechtstarter. Dann war er aufs College gegangen, UCLA, und seitdem hatte ihn East nicht mehr gesehen. Er war schon immer sehr von sich eingenommen gewesen, und jetzt hielt er sich für Gottes Geschenk an die Menschheit.

Michael Wilson entnahm einer blauen Plastiktüte ganze Erdnüsse, warf sich die Nüsse in den Mund und schmiss die Schalen über seine Schulter aufs Pflaster. Michael Wilson befürchtete, die anderen Jungs könnten dumm sein. Er sagte, seine Zeit sei zu schade, um mit dummen Leuten durch die Gegend zu fahren, denn Dummheit lasse sich nicht einsperren. Dummheit sei ansteckend. Kleine Gangster glaubten immer, sie hätten einen Code, dabei hätten sie bloß die Dummheit gepachtet. East nickte und tat, als höre er zu, weil Michael Wilson Teil des Unternehmens war. *Aber verdammte Scheiße auch,* dachte er.

Sehr lange waren sie nur zu zweit. East schaute auf sein Handy – tot. Er schüttelte den Kopf. »Wie viel Uhr hast du?«

»Gegen neun«, sagte Michael Wilson.

»Was heißt *gegen neun*?«

»Das heißt fast neun. Annähernd neun, Motherfucker.«

»Zeig mal deine Uhr.« East packte Michaels Handgelenk, betrachtete deren goldene Zeiger, die glänzenden Edelsteine. »Acht Uhr vierundfünfzig. Von wegen *gegen* irgendwas.«

»Es ist gegen neun, Alter«, sagte Michael.

Ein paar schäbige alte Pkw und ein blauer Minivan teilten sich das Morgenlicht. Klobige Klimaanlagen rosteten auf erhöhten Sockeln, stabile Pfosten steckten im Beton, um sie vor den Autofahrern zu schützen. Die meisten Läden waren dunkel. Ein chinesisches Restaurant rülpste seine Fritteusendünste aus, und die Frauen spähten auf die Jungs hinaus und rauchten im Schutz des Hauseingangs.

Als Nächstes traf ein kürbisförmiger Junge in einem grünen Hemd ein. Er watschelte langsam, vorsichtig; Fett machte sein Gesicht jung, seinen Gang steinalt. Er atmete schwer, aufgeregt, schlurfte beim Gehen. »Puh«, sagte er. »Michael Wilson. Was steht an.« Sie gaben sich die Hände. Dann erkannte ihn Michael.

»Ich kenne dich. Walton? Wallace?«

»Walter.«

Michael lachte über sich selbst. »Ich weiß noch, dass du oben mit diesen Computern zugange warst. Ein kleiner Wissenschaftler.«

»Ich weiß noch, dass du studieren wolltest. Du bist wohl fürs Lachen und Lügen zuständig.«

»Und du bist fürs Essen zuständig«, sagte Michael Wilson. »Wo ist deine Tasche?«

Michael Wilson hatte eine glänzende Sporttasche dabei, auf der der Name eines Fitnessstudios stand. Sie sah aus wie ein neuer Schuh. East hatte seinen Kissenbezug und seine Orange.

»Ich hab keine Scheißtasche«, sagte Walter. »Ich hatte ja keine Ahnung. Ich war das ganze Wochenende bei meinem Onkel in Bakersfield. Sie haben mich vor fünfzehn beschissenen Minuten von der Straße aufgelesen.«

East musterte Walter. Das *beschissenen*. Ein weicher Bursche, der taff klingen wollte.

»Keine Ahnung, was sie dir gesagt haben. Wir werden tagelang weg sein, mein Junge«, sagte Michael Wilson.

»Ich besorg mir unterwegs ein paar Klamotten.«

»Falls wir einen Zeltladen finden«, höhnte Michael Wilson. Er wollte auf Easts Hand schlagen, doch East schaute weg. *Also.* Es gab hier eine Verbindung, die schon länger zurücklag. Er lehnte sich an die Laderampe und musterte die beiden anderen.

»Habt ihr die Instruktionen? Wie der Plan aussieht?«

»Nein, Mann, das sagen sie uns noch. Und zwar hier.«

»Und ich hab gehört, du wärst freigestellt«, sagte der dicke Junge zu East.

East sah auf. »Was?«

»Ich sagte, ich hätte gehört, du wärst arbeitslos.« Walter lehnte sich gegen einen Pfosten und sprach zu Michael Wilson. »Das ist der Junge, dessen Haus gestern zusammengeschossen wurde. Es hieß, es kämen noch drei andere«, erklärte er, »da hab ich gefragt, wer.«

Michael Wilson knackte eine Erdnuss und warf die Schale nach East. »Du hast dein Haus verloren? Was tust du jetzt?«

East machte eine Handbewegung. »Das hier.«

»Aufsteiger«, sagte Michael Wilson. »Was ist mit dir, Walt?«

»Alles Mögliche«, sagte Walter. »Vor ein paar Tagen hab ich einen Vorgarten geleitet. Aushilfslehrer.« Mit einer gewissen freundlichen Geringschätzung wandte er sich an East. »Früher hab ich wie du draußen gearbeitet. Vor 'n paar Jahren.« Er kicherte.

East konnte sich nicht zurückhalten. »Was machst du jetzt?«

»Projekte«, sagte Walter. »Forschung.«

»Forschung?«, wiederholte Michael Wilson. »Wie alt bist du, Dickerchen?«

»Siebzehn.«

»Und du, East?«

East schaute weg. »Fünfzehn.«

Als Nächstes fuhr der Wagen vor. Es war ein bulliger schwarzer Chrysler 300. Der gemächlich durch die Gasse glitt, wie es Cops manchmal tun. Endlich glitten die Scheiben runter und gaben den Blick auf Sidney und Johnny frei.

»Scheiße auch, Mann«, krähte Michael Wilson. »Zu Fuß wärt ihr schneller gewesen.«

East fiel auf, dass Michael fast immer lachte, wenn er sprach. Nicht dass er fand, alles wäre lustig; eher so, als wäre sein Satz ohne einen Lacher unfertig.

Sidney musterte Michael Wilson finster und stieg aus. Er war ganz in Weiß gekleidet, ein Outfit für einen heißen Tag. Johnny trug schwarze Jeans und kein Hemd.

»Wo ist der Letzte?«, sagte Johnny.

»Ich weiß von nichts«, sagte Michael Wilson. »Nummer eins steht vor euch.« Gekicher.

»Wir gehen das Ganze nicht zweimal durch«, sagte Sidney. »Wie viel Uhr ist es?«

»Neun Uhr fünf«, sagte Michael Wilson.

»Dann scheiß auf ihn. Er verspätet sich. Legen wir los.«

»Ich hol ihn«, sagte Johnny. »Fin sagte vier Jungs, also kriegen wir vier Jungs.« Er trat beiseite und machte sich an seinem Handy zu schaffen.

Der Dicke kratzte sich im Gesicht. »Auf wen warten wir?«

»Auf meinen Bruder«, sagte East ruhig. Man konnte sich vorwagen, ohne den Kopf zu riskieren. Wenn man mit Ty zu tun hatte – *Es wird dir vielleicht nicht gefallen,* hatte Fin gesagt –, riskierte man einiges.

»Ach, Ty«, sagte Sidney. »Dieses Kind hört einem sowieso nicht zu. Fangen wir halt an. Setzt ihn einfach auf die Rückbank, und drückt ihm ein Malbuch in die Hand.«

Sidney fuhr auf dem Heck des schwarzen Wagens ein Tablet hoch und wischte mit dem Finger über eine Reihe Fotos. Ein robust aussehender Schwarzer von etwa sechzig, getrimmter weißgrauer Bart. Breite Nase, die aussah, als wäre auf sie eingeschlagen worden, eine Boxernase. Wachsame Augen. Auf den Fotos sah er müde aus. Seine Kleidung war nicht billig: schwarzer Anzug, eine dezent paspelierte Krawatte.

Sidney schaute ihnen über die Schultern. »Richter Carver Thompson«, sagte er. »Wenn Fins rechter Hand Marcus der Prozess gemacht wird, ist er der Zeuge.«

»Carver Thompson«, wiederholte Michael Wilson. »Wenn das kein Name für einen Negerjuristen ist, dann weiß ich's nicht.«

»Mach dir wegen seinem Namen keinen Kopp. Er war mal ein Aktivposten für uns. Jetzt nicht mehr.«

»Deshalb werdet ihr ihn umlegen«, sagte Johnny leise.

East sah die anderen beiden Jungs an. Michael Wilson nickte lässig. Als wisse er Bescheid. Walter nicht. Etwas klemmte im Rachen des dicken Jungen, würgte ihn. East beobachtete ihn zufrieden. *Kleiner Wissenschaftler. Am Arsch,* dachte er.

»Warum dauert das fünf Tage?«, fragte Michael Wilson, der nicht lange drum herumredete. »Warum sind wir nicht schon dabei?«

Sidney legte eine Straßenkarte auf den Kofferraum des Wagens. »Weil wir hier sind.« Er tippte auf Los Angeles. »Und dieser Mann ist ganz – weit – weg.« Er fuhr mit der

Hand über alle Farben auf dem endlos langen Landstrich, bis er auf einen gelben Fleck neben einem blauen See tippte.

»Wisconsin?«, sagte Michael Wilson.

Walter sagte: »Was macht ein *Schwarzer* in Wisconsin?«

»Schätze, ein Nigger angelt gern.« Sidney zuckte die Achseln. »Und er bleibt gern am Leben.«

»Wie kommen wir dahin?«, sagte Michael Wilson.

Jetzt verfinsterte sich Walters Miene. »Ach du Scheiße. Ach du Scheiße«, sagte er. »Ich weiß, was du jetzt sagen wirst. Geflogen wird nicht, stimmt's? Wir müssen die ganze Strecke fahren?«

»Korrekt«, sagte Sidney.

»Jetzt spinnst du aber. Das sind ja zweitausend Kilometer«, sagte Michael Wilson.

»Über dreitausend«, korrigierte ihn Walter verzweifelt. »Deshalb haben wir die Dokumente nachgemacht. Stimmt's? Das habt ihr vorbereitet.« Er öffnete vor Sidney die Hände zu einer Art Schüssel.

»Irre«, sagte Michael Wilson. »Wir fahren keine dreitausend Kilometer. *Und wieder zurück.* Das ergibt keinen Sinn.«

»Michael Wilson«, sagte Sidney leise. »Du bist der Älteste. Du solltest diese Crew führen. Wenn du diese Reise nicht schaffst, sag's mir, damit ich dich erschießen und einen anderen finden kann.«

Michael Wilson hielt die Hände hoch und schaltete elegant einen Gang zurück. »Klar, Mann«, flötete er. »Hab nur laut nachgedacht.«

East atmete aus und machte seine Augen mit der Karte vertraut, mit den dicken roten, schwarzen und blauen Bändern, die sich von einem Bundesstaat durch den anderen schoben. Dicht und sprunghaft. Jede Straße war nummeriert und kreuzte sich hundertmal mit anderen Straßen. Er sah ihre Fahrtstrecke vor sich. Das war wie die Labyrinthe, die sie im Schulunterricht gemalt hatten, während der Lehrer schlief. In der Schule hatten sie gesagt: Keine Sorge. Sieh's dir gut an. Dann kommst du immer durch.

Nachdem Sidney sie über die Strecke und den Auftrag informiert hatte, gab Johnny jedem Jungen eine Brieftasche. East untersuchte seine. Sie enthielt, hinter einem Plastikfenster, einen kalifornischen Führerschein, aus dem sein Gesicht zu ihm aufschaute. Er konnte sich vage daran erinnern, wie sein Foto vor einem blauen Tuch aufgenommen worden war. Von einem ihm Unbekannten, in irgendeinem Zimmer im letzten Winter. Einige der Jungs hatten sich dazu eingefunden. Er hatte nie nach dem Grund gefragt.

Es war gute Arbeit – die beiden Fotos, der laminierte Überzug mit den Wasserzeichen. Eine Art Strichcode auf der Rückseite.

»Sieht echt aus«, sagte Michael Wilson.

»Es ist echt«, sagte Walter.

»*Antoine Harris.* Sechzehn Jahre alt«, las East vor. »Wie kannst du behaupten, das sei *echt*?«

»Mein Name ist es auch nicht«, stimmte Michael Wilson zu.

»Hört zu«, sagte Sidney. »Was ist echt? Es ist im System. Es ist sauber. Wenn die Polizei euch stoppt und überprüft, ist es echt. So ein Führerschein kostet den Mann auf der Straße zehntausend Dollar. Verliert ihn also nicht. Lest, was draufsteht, und lernt es auswendig, falls euch mal ein Polizist fragt, wer ihr seid.«

»Kwame Harris«, sagte Walter. »Hä, er und ich sollen Brüder sein?«

»Du hast zufällig näher am Tisch gesessen«, sagte Michael Wilson kichernd.

»Cousins«, sagte Sidney. »Cousins. Ihr kennt euch ein wenig, nicht zu gut.«

»Hier ist einer für dich, Michael«, sagte Johnny. »Gib mir deinen. Ich hebe ihn für dich auf.«

»Falls euch jemand fragt, wohin ihr wollt«, sagte Sidney, »dann fahrt ihr zu einem Familientreffen. Falls jemand fragt, wohin, dann sagt ihr Milwaukee, Wisconsin. Falls jemand fragt, wohin genau in Milwaukee, dann wisst ihr's nicht. Das sind drei Fragen.«

Johnny sagte: »Lasst euch von keinem mehr als drei Fragen stellen.«

»Wir sind bloß ein paar verlogene Motherfucker, die quer durch Amerika fahren«, sagte Michael Wilson.

»Allmählich begreifst du's.« Sidney holte einen dicken Stapel Geldscheine hervor, und prompt wurde die Atmosphäre zwischen den Crewmitgliedern freundlich und entspannt. Alle Augen sahen zu, wie er Zwanziger aus seiner linken Hand in die rechte verteilte.

»Dreihundert«, sagte er zu Walter. »Dreihundert«, sagte er zu East. Er gab die beiden Stapel weiter. Den Rest, einen größeren Stapel, gab er Michael Wilson.

»Moment«, sagte Walter. »Ich bin fünf Tage unterwegs, *bringe jemanden um,* und dann kriege ich gerade mal dreihundert Dollar?«

Johnny meldete sich zu Wort. »Junge, das ist keine Entlohnung.«

»Das sind Spesen«, erklärte Sidney gereizt. »Ihr zahlt bar. Ihr kriegt keine Kreditkarte. Ihr kriegt keine Tankkarte. Kapiert? Ihr steigt nicht in Motels ab. Ihr geht in einer Raststätte, einem McDonald's aufs Klo und wascht euch. Ihr vergeudet keine Zeit. Ihr hinterlasst keine Spuren, wo ihr gewesen seid. Das solltest *du* eigentlich begreifen.«

»Walter, du bist superklug«, sagte Johnny, »aber klügere Leute als du haben das ausgetüftelt. Also bitte, bitte: Halt die Fresse.«

Walter nickte und schluckte es runter.

»Michael Wilson, du hast tausend Dollar. Sollte es ein Problem geben – du räumst es aus dem Weg. Dieses Geld ist nicht für Klamotten oder zum Vergnügen. Es ist nicht dein Geld. Der Älteste nimmt es in Verwahrung. Er soll Probleme lösen.«

»In Ordnung«, sagte Michael Wilson. Während er das Geld wegsteckte, sah er die beiden Jüngeren vielsagend an.

»Und da steht euer Fahrzeug für heute. Da drüben«, sagte Johnny.

Sie alle folgten Johnnys Blick auf den Parkplatz. Er suchte nach dem blauen Minivan.

»Was?«, sagte Michael.

»Ich zeig's dir«, sagte Johnny.

»Was zeigst du mir? Dass du das erbärmlichste Auto ausgesucht hast, das du finden konntest?«

Johnny packte eine Handvoll Michael Wilson und schob ihn vorwärts. »Das ist ein *Firmen*wagen, Jungs. Das ist mein Geschenk an euch.« Er schimpfte leise auf sie ein. »Zuverlässig. Unsichtbar. Generalüberholt. Neuer Sechszylindermotor, drei Komma acht Liter Hubraum. Neues Getriebe. Neue Federung. Neue Reifen, Bremsen, Batterie. Sieht nicht wie neu aus, fährt sich aber wie neu. Man kann drin schlafen. Und das Wichtigste, ihr werdet nicht wie unwissende Gangboys aussehen, was ihr im Übrigen *seid*. Wisconsin-Nummernschilder. In diesem Wagen seht ihr aus wie vier Muttersöhnchen unterwegs zu einem Familientreffen, denn so *solltet* ihr aussehen. *Geben Sie mir bitte keinen Strafzettel, Officer.*« Er öffnete die Heckklappe. Drei Kästen mit Wasserflaschen standen hinter dem hintersten Rücksitz. »Er muss euch nicht gefallen. Ihr müsst ihn nicht mal zurückbringen. Aber das ist der richtige Wagen für diesen Auftrag.«

»Und was zur Hölle haben wir hier«, sagte Sidney und schaute auf.

Es war Easts kleiner Bruder. Schlurfend und grinsend. Er war klein und zwei Jahre jünger als East. Hellhäutiger und bereits erste Ansätze von Haarausfall. Doch ihn umgab eine aufgeweckte Leichtigkeit. Etwas hatte sich schon tief in ihn eingemeißelt: Ty war alles egal. Er wollte nicht, dass man ihn liebte oder ihm vertraute. Er war kompetent, angstfrei und ungerührt von allem, was er bisher gesehen oder getan hatte.

»Ty-Monster, hinterlistiger kleiner *Sechsunddreißig-Kammern-der-Shaolin*-Motherfucker«, sagte Johnny. Sie klatschten einander ab.

»Ty«, sagte Sidney argwöhnisch.

Die anderen beiden Jungs guckten nur. Ty ignorierte sie, East ignorierte er komplett. Er setzte sich auf die Stoßstange von Johnnys schwarzem Auto, zog beiläufig eine Pistole und füllte den Ladestreifen mit Patronen, die er lose in der Tasche seines blauen T-Shirts aufbewahrte.

»Dieser Knabe hier«, sagte Johnny lachend.

Sobald Ty fertig war, steckte er die Waffe direkt in seinen Hosenbund. Als er von der Stoßstange aufstand, stand der Lauf schwanzgerade in seiner Hose.

»Da fällt mir ein«, sagte Sidney. »Her damit. Handys. Schusswaffen. Alle Ausweise. Die brauche ich jetzt sofort.«

»*Scheiß* drauf«, schnaubte Ty.

»Alles, was ihr habt«, sagte Sidney unbeirrt. »Waffen, ob Messer oder Stock. Alle digitalen Geräte außer einer Uhr. Falls ihr 'ne Flasche mit was weiß ich dabeihabt. Was auch immer der Sheriff von White Town nicht bei euch finden darf. Sofort her damit.«

East war nur mit seinem Handy gekommen, doch alle anderen hatten irgendwas dabei. Michael Wilson rückte eine kleine Tasche und Papiere heraus, Walter ein Messer – eins nach koreanischer Bauart für Straßenkämpfe. So leicht und elastisch, dass es im Körper zittern würde.

Sidney winkte. »East? Was noch?«

»Gar nichts, Mann.«

»Warte nicht, bis ich dich zusammenschlage.«

East schniefte. »Fin hat gesagt, nimm nix mit.«

»In Ordnung«, sagte Johnny, und er und Sidney sahen einander an. Ty fragten sie nicht, sondern rückten ihm auf den Leib. Er wand sich und fluchte, während sie seine Hände festhielten. Johnny hob ihn hoch, und Sidney tastete ihn ab. Sie nahmen nur die eine Pistole aus seiner Hose. Sidney untersuchte sie.

»Mann, *fick dich*«, sagte Ty, riss seine Hände los und rieb sie.

»Danke, dass du deine Waffen an der Tür abgegeben hast«, sagte Johnny und nahm sie an sich.

»Die hebst du besser für mich auf.«

»Das mache ich bereits.«

»Lachhaft«, schnaubte Ty und schüttelte sich, bis seine Klamotten wieder saßen. »Wir werden losgeschickt, um ohne Kanone einen Mann zu erschießen.«

East musterte seinen Bruder. So zufrieden in seiner Wut. Immer noch klein und grün hinter den Ohren, aber gern bereit loszuschlagen. Er hatte also über den Auftrag Bescheid gewusst. Sie hatten ihm nicht sagen müssen, was zu tun war – nur das Wo und das Wen.

»Wenn ihr in die Nähe eures Ziel kommt, kriegt ihr Waffen«, sagte Sidney. »Vorher müsst ihr sauber bleiben. Ihr müsst Engel sein.« Er wischte sich mit dem nackten Unterarm über den Mund; seine Tattoos glänzten feucht. »Ihr glaubt, da draußen ist es genau wie hier? Ihr habt ja keine Ahnung, das isses nicht. Die Polizei dort geht nicht behutsam mit euch um. Das ist ihr Land. Die stehen auf kleine Negerjungs. Die tasten euch ab, und ihr wandert in den Knast. Wenn ihr im Knast sitzt, wird der Auftrag nicht erledigt. Und wenn der Auftrag nicht erledigt wird, ist Fin erledigt.« Plötzlich stürzte er sich mit voller Kraft auf Michael Wilson und stieß ihn nach hinten gegen die Seite des Vans. Überrascht schaute East auf.

»Hörst du mir zu, grinsender Motherfucker?«, blaffte Sidney. Er bleckte die Zähne und hob seine Stirn wie einen Meißel an Michaels Kinn.

»Sidney, Mann. Wir haben's begriffen«, sagte East. Den Führer der Gruppe mobben, dachte er. Als Einstimmung auf die ganze Aktion.

Sidney war total überdreht. »Der *Auftrag*. Macht es so, wie wir's euch sagen. Hast du immer noch was Lustiges zu sagen?«

»Nein«, sagte Michael Wilson und umklammerte seine Sonnenbrille.

»Sonst jemand?«

»Nein«, sagte East. »Wir sind abfahrbereit.«

Johnny spannte die Arme an, nur Muskeln und Sehnen. »Also, heute sind wir höflich zu euch, aus erzieherischen Gründen. Aber macht verdammt noch mal genau das, was wir euch sagen.«

»Wir haben's begriffen«, wiederholte East. *Geduld,* erinnerte er sich. Ein Augenblick verging, die sechs standen argwöhnisch und barhäuptig in der Sonne.

»In Ordnung.« Sidney wischte sich über den Mund, beruhigte sich endlich ein wenig. »Wenn ihr nach Iowa kommt, seht euch die Karte an. Ihr müsst nach dem Weg fragen. Ruft dazu diese Nummer an.« Er schlug den Straßenatlas auf, die Karte von Iowa. Dessen östliche Hälfte war mit einem rosa Werbeflyer für Telefonsex beklebt.

»Diese Nummer hier?«, sagte Michael Wilson.

»Diese Nummer hier. Wenn die Telefonistin fragt, was du willst, sagst du: ›Ich will mit Abraham Lincoln sprechen.‹«

»Ich sag was?« Michael Wilson konnte sich als Erster nicht mehr beherrschen.

Sidney wartete verbittert. »Lach, so viel du willst. Aber vergiss es nicht.«

»Und Abraham Lincoln sagt dann: ›Hi, Michael. Ich bin so geil.‹«

Sogar East klappte vor Lachen zusammen.

Sidney wartete, Kiefer so hart wie eine Faust. »Ruft dort an«, sagte er schließlich nur. »Dann kriegt ihr Waffen.«

»Bereits bezahlte Waffen. Waffen, die wir für euch ausgewählt haben«, ergänzte Johnny. »Benutzt sie, und schafft sie euch dann vom Hals.«

»Der Waffenhändler ist ein Weißer. Also bleibt locker.«

Der Van. East ließ die anderen stehen und sah ihn sich genauer an. Schäbiges Äußeres – ein paar unbehandelte Dellen und Kratzer, dreckige Radkappen, der Wagen seit Jahren nicht poliert. Die Polsterung fadenscheinig. Doch die Reifen waren nagelneu, das Profil nicht abgenutzt. Die Fensterscheiben waren sauber. Eindeutig Tauchstation.

In Gedanken ging er die nächsten Tage durch: die Strecke zurücklegen; die Waffen abholen; *der Auftrag*. Er versuchte, es vor seinem inneren Auge zu sehen, herauszufinden, wo die Probleme lagen. Doch da war nichts zu sehen. Nur diese Jungs. Einen Mann umbringen? Wohl eher verhindern, dass sie sich gegenseitig umbrachten, diese drei Jungs, während einer Fahrt über dreitausend Kilometer in diesem hässlichen Van. Deshalb nahmen sie ihn mit. Das musste er machen, um wieder nach Hause zu kommen.

Um ihre Sachen erleichtert, mit neuen Namen und Portemonnaies voller Zwanziger bewaffnet, folgten sie Johnny durch das Einkaufszentrum in das Sportartikelgeschäft.

Hoch über der Kleidung strahlten ganze Lampenbatterien grelles weißes Licht ab. »Dodgers-Mütze. Dodgers-Hemd. Nimm dir eins«, wiederholte Sidney mehrmals.

Walter quetschte sich zwischen die Triple-XL-Enden der Kleiderständer.

»Dodgers sind Schwuchteln«, sagte Ty.

»Dem kann ich nicht widersprechen«, seufzte Johnny. »Was soll ich sagen? Weiße mögen Baseball. Weiße mögen die Dodgers.«

»Wieso sollte mich jucken, was Weiße mögen?«

»Kleiner«, sagte Johnny, »die Welt ist voller Weißer. Such dir also einfach 'ne schicke Kappe aus.«

Sämtliche Kleidungsstücke rochen nach den Chemikalien, die sie steif und sauber machten. Die Jungenhände durchforsteten die neuen und leuchtenden Sachen. East ließ sich zurückfallen, fand einen Ständer mit dem Schild SONDERANGEBOTE, wo die Klamotten nicht stanken, und griff sich zwei schlichte graue T-Shirts mit Dodgers-Aufdruck. An der Kasse zahlte Michael Wilson alles in bar.

»Danke, dass Sie heute bei uns eingekauft haben«, sagte das bezopfte Mädchen enthusiastisch. »Go Dodgers!«

»Ich danke *Ihnen*«, sagte Michael Wilson über seine Sonnenbrille hinweg. »Okay, dann woll'n wir mal, *vamos*, Kids.«

Johnny griff sich die Quittung und zerknüllte sie, dann zerriss er sie in winzige Fetzen.

Draußen herrschte der feuchte, bewässerte Morgengeruch von Los Angeles nach Blumen und Obst in den Bäumen und nach verfaulendem Kleinkram.

»Irgendwelche Probleme? Irgendwelche Fragen?«, sagte Sidney. »Irgendwelche letzten Wünsche?«

East zuckte die Achseln. Michael Wilson sah nach unten in die weiße Tüte aus dem Geschäft.

»Ich glaube nicht«, sagte Walter.

»Dann fahrt los«, sagte Sidney, die Hand bereits am Türgriff von Johnnys Wagen. Als könne er nicht schnell genug aufbrechen.

Michael Wilson hatte einen Schlüssel. East hatte auch einen. Michael ging zur Fahrertür. East bugsierte Walter auf den Beifahrersitz. Er probierte die Schiebetür rechts und stieß sie auf.

Im Dunkeln des Vans saß Fin, allein. Wartete auf den Mittelsitzen, Kopf tief unter den Dachhimmel gebeugt, Arme wie Pythons um die Schultern geschlungen.

»Kommt doch rein«, sagte er.

Sie tauschten Blicke aus und stiegen ein – Michael und Walter vorn, Ty glitt nach hinten. East nahm auf der Mittelbank neben Fin Platz.

»Könnt ihr ein Auto abschließen?«

»Klar«, sagte Walter. »Aber wir sind noch keinen Meter gefahren.«

»Aber Schlüssel habt ihr. Schließt die Türen ab. Oder jemand wie ich sitzt hier drin, wenn ihr Jungs zurückkommt. Verstanden?«

Alle nickten zustimmend.

Fin hatte eine tiefe Stimme, doch sein Gesicht war verkniffen, unglücklich. »Wenn ich könnte«, sagte er, »würde ich das selbst erledigen. Aber ich muss euch vertrauen. Ihr kennt den Auftrag?«

Vier Köpfe nickten bejahend.

»Michael Wilson, sind das die richtigen Jungs?«

Michael Wilson fand seine Stimme, versuchte, sie ruhig und fest zu halten. »Jawoll.«

»Wer es nicht kann, sollte jetzt gehen.«

Sie warteten ruhig, ebenso ehrerbietig wie ungeduldig.

In der Mitte des Vans zuckte ein schwarzer Blitz: Fin hatte eine dicke Pistole gezogen und entsichert, den Lauf an Easts Schläfe. East spürte, wie das kalte Metall an seiner Haut schabte.

»Ihr wisst, dass East mein Blut ist. Jetzt schicke ich euch alle als mein Blut hinaus.«

Easts Augen blickten leer, unbewegt. Eingeübt. Als sei es ihm egal. »Wird das funktionieren?«, sagte Fin.

»Es wird funktionieren«, versprach Michael Wilson.

Walter nickte, mit großen Augen.

»Ich brauche euch«, sagte Fin. »Und ich mag's nicht, wenn ich jemanden brauche.« Langsam zog er die Pistole wieder zurück, steckte sie irgendwohin. »Michael Wilson, du bist der Älteste. East und Walter, ihr sorgt dafür, dass er keinen Mist baut. Haltet ihn bei der Stange. Und Ty, du sorgst dafür, dass die Sache erledigt wird.«

Er schob die Tür auf.

»Noch Fragen?«

Vier Jungs schüttelten die Köpfe.

Fin ließ sich bedächtig, sacht zu Boden gleiten. »Schließt keine Freundschaften.«

Michael Wilson ließ den Motor an. Sie sahen Fin nach, der sich entlang der Laderampen entfernte, nur ein massiger, sich langsam bewegender Mann im Sonnenschein.

II
Der Van

4

Ein kleiner Kompass unter dem Wagenhimmel zeigte ein leuchtendes E an – für East, Osten. Nur einmal drehte East sich um und blickte zurück. Alles, was er sah, war schon Vergangenheit: The Boxes. Seine Gang. Seine Mutter. Das aufgegebene, von Kugeln durchsiebte Haus. Das aufgehebelte Fenster und seine Bude im Kriechkeller. Fin und die Waffe, die er East an die Schläfe gehalten hatte. Jetzt blieben ihm nur noch diese Jungs und der Van. Also nichts.

Hinter ihm lag sein Bruder, unter dessen Daumen ein Videospiel piepte. Desinteressiert. East überlegte, wann er Ty zuletzt gesehen hatte. Vielleicht im Spätsommer. Vor mindestens zwei Monaten. Er hatte nicht gewusst, wo oder wie Ty wohnte. Nicht dass Ty es verraten würde. Sprach man mit Ty, wusste man nachher weniger als vorher. Er hatte seinen Spaß daran, nichts mitzuteilen, nichts zu genießen. Ein dürrer Junge, der als Baby fast verhungert wäre. Der nichts aß, nicht spielte – *Gedeihstörung* hatte es der behandelnde Arzt genannt. Schlau war er, mochte aber die Schule nicht, schnell, lief aber nicht gern. Als kleines Kind hatte er nie geweint, nie Fragen gestellt. Nie etwas anderes gemocht als Schusswaffen.

Er hatte East, seinen Bruder, noch nicht einmal begrüßt.

Hatte nicht erkennen lassen, dass er East überhaupt bemerkt hatte. East würde nicht als Erster das frostige Schweigen brechen. Er berührte seine Schläfe, den unsichtbaren Kratzer dort, den Kuss der Waffe, der besagte: *Das ist wichtig*. Er sah aus dem getönten Seitenfenster – der Verkehr kroch dahin, und die Umgebung zog wie im nicht ganz schnellen Vorlauf an ihnen vorbei. Die Gegend war East vollkommen neu. Er war fünfzehn und hatte Los Angeles noch nie verlassen.

Vom Mittelsitz aus hatte er den Überblick – er konnte gleichzeitig die Straßen draußen und die Jungs drinnen beobachten. Michael Wilsons Kopf wippte auf und nieder, während er fuhr und pausenlos redete, mit jedem, sogar mit sich selbst, ein Redefluss: Er machte Musik daraus, er atmete in diesem Rhythmus. Seine Sonnenbrille hatte er ins Haar hochgeschoben, und sein Kopf pendelte von einer Seite zur anderen, seine weißen Augen tanzten hierhin und dorthin. Wie beschäftigt er war, dachte East, wie schwer er arbeitete. Walter hielt den dichtgelockten Kopf gesenkt. Er quoll vom Sitz aus über die Mitte hinaus und auf der anderen Seite bis zur Wagentür. East hatte schon vorher einige dicke Kids gekannt, schlaue, die etwas darstellten. Aber mit ihnen konnte man nicht im Vorgarten arbeiten. Nicht im Freien, wenn man stehen musste.

Walter war gerade dabei, sich mit Michael Wilson anzufreunden. Kicherte mit ihm. »Du hättest dir bestimmt nicht träumen lassen, dass du mal einen beschissenen Floristenvan fahren würdest«, sagte er.

Michael Wilson nahm die Hände vom Lenkrad. »Er *riecht* nicht nach Blumen.«

East hatte nichts gegen den Van. Ihm gefiel der Sitz, die Sicht aus der Mitte, die verblichenen Sonnenblenden. Der Teppichboden war blau, die Sitze waren blau, der Himmel war ein verblichenes Graublau, kleine Fusselklümpchen in den Rillen. Von seinem Sitzplatz aus waren die trüben Fensterscheiben eine Armlänge entfernt. Sie ließen sich nicht herunterdrehen, sondern nur mit einem Klappscharnier ein Stückchen aufdrücken. Das würde reichen. Alles war eine Armlänge weit weg.

Er stopfte seinen Kissenbezug unter seinen Sitz und durchwühlte den an der Rückenlehne von Walters Sitz hängenden Rucksack. Stifte, ein Notizblock. Seife und Handtücher, Zahnbürsten und -pasta. Die Sorte Rucksack, wie sie eine Mutter packen würde. Und unter dem Sitz lag ein Verbandskasten: Gaze, Kältepacks, eine dünne rote Decke, die sich ganz rauh anfühlte, wie Holzspäne. RUFEN SIE HILFE – NOTARZT / POLIZEI stand auf einer Seite. Und vier Paar dünne schwarze Nylonhandschuhe.

Dann räusperte sich der dicke Junge, Walter, und drehte sich um. Er sah East an. »Mann, was dachtest du, als Fin dir die Knarre an den Kopf gedrückt hat?«

»Was ich gedacht habe?« East schnaubte und sah aus dem Fenster. »Nichts.« Er sagte nicht: Das ist die zweite Knarre, die an einem einzigen Tag auf mich gerichtet wurde.

»Mich würd das stressen, Alter«, sagte Walter. Dabei sah er East immer noch an. Schließlich erwiderte East den Blick, worauf Walter kurz nickte und sich wieder nach vorn drehte.

»Nigger, für 'n Blutsverwandten scheint dich Fin nicht besonders zu mögen«, stellte Michael Wilson fest.

»Fin sagt, sag nicht *Nigger*«, meinte East ungerührt.

»Nigger, das ist unrealistisch.« Michael Wilson lachte stumm Richtung Windschutzscheibe und wippte mit dem Kopf zur Musik, zu einem Schaukelpferd in seinen Gedanken. »Wenn der Mann persönlich anwesend ist, halt ich mich zurück. Aber echt jetzt.«

Walter sagte: »Michael. Bedeutet dir dieses Wort gar nichts?«

»Nicht so wie für Easy.«

East zuckte mit den Schultern. Es war nur irgendein Ding, eine Regel. Die jeder brach. Aber diese Reise sollte angeblich straff und mit harter Hand durchgeführt werden. Regeln waren nun mal, was sie waren. Vermutlich würde es gegen Ende wüst werden. Also später. Ty würde dafür sorgen.

Gewohnheitsmäßig musterte er die anderen. Schon stritten sie sich. »Du musst auf die Interstate fünfzehn kommen, Mann«, sagte Walter gerade. »Du musst den Artesia Freeway erreichen, ehe du auf die sechshundertfünf kommst.«

»Du sprichst es nicht mal richtig aus. Ar-tess-ja.«

»Aber hier steht's doch. Ar-tii-sia.«

»Bist du schon mal da gewesen, Mann? Ich hatte nämlich mal 'ne Freundin da drüben, und die sagte Ar-tess-ja.«

»Du hattest noch nie 'ne Freundin, außer an irgend 'ner Ecke im Ghetto«, sagte Walter. »Bring uns einfach raus aus dieser Scheiße hier.«

»Dann spiel ein wenig Musik, Walt«, befahl Michael Wilson.

Eine ganze Minute lang, über seinen Bauch gebeugt, fummelte Walter am Radio herum. Erfolglos.

»Funktioniert nicht.«

»Angeblich haben wir ein Genie dabei«, klagte Michael Wilson. »Das nicht mal ein Radio einschalten kann.«

»Es ist *kaputt.*«

Tys Videospiel summte triumphierend. Einen Moment lang ließ der Bildschirm seine Hände grellweiß aussehen.

»Was glaubst du da hinten, Easy?«, fragte Michael Wilson und drehte den Kopf ein paar Grad rüber.

»Er redet nicht viel«, meinte Walter. »Weder er noch sein Bruder.«

»Nein, macht er nicht.« Michael Wilson hielt an einer Ampel. »Weil er dich nicht mag.«

Walter kicherte. »Er mag dich nicht.«

East hielt den Mund. Jetzt ging die Frotzelei los. Das hörte man sich einfach an. Man ließ es auf sich beruhen, und wenn es vorbei war, machte man sich die Hände nicht schmutzig. Sonst würde man nie etwas auf die Reihe bekommen.

Er hatte keine Ahnung, wie er in diesem Van je eine Runde schlafen sollte.

»Übrigens sollten wir vielleicht noch was essen, ehe es richtig losgeht«, schlug Walter vor.

»Soso, *wir*«, erwiderte Michael. »Hab gar nicht mitbekommen, dass wir abgestimmt haben.« Auch Walter stellte sich taub, bemerkte East. Er ließ sich nicht provozieren, selbst wenn man ihn Dickerchen nannte. »Rechts gibt's gleich gute Hähnchen. Welche Sorte willst du? Sie haben beide.«

»Beide was?«

»Beide Sorten. Cajun und nach spanischer Art.«

»Wenn schwarze Hähnchen dich so dick gemacht haben, nehm ich spanische.«

Eine Drive-in-Gasse verlief zwischen einer Hecke und

dem kleinen Flachbau. Der Lautsprecher quäkte wie die Sirene eines Feuerwehrwagens. Michael Wilson zahlte und verteilte extragroße Getränke und einen Pappeimer. Walter reichte die großen Getränke nach hinten, VIP-Becher – man konnte sie gratis nachfüllen lassen, wenn man immer noch nicht genug hatte. Servietten. Hunderte davon.

Sie zuckelten auf den Artesia Freeway.

Ty nagte eine Hähnchenkeule ab und wischte sich die Finger an einer Serviette ab, ehe er sein Spiel fortsetzte. Der Junge aß immer noch kaum etwas und bewegte sich auch kaum. Unnatürlich.

Sie passierten große gelbe Warnlampen, weiter vorn war etwas passiert. East versuchte, über die Autos links, rechts und vor ihnen hinwegzusehen. Weißer Mann in einem Acura zur Rechten, das Handy oben aufs Lenkrad geklemmt. Mehrere kleine Latinojungs in der Fahrerkabine eines Pick-ups, griesgrämig und schläfrig. Walter angelte sich ein drittes Hähnchenteil aus dem Pappeimer. »Vor Weihnachten kommen wir nicht raus aus L. A.«, nuschelte er.

East probierte, nach vorn auf die braunen Berge zu blicken, über die vor ihnen liegende Strecke nachzudenken. Er versuchte, nicht zu beobachten. Doch das hatte er nicht drauf. Seine lange Karriere als Beobachter – ein paar Jahre waren in The Boxes schon eine lange Karriere – hatte ihn zu dem gemacht, der er war. Er verbrachte seine Zeit damit zu beobachten, um zu verhindern, dass etwas passierte. Und manchmal wusste er einfach, dass etwas passieren würde. Manchmal schaute er in ein anderes Augenpaar und sah, was ein User vorhatte, wovor ein Nachbar Angst hatte.

Manchmal machte dieses permanente Beobachten East

rasend. Es nahm kein Ende. Immer gab es noch etwas Neues, noch eine Überlegung, noch ein Augenpaar. Tage begannen strapaziös und wurden immer strapaziöser, bis die Welt am Ende ein Zittern von sich gab, wie eine brummende Basssaite. Dann wäre er am liebsten ganz weit weg.

Nachts schlief er in seinem Karton, einfach um das Geräusch der Basssaite zu dämpfen. Nachts wäre er gern taub gewesen, und auch blind. Manchmal wurde er nachts in dem Karton wach und schnappte nach Luft.

Autos fädelten sich ruckelnd vor ihnen ein; sie hatten das Hindernis erreicht. Ein riesiger brauner Pontiac war auf der rechten Fahrspur gestrandet, kaputt und stolz darauf. Zwei Frauen mit langen blondierten Haaren warteten auf den Abschleppwagen wie Königinnen eines Festzugs. Sie hatten sich aufs Heck gesetzt und cremten sich mit Sonnenmilch ein. Danach ging es schneller voran.

Die Klimaanlage machte ihn fix und fertig. East wog fünfzig Kilogramm, mehr oder weniger. Er nahm den Verbandskasten und hüllte sich in die dünne rote Decke. Die anderen Jungs auf dem Vordersitz lachten.

Der Verkehr ließ nach, und als der Van immer weiter hinauf Richtung Berge fuhr, wurden sie dunkler, aus dem durchgehenden Braun wurden Lila- und Grautöne. Easts ganzes Leben lang waren die Berge ein zerklüfteter Unterbau für den Himmel im Norden gewesen. Jetzt war er ihnen zum ersten Mal wirklich nahe, war mitten in ihnen. Noch nie hatte er die Berge so vereinzelt gesehen, wie sie wirklich waren, einzelne mit Gestrüpp und Geröll übersäte Gipfel, dazwischen offenes Gelände.

Er konnte den Blick nicht abwenden – von den Abhängen, Bergspitzen und Tälern, die nacheinander auftauchten. Wie ein neuer User, der langsam näher kam, einen Blick auf das Haus, auf die Jungs warf, vielleicht wieder wegging, vielleicht in der Nähe blieb, beschloss, dann doch einen Blick ins Haus zu werfen, und schließlich hineinging. Früher oder später gingen sie alle hinein. East wollte, dass sich diese User entschieden, ob sie rein- oder weggingen, an einem anderen Tag wiederkamen, damit er sie nicht mehr beobachten musste. Genauso forderte er Michael Wilson durch schiere Willenskraft auf, schneller zu fahren, hopplahopp über den Highway zu brettern, vorbei an den Pathfinders, Broncos und Subarus, die zu einem Nachmittagsausflug in die Hügel unterwegs waren. Er wollte unbedingt in die Berge. Wollte sie sozusagen hinter sich bringen.

Licht ergoss sich zwischen sie, umfloss sie.

Die violetten und braunen Details öffneten sich, lösten sich auf und rutschten weg, während man an ihnen vorbeifuhr. Irgendwelche geborstenen Teile. Später kam der Van durch einen Canyon, in dem ein ganzer Hang brannte und weißer Qualm sich im Wind nach unten hin ausbreitete.

Keiner der Jungs verlor ein Wort über diese offenbar natürliche Katastrophe. East beobachtete sie, ohne zu atmen. Dann lag auch sie hinter ihnen.

Grüne Schilder huschten vorbei. Cajon Junction. Hesperia. Victorville. Tausende in das Tal gestanzte Fenster, Autos, die heranglitten und wieder verschwanden, Menschen in Blechdosen und Menschen am Straßenrand. Seine Augen fanden und erfassten sie. Er konnte nicht anders.

Wenn er die Augen schloss, ihnen Ruhe gönnte, hatte er wie immer das Gefühl, dass jemand oder etwas ihn beobachtete.

»Schlaf ruhig, wenn du willst, Easy. Ich hab's im Griff«, murmelte Michael Wilson. »Dickerchen hat sich schon ausgeklinkt.«

»In Ordnung«, sagte East leise. Walters Gesicht ruhte auf seiner Brust wie auf einem Tablett.

Hinter East piepte Tys Videospiel vergnügt. Ein neues Level.

Es wurde schon langsam dunkel, als sie anhielten, um zu tanken.

Das Gelände war inzwischen flacher – Hügel und Zäune, Gestrüpp und Arroyo. Doch überwiegend leer. Manchmal merkte East, dass er alles unscharf sah und die Kilometer vorbeihuschten wie Spiegelungen im Busfenster. Normalerweise schlief er nachmittags sieben Stunden und stand eine Weile eher auf, bevor er zum Haus gehen musste. Der Schlaf der letzten Nacht war zwar lang, aber unergiebig gewesen: Sein Kopf war ausgelaugt, die Lippen trocken. Die Sonne stand niedrig über den Bergen, hinter einer Wolkenbank.

»Wo sind wir?«, fragte Walter, der ebenfalls blinzelte.

»Das ist die Wüste, mein Junge«, verkündete Michael Wilson.

Flirrende Hitze. Sie kam nicht von der tiefstehenden Sonne, sondern vom Straßenbelag, der unter ihnen glühte. East schritt rasch darüber.

Die Toilette neben der Tankstelle war abgeschlossen, deshalb pisste er dahinter zwischen zwei von der Sonne geschmorte Autos. Der Boden um ihn herum gab ein knackendes Geräusch von sich, zartes trockenes Gestrüpp bewegte sich leise im Wind. Ein Teil des Mondes war am Himmel zu sehen, eine weiße Sichel.

Drinnen in der Tankstelle verschiedene Ölsorten, Mädchenzeitschriften. Eine Kühltruhe für Eiscreme und eine für Getränke. Neben dem Tresen, wo man das Benzin bezahlte, stand ein Grill.

»Ich kann dir was machen, Schätzchen«, sagte eine Frau, weiß, sonnengegerbt.

Es gab da nichts, was er brauchte. Er schlenderte nach draußen. Michael Wilson putzte gerade die Windschutzscheibe.

»Junge, hast du gerade auf den Acker gepisst?«

East sah nach unten. »Ja. Ich hab gerade auf den Acker gepisst.«

Der Ältere lachte. »Willkommen auf dem Land.«

East schwieg. Die Scherze, die kleinen Lacher. Er merkte, dass das zu Michael Wilsons Arbeit gehörte, der seine Aufgabe gut erledigen wollte. Das lockere Geplauder des Anführers. East schlenderte am Van vorbei, stand auf der Stichstraße aus Beton und Geröll und betrachtete das unbebaute Land. Etwas bewegte sich in der Ferne, ein Gespenst oder eine Buschkugel, Tumbleweed. Er hatte schon einmal Tumbleweed gesehen, in einem Zeichentrickfilm. Das hier sah genau so aus, ein Zeichentrickfilm-Tumbleweed in einem Zeichentrickfilmland, Hügel und Geröll, alles namenlos. Alles irreal.

»Steig ein, Landei«, rief Michael Wilson. »Wir müssen für euch was zu essen finden.« Und East drehte sich zum Van um, der blassblau und staubig war, wie der Himmel.

5

Nur einmal versuchte Michael Wilson, mit Ty ins Gespräch zu kommen. Sie waren kurz davor, Kalifornien zu verlassen; vielleicht waren sie auch schon in Nevada. Es war dunkel, und manchmal sahen sie im Scheinwerferkegel flache, mit Buschwerk bewachsene Hügel. Michael Wilson drehte sich halb vom Lenkrad weg.

»Was geht da hinten ab, Kleiner? Bekämpfst du immer noch diese Aliens?«

Nach langem, angespanntem Warten kam eine Reaktion, zitternd, fast die Stimme eines kleinen Mädchens: »Redest du mit mir?«

»Ja.« Dieses eine Mal lachte Michael Wilson nicht.

»Ich bin diese Fahrerei leid, Alter«, sagte Ty. »Bin den ganzen Scheiß leid. Warum fliegen wir nicht?« Er schaltete das Spiel wieder ein, mit einem Tusch, als wäre das Gespräch beendet.

Das aktivierte Walter. »O nein. Echt, Mann? Unmöglich. Geht gar nicht.«

Michael Wilson: »Wir versuchen, nicht aufzufallen, Kleiner. Um ein Flugticket zu kaufen, braucht man eine Kreditkarte. Einen Ausweis, um es zu kaufen, einen Ausweis, um an Bord zu gehen. Es ist egal, wenn der Ausweis nicht echt ist. Sie spüren einen trotzdem auf.«

Die hatten aber schnell ihre Meinung geändert, dachte East. Vor einer Stunde hatten sie noch selbst darüber gemeckert.

»Wir wären total gefickt«, sagte Walter. »Sie würden wissen, wo wir landen, wo wir in ein Auto steigen.«

»Ach, es gibt Ärger? Vier kleine schwarze Jungs haben 'nen Mann erschossen? Einen Mann, der nächste Woche als Zeuge in L. A. aussagen sollte? Na so was, ich sehe, da sind gerade vier kleine Negerlein aus L. A. eingeflogen.«

»Ich frage mich, wann sie zurückfliegen.«

»Lasst uns von dem Überwachungsvideo ein Foto von ihnen machen.«

»Lasst uns das SWAT-Team anfordern.«

Michael Wilson lachte. »Fliegende-Neger-Aufspürsystem aktiviert.«

Zu alldem fauchte Ty: »Und was, wenn sie's machen?«

Michael Wilson und Walter sahen einander an und platzten fast vor Lachen.

»Fickt euch«, sagte Ty. »Alle beide.«

East saß mit unter der roten Decke gefalteten Händen da. Die Decke hielt er von innen zu. So würde das also laufen. Die Witzbolde vorne legten sich mit Ty an. Tagelang.

»Tja, vielleicht würde es ja mit dem Fliegen klappen«, sagte Walter. »Aber dann stündest du auf der Fahndungsliste. Bei unserer Methode schleichen wir uns rein und schleichen uns wieder raus. Erinnerst du dich an diese Astronautin, die die neue Freundin ihres Lebensgefährten umbringen wollte? Die den weiten Weg von Texas bis Florida gefahren ist? Damit man ihr nicht auf die Schliche kommt? Sie hatte Benzinkanister im Kofferraum und hat nie angehalten. Alter, sie hat Windeln getragen, um nicht von Kameras erfasst zu werden.«

»Erinnerst du dich an diese *Astronautin*?«, höhnte Ty hämisch und knurrte auf dem Rücksitz wie ein alter verletzter Hund leise vor sich hin. Wieder bearbeiteten seine Daumen die Tasten seines Videospiels. Und so endete Michael Wilsons Versuch, mit Ty zu reden.

Sie waren wach, aber leise. Dann sprach Michael Wilson. »Wollt ihr einen kleinen Abstecher nach Las Vegas machen? Die Sehenswürdigkeiten ansehen?« Das Armaturenbrett beleuchtete seinen Wangenbogen wie einen Mond.

»Nein«, sagte East.

»Fahren wir weiter«, sagte Walter.

Doch dann wurde das dumpfe Dunkel der Wüste durchbrochen und die Unterseite der Wolken von buntem Licht angestrahlt. Gebannt starrten die Jungs nach vorn.

Der Van kroch glatt auf den Glanz der deutlicher werdenden Stadt zu. Es war wie das orangefarbene Glühen einer Zigarette – schleichend, funkelnd, heller werdend. Gebäude erhoben sich wie ein großer beleuchteter Wald. Im Licht der Stadt waren die unterschiedlichsten Fahrzeuge zu erkennen. Dann brausten sie in ihrem Van hindurch, und alle sahen hin, sogar Ty.

»Hört zu. Wir müssen sowieso bei der nächsten Ausfahrt raus und tanken«, schlug Michael Wilson vor, und *Klar, klar,* alle waren einverstanden.

So viel Licht. Strahlendes Licht, Lichtstrahlen, Kreuzfeuer, nichts blieb davon unberührt, Schatten Fehlanzeige. Kaum hatte der Van die Abfahrt verlassen, als eine Pyramide auftauchte. Eine große weiße Pyramide, scharfkantig, angestrahlt. Alles aufgebrezelt: Sogar auf der Einfahrt zum Parkplatz stand eine Fee, oder ein Dschinn.

»Stadt der Sünde, meine Nigger«, verkündete Michael Wilson, der jetzt einhändig lenkte.

Er und Walter lehnten sich aus ihren Fenstern, gafften, stießen hier und da einen lauten Schrei aus. Abend, Wüstenluft. East buchstabierte im Vorbeifahren die Namen: MGM. Aladdin. Bellagio. Flamingo. Treasure Island. Stardust. Riviera.

»Genau wie Disneyland, Mann«, ergänzte Michael Wilson.

Paare. Frauen zu zweit oder dritt. Männer in riesigen Gruppen. Mit Gewinnen und Taschen ausstaffierte Familien. Sie liefen blind herum, ihre Schatten verteilten sich in acht Richtungen, sie liefen so, wie in The Boxes niemand lief.

»›Größte Gewinne auf dem Strip‹«, las Michael Wilson bedeutungsvoll vor.

»Das steht aber auf jedem Schild«, gab Walter zu bedenken.

Auf einmal setzte sich Michael Wilson gerade hin und lenkte den Van auf einen Parkplatz. Da gab es zwar keine Tankstelle, bemerkte East, doch er protestierte nicht, als Michael den Van dahin durchschlängelte, wo tiefhängende grelle Lichter von hohen Bussen und Campingwagen reflektiert wurden. Vor ihnen erstrahlte ein von Säulen gestütztes Vordach, tanzende Neonlichter. Michael hielt direkt darauf zu.

»Michael«, stichelte East. »Wir tanken ja nur, stimmt's?«

»Klar«, sagte Michael Wilson. In der Nähe des Vordachs,

gleich neben der Eingangstür, fanden sie ein gelbes Rechteck auf dem Asphalt, aus dem sich gerade ein Wagen entfernte. Michael manövrierte den Van vorsichtig dorthin und parkte. In seinen feuchten Augen tanzten Lichter.

»Jungs, wollt ihr mal einen Blick hineinwerfen?«

»*Teufel,* ja«, sagte Walter, der sich schon hinausrollen ließ.

»*Hey*«, protestierte East.

»Keine Bange, E«, sagte Michael Wilson. »Ich weiß, du bist knapp bei Kasse. Aber ihr normaler Straßenneger kommt nicht jeden Tag nach Vegas. Das muss man gesehen haben, Alter. Nur 'ne halbe Minute.«

Eine großgewachsene Dame in einem silberfarbenen Cocktailkleid und Highheels schwebte glitzernd an ihnen vorbei. Dann war Ty an der Reihe, der sich wortlos weiterschob. East griff vergeblich nach ihm, da sein Bruder schon durch die Schiebetür entwischt war. *Verdammt.*

Das war also Michael Wilsons Vorgehensweise. Spontane Umwege und Versprechungen.

Links von ihm standen eine Säulenreihe und Palmen in Töpfen. Alles wurde von tanzenden Lichtern beschienen. Sie reizten East und ließen seine Gedanken sprunghaft werden. Rechts von ihm schlenderte Ty, mager, vor ihm eine lange Reihe goldener Türen. East umklammerte unglücklich seine rote Decke.

»Komm schon, Easy. So schlimm wird's schon nicht sein«, säuselte Michael Wilson. »Falls du Angst hast, kann Fat Boy dir nachher eine Geschichte vorlesen.«

Der schwarze Teppichboden schien kein Ende zu nehmen. Überall gemusterte Neonschnörkel, Treppen hinauf, Rampen hinunter, oben keine Decke, nur die blinkenden Lichter an tausend Geräten mit ihrem pausenlosen Gebimmel und Geklimper. Der Krach war enervierend. East hatte mal ein Kasino im Fernsehen gesehen – was keinen Eindruck davon vermittelte, wie es wirklich war, wie eine Fabrik, eine Stadt, läuten, läuten, Glocken, die nicht echt waren, die sich nicht abstellen ließen, aus Entfernungen, die auch nicht echt waren. Ein Gebimmel, das nichts bedeutete, nichts signalisierte, nur die Atmosphäre des Ortes ausmachte. Alles bimmelte.

Nur die Unmengen leuchtender Kästen und vor jedem einzelnen eine Person, schwelgerisch beleuchtet.

Schilder an den Säulen mahnten, ACHTUNG: KEINE PERSONEN UNTER 18 JAHREN! Doch niemand kam hinter ihnen her: weder die Portiers noch die kopfnickenden Sicherheitsleute mit Knopf im Ohr, die Kellnerinnen mit Drinks in gravierten Gläsern, die stämmigen Mexikanerinnen, die Senioren samt Sauerstoffflaschen in Rollstühlen herumschoben. Niemand stellte Ty zur Rede. Niemand beobachtete etwas oder jemanden.

Diese Leute sahen aus, als hätten sie Drogen genommen, dachte East, *oder sich verlaufen.*

East zog sein Hemd glatt und versuchte, die anderen einzuholen. Michael Wilson hielt einen Monolog: *Ja, ja, ich zeig euch, wo was abgeht.* Er wollte irgendwohin, zielstrebig. Am Ende eines langen, vermüllten Ganges kamen sie zu einer offenen Fläche und einem niedrigen, mit Teppichboden bezogenen Podest – drei flache Stufen hoch. Eine ganze Reihe leuchtend grüner Tische, umgeben von weißen Menschen. Michael Wilson trabte die Stufen hoch, und die Jungs folgten ihm.

East blieb im Hintergrund, verdrückte sich hinter eine Säule. Bemühte sich zu sehen, nicht gesehen zu werden. Er beobachtete, wie Leute die Jungs musterten, als Walter und Ty sich hinter Michaels Schulter drängten und auf den grünen Filz schauten.

Michael quetschte sich zwischen zwei weiße Frauen in Kleidern, die ihre Rückenknochen betonten. »Gib mir Karten, Mann«, verlangte er und wedelte mit einer Handvoll Zwanziger. Sidneys Geld, dachte East. Fins Geld.

Der Croupier war der zweite Schwarze am Tisch. Groß und geschniegelt mit einem silbernen Notenschlüssel an der Krawatte. Flott. »Ey, Bruder«, sprach Michael Wilson ihn direkter an. »Gib mir Karten.«

Jetzt sahen alle diesen Neger mit Universitätsbildung an, der mit seinem Geld protzte.

Der Croupier schürzte die Lippen; seine Höflichkeit war Verachtung. »Bitte, Sir. Zuerst müssen Sie eine Karte aufladen. Dann kaufen Sie am Tisch Chips.«

Als Antwort wedelte Michael mit den Geldscheinen. Seine Antwort.

»Hier wird nicht um Bargeld gespielt, Sir.«

»Oh. Wird es nicht.« Keine Frage, eine Kampfansage. Kein anderer sprach. »Okay, mein Bruder«, schnurrte Michael Wilson. »Wir sehen uns in einer Minute.« Er entfernte sich, schob sich zwischen Walter und Ty hindurch, und East bemerkte seinen Gesichtsausdruck: gedemütigt. Gespielte Freundlichkeit, voller Zorn.

Jetzt schloss East sich Michael an, ging neben ihm, Schulter an Schulter. »Mike. Wir müssen los. Du sagtest eine halbe Minute. Wir sollten gar nicht hier sein.«

»Zehn Minuten, E«, murmelte Michael Wilson und drängelte sich im Eiltempo durch die Massen. East schaute sich nach Walter und Ty um, die versuchten, Schritt zu halten. Michael strebte auf eine Lichtquelle zu, die nach oben ragte: abwechselnd aufleuchtende Musiknoten strebten die Wand empor ins Dunkel. Er fand ein Servicefenster, Gefängnisgitter über dem Tresen, blitzblank poliert, und niemand stand an. Kein richtiges Fenster, eher wie ein Fenster in einem Film. Wie in *Der Zauberer von Oz*.

East erreichte Michael in dem Moment, als der die Hände auf den weißen Marmortresen legte, den Stapel Zwanziger flach unter seiner Linken. »Wir haben dafür keine Zeit«, wandte er ein.

»Sir?«, sagte die Stimme hinter dem Gitter.

Die Kassiererin war keine junge Frau mehr, hatte aber Wangen und Augen mit Flitter aufgehübscht. Sie musterte jeden Einzelnen von ihnen: Michael, East und dann Ty und Walter, als sie sich herandrängten.

Michael Wilson wandte sich der Frau zu, und sein Gesicht glänzte wie ihres.

»Ich möchte Pokerchips für hundert Dollar, Ma'am«, verkündete er.

»Sir.« Sie neigte den Kopf, als trage sie in der Schule eine Anordnung vor. »Man muss achtzehn sein, um hier eingelassen zu werden, Sir.«

Michaels Lächeln. »Ich bin zwanzig, Ma'am.«

»Ja, aber, Sir«, sagte die Frau. Geduldig, unbeirrt. »Gehören diese Herren zu Ihnen? Können Sie sich ausweisen?«

East beobachtete Michaels Augen – ein Aufblitzen. Dann war sein Lächeln wieder zurück. »Sie *spielen* nicht«, sagte er. »Was denn? Dürfen sie nicht mal gucken? Mir nicht dabei zusehen?« Er lachte. »Wie könnte ich meine Babys im Wagen lassen?«

Die Frau trat einen Schritt zurück, raus aus Michaels Atembereich. Sie hatte entschieden. Michael sah es auch.

Walter sprach zuerst. »Mike. Lass uns mal rausgehen, Mann. Wir wollen hier keinen Ärger.«

East sah, dass sich aus Richtung der Kartentische etwas bewegte. Ein großer Blauer-Anzug-Träger mit einem Headset kam rasch näher. Ein Securitymann von der Größe eines American-Football-Spielers. »Jetzt pass auf«, warnte er.

Endlich bewirkte etwas, dass Michael sein Grinsen verging. Jetzt wurde sein Gang hektisch, als er die drei Jungs zurückscheuchte. Rasch schlängelten sie sich zwischen den klingenden Automaten durch, wichen dabei Spielern aus, die benommen von einem Hocker zum anderen schlingerten. Aber wo war die Tür geblieben? Ty löste sich von den anderen, erkundete die Lage; East hatte seinen Orientierungssinn komplett eingebüßt. Walter hinkte hinterher, und East wartete auf ihn.

»*Komm schon,* Mann«, fuhr er ihn an.

»Ich komme ja. Ich komme ja.«

Irgendwas ließ ihn gemein sein, gegen Walter sticheln. »Das ist deine Schuld«, sagte er. »*Als Erster* aus dem Van.«

»Ich sagte doch, ich komme«, keuchte Walter.

Jetzt sahen die Spieler sie kommen, und sie machten Walter den Weg frei, in ihren Plastikbechern klapperten Spielmarken wie Ketten. East warf einen Blick zurück: Der Securitymann ließ ihnen einen Vorsprung. Doch er folgte immer noch, sprach in seine hohle Hand.

Ein kurzer Pfiff von vorn. Sie hatten den Ausgang ausfindig gemacht.

An den ersten Türen vorbei eilten sie in den Vorraum, wo sich von oben Klaviermusik auf sie ergoss. Doch jetzt war Michael Wilson stehen geblieben, kniete nieder, um sich den Schnürsenkel zu binden. East fischte die Autoschlüssel aus seiner Tasche und gab sie Walter: »Lass den Motor an.« Die Eingangstür öffnete sich mit einem saugenden Geräusch, und schon schwappte East ein Schwall von Hitze, Nacht und Motorenlärm entgegen. Der Securitymann blieb in Türnähe stehen. Sie hatten getan, was er von ihnen erwartet hatte.

Nur dass Michael jetzt auch den Schnürsenkel an seinem zweiten Schuh neu band. East konnte nicht hinsehen. »Hör auf, Zeit zu schinden, Mann.«

»Nicht gerade der familienfreundlichste Betrieb, den man sich wünschen würde, was, E?«, fragte Michael, zog seelenruhig den Knoten fest und bewunderte ihn, ehe er aufstand. War wieder vergnügt.

»Mike, ich werd dir mal was sagen«, begann East.

»East, Mann.«

Michael grinste schon wieder. Ganz egal, was man sagte. Das Grinsen war zurück.

East baute sich vor Michael Wilson auf. »Wie lange willst du da drinbleiben? Und wie viel Geld willst du ausgeben?«

»East«, schnurrte Michael Wilson. »Nur eine *Kostprobe.*« Er hielt Daumen und Zeigefinger etwa einen Zentimeter auseinander. Wie ein User im Vorgarten – er nahm East nicht einmal wahr, sondern schaute durch die Innentüren zurück ins Kasino. »Spielautomaten, Mann – man lädt zwanzig

Dollar auf ’ne Karte, die kann man in einer Minute verspielen. Vielleicht gewinnt man sogar. Ich lass dich spielen, Mann. Wird dir gefallen.«

»Fins zwanzig Dollar?«

»Fin ist nicht hier. Ich bin der Anführer. Wie Fin gesagt hat.«

»Dann *führ* uns an.«

»Mach ich doch«, sagte Michael Wilson grinsend. »Das Einzige, was mich aufhält, ist ein weinerliches kleines Miststück.«

Die luftdichten goldenen Türen öffneten sich erneut, als zwei steinalte Frauen von draußen in das Gebäude wankten, nach Luft schnappten: *»Ach du meine Güte. Ach du meine Güte!«* Dann fanden auch die Blinklichter von draußen ihren Weg in das Kasino und kündigten sie an, eine neue, leuchtende Sorte Ärger.

Draußen, unter dem drei Autos breiten Vordach, ging plötzlich alles ganz schnell. Jedes Geräusch, jedes Zucken der Lichter war deutlich wahrnehmbar; jedes Geräusch hatte eine eindeutige Quelle. Ein Motor heulte auf. Eine Frau kreischte. Die Palmwedel zitterten in einem unsichtbarem Luftzug.

Das gelbe Licht drehte sich auf einem großen weißen Abschleppwagen, und irgendwo hörte East Walter schreien, ein von anderen Geräuschen fast übertönter Protestruf.

Michael Wilson: »Wo ist der *Van*?«

East zeigte hin; dann lief er los.

Der Abschleppwagen war unförmig, eine breite silbrige Ladefläche zurückgeklappt wie eine Kelle, und ein straffes

Stahlkabel verlief unter der Front des kleinen Vans, holte ihn ein. Easts Magen verkrampfte sich. Jetzt entdeckte er das Schild hoch oben an der Mauer: RESERVIERTER PARKBEREICH / ABSCHLEPPZONE. Natürlich.

East lief zu Walters Fenster. Walter hockte mit großen Augen und außer sich auf dem Fahrersitz. Niemand beachtete ihn.

»Was *machst* du denn?«

»Ich bin im Wagen«, tobte Walter. »Sie dürfen ihn nicht abschleppen. Das ist Vorschrift. Sag ihm das!«

»Sag *wem* was?«

»Ihm!«

Jetzt sah East es auch. Tief unten auf der linken Seite des Abschleppfahrzeugs bearbeitete ein korpulenter, bärtiger Typ die Hebel, wodurch die Winde quietschend das dicke Stahlseil aufrollte. Doch es bewegte sich in die falsche Richtung: Er gab sie wieder frei.

»Er lässt uns vom Haken?«

»Aaaaaahhhh!« Walter hyperventilierte.

»Wieso das denn?«

Ein Zittern überlief Walters Gesicht. »Dein Bruder.«

Wieder sah East sich um. Ty thronte oben auf dem Trittbrett und spähte nach unten wie eine Wildkatze. Unter ihm beeilte sich der Abschlepptyp, arbeitete mit einem Arm, den anderen schützend vor den Kopf gehoben.

Michael Wilson ging direkt zu dem Abschleppmann und brüllte: »Mann, lass meinen Wagen verdammt noch mal von diesem Ding.«

Der Abschlepper betätigte einen Hebel und hielt die Winde an. Er stand da, verzog das Gesicht und spuckte etwas

Rotes auf den Boden. »Das *mach* ich ja«, sagte er, und da sah es East: Etwas hatte seinen Mund übel zugerichtet. Der Bart war voller Blut. Der offensichtlich verängstigte Abschleppmann nickte Michael Wilson kurz zu, rollte sich unter die vordere Stoßstange des Vans und war nicht mehr zu sehen.

In dem sich hektisch drehenden gelben Blinklicht waren sie gefangen wie im Blitzlichtgewitter einer Kamera, das einfach nicht aufhören wollte. Links von ihnen, neben einem Betonpfeiler, behielten zwei Securityleute alles im Blick.

East begriff es immer noch nicht. »Er lässt uns fahren, stimmt's?«, fragte er Walter, und der dicke Junge sagte: »Ich *glaube*, ja.«

»Na dann, scheiß drauf.« Mit einem Pfiff trat East vom Wagen zurück und winkte Michael und Ty herbei. *Zurück in den Van.* Denn die Securityzwillinge machten sich bereit. Glänzende Lackschuhe, Fliegen, doch er sah es an ihren Hälsen – lauter Muskeln. »Kommt schon«, rief East.

Als Michael Wilson vorbeihetzte, fluchte er nach unten in Richtung Beine des Abschleppmanns. Ty hopste von dem Abschleppwagen herunter. »O Gott«, sagte die kreischende Frau, »sieh doch, was du gemacht hast!«

Nur eine Minute, dachte East. Noch vor einer Minute kamen sie gut voran. Alles lief bestens. Er kniete sich hin und sah dem Abschlepptyp bei der Arbeit zu. Er hatte schon früher gesehen, wie Autos abgeschleppt wurden, Pannenautos oder bei der Sachpfändung unbezahlter Wagen. Doch noch nie so, dass er unter die Stoßstange schaute und die Sekunden zählte. Die Klemmen und Ketten lösten sich von dem linken Rad, und der Mann rutschte rüber, um sich mit dem rechten zu befassen.

»Lass ihn an«, blaffte East Walter zu.

»Er *ist* an«, rief Walter über den Lärm hinweg. Ein dritter Securitymann traf ein, der zu den anderen beiden passende Drilling.

East schmeckte Galle, raste um das Heck des Vans und stieg auf der Beifahrerseite ein. Michael und Ty kauerten mit großen Augen hinten. »Du musst auf ihn warten«, wies er Walter an, »aber sobald er auftaucht, sieh zu, dass wir Land gewinnen.«

Sie lauschten den Geräuschen, dem Hantieren unter ihnen. Dann ruderten die Beine des Abschleppfahrers, drehten sich, und er richtete sich auf. Er gab etwas Unverständliches von sich, sein Mund wieder nass von Blut. Was wollte er? War es wichtig? Walter setzte den Van bereits langsam zurück. Noch zwei Fliegenträger stürmten aus den güldenen Türen. Walter hatte freie Bahn; er schob den Hebel auf *Drive* und kurvte mit dem Van um den großen Abschleppwagen herum.

»Ganz ruhig«, mahnte East. Der Abschlepptyp stand auf der nun wieder leeren Ladefläche und verfluchte sie. »Liefer ihnen keinen Grund.«

»Sie haben schon einen gottverdammten Grund«, stöhnte Walter. »Den haben sie weiß Gott.«

»Bleib einfach cool«, sagte East. »Bring uns hier raus.«

Walter murmelte etwas und lenkte. East schaute zurück auf das Securityteam, das sich auf die Fahrbahn verteilte, wo sie eben noch gestanden hatten. »Sie beraten gerade, ob sie uns ans Leder wollen.«

»Sie haben unser Kennzeichen. Sie haben unsere Fotos. Alles«, klagte Walter.

»Fahr, Mann«, sagte East müde. Und dann, an alle gerichtet: »Wer war das Mädchen?«

»Welches Mädchen?«

»Das dauernd geschrien hat.«

»Keine Ahnung«, warf Michael Wilson ein. »Ich hab kein Mädchen gehört.«

»Da war eins.« Walter seufzte. »Aber das hatte nichts mit uns zu tun.«

Vorbei an den Bussen, Richtung Straße, dem weißen Glanz, wo jetzt jedes einzelne Licht direkt ihnen zu gelten schien. Auf einem Schild am Straßenrand stand: SPIEL'S NOCH EINMAL, SAM!

Die hell erleuchteten Spielpaläste lagen hinter ihnen, doch die Jungs behielten nur die Straße hinter sich im Auge. Walter fuhr über gelbe Ampeln, um sie schnell wieder auf die Interstate zu bringen. Auf der linken Spur brausten Pkw und Lastwagen vorbei; Walter war zu angespannt, um zu reden. Nach fünf Kilometern nahm er eine Ausfahrt, entschied sich für eine Tankstelle und hielt an der Zapfsäule. Eine ganze Weile saß er mit geschlossenen Augen da.

Schließlich meinte East höflich: »Allmählich versteh ich dich. Was die Kameras betrifft.«

»Die gibt's hier auch«, seufzte Walter. »Darum dürfen wir keine blöde Scheiße bauen.«

East drehte sich um und sah Michael Wilson an. Michael sah Easts bösen Blick und schwieg zunächst. »Das war 'n echt seltsames Kasino«, begann er.

»Du hältst dein Scheißmaul.«

Walter biss sich auf die Lippe und sah zur Seite.

»Nicht ausrasten, Easy«, sagte Michael Wilson.

»Scheiße«, sagte East. »Wir haben Glück, dass wir nicht in diesem Moment mit dem Gesicht nach unten auf der Kühlerhaube eines Polizeiautos liegen. Du kannst ja nicht mal *einparken,* ohne Scheiße zu bauen.«

Sorgfältig wischte sich Michael Wilson etwas von einer Augenbraue. »Was willst du eigentlich?«, sagte er. »Soll ich dir ein Zettelchen schreiben: *Es tut mir leid*? Soll ich dir Blumen besorgen? *Es tut mir leid.* Aber sag bloß nicht, du wolltest da nicht auch reingehen.«

»Ich wollte da nicht reingehen.«

»Bist du aber.« Michael Wilson öffnete die Tür und stieg aus. Er betupfte seinen Haaransatz. »Hier übernehme ich das Bezahlen. Wer tankt voll?«

East fluchte. Er stieg aus und führte den Tankstutzen ein, stand dann daneben und wartete, dass die Pumpe ansprang. Er horchte nur, der Nachthimmel war sternenlos, von Lichtern, von seinem Groll bleich verwischt. Inakzeptabel. Für ihn hatte Walter fast ebenso sehr Schuld wie Michael. Er war aber zu wütend, um sich auch nur ansatzweise damit zu befassen.

Endlich piepte die Zapfsäule, und die orangefarbenen Ziffern rutschten auf null. Er fing an, den Tank mit Normalbenzin zu füllen, und klopfte an Walters Fenster. Die Scheibe glitt runter.

»Ich hab damit echt ein Problem.«

Walter stöhnte, das Gesicht leichenblass. »Er hat recht, Mann. Wir sind alle reingegangen.«

»Du zuerst«, betonte East. »Wärst du nicht gegangen, wär keiner von uns rein.«

»Wär ich nicht rein«, sagte Walter, »wären wir immer noch dort. Wir würden draußen warten. Und uns fragen, ob er aufhört, bevor das ganze Geld alle ist. Glaubst du wirklich, er wäre nach fünf Minuten wieder rausgekommen?«

East schob mit den Füßen die Reste toter Insekten herum. »Na schön. Was ist denn draußen passiert? Mit dem Abschleppheini?«

Walters Gesicht erstarrte. Er schüttelte den Kopf.

»Sag's mir besser. Ich muss es wissen.«

Die Zapfsäule schaltete sich ab, und East hing den Stutzen wieder ein. In der hell erleuchteten Tankstelle sah er Michael Wilson in einer Warteschlange, sein Kopf wippte zu einem Song in seinem Inneren.

Walter zwängte sich aus dem Van. Er sah East kurz an und trat dann verstohlen auf die andere Seite der Zapfsäule. East sah kurz auf den Van und zu Ty auf der Rückbank und folgte dann Walter.

»Da stand *Parkverbot,* stimmt's? Wir haben's übersehen. Als ich aus dem Kasino kam, hing der Van schon am Haken. Wahrscheinlich lauert dieser Abschlepper rund um die Uhr auf dem Parkplatz. Also. Im Gesetz steht, man darf nicht abschleppen, wenn jemand drin ist.«

»Erzähl mir nichts vom Gesetz. Wir sind hier nicht in Kalifornien.«

»Das gilt nicht nur für Kalifornien.«

»Bleib beim Truck!«, sagte East seuzend. »Was war mit dem Typ?«

»Ich schrei den Typ also an«, fuhr Walter fort, »sag ihm, er soll aufhören. Auf einmal, zack, kommt dein Bruder an.«

Walter schwang einmal den Arm herum.

»Was hat er gemacht? Ihn geschlagen?«, spottete East. »Der Junge wiegt neunzig Pfund.«

»Er hat ihn mit 'ner Knarre geschlagen«, flüsterte Walter. »Jedenfalls glaub ich das.«

East runzelte die Stirn. »Aber Johnny hat ihn gefilzt. Er ist sauber. Du hast es gesehen.«

»Ich weiß«, sagte Walter. »Egal, was es war, der Typ hat sich blitzschnell umentschieden. Und die Securityleute, die blieben einfach stehen und sahen zu – erklär mir das.«

East schaute auf und versuchte, den schlechten Geschmack in seinem Mund hinunterzuschlucken. Über ihnen drehte sich ein großer Plastikdinosaurier an einem Drahtseil. Auf dem Highway brausten Autos vorbei, und East musste sich zusammenreißen, um nicht jedes einzelne finster anzusehen. Die bewegten sich. Zunächst war ihm die Fahrt wie eine Befreiung vorgekommen. Ins Nichts. Doch seit Vegas kam es ihm so vor, als stecke er fest. Als zeigte jeder vorbeirollende Scheinwerfer auf ihn.

»Dieser Junge bedeutet Ärger«, sagte Walter und schaute nirgendwohin.

»Welcher?«

»Dein Bruder.«

East richtete sich auf, ganz automatisch. »Mein Bruder ist konzentriert bei der Sache. Der verkrachte Student ist das Problem.«

»Du redest, als wärst du dir sicher«, sagte Walter, »aber du solltest dir wirklich sicher *sein*.«

East war sich nicht sicher. Was East nicht über seinen Bruder wusste, würde den ganzen Van füllen. Man hörte so allerlei Geschichten. Dinge, die er getan hatte, wo er gewesen war, dass er überall reinkam, weil er so klein war, dass man ihn nicht fassen konnte und dass er für die Polizei zu jung war, die gab sich lieber nicht mit ihm ab. Nur Geschichten, und niemand, am allerwenigsten Ty, sagte, welche wirklich stimmten.

Finster betrachtete East das geschlossene, beschlagene Fenster, hinter dem Ty lag und sie belauschte. Oder auch nicht. Dann kam Michael Wilson über das Pflaster, sein weißes Hemd leuchtete, die weißen Zähne grinsten, er hatte bezahlt und war bereit, seine Hände waren sauber.

6

Dann war es spät und dunkel, die Landschaft abgeschaltet, irgendwo in dem flachen, leeren Nevada, das hinter Las Vegas lag. »Das soll also der Wilde Westen sein?«, sagte Michael Wilson. »Als würden sie hier Pferde reiten und so 'n Scheiß, wenn die Sonne scheint.«

Walter saß vorn neben Michael Wilson, und Ty schlief ausgestreckt auf der Rückbank, sein Videospiel war ausgeschaltet. East hockte müde und besorgt auf seinem Mittelsitz, vornübergebeugt, und trommelte mit den Fingern auf seinen Knien, während er den beiden Jungs vorn beim Lügenerzählen zuhörte.

»Damals, als ich noch auf die UCLA gegangen bin«, bemerkte Michael Wilson, »da hatten wir ein Pferd.«

Walter sagte: »Pferde mögen keine Schwarzen.«

»Wieso mögen Pferde keine Schwarzen?«

»Was glaubst du denn?«, sagte Walter. »Wem gehören sie denn?«

»Aber Schwarze trainieren Pferde. Dieses eine Pferd, wie hieß es noch gleich, in dem Film. Secretariat. Ein alter Nigger hat das Pferd trainiert.«

»Trainiert für was?«

»Das war ein Rennpferd, Mann.«

»Aha. War es ein gutes?«

»Es hat das Kentucky Derby gewonnen.«

»Na *klar* hat es das«, sagte Walter. »Okay, macht eins.«

»Egal«, sagte Michael Wilson. »Dieses Pferd konnte mich gut leiden. Es war ein gestohlenes Pferd.«

»Was soll das heißen, ein gestohlenes Pferd?«

»Irgendein Typ hat das Pferd gestohlen«, sagte Michael Wilson. »Und er hat es auf dem Campus gehalten. Das Pferd graste auf der Wiese und schiss auf den Gehsteig. Alle haben es andauernd mit Eiscreme und Pizza gefüttert.«

»Pferde fressen keine Eiscreme.«

»Dieses schon«, sagte Michael Wilson.

»Konntest du auf dem Pferd reiten?«

»So ein Pferd war das nicht.«

»Was für ein Pferd war es denn?«

»Keine Ahnung, was für ein Pferd es war, Fat Boy. Es stand halt da rum und hat Dreck gemacht.«

»Was soll daran so interessant sein?«

Michael Wilson explodierte. »Man darf auf dem College kein Pferd haben, Alter. Ganz einfach.«

»Warum nicht?«

»Darum nicht. Man muss die Vorschriften befolgen, sonst schmeißen sie einen raus.«

»Warum haben sie dich rausgeschmissen?«

»Das haben sie nicht«, sagte Michael Wilson. »Ich bin gegangen.«

»Diamonds hast du erzählt, du wärst rausgeschmissen worden. Das hab ich selbst gehört.«

»Ach, deshalb warst du da?« Michael Wilson lachte. »Niemand sagt Diamonds die Wahrheit, Mann.«

»Wer ist Diamonds?«, warf East ein.

»Kurier von der Eastside«, leierte Michael Wilson runter. »Ein trauriger Möchtegerndealer aus Covina mit einer Knarre und einem Nissan, der unbedingt groß rauskommen will. Er wusste nicht, was er tat. Fin hat ihn etwa drei Wochen lang an einem kleinen Geschäft beteiligt.«

»Wieso nennt man ihn Diamonds?«

Walter sagte: »Ich glaube, weil er so heißt.«

»Diamonds Wooten.« Michael Wilson nickte. »Hübscher Name. Ist jetzt wieder in Covina.«

»Ich mag keine Pferde«, sagte Walter. »Sie sind groß, beißen und machen einen fertig. Magst du Pferde, East?«

»Ich habe noch nie ein Pferd gesehen«, sagte East, »außer mit'm Cop drauf.«

»Du bist ein professioneller Straßennigger, East. Du gefällst mir«, sagte Michael Wilson. Er lachte, von sich selbst begeistert.

Walter erzählte eine Geschichte über den User, der einmal vor ein paar Jahren in sein Haus gekommen war, in der Hand eine Plastiktüte mit zwei Klapperschlangen, und versucht hatte, einen Gratisschuss zu kriegen, indem er Panik verbreitete. Es hätte fast funktioniert, bloß dass die Klapperschlangen in einem Loch in der Wand verschwanden und, als sich das herumsprach, niemand mehr das Haus benutzen wollte, bis Walter bekanntgab, er habe sie entfernt – was er nie getan hatte. Womöglich waren die Schlangen immer noch da.

Michael Wilson erzählte von den Recherchen, die er für Fin an der Uni von Los Angeles gemacht hatte. Michael Wilson sagte, Fin habe wissen wollen, wie viel Gras er an der UCLA absetzen könnte, weil er dachte, die Studenten wären bestimmt unterversorgt. Und Michael Wilson fand heraus, dass es an der Uni mehr Gras gab, als man sich vorstellen konnte. Es gab mehr Stoff und mehr Nachschubwege als irgendwo sonst: Varianten, Hybriden, Designergras, Biogras, historische Sorten, Gras, das nach Vanille, und Gras, das nach Schokolade schmeckte, Gras, das so oder anders verschnitten war, von ganz schwachem Gras bis rauf zu welchem mit extrem hohem THC-Gehalt. Es wurde für nichts verkauft. Weggeschenkt. Schließlich versuchte Fin nicht, diesen Markt zu beliefern, sagte Michael Wilson, sondern Fin begann, Gras von dort zu exportieren. Die UCLA war so etwas wie Fins Einfuhrhafen. Was es an der UCLA nicht gab, war Kokain. Sie hatten keins, wussten nicht, woher sie es beziehen sollten, und wussten nicht, wie viel sie dafür bezahlen sollten. Das waren also ein paar tolle Jahre, sagte Michael Wilson.

Walter sagte, er dachte, Michael Wilson sei ein Jahr lang aufs College gegangen. Michael Wilson sagte, er habe ein Jahr studiert; das zweite Jahr sei er rein geschäftlich dort gewesen.

Michael erzählte von dem Tag, als er mit sechzehn anfing, für Fin zu arbeiten; sein erster Job war Testkäufer, er ging einfach herum und kaufte von allen Leuten Drogen, um herauszufinden, ob sie es richtig machten – waren sie ehrlich, behandelten sie ihn korrekt, wie viel Geld verlangten sie von ihm? Jeden Krümel, den er kaufte, musste er melden. Am Ende des Tages hatte er so viel Kokain dabei, dass er in den Knast gekommen wäre, zehn Jahre Minimum, wenn man ihn gefasst hätte. Und das war sein erster Tag.

Auf der linken Spur raste ein Motorrad an ihnen vorbei,

mit hundertfünfzig, hundertsechzig Stundenkilometern, vielleicht mehr, ein Röhren wie von einer Kettensäge. Sie sahen zu, wie das einzelne rote Licht in der Dunkelheit verschwand.

»Den erwischt man nie«, sagte Michael Wilson im Brustton der Überzeugung. »Diese Burschen sind fein raus. Die Cops versuchen's nicht mal.«

Dann wollte Michael Wilson von East wissen, wie es genau gewesen war, wer noch gleich zu seiner Crew gehört hatte, wie lange er an dem Tag gearbeitet hatte, als die Polizei sein Haus stürmte. East richtete sich auf. Vielleicht war er eingenickt. Sein Schlafrhythmus war durcheinander.

»Wie war das, als alles zusammenbrach?«, fragte Michael Wilson. Walter gähnte, wollte es aber auch wissen: »Genau, wie war das?«

East antwortete nicht. Es war ein komischer Tag gewesen, und er hatte von Anfang an ein komisches Gefühl gehabt, die Feuerwehrwagen, die sich verfahren hatten, der alte Typ, der sich hinterm Haus zum Schlafen in den Garten legte. Zum ersten Mal fiel ihm der Kerl wieder ein, der behauptet hatte, das Haus gehöre ihm. Zum ersten Mal, seit sie Los Angeles hinter sich gelassen hatten, dachte er an seine Crew, an den Polizeieinsatz.

Er wünschte, er hätte sie erreicht, Dap und Needle, die Außenposten, die sich nicht gemeldet hatten, als die Einsatzwagen an ihnen vorbeikamen. Er wünschte, er hätte den Grund dafür erfahren.

Als er abgehauen war, hatte er geglaubt, alles hinter sich zu lassen. Er war bereit gewesen, das anzunehmen, was auf ihn zukam – egal, was Fin oder einer seiner Adjutanten mit ihm vorhatten. Er unterschied sich nicht von den Usern, die ins Freie drängten, die entweder unter Drogen standen oder wünschten, sie würden es tun, und die versuchten, nicht erwischt zu werden. Aus dem wohligen Gefühl von Jetzt-krieg-ich-Stoff in die Eiseskälte von Das-hätte-ich-wissen-müssen.

Im Dunkel des Vans erinnerte er sich an den ganzen Vorgarten – an die Veranda, an den Weg, an das zertretene, bräunliche Gras. An die rosigen Finger des Morgenlichts, die sich auf die Straße, die Häuser gegenüber legten. An den Hubschrauber und die Löschfahrzeuge.

Und an das Mädchen, das dort erschossen worden war. Er war noch nicht so weit, darüber nachzudenken.

Walter schnarchte laut und schreckte auf. »Verdammt«, schnaufte er. »Bin eingeschlafen.«

»Geh nach hinten«, bot ihm East an. »Ich setz mich vorn auf deinen Platz.«

Michael Wilson fuhr an den Straßenrand, damit Walter sich nach draußen quetschen und wieder einsteigen konnte. East versuchte, Walters Gesichtsausdruck zu erkennen, als sie die Plätze tauschten. Doch die Nacht war dafür zu schwarz.

Er schnallte sich an, als Michael Wilson anfuhr. Nur sie und die weißen Linien. Ein Auto verschwand gerade knapp zwei Kilometer vor ihnen, ein Paar roter Augen.

»›My crew is mad deep, I hope you niggas sleep‹«, zitierte Michael Wilson Notorious B. I. G.

»Ach, rapst du uns jetzt was vor?«, sagte East. Er lockerte seinen Sicherheitsgurt und zog seinen Sitz ein Stück weiter nach vorn. »Sag was zum Kasino, Mann.«

Im Licht des Armaturenbretts beobachtete er, wie Michael Wilson auf seinen Lippen herumkaute, sich dann unter die Blende duckte, um das Straßenschild zu lesen. »Pass auf, dass ich auf die Interstate siebzig nach Osten komme, Mann.«

East stellte seine Füße gerade hin. Ignorierte das Ignorieren. »Was war das, Mann? Diese geisteskranke Aktion?«

Michael fuhr wortlos weiter, die Hände oben auf dem Lenkrad, und biss sich wieder auf die Lippen. Nach einer Weile musterte East ihn nicht mehr, sondern betrachtete stattdessen die vorbeihuschenden Rücklichter. Kleine Katzenaugen. Eine Million von ihnen. Seine Augen waren müde.

»Geisteskranke Aktion?«, wiederholte Michael Wilson schließlich. »Und was war das dann in der Nacht, als du in The Boxes Wache hattest?«

Jetzt sagte East nichts. Er hatte seine Angelschnur ausgeworfen.

»Pass mal auf«, meldete sich Michael Wilson endlich wieder. »Du hörst das bestimmt nicht gern. Aber als ich anhielt, tat ich das für dich.«

East schnaubte. »Für mich.«

»Für euch alle. Für uns alle. In Ordnung? Es hat nicht funktioniert. Aber ich hab versucht, na ja, euch zu motivieren. Ich dachte, es würde euch *gefallen*. Ich dachte, egal, ob wir gewinnen oder verlieren, Mann, Hauptsache, wir gehen rein und sehen uns um, spielen ein bisschen. Kommen als Team wieder raus.« Michael Wilson murmelte, als habe sich die ganze Welt gegen ihn verschworen. »Auch gute Trainer gewinnen nicht jedes Spiel.«

»Du bist kein Trainer, deshalb.«

»East, Schätzchen«, sagte Michael Wilson. »Willst du dich mit mir anlegen? Dann mach's geradeheraus, nicht hinterrücks.«

»Na schön«, sagte East. Es machte ihm Spaß, das rauszulassen. Sollten ruhig alle aufwachen. »Du *bist* kein Trainer. Wir sind keine Mannschaft. Das ist ein Auftrag. Führ den Auftrag durch.«

Michael Wilson nickte. »Bist du fertig? Ist das alles?«

»Falls du's kannst. Falls du den Auftrag durchführen kannst«, stichelte East.

»Also Leute, ›Der Knabe stand auf dem brennenden Deck‹.«

»Tja, das sagt mir gar nichts«, schniefte East.

»Das weiß ich doch, mein Bruder«, sagte Michael Wilson. »Ich weiß. Ist schon okay. Sei ein Kumpel. Pass auf, dass ich die I-70 nach Osten nicht verpasse.«

East ließ es dabei bewenden. Er traute Michael Wilson nicht.

»Ich bin da mal Ski fahren gewesen«, sagte Michael. »Ich stand auf solchen Scheiß-Black-Diamond-Skiern. Typen auf Snowboards sind an mir vorbeigerast. Ich dachte, ich müsste sterben. Ich nehme mir vor, okay, pass auf diese beiden Motherfucker auf, da kommt schon der nächste –«

»Da ist es.« Das Schild. Die breite grüne Blechtafel über der Straße. Sie fuhren gerade drunter durch. »Fahr da lang, Mann.«

Keiner der anderen hatte aufgepasst.

»Bist du sicher?«

»I-70 Ost. Nach rechts.«

»Wow, wow, wow!«, rief Michael Wilson, schaute zur

Seite und riss den Van dann nach rechts, scharf, aber fließend, über Markierungslinien und einen mit Schotter übersäten Seitenstreifen. »Wow. Danke. Siehst du? Wir müssen uns gegenseitig beistehen, darum geht's!«

Was wäre geschehen, fragte sich East, *wenn ich nichts gesagt hätte? Wohin würden wir jetzt fahren?* Langsam drehte sich die Kompassnadel an der Decke wieder auf *E*.

Michael erzählte umgehend seine Geschichte weiter: »Jedenfalls, diese Snowboarder, die haben einen Heidenzahn drauf. Und ich denke, ich sage mir, Mann, diese Typen *müssen* einfach high sein.«

»Du fährst Ski?«

»Ja. Und ich –«

»Nein«, sagte East. »Ich meine, hä? Ski fahren? Du, Mann?«

»Ich war mit meinem Dad da oben«, sagte Michael wie beiläufig. »Er hatte da geschäftlich zu tun.«

»Hm.« Ein Dad. Den hatte Michael Wilson also auch. »Was macht er denn so?«

»Pharmavertreter. Er verkauft Arzneimittel.«

»Ach ja? Warum machst du dann das hier? Warum machst du nicht das, was er macht?«

»Er kann seinen Job nicht leiden.«

»Klar«, sagte East.

»Also hab ich mir überlegt«, fuhr Michael Wilson fort, »man könnte hier oben eine Menge Stoff verkaufen. Genau wie an der UCLA. Man muss aber die richtigen Leute finden. Einheimische.«

»Fin lässt dich also die Lage checken«, sagte East. »Vor Ort.«

»Stimmt«, sagte Michael Wilson. »Marktforschung nennt man das. Doch die Berge sind nichts für uns. Da oben kann man nicht im Vorgarten Wache halten. Es ist anders. Man ist allein. Schwarze Jungs können sich im Schnee nicht verstecken.« Er lachte über seinen eigenen Scherz.

Er quatschte einfach weiter. Es war egal. Michael Wilson merkte gar nicht, dass East nicht reagierte. Der hatte von Anfang an gewusst, warum Michael Wilson dabei war: zum Reden. Als Blender, der sie durchtrickste. Um mit seinem glänzenden Leumund und seinem UCLA-Lächeln jeden Cop dermaßen zu langweilen, dass er sich nicht mehr für sie interessierte.

Doch es gab ein Problem. Michael Wilson war ein Idiot. Ein reicher Knabe und Glücksspieler. Vielleicht war das schon alles. Man konnte schlimmere Probleme mit sich herumtragen. Und wenn Fin ihn ausgewählt hatte, dann wusste Fin bereits, was er *war*. Was Michael *tat,* damit musste East fertig werden. Aber behutsam. Denn Michael war ein hübsches Gesicht, ein Geschichtenerzähler; und er zog Walter mit. Sogar Ty. Sogar Easts Bruder, den eigentlichen Tollwütigen. Der folgte nicht East, sondern dem großen Jungen mit dem Jahr auf dem College und dem Bündel Geldscheinen.

Damit konnte East nicht aufwarten, er musste also stillhalten. Erst einmal. Er atmete und sah die Dunkelheit vorbeihuschen, das kalte, beruhigende Nichts. Dank der weißen Linien konnte man es messen. Es würde so viel Zeit wie weiße Linien geben, so viel Warten.

Die Straße führte nach unten in ein Tal, wo man keine Lichter sah. Raum, wie man ihn außer in der Werbung nie sah. Seltsames dunkles Land, in dem keine Menschen waren, dazwischen meilenweit leerer Raum. Solange er zurückdenken konnte, hatte er die Aufgabe gehabt, Leute auf Abstand zu halten. Dafür zu sorgen, dass die User ruhig waren und sich ordentlich benahmen, in Bewegung blieben. Dafür zu sorgen, dass seine Crew wachsam blieb, nicht zu routiniert. Dafür zu sorgen, dass Leute, die dort nichts zu suchen hatten, nicht einmal am Vorgarten vorbeigingen. Dafür zu sorgen, dass seine Mutter sich keine Sorgen machte.

Im Vorgarten Wache schieben.

Hier draußen hielt alles Abstand. Man konnte eine Stunde lang auf dem Freeway fahren, ohne einen Menschen gehen oder stehen zu sehen. Das rote Gespensterauge eines Autos fast zwei Kilometer vor ihnen. Vielleicht dasselbe Auto wie vorhin. Vielleicht ein anderes. Man würde es nie erfahren.

East griff nach hinten nach der roten Erste-Hilfe-Decke auf dem Boden und packte sie zusammengefaltet zwischen seinen Kopf und das Fenster. Nach einer Minute schloss er die Augen. Doch sie gehorchten nicht; seine Lider gaben nicht nach. Jede Schwelle, jedes kleine Ruckeln in der Reglosigkeit traf ihn hart. Er sah zu Michael hinüber, schaute auf die Straße vor ihnen, auf das schwarze Nichts im Seitenspiegel.

Sie sollten einander vertrauen, hatte Fin gesagt. Aber East traute nichts und niemandem.

East rührte sich. Michael Wilson fuhr langsamer – ein langer Parkplatz, hoch oben hängende Lampen, Schrägparken. Er fuhr hinein und machte den Motor aus.

»Muss schlafen«, murmelte er.

East setzte sich auf. Merkwürdig geformte, baumlose Landschaft. Überall Schilder. »Was ist das hier?«

»Raststätte, du Idiot.« Michael Wilson atmete tief, seine Augen fielen zu. »Ich vermisse mein Scheißhandy.«

East streckte die Beine. Er sah sich draußen um. Nichts bewegte sich. Walter und Ty lagen hinten und schliefen, und Michael nickte gegen das Fenster gelehnt ein.

East zog Michaels Schlüssel aus dem Zündschloss und stieg aus. Der Asphalt schien an ihm zu kleben wie Teichschlamm. Nach einem ganzen Tag im Auto waren Beine und Hintern taub geworden.

Ein halbes Dutzend Pkw und Lastwagen döste vor sich hin. Auf einem Nebengelände hinter der Anhöhe sah man die Lampen großer Trucks, die Auflieger glänzten weiß unter den hochhängenden Lichtern. Zu Easts Füßen versorgten Sprinkler ein paar Pflanzgefäße mit Wasser, leuchtend gelbe, nachtblühende Blumen. Zwei kleine Gebäude. Grimmig sah er sich nach irgendwas um.

Toiletten. Vorsichtig näherte er sich. DER BUNDESSTAAT UTAH BAUTE UND WARTET DIESE EINRICHTUNG. Also Utah. Schläfrig pisste er in Utah in ein Urinal. Grüne Lampen. Motten torkelten trunken gegen die Wände. Die komische weiße Flüssigseife tropfte automatisch auf seine Hände, als er sie ausstreckte. Ein Mann kam rein und musterte ihn interessiert. East senkte den Kopf und ging.

In dem zweiten Gebäude standen Cola-Automaten. East kaufte zwei Dosen. Ein Dollar das Stück. Eine Uhr zeigte zwei Uhr noch was morgens an.

In der Nähe des Vans, auf einer unkrautbewachsenen Anhöhe, stand ein Picknicktisch mit Blick auf alles: vorderer

Parkplatz, hinterer Parkplatz, einfach alles. East setzte sich und trank. Der Van war staubig. Er sah einen Laster vorbeibrausen, mit Lichtern bestückt wie ein Geisterschiff.

Bäume gab es keine.

Als er aus dem Schlaf aufschreckte, war die Dose umgekippt. Sie fühlte sich trocken an. Körniges Licht. Flache Wolken verwischten den Horizont im Osten, wo das erste Morgenlicht auftauchte. Er verfluchte sich, weil er im Freien eingeschlafen war.

Einige der geparkten Wagen waren andere. Ein Mann, der sich vor einem Nissan Maxima die Haare kämmte, war derselbe Mann, der ihn ein paar Stunden zuvor betrachtet hatte. Einer von denen. Dunkle Vögel hingen wie Drachen am Himmel.

East ging hinunter zum Van, tippte Michael Wilson an und bedeutete ihm, er solle rutschen. Michael nickte mit grauem Gesicht und quetschte sich auf den Beifahrersitz. Kaum hatte er sich angeschnallt, schlief er wieder ein. East öffnete die warme Dose Coke. Er verstellte den Sitz und die Spiegel.

Auto fahren. Ein paarmal war er für Fin gefahren oder hatte jemanden abgesetzt, der zu fertig war, um selbst zu fahren. Er wusste, wie es ging.

Andererseits war er noch nie schneller als mit fünfundsechzig Stundenkilometern unterwegs gewesen. Ein paar Kilometer fuhr er langsam und ließ den Verkehr vorbeiströmen – erst allmählich bekam er ein Gefühl für das Fahrverhalten des Vans. Jetzt waren mehr Autos unterwegs als abends. Das konnte er sehen.

Dann beschleunigte er auf hundertzwanzig Stundenkilometer.

Die Ereignisse der letzten Nacht setzten East immer noch zu: das Blinklicht unter dem Vordach, das Blut auf dem Asphalt, dass Ty hier draußen eventuell eine Schusswaffe dabeihatte, obwohl sie sauber sein sollten. Und davor: wie sie alle vier fluchtartig den Van verlassen, den Auftrag vergessen hatten, wegen – weswegen? *Nur eine Kostprobe.* Die Überwachungskamera hatte alles festgehalten – sie hatten Ärger gemacht. Vielleicht könnten sie das hinter sich lassen, wenn sie der Straße immer weiter folgten.

Ihm blieb nichts anderes übrig.

Die Landschaft änderte sich – orangefarbener Himmel, Licht, das Weiß der Ebene wich orangem Stein, zerklüftet und schroff, und Erde. Auf der Windschutzscheibe breitete sich die aufgehende Sonne aus, die den Himmel allmählich ins Blau übergehen ließ.

East warf flüchtige Blicke auf die Leute in anderen Fahrzeugen, die Pick-up-und-Werkzeugkasten-Männer, hinter Rundumsonnenbrillen versteckt, unterwegs zu irgendeiner Arbeit. Die schlafenden Familien, Fahrer mit Kaffeebechern. Die Einzelkämpfer, Mann oder Frau, manchmal voll konzentriert auf die Straße vor ihnen, manchmal ins Handy quatschend. Weiße. Vielleicht fuhren einige von ihnen ja auch vor etwas davon.

Eine halbe Stunde, vielleicht eine Stunde hatte er, ehe alle aufwachen würden. So lange allein, so viel Frieden. Die Reifen surrten, und er merkte jetzt, wie richtig Johnny mit dem lag, was er über den Van gesagt hatte: Der sah zwar schäbig aus, war aber zuverlässig. East saß gern hoch oben, er mochte den festen Sitz. Er konnte die Landschaft sehen, die flüchtigen Bewegungen im Gebüsch, ein Tier, zu schnell, um es erkennen zu können. Ein Hund vielleicht oder ein Kojote. In L. A. gab es Kojoten, aber das waren feige Kreaturen, wie große Ratten. Sie liefen durch enge Seitenstraßen und blieben im Halbdunkel, und es dauerte nicht lange, bis jemand sie erschoss. Dagegen gab es kein Gesetz. Nur ein weiterer Schuss in der Nacht.

Als die anderen Jungs sich rührten und zu fluchen begannen, war East traurig. Sie streckten die Gliedmaßen, spuckten den Nachtatem aus. Bald würden sie wieder ganz bei ihm sein. Neben ihm ragte ein kaminartiger oranger Berg auf, den East mit seinen verwitterten Schichten im Vorbeifahren genau betrachtete, bevor er sich von ihm verabschiedete. Ein Geheimnis. Das letzte Ding, das nur ihm gehörte.

Strahlender Morgen. East hielt an einer nagelneuen Tankstelle. Monitore summten an der Zapfsäule. Alle Jungs sprangen hinaus; East zapfte in der trockenen Luft Benzin. In Los Angeles war die Luft auch trocken, doch sie roch nach irgendwas – immer nach irgendwas. Hier roch die Luft nach nichts, oder nach nichts, was man benennen konnte.

In dem Gebäude hingen Rennwagen von der Decke und standen aufblasbare Superhelden. Ein riesiger Tresen mit Grillstation nahm den hinteren Bereich ein; es war keine Bedienung da, doch Kunden entnahmen einem Fenster Essen. Walter sah sich das an: Man berührte einen Bildschirm so oft, bis man seine Bestellung zusammenhatte. Jede Ware in jedem Fach war mit einem Preis in leuchtenden LEDs ausgezeichnet. Bei jeder Aktion ertönte ein Geräusch.

»Dieser Laden ist scheißcool«, sagte Ty.

Als East mit Tanken fertig war, begab er sich zur Toilette mit ihrem Kirschkuchenduft. Manches änderte sich nie. Ein weißer Junge stellte sich an das nächste Urinal. Mütze verkehrt herum.

»Was geht, Homie«, sagte er.

East runzelte die Stirn. Dieser Junge kannte keine Zurückhaltung.

»Was geht«, sagte er mit ironischem Unterton.

Der weiße Knabe tippte East mit dem Zeigefinger auf die Brust. »Manny Ramirez. Spitzentyp.«

East war irritiert. Er kniff die Augen zusammen, hielt die Hände kurz unter den Wasserhahn und eilte dann raus. Was war bloß los mit manchen Leuten?

Es war das Terrain des weißen Jungen – so viel war ihm klar.

Draußen vor den Toiletten stand Michael Wilson an. Er zahlte im Voraus mit Zwanzigern, musste also jedes Mal auf sein Wechselgeld warten – das kam dabei heraus, wenn man in bar zahlte. Er schaute ausdruckslos vor sich hin, ein Kunde wie jeder andere auch, und East betrachtete ihn von hinten. An der Kasse saß eine ältere Frau mit einem riesigen Bernstein, der in einer Falte ihres Halses lag.

»Sieben Dollar und dreißig Cent Rückgeld von sechzig Dollar, Sir«, sagte sie.

»Ma'am, haben Sie Rubbellose?«

»In Utah gibt es keine Lotterie, Sir.« Der Tonfall ihrer Stimme blieb gleich. Michael Wilson nickte zustimmend mit dem Kopf, und East ließ ihn weggehen. Was sollte das? Lotterielose kaufen. Ein bisschen was stehlen. Wie viel?

Was hatte Michael Wilson vor, falls er gewann?

Jemand schlug ihm auf die Schulter. Es war der weiße Junge aus dem Klo auf dem Weg nach draußen. »Bleib cool, Bro«, sagte er und tippte East erneut mit dem Zeigefinger auf die Brust. »Hosenstall steht offen.«

East sah nach unten. Bro hatte recht.

Erst zehn Minuten hier, doch schon hatte seine morgendliche Ruhe Risse bekommen. Undeutlich surrte die düstere Basssaite in ihm. Er folgte Michael zum Van, jedes bisschen Luft ein Rätsel, jede Person ein zukünftiges Ereignis. Er stieg hinten ein und schob die Tür zu.

»Geile Tankstelle, Mann«, sagte Walter, auf seinem Schoß eine appetitlich duftende Familienpackung mit dampfenden Hähnchenteilen. »So müssten alle sein.«

East schnallte sich an. »Wer ist Manny Ramirez?«

Beide Jungs auf dem Vordersitz schnaubten laut.

»Neunundneunzig, Easy«, sagte Michael Wilson.

»Hast du dir mal dein Hemd angesehen?«

East schaute an sich herunter. *Dodgers.* »Hä?«

»Auf dem Rücken. Sein Name steht auf der Rückseite von deinem Shirt, Mann.«

»Vorgartenknabe kommt nicht oft raus«, krächzte Michael Wilson.

Nach einer Stunde erreichten sie den Bundesstaat Colorado. East spürte, wie es steiler wurde. Er saß auf dem Beifahrersitz, während Walter lenkte und Michael mit entspanntem Gesichtsausdruck auf der mittleren Bank einnickte. Von dem heißen Essen hatte East sich den Magen verdorben.

Berge erhoben sich vor ihnen und über ihnen, wie in L. A. Doch in The Boxes waren die Berge nur ein Ding, wie eine

Mauer, ein Baum oder eine ausgedörrte Anhöhe über dem vollgestopften Tal. Hier gab's fast gar keine Gebäude, und die Berge waren wie Menschen, kauernde Gestalten, blau und grau und weiß, verdammt hoch.

Es waren reglose Steine, doch sie zogen Easts Blicke auf sich, weg von den Jungs in dem Van und den nicht identifizierbaren Leuten, die auf derselben Straße fuhren. East beobachtete die Leute nicht mehr so intensiv. Sie erwiderten die Blicke seltener als die Leute in Utah. Die Menschen wirkten jünger, fitter. Manche betrachteten auch die Berge. Andere fuhren mit ausdruckslosem Blick durch die Gegend. Familien mit Kindern, die in ihre Videoplayer versunken waren, Bergfans samt ihren mit Fahrrädern beladenen Gestellen auf dem Wagen oder mit Skiern und Rucksäcken; superschlanke weiße Frauen mit glatten Haaren in ihren Subarus. Sie erwiderten seine Blicke nicht, sie wunderten sich nicht über ihn.

Sie sahen nur einen Schwarzen, und der fuhr einen Umzugswagen.

Gegen Mittag hatten sie bei einer Ausfahrt namens Glenwood Springs vollgetankt und zwei Pizzas gekauft. Ein Toilettenbesuch, eine Runde Cola, kleine Holzbisons, die den Tresen neben der grauen Kasse bevölkerten. Pappboxen so heiß, dass sie Easts Finger ansengten; sie dampften auf dem Boden des Vans vor sich hin, bis die Fenster beschlugen.

Sie fuhren weiter, bis ein Schild eine Abzweigung ankündigte: AUSSICHTSPUNKT. »Nichts wie hin«, sagte Walter. »Da können wir essen.«

»Ach, *wir*?«, sagte Michael Wilson lachend, aber Walter ließ sich nicht provozieren. Die Aussicht, von zwei gewaltigen, eckigen Felsbrocken eingerahmt, machte deutlich, wie weit nach oben sie gekommen waren. Unter ihnen öffnete sich eine Schlucht, grün, atemberaubend. Zwei kleine Kids aus dem riesigen weißen Lincoln Navigator neben ihnen schrien: »Wow! Wow!« East zuckte zusammen, weil er erwartete, dass sie ihn anstarrten.

Doch sie bewegten sich nur an der Felskante und spähten in die Schlucht hinab.

Er ließ sich aus dem Van gleiten. Wieder musste er erst ein Gefühl für seine Beine bekommen, seine richtige Haltung finden. Der Boden hinter dem Geländer bestand aus glitschigen Kieseln. Er trat an die Kante und schaute vorsichtig nach unten.

Easts Augen brauchten eine Weile, um zu verarbeiten, was er vor sich sah. Er sah zwar die Tiefe des Tals, spürte den echten Wind, der hineinwehte. Er war aber nicht überzeugt, dass es echt war. Ein ebenso riesiger wie unerreichbarer Raum, der sich zwischen den bläulichen steinernen Wänden erstreckte. Die Luft unten war kalt, das spürte er, da war ein Stausee, und er fühlte etwas über dem Abgrund, all die Zeit, die dort abgelagert war. Fast eine Ewigkeit. Mehr Zeit, als er in hundert Leben wie dem seinen hätte.

Tief unten kreisten Vögel in der Luft, ganz tief unten.

»Mommy, Daddy!«, jubelten die Kinder wieder. »Guckt mal! Es ist echt krass!« Auch East stand da, die kalte Luft strömte zu seinem Gesicht empor, gesättigt vom Geruch nach Schnee und Stein.

Stundenlang arbeiteten sie sich die Pässe rauf und wieder runter: Schatten groß wie Städte glitten über die Berghänge, über dunkle moosbewachsene Täler, Wolken auf der Straße raubten ihnen die Sicht. Wie leer sie auf der Karte ausgesehen hatten, diese Fläche, dieser Staat. Wie anders es war, sie durchqueren zu müssen. Die Straße versank in Täler und quoll daraus hervor wie Eingeweide. East bat darum, mal wieder ans Lenkrad zu dürfen, doch sein Magen sorgte dafür, dass er den Versuch gleich wieder aufgab. Auf dem Beifahrersitz, neben der Leitplanke, war es noch schlimmer.

Den nächsten Halt machten sie, als er sich übergeben musste. Er wachte auf, schweißgebadet; er hatte von schrecklichen gelben Goldfischen geträumt. »Anhalten«, stöhnte er.

Michael Wilson hielt schlitternd an der Leitplanke.

East fiel ins Freie, hatte zuerst Zementgeschmack im Mund; dann drückte er sein Rückgrat durch, und sein Mittagessen ergoss sich über die Planke.

Pizza, Cola, der ganze Rest. *Herrje.* Er schaute weg, auf die Kilometer zwischen sich und dem nächsten festen Boden. Die gleichen Vögel, Punkte unter ihm. Die Luft roch feucht, wie der Fels.

Er fühlte sich besser – erst einmal, das wusste er. Doch er atmete sie ein, die feuchte Luft dieses Moments.

»Wer ist der Nächste?«, sagte Michael Wilson. Niemand im Van lachte.

»Du warst wohl noch nie oben im Gebirge, was, Easy?«

»Ich weiß auch nicht«, ächzte East. »Es ist anders, als ich dachte.«

»Du warst noch nie irgendwo, was?«

Er war nicht in der Lage, sich zu streiten.

Sticker klebten auf den Jeeps und Subarus: DIE ERDE GEHÖRT NICHT UNS, WIR GEHÖREN DER ERDE. AUCH EIN FÖTUS IST EIN MENSCH. CRISTO SALVA. Fahrräder auf dem Heck, auf der Ladefläche, auf dem Dach, wo auch immer man welche festschnallen konnte. »Die *verrückten* Motherfucker fahren hier oben Rad«, sagte Walter. »Wisst ihr, dass es hier keine Luft gibt? Geht mal raus und probiert, ob ihr hundert Meter weit laufen könnt.«

»*Du* kannst keine hundert Meter laufen«, sagte Michael Wilson, »*nirgends.*«

Irgendwann am Nachmittag ließen sie endlich die höchste Stelle hinter sich und rollten abwärts in Richtung Denver. East betrachtete die silberfarbenen Wagen der Polizisten in Colorado, die Chargers und Expeditions und die langen, flachen Fords. Sie verteilten sich überall auf der Strecke bergab, schnappten sich die Temposünder wie Haie auf der Jagd nach Beute. Einmal klebte ein Polizist kilometerlang an ihrer hinteren Stoßstange. »Ich fahre keine neunzig, du Arsch«, beschwerte sich Michael Wilson. »Neunzig minus fünf.« Der Polizist schaltete sein Blinklicht an, schnellte hinter ihnen hervor und folgte einem Jeep. Alle fingen wieder an durchzuatmen.

Tys Knarre, dachte East. *Tys Knarre, Tys Knarre, Tys Knarre.*

Der Van fuhr jetzt durch die Außenbezirke von Denver, die Gebäude waren flach, blank und wirkten unter dem kalten, blauen und von Wolken durchzogenen Himmel plötzlich zu bunt. Als sie von einer Interstate auf eine andere abbogen, drehte East sich um und sah zurück. Die Berge standen hinter ihnen aufgereiht, immer noch dicht an dicht, aber jetzt eingefallen, zusammengepresst. Kein Hinweis auf das, was sie waren, was sie verbargen. Nur eine von vielen Linien, allerdings ein wenig heller und gezackter als die braune Linie zu Hause.

Und sie sahen, was sie jetzt erwartete. Flachland, ein endloses flaches Meer.

»Jemand anderes fährt«, sagte Michael Wilson. »Ich kann den ganzen Mist nicht mehr sehen.«

Walter übernahm das Lenkrad. Michael lehnte sich auf dem Beifahrersitz zurück und rieb sich mit zwei Fingern übers Gesicht. East machte es sich auf der mittleren Sitzbank bequem und sah zu, wie Michael rieb und knetete. »Wo hast du das gelernt? Tokyo Spa?«

»East, Baby, nein«, sagte Michael. »Das hab ich von deiner Mutter gelernt.«

East lächelte und betrachtete die Straße, die ostwärts fahrenden Trucks. Nach einer Weile schloss er auch die Augen. Döste weg.

Wenn nur das Zirpen nicht wäre. Er sah zu Ty hinüber. Ty erwiderte den Blick nicht. Die Muskeln in seinen Fingern zuckten um das graue Plastik seines Gameboys. Irgendwas mit Aliens und Bomben. Ty konnte ewig herumliegen und spielen.

»Gehen dem Ding nicht mal die Batterien aus?«, beschwerte East sich schließlich. Tys Augen richteten sich auf ihn. »Dem Ding schon«, murmelte er. »Aber mir nicht.«

»Hast du deine Mutter besucht?«

»Nein«, schnaubte Ty. »Und du?«

»Ja. Ich hab ihr etwas Geld gebracht«, sagte East. »Am Abend vor unserer Abreise.«

»Tja«, sagte Ty leiser, »wie nett von dir.«

East sagte, so leise wie Ty: »Jemand sagte, du hast vielleicht ’ne Knarre dabei.«

Der Blick seines Bruders glitt rauf und runter, folgte etwas Winzigem auf einer zentimeterlangen Spur. Schließlich blinkte ihm das Spiel ins Gesicht, und Ty entspannte sich.

»Das ist meine Sache.«

»Du weißt, du darfst keine Kanone dabeihaben.« East ließ nicht locker. »Fin hat gesagt, bleibt sauber, bis wir die Waffen kriegen.«

»*Fin* hat gesagt.«

»Ich will sie dir nicht wegnehmen. Aber du solltest mir die Wahrheit sagen.«

Ty drückte wie irre mit den Daumen, und sein Spiel trällerte. »Schräge Scheiße, oder?«, murmelte er.

Schräge Scheiße. Das war zwischen ihnen beiden eine stehende Redewendung, eine alte. Sie bedeutete nichts und alles zugleich, ebenso unverständlich wie offensichtlich. Wie ein kurzer Blick, ein Winken auf der Straße. Es hieß so viel wie, dass sie nie gleichzeitig im Haus ihrer Mutter waren oder nicht wussten, wo der andere schlief. Es hieß so viel wie, dass East nicht die geringste Kontrolle über seinen kleinen Bruder hatte oder eingestand, dass er Ty verloren hatte. Denn Ty gehörte jetzt zu keinem, ein unergründliches Kind, träge wie Bienen im Herbst, bis er sich erhob und in einem Anfall von Kraft und Energie explodierte.

Woher Ty kam, wo Ty jetzt war – das wusste East. Was Ty zu dem machte, was er geworden war – das war das Unergründliche. Was geschah in der Luft mit der Peitsche zwischen Griff und Knall? Das konnte man nur raten.

Der große Bruder nahm den kleinen mit, das nannte man Babysitten. Doch so war es nicht. Absolut nicht.

Ty lächelte, tief in seinem Spiel versunken. Seine Daumen trommelten einen Schlussspurt. Dann entspannte sich sein Blick. »Du bist schuld, dass ich verloren habe«, sagte er.

7

East fuhr gern hier – die flachen, glatten Äcker, kein Mensch weit und breit, abgemähte blütenlose Stoppeln, vielleicht ein Traktor, vielleicht eine Bewässerungsanlage, wie lange Reihen silberner Fäden, die sich quer über den Erdboden zogen. Nichts als flaches Land. Flachheit hatte mehr für sich als erwartet. Der Schatten des Vans zog sich in die Länge, und auf den Feldern wechselten sich die Farben ab. Die Jungs schliefen in Intervallen, oder sie beklagten sich. Länger als ein paar Stunden in einem Auto zu fahren, dachte East, war wie ein Scheintod – irgendwo unter der ganzen Reglosigkeit schlug dein Herz. Zur Linken schwebte ein Unwetter und zog seine eigene Bahn.

Sie fuhren unter den Ausläufern mehrerer sich nähernder Gewitter entlang, alles war nass und sehr hell in den schräg einfallenden Sonnenstrahlen, und dann waren sie auf der anderen Seite, aber im Schatten der Wolken. Wieder war der Tank fast leer, und East hielt an einer Raststelle und stieg aus. Ein paar Zapfsäulen unter langen weißen Unwetter-Unterständen, dazu ein Steak-und-Eier-Imbiss samt Laden unter einem leuchtend gelben Plastikdach. Pick-up-Trucks fuhren über die langen, schmalen Zubringer auf jeder Seite rauf auf den Highway. Sie waren hoch und verchromt, mit klappernden Radkappen und vollbeladen mit Werkzeug,

Ackerfrüchten oder weißen Säcken mit Erde. Männer und Frauen hinter den Pick-up-Fenstern musterten ihn, betrachteten ihn interessiert.

»Ihr Jungs seid die einzigen Nigger, die sie im wirklichen Leben je gesehen haben«, meinte Michael Wilson gedehnt, »außer Kobe Bryant.«

»Das war Colorado«, sagte Walter. »Wir sind jetzt in Nebraska.«

»Erzähl mir nicht, Kobe hätte nicht auch in Nebraska ein paar Mädels.«

East wartete, bis Michael Wilson bezahlt hatte. Dann tankte er voll und parkte den Van. Ty schlief, ein Reptil; East verriegelte die Türen um ihn herum, ging auf die Toilette und setzte sich in eine Kabine. Je weiter sie nach Osten kamen, desto dreckiger waren die Toiletten. Als wären alle Klos im Lande in dem Augenblick geputzt worden, als sie L. A. verlassen hatten, und seither kein einziges mehr.

East schüttelte den Kopf. Schlaflos. Der Mensch in der Nachbarkabine hörte seine Musik über Kopfhörer und sang leise mit. Gequält, leidend, nur ein verständliches Wort, am Ende des Textes: *You. You.* Er roch nach faulen Eiern, als würde er innerlich verfaulen, und dann war er weg. East verzog das Gesicht und hielt den Atem an. Er versuchte, seine Gedärme auszuquetschen wie eine Zahnpastatube. Sein Denken war zerfranst, schlaflos: Er musste klar denken. Sie hatten es nicht mehr weit. Er musste dafür sorgen, dass in dieser Nacht alle schliefen. Und sich ein wenig die Beine vertraten, die Köpfe freibekamen.

Er zog den Reißverschluss hoch und ging, ohne sich erleichtert zu haben.

Draußen hatte das Unwetter sie fast eingeholt. Es wehte einem glatt ins Gesicht, ein grauer Vorhang, trug losen Müll mit sich. Walter hatte das Lenkrad übernommen und wartete mit laufendem Motor am Bordstein. East hievte sich hoch und auf den Beifahrersitz. Dann bemerkte er den Duft. Wie in der Mall, an den Kiosken, wo arabische Mädchen versuchten, einen einzusprühen: *Probe, Probe? Wird dir gefallen*. Dieser Geruch nach süßlichem Obst.

Als Zweites fiel ihm der Schuh auf. Ein goldfarbener Schuh, wie ein mit Folie überzogener Keil, in dem ein Mädchenfuß steckte. Er schwebte glitzernd über den Vordersitzen.

Das restliche Mädchen saß in der Mitte des Vans. Michael Wilson war neben ihr, ihr zugewandt und charmant. Hinten saß Ty senkrecht auf seinem Sitz, wie ein Ausrufezeichen. Diesmal war er hellwach, aber unschlüssig, was er tun sollte. Walter, der inzwischen losgefahren war, versuchte krampfhaft, sie nicht anzusehen.

Sie war weiß. Sechzehn, siebzehn, die roten Haare in Locken und Kringeln. Tapfer sah sie East an, oder neugierig, als wäre sie nervös. Doch sie war es gewohnt, dass sie mit bloßer Tapferkeit durchkam.

Da kein anderer etwas sagte, sagte es eben East: »Mädchen, wer zum Teufel bist du?«

Michael Wilson schnalzte mit der Zunge. »E, das ist Maggie. Sie fährt vielleicht ein Weilchen mit, bis rüber nach Omaha. Wir können sie am Flughafen absetzen.«

East sagte: »Nein. Tut sie nicht.«

Michael grinste und seufzte dazu.

»E«, fing er an. »Dieses Mädchen braucht Hilfe. Sie saß

da in dieser Raststätte fest.« Michaels eine Hand kroch über den Gürtel des Mädchens, der, wie East sah, farblich zu den goldenen Schuhen passte. »Keiner fuhr in ihre Richtung. Aber *wir* fahren in ihre Richtung. Stimmt doch?«

Das Mädchen legte ihre Hand auf Michael Wilsons schwarze Trainingshose. Legte sie ihm direkt auf den Schwanz.

Eiseskälte kroch Easts Wirbelsäule hoch. Der Parkplatz mit den gelben Markierungen in Vegas. Er sah das Mädchen ausdruckslos an.

»Nein. Sie kommt nicht mit. *Halt an,* Mann.« Er verpasste Walter einen Schlag. »Fahr zurück. Dahin, wo du eben warst.« Walter verschluckte sich fast und wendete den Van auf dem Zubringer.

Das Mädchen ließ ihre Hand auf Michael Wilson liegen, und der ließ darunter sein Becken kreisen.

»E«, sagte Michael Wilson gedehnt. »Das Mädchen braucht 'ne Mitfahrgelegenheit. Das ist ein Fakt. Vielleicht springt für uns alle was dabei raus. Für mich springt was dabei raus, das *weiß* ich. Also, warum fahren wir jetzt nicht los, damit ich dir nicht die Fresse polieren muss.« Das Mädchen errötete, ihr war nicht wohl dabei, und Michael lachte sein kleines, nachklingendes Lachen. Irgendwas war mit seinem Gesicht passiert. Sein Mund war schief und stand offen, als baumle darin eine unsichtbare Zigarre. »Fahr, Walt«, ergänzte Michael Wilson. »Hör nicht auf diesen Jungen.«

Walter rieb sich die Wange. Er zögerte. »Genau da«, beharrte East. Er wies auf eine Stelle. »Direkt neben der Tür.«

»East. Ich werd dir weh tun, Mann«, warnte Michael Wilson.

Easts Blick wurde hart, er starrte ein kaltes Loch durch das Mädchen. Ihre grünen Augen leuchteten, doch sie starrte zurück; sie war es gewohnt, Leute abzuchecken. Einen Moment lang sah er das schwarze Mädchen vor dem Haus, das Mädchen aus Jackson. Genauso: aufsässig. Und neugierig.

»Steig aus, Mädchen«, befahl East. »Dich erwartet hier nichts Gutes.«

Sie zog die Lippen kurz hoch, ein Lächeln. Dann beugte sie sich vor, ihre Haare schwangen wie ein duftender Zweig. Ihre Finger krabbelten seine linke Hüfte hinauf.

East stieß einen unterdrückten Schrei aus und schlug auf ihre Hand, wie eine Schlange, die zustieß. Das Mädchen zog die Finger zurück. East versuchte wieder seinen finsteren Blick aufzusetzen, doch er zitterte am ganzen Körper.

»Es tut mir leid«, sagte das Mädchen, Maggie. Ihre Stimme klang höher, als East es sich vorgestellt hatte. »Vielleicht sollte ich doch nicht …«

»Och, Maggie«, bettelte Michael Wilson. »Dieser Junge, dieser kleine Junge – Maggie, hör nicht hin.«

Sie wand sich, als er beide Hände auf sie legte.

East schätzte die Lage neu ein. Er wusste Bescheid – wie sie sich umdrehte, auf die Tankstelle schaute. Als halte die nun Dinge bereit, die sie vergessen hatte: Leute, Stofftiere. Danach sehnte sie sich. Ihr Mut hatte sie verlassen.

»Maggie, och«, stöhnte Michael Wilson, klebrig vor Verlangen.

Mädchen waren vernünftig. Man konnte sie in ihre Schranken weisen. Mädchen erkannten Großmäuligkeit und die Absicht dahinter. Jungs gingen wegen gar nichts einfach in die Luft, standen mit steifen Schwänzen auf, und prompt kamen Menschen zu Tode. Wie vor dem Haus in L. A.

Jetzt würde Michael Wilson schnell handeln. Das musste er.

Zuerst flehte er sie an, griff nach ihr. »Aber ich *kann nicht*«, sagte sie, und dann standen die goldenen Schuhe auf dem Pflaster. Die Glastür – WILLKOMMEN, DIESE KREDITKARTEN WERDEN HIER AKZEPTIERT – öffnete sich für sie.

Michael Wilson machte ein leises Klickgeräusch im Mund. »Verdammt«, sagte er. »Weg ist sie.«

Er ballte die Hand, die nach Maggie gegriffen hatte, und schlug damit nach Easts Kopf.

East duckte sich und suchte weiter unten Schutz. »Fahr los«, murmelte er, was Walter auch tat. Michael erhob sich unter dem niedrigen blauen Autohimmel, konnte aber keine Rechte schlagen, da sich East unten auf dem Beifahrersitz zusammengekauert hatte. Zwischen den Sitzen brachte er zwei Linke an, die zweite hart genug, dass es East das Wasser in die Augen trieb.

»Los!«, ächzte East. »Fahr endlich!«

Die Schiebetür öffnete sich klappernd, kühle Luft wehte herein. Wieder duckte sich East, und die Runde um den Parkplatz rüttelte Michael Wilson mächtig durch. Er erholte sich und holte wieder aus, doch East wehrte den Schlag ab – eine weitere abrupte Wende bewirkte, dass Michael sich abstützen musste.

Walter raste mit dem Van die Auffahrt hoch, als könnte er diese Schlägerei durch Gasgeben beenden. »Pass auf, Mike«, warnte er. »Deinetwegen bau ich noch einen Unfall.«

»Dann fahr wieder raus«, tobte Michael. »Ich werd

nämlich diese Fotze vermöbeln.« Er lehnte sich zurück, die Fäuste geballt. »Dir werde ich die Fresse polieren«, versprach er East.

Sobald ein »AUSFAHRT 1 MEILE«-Schild auftauchte, betätigte Walter den Blinker. East fasste sich ans Gesicht. Sein Blut rauschte jetzt in den Ohren und in seinem Kopf, ein gähnender Abgrund tat sich auf. Er wusste, er musste seine Karten jetzt ausspielen.

»Was ist los mit dir, Walt?«, hakte er nach. »Hast du gedacht: ›Super, wir sind jetzt mit diesem Mädchen unterwegs‹?«

Walter kauerte hinter seinem Lenkrad und winselte irgendwas Unverständliches. Hinter ihm saß Michael Wilson und lachte, er dehnte die Schultern – Lockerungsübungen.

East knöpfte ihn sich vor. »Ach, jetzt bist du also ein Muskelmann. Mach einfach deinen Job.«

Mit lauter, für alle vernehmbarer Stimme verkündete Michael Wilson: »Easy, ich weiß, was du für einer bist. Du bist bloß ’ne kleine Straßenschwuchtel, du hast noch nie ’n Mädchen gesehen. Aber *ich* schon. Diese Muschi war für *alle* da.«

Er versuchte, die anderen Jungs auf seine Seite zu ziehen.

Walter bremste den Van runter von hundertdreißig auf hundertzehn, neunzig. Die Ausfahrt führte ins Nichts, nur unbestellte Felder, eine rissige Betondecke, wo mal jemand gebaut hatte, um Geld zu verdienen. Auf der anderen Straßenseite ragte noch das Schild einer einsamen Tankstelle in die Höhe.

Kein Mensch zu sehen. Hier würde es passieren.

»Junge, man legt sich nicht ungestraft mit mir an«, dröhnte Michael Wilson, »und das wirst du jetzt merken.«

Walter stellte die Automatik auf Parken, und East wartete einfach nur. *Jetzt gilt's,* dachte er. Er wusste nicht, wann es losgehen würde, sondern nur, dass es bald so weit war.

Falls es nur einen Faustkampf gab, würde er verlieren. Vielleicht mehr als das. Aber falls es eine Abstimmung gab, würde er die vielleicht gewinnen. East hatte Walter. Walter hatte das Mädchen zwar gewollt, aber er hatte sie auch abgesetzt. Walter wollte das Richtige tun. Vielleicht würde er helfen.

Ty? East wusste nicht, woran er mit ihm war.

Michael Wilson stand auf. East brüllte: »Alle raus!«, und sprang als Erster ins Freie. Er schwitzte schon.

Er ballte die Fäuste, spannte die Muskeln an. Nie waren ihm seine Arme magerer vorgekommen.

Jetzt gilt's.

Dann rannte Michael Wilson über den rissigen Belag. Es hieß, wenn man übel verprügelt wurde, ließ der Verstand manchmal den Körper im Stich und verabschiedete sich, nahm es nicht mehr persönlich, sondern kehrte erst wieder zurück, wenn die Abreibung beendet war. Easts Verstand blieb, wo er war. Berechnete. Michael Wilson würde ihn nicht töten, nicht wegen des Mädchens. Doch was machte ein Narr, wenn er seine wahre Natur gezeigt hatte? Er setzte noch einen drauf. Wurde ein Profinarr. Wurde der denkbar gefährlichste aller Narren.

Michael Wilson blieb jetzt stehen, um sein weißes Dodgers-Shirt auszuziehen und es über den Außenspiegel des Vans zu hängen. Fitnessstudiomuskeln zogen sich über seinen Bauch wie Welpen in einem Wurf. Dieser Anblick half East, seine Angststarre zu überwinden.

»Hör zu, Mann«, flehte er. »Ich erklär's dir jetzt.«

»Halt die Klappe«, sagte Michael Wilson. »Das hätte ich vor zweitausend Kilometern machen sollen.« Irgendein chinesisches Tattoo im Fleisch seines Arms. Er ballte die Faust und schlug zu.

East duckte sich. Aber Michael war schnell. Er kam mit einem Arm von der Seite und schlug East in die Nieren; East spürte den stechenden Schmerz im Inneren. »Komm schon, Easy«, knurrte Michael und wickelte seine langen Arme um East. East kämpfte um einen festen Stand. Bleib unbedingt stehen: Das Pflaster ist nicht dein Freund.

Michael Wilson strengte sich noch mehr an. Er riss East seitlich weg, hob ihn um die Rippen hoch und versuchte, ihn auf den Boden zu wuchten. East spreizte die Beine weit, um sich abzufangen. Michael atmete hektisch ein, fluchte und drehte sich erneut. Wieder bekam East einen Fuß auf den Boden, bemüht, aufrecht zu bleiben. Walter hüpfte herum und schrie wie wild. Michaels Arme schlossen sich, und East roch seine Bodylotion. Eine Faust löste sich und flog nach oben, traf diesmal Easts Auge. Er spürte sofort, wie es pochte und anschwoll. Mit harten Fingernägeln erkundete Michael Easts Kopf; er packte ein Ohr und verdrehte es, riss daran, bis East aufschrie. Dann kam alles zum Stillstand.

Stille. Die Stille keuchenden, feuchten Atmens. Etwas Schwarzes und Kaltes umspielte Easts Gesicht, wie eine Hundenase. Ty hatte eine kleine Pistole auf ihn gerichtet, lässig, direkt.

»Hört auf«, sagte Ty. Er zielte so beiläufig, als wäre nichts dabei.

Michael Wilson fluchte. Er stieß East weg, direkt gegen Ty und den kalten schwarzen Lauf.

Ein großer schwarzer Laster mit einer Milchmannkarikatur auf der Seite raste vorbei.

»Du hast also eine Knarre«, stellte Michael Wilson fest.

Ty schwieg. East versuchte, die Augen klarzukriegen, seine Stimme zurückzubekommen. Er hatte sich innen im Mund gebissen. Doch für ihn galt: Jetzt oder nie.

»Gib Ty das Geld«, nuschelte er, sein Mund schwoll um die Zähne herum an.

Doch Ty hielt die Waffe auf *ihn* gerichtet.

»Scheiße, nein«, sagte Michael Wilson. Er liebkoste eine Faust mit der anderen. »Ob der Knabe schießt? Offenbar hat er noch nicht entschieden, auf wen. Was willst du also tun? Mich *wegschicken*?«

»Ja«, sagte East. Daran gedacht hatte er schon früher. Doch jetzt, wo Michael es gesagt hatte, gab es keine Alternative.

Michael Wilson schnellte vor und verpasste East noch einen Haken, seitlich in den Bauch. Plötzlich und unerwartet. East sackte zusammen und würgte vor Schmerzen. »Siehst du?«, höhnte Michael Wilson. »'n Scheiß hast du drauf.« Er machte einen Schritt zurück und wollte den nächsten Schlag anbringen, als plötzlich ein donnernder Knall ertönte und East unversehrt kauerte und versuchte, sich zu berappeln.

Ty hielt die Waffe gen Himmel. Deren harter grauer Knall hallte aus dem Nichts wider.

Michael Wilson spuckte aus. »Oh, Nigger, also bitte.«

Zum ersten Mal zielte Ty nun mit der Waffe auf Michael.

»Ich nehme jetzt das Geld«, sagte er.

Michael Wilson sah Ty finster an. Aus seiner Hüfttasche warf er ein Bündel Zwanziger auf den Boden. Sie flatterten, und Ty stellte einen Fuß drauf.

Walter meldete sich zu Wort. »Das ist nicht das ganze Geld.«

Michael Wilson blickte sich um und maß im Geist die Strecke bis zur Tankstelle.

»Gib das restliche Geld her, Mike«, sagte Walter.

»Soll er den Rest doch behalten. Er wird's brauchen«, sagte East. »Und jetzt verschwinde.«

Michael Wilson kicherte. »Hier draußen auf der Farm?«

»Genau«, sagte East. Er riss das Nylonshirt vom Außenspiegel und warf es Michael Wilson zu. Michael schüttelte es aus und zog es an. »Dann lasst mich meine Tasche holen«, sagte er. East nickte, und Michael nahm sie aus dem Rückraum.

»Hübsche Tasche«, konnte sich East nicht verkneifen.

»Ich verrate euch mal was«, sagte Michael Wilson. »Ich bedaure nicht, euch zu verlassen. Ich bin froh drüber. Ein Anruf, und ich komme nach Hause. Und ihr seid verloren. Ohne mich kriegt ihr keine Waffen. Ohne mich findet ihr den Mann nie. Keiner von euch sieht auch nur alt genug aus, um ein Auto fahren zu dürfen.«

»Wir brauchen dich nicht«, sagte East.

»Mit dir red ich nicht«, sagte Michael Wilson. »Ich rede nur mit dem jungen Burschen mit der Kanone.« Er drehte East den Rücken zu. »Du bist ein Junge aus dem Block. Hier gibt es keine Blocks. Es gibt jede Menge, was du nicht weißt, Gangsta. Du weißt nicht, dass du nicht zurückkannst, denn wenn du versagst, gibt's keinen Platz für dich. Johnny und

Sidney bringen dich um, nur weil du weißt, was du weißt. Oder irgendein anderer tut's – spielt keine Rolle.«

»Sag, was du zu sagen hast«, sagte Ty.

»Versteh einfach, was Sache ist.« Michael Wilson biss die Wörter einzeln ab. »Du bist nicht mal erwachsen.«

»Verstanden«, sagte Ty. »Und tschüs.«

Mit seinen makellosen Sportschuhen prüfte Michael Wilson den Boden. Hier, nach dem Kampf, mitten in einem Maisfeld, sah er so proper und blitzsauber aus wie immer: schwarze Trainingshose, glänzende Sporttasche, weißes Nylonshirt, durch das seine dunkle Haut schien. Verirrte Regentropfen wehten gegen ihn und verschwanden.

»Denkt dran«, sagte er. »Ihr werdet sterben. Und fickt euch.« Michael Wilson nickte – Richtung Waffe, nicht Richtung East –, drehte sich um und machte den ersten Schritt weg. Dann joggte er. Er lief, und Ty steckte die Waffe ein. Einen Moment lang konnte East nicht glauben, dass Ty sich so eingemischt hatte und dann Michael Wilson einfach ziehen ließ. Der Ty, mit dem er gerechnet hatte, der Ty, den er im schmerzenden, lädierten Teil seines Hirns hatte, würde Michael Wilson erschießen und ihn am Straßenrand für die Vögel liegen lassen. Nicht das. Nicht Michael Wilson auf der Landstraße, dessen weißes Shirt sich unter den unruhigen Wolken bauschte und dessen Halskette glitzerte. Eine Minute später hatte er die Fußgängerbrücke überquert und ging ohne einen Blick zurück auf der anderen Seite wieder hinab.

8

Easts Finger wussten mehr, als der Spiegel wusste. Seine Augen sahen okay aus, fühlten sich aber dick und heiß an, darunter war Flüssigkeit. Die Serviette voller Eis aus Walters Limo machte ihn nur nass.

»Wie schlimm hat er dich erwischt?«, fragte Walter wieder, der im Sekundenabstand in den Rückspiegel sah, als könne Michael Wilson sie irgendwie einholen.

Ty saß mit ausdrucksloser Miene auf dem Rücksitz und sah nach draußen.

East dachte daran, wie er das letzte Mal verprügelt worden war. Damals war er acht oder neun gewesen. Genau, neun – es war in der dritten Klasse, eine Woche vor den Sommerferien. Drittklässler wurden in die nächste Schule versetzt. Aber vier Schüler, die nicht versetzt wurden, griffen sich jeden Tag einen Jungen und vermöbelten ihn, nur um sich zu verabschieden. Die Schulleitung schloss sie nicht vom Unterricht aus – denn sie wollten ja suspendiert werden. Einer von ihnen wurde zum dritten Mal nicht versetzt. Er war schon elf.

Sie hatten East an Gesicht und Schultern Prellungen zugefügt, ihm zwei blaue Augen verpasst, einen Zahn gelockert. Seine Mutter schrie, sie würde zur Schule gehen und einen Mordskrach schlagen. Doch sie war nie gegangen. Das war schlimmer. Doch dieses hier tat mehr weh.

In jenem Jahr hatte Fin begonnen, East unter seine Fittiche zu nehmen. Er kümmerte sich, sorgte dafür, dass East hatte, was er brauchte. Um Ty kümmerte er sich nicht groß. Ty war nicht sein Blut.

Als East die Serviette von seinem Auge nahm, löste sich etwas aus seiner Haut. Walter warf einen Blick drauf und flippte aus.

»Ich sag's dir, Alter. Lass uns zu 'ner Apotheke fahren. Dir etwas Salbe besorgen. Du brauchst Medizin dafür. Und Verbände.«

Easts Stimme klang dünn und weit weg. »Wie sieht es aus?«

Walter unterdrückte ein Kichern. »Als wärst du nach Strich und Faden verdroschen worden.«

East legte die Serviette wieder aufs Auge.

»Alles in Ordnung?«

East nickte. Er wollte nicht darüber reden.

Die hohe, unruhige Wolkenwand schob sich vor die Sonne. Auf der Straße wurden die Autoscheinwerfer eingeschaltet. Mit steifen, zitternden Fingern öffnete East sein Portemonnaie und zählte, einäugig. Er hatte zweihundertsechzig. Er zählte noch mal nach.

»Wie viel Geld hast du?«, fragte er Walter mit seiner dünnen Stimme.

»Dreihundertzweiundzwanzig«, antwortete Walter, ohne nachzusehen.

»Wieso hast du dreihundertzweiundzwanzig, wenn wir mit dreihundert anfingen?«

»Mann, ich *hatte* schon Geld. Was denn, hast du keins dabei?«

»Es hieß: kein Portemonnaie«, sagte East. »Was sind zweisechzig und dreizwanzig?«

»Fünfachtzig. Plus Tys Betrag.«

»Ty. Wie viel Geld hast du?«

Sie warteten. Ty schaute stumm aus dem Fenster.

»Ty«, wiederholte East. »Wir wollen rausfinden, wie viel wir haben.« Nichts.

»Da ist 'ne Stadt«, verkündete Walter. »Fahren wir ab. Ich finde für dich einen Drugstore.«

East gab's auf. »Na schön. Wie soll das funktionieren, fünfhundertachtzig Dollar?«

»Abzüglich Benzin«, sagte Walter.

»Abzüglich Waffen«, sagte East.

Ty hustete. »Es hieß, für Waffen müsse man nichts bezahlen.«

East sagte: »Hab ich da eben ein Geräusch gehört?«

»Du hast mich verstanden«, sagte sein Bruder.

Jetzt drehte East sich um, zeigte seinem Bruder sein geschwollenes Auge. Es schmerzte, war heiß wie eine vergiftete Wunde, wie ein Schlangenbiss. »Willst du mir mehr erzählen?«

Ty starrte stumm auf den vorbeihuschenden Mittelstreifen des Highways.

»Ihr zwei, Alter.« Walter schüttelte den Kopf. »Ich sollte 'ne Kampfzulage kriegen.«

East blieb draußen vor dem Drugstore im Van sitzen. Ty rührte sich nicht. Sie betrachteten den blau und weiß leuchtenden Eingang, eine Plastikstadt. Weiße strömten rein und raus, trugen Chipstüten, Getränkekisten. Alle schienen einander zu kennen, plauderten ein wenig oder winkten wenigstens.

»Ty«, rief East nach hinten. *Hier läuft gar nichts.* »Was weißt du über die Waffen?«

»Das hier kommt mir nicht wie ein Drugstore vor«, sagte Ty.

»Da steht's doch. *Drugs.*«

»Aha«, sagte Ty mit ironischem Unterton. »Dann isses wohl einer.«

»Beantwortest du meine Frage?«

»Nein«, sagte Ty.

»Hast du es in die Wege geleitet? Weißt du, wer die Leute sind?«

Ty schnaubte nur leise, wie ein alter Mann.

So war es, sich mit Ty zu unterhalten. Er war ein eigensinniges Baby gewesen, ein dickköpfiges Kind. Jetzt war er eine Wand. Bei jedem Gespräch gab er East das Gefühl, er wäre die Polizei. Manchmal dachte er, Ty müsse das gelernt haben, weil er ein- oder zweimal aufs Revier gebracht worden war, im Vernehmungsraum gesessen, mit Pokerface vor einem Polizeischreibtisch gehockt hatte. Aber Ty konnte man nicht fragen. Dann würde man nie etwas herausfinden.

Tys Undurchschaubarkeit verneinte das Blut ihrer gemeinsamen Mutter. East konnte eine Gang aus Jungs seines Alters um sich scharen, konnte Junkies sicher in ein Haus und aus einem Haus heraus führen. Er konnte jemanden durch Blicke dazu bringen, seine Schusswaffe zu senken. Aber Ty hatte herausgefunden, wie er ihre gemeinsame Kindheit negieren konnte, die beiden Jahre, die East älter war als er. East konnte überhaupt nichts mit ihm anfangen.

Walter brachte ein Antiseptikum und einen Wundverband, so breit wie eine Kreditkarte. »Den wickle ich mir nicht um«, sagte East.

»Ganz wie du willst«, warnte Walter. »Mal sehn, wie du dich bis heute Abend fühlst. Vielleicht wünschst du dir dann, du hättest es getan.«

»Sind wir heute Abend in dem Waffenhaus?«

»Wollen wir hoffen, dass Michael Wilson dem Mädchen nicht erzählt hat, wohin wir unterwegs sind.«

East dachte darüber nach. »So blöd ist selbst Michael nicht.«

»Aber schon allein Wisconsin zu sagen. Auch nur Osten zu sagen. Sie *wusste,* dass wir nach Osten fuhren.«

»Er hat gar nichts gesagt.« Und schon verteidigte er Michael Wilsons gesunden Menschenverstand. »Alter, alles wird gut werden.«

»Wir sind deshalb hier«, sagte Walter, »weil *nicht* alles gut werden wird.«

Die Salbe brannte, aber East verteilte sie großzügig, entlang der Braue, unter dem betroffenen Auge. Er verrieb sie mit der Fingerspitze, während sie zurück auf die Straße fuhren. Jetzt, mit nur drei Insassen, schien der Van zu lang, zu geräumig zu sein, von vorn bis hinten eine finstere Höhle. East kurbelte die Fensterscheibe halb runter und ließ frische Luft und Nachmittagslicht herein. Das Unwetter von vorhin befand sich jetzt hinter ihnen, es türmte sich hoch auf und kam immer näher. Hinter einem Zaun entdeckte East ein neugebautes kleines Wohnviertel, durch Straßenlaternen überwacht. Zwei weiße Mädchen warfen in einer beleuchteten Auffahrt auf einen Basketballkorb.

Nach der ersten Stunde tat sein Gesicht nicht mehr weh. Jetzt war es ein quälendes Gefühl, im Inneren lädiert zu sein, nachdem Michael Wilson ihm zuerst einen Schlag in den Rücken verpasst und anschließend mit einem unerwarteten Hieb in die Seite nachgelegt hatte. Hitze mit Kälte vermischt. Wie blaue Flecken, die in den Körper vordrangen und sich in der Mitte trafen: So stellte er sich eine verfaulte Birne vor. Sein Atem stockte, wie bei einem Kind, das auf gar keinen Fall weinen wollte. Der Schmerz machte ihn wütend, und seine Wut ließ ihn ruhig werden.

Er nahm den Straßenatlas von seinem Platz zwischen den Sitzen hoch und blätterte ihn lustlos durch. Staat für Staat. Arizona. Arkansas. Schließlich Kalifornien. Er hielt inne und betrachtete den ganzseitigen Stadtplan von Los Angeles. In dem Ballungsraum erkannte er Namen. Doch The Boxes fand er nicht. Keiner hatte ihm je beigebracht, wie man Landkarten las. Man musste an sie glauben, darauf vertrauen, dass sie einen in die richtige Richtung führten. Man musste der Straße, dem Buch, dem Plan glauben. Dass das, dem sie folgten, irgendwohin führte.

Er kam zu Iowa mit dem aufgeklebten rosa Flyer. Eine schwarze Frau mit footballförmigen Titten. Unter ihr ragte wie eine schwarze Wippe die Telefonnummer heraus.

Er zeichnete die Nummer mit dem Finger nach. »Wann willst du da anrufen?«

Walter nahm einen Schluck aus seiner Dose. »Wann willst du?«

»Beim nächsten Halt wäre gut.«

»In Ordnung. Ich muss sowieso anhalten. In dem Drugstore gab's kein Klo.«

»Piss doch hinten raus.«

»Piss *du* hinten raus«, sagte Walter. »Du mit deinem Ghettoarsch. Ich bin mit einer gewissen Würde erzogen worden.«

East genehmigte sich ein Lachen.

»Wie fühlst du dich?«

»Sag mir noch mal, wie viel Geld.«

»Fünfhundertzweiundachtzig Dollar. Minus fünf für deinen Verband.«

»Na schön«, sagte East. »Frag mich nicht mehr, wie ich mich fühle.«

»Hast du Quarters?«

Hinter einer Tankstelle, wo die Luft aus den Benzinschläuchen zischte, drängten sich East und Walter um das Telefon, East mit dem Straßenatlas in der Hand. »Das ist kein Handy. Die Nummer ist nicht gratis.«, sagte Walter.

»Ich weiß. Fragst du dann nach Abraham Lincoln?«

»Abraham Lincoln.« Sie blieben ernst.

»Scheiße. Lass uns das noch vor dem Regen erledigen.« East warf noch einen prüfenden Blick auf den rosa Zettel. Die Tasten waren klebrig, und eine Stimme forderte Quarters: »Rück die Quarters raus!«, sagte er. Walter gehorchte.

Etwas in ihm hatte auch von Walter die Nase voll, von der munteren Stimme, dieser penetranten Wir-schaffen-das-Mentalität. Etwas in ihm war noch nicht zufrieden.

Zuerst kam irgendeine Musik und dann eine Frauenstimme vom Band: *Hi, Baby, schön, dass du mich angerufen hast*. Eine halbe Minute. Die echte Telefonistin war ruhiger, sie wollte nur Zahlungsinformationen klären. East musste husten, damit er seine Stimme wiederfand. »Ich möchte mit Abraham Lincoln sprechen«, brachte er schließlich heraus.

Diesmal kicherte Walter.

»Ich werde Sie verbinden«, sagte die Frau.

Wer war das? Eine kühle Stimme, anonym. Die Frau mit den dünnen Lippen in Fins Haus? Nein, aber er musste wieder an sie denken, an ihr Haarnetz aus glänzenden Perlen. Ihre Hände, die den Tee brachten.

Als Nächstes kam eine Männerstimme.

»Wie kommt ihr Jungs voran?«

»Ganz gut«, antwortete East automatisch. Er brauchte einen Moment, um sich zu orientieren. Zwei Tage lang waren sie gefahren, hatten mit niemand anderem gesprochen, keinem von ihrem Auftrag erzählt. Der ganze Stress im Van. Jetzt ging es wieder um den Grund ihrer Reise.

»Abraham Lincoln?«, fragte er misstrauisch.

»Stimmt«, sagte der Mann. Tiefe Stimme. Nicht Fin, aber jemand, der genauso ernst war.

Walter zischte: »Wer ist es?«

»Wir sind in Nebraska«, berichtete East.

»Wo in Nebraska?«

»Tankstelle.«

»Hör mir zu«, sagte der Mann. »Wo ist diese Tankstelle?«

»Oh. Keine Ahnung«, gestand East.

»Du weißt es nicht? Du weißt nicht, in welcher Stadt ihr seid?«

»Wir sind schon eine ganze Weile in Nebraska«, stammelte East.

»Na schön«, sagte die Stimme widerwillig. »Ihr kommt gut voran. Gute Arbeit. Ruf mich in einer Stunde wieder an. Sorg dafür, dass du was zu Schreiben hast. Ich gebe euch dann eine Wegbeschreibung.«

»Alles klar«, sagte East.

»Ich muss das bestätigen«, sagte der Mann. »Sorg dafür, dass du weißt, wo ihr seid. Und zwar genau.«

»'tschuldigung.«

»Ruf mich an.«

Die Leitung war tot. East betrachtete den heißen Plastikhörer. Er berührte sein Gesicht dort, wo es die Wärme der Muschel bewahrt hatte.

Walter war nervös. »Wer war es?«

»Weiß ich nicht«, musste East einräumen.

»Wie geht's weiter?«

»In einer Stunde noch mal anrufen. Beim nächsten Mal wissen, in welcher Stadt wir sind.«

Walter schlug gegen die Seite des Telefonkastens. »Ich weiß, in welcher Stadt wir sind.«

»Warum sagst du das nicht?«

»Warum fragst du denn nicht?«

Ein kleiner Flunsch. Dickerchen hat seine Chance verpasst, dachte East, die Chance, im Test 'ne Eins zu kriegen. Er klemmte sich den zusammengerollten Straßenatlas unter den Arm.

»Ich geh dann mal pissen«, sagte Walter.

East ging kurz hinein, um einen Becher Limo zu kaufen, überwiegend Eis. Wieder im Van, zog er auf dem Mittelsitz Socken, Schuhe und Hemd aus und wusch sich mit schmelzendem Eis. Die Kälte fraß sich glatt durch seine müde Haut, doch die undefinierbaren Schmerzen in seiner ganzen linken Körperseite setzten ihm immer noch zu. Er nahm frische Unterwäsche und das zweite graue Dodgers-Shirt aus seinem Kissenbezug, den er statt einer Tasche auf die Reise mitgenommen hatte, und zog sich um. Die Hose zog er wieder an und rieb sich das Gesicht mit Eis ab.

Allmählich wurde es draußen kalt. Nicht nachtkalt, sondern winterkalt. In beide Richtungen rumpelten große Trucks vorbei, ihre hochgezogenen Auspuffrohre wummerten.

Als Walter zurückkam, brachen sie auf; hoch oben hinter ihnen drohte wieder das Unwetter. East hielt das miefende, zerrissene Dodgers-Trikot aus dem Fenster und ließ es flattern, wie eine zerfledderte Fahne. Sobald er den Griff lockerte, flog es davon.

East träumte Fernstraßenträume, die er noch nie geträumt hatte, in abgehackten, beunruhigenden Bildern. Dass er in die falsche Richtung fuhr oder als Geisterfahrer unterwegs war oder auf unmöglichen Strecken: eine Landstraße, ein Highway, der in einem Fluss endete, eine wacklige Brücke, eine Prärie, in der sich ein tiefer Riss auftat. Oder vor ihnen tauchte im Osten L. A. mit seinem Smog und der braunen Bergkulisse auf, wo es gar nicht hingehörte. Das ganze Land – alle Leute sprachen davon, dass man irgendwann einmal ganz Amerika durchquert haben sollte. Sie sagten aber nicht, wie es sich dann in deinem Kopf festsetzen würde.

Er wachte auf. Walter saß konzentriert am Steuer, seine Lippen murmelten etwas, wiederholten es, vielleicht einen Song. Er schaute in den Rückspiegel.

»Wie weit sind wir gekommen?«

»Keine Ahnung. Zweieinhalbtausend Kilometer. Pst.« Walter wies mit zwei Fingern nach hinten.

East blinzelte, rappelte sich auf, saß senkrecht. »Was ist?«

»Pst«, wiederholte Walter.

Durch die Heckscheibe sah er das verlöschende Tageslicht unter dem dräuenden Unwetter, eine dunstig blaue Schicht. Zwei Scheinwerferkegel klebten auf ihrer Fahrspur hinter ihnen.

»Autobahnpolizei«, sagte Walter.

East sah noch einmal auf die Silhouette hinter den Scheinwerfern. »Woher weißt du das?«

»Als er sich an uns geheftet hat, war's draußen noch nicht so dunkel«, antwortete Walter. »Er hängt mir schon ewig am Arsch.«

»Fährst du zu schnell?«

»Nein. Genau einhundert Stundenkilometer«, sagte Walter. »Ich wünschte, dieser Van hätte einen Tempomaten.«

»Dann ist vielleicht alles im grünen Bereich. Wenn er wollte, würde er das Blaulicht einschalten und dich stoppen.«

»Vielleicht«, sagte Walter. »Vielleicht auch nicht. Vielleicht lässt er sich nur Zeit. Vielleicht überprüft er uns in der Datenbank.«

»Datenbank?« East gähnte.

»In der steht jedes Nummernschild«, sagte Walter. »Ich hab vergessen, wie das mittlerweile heißt. Cops überprüfen dein Kennzeichen und finden raus, ob du gesucht wirst, vermisst wirst, ob der Wagen gestohlen ist, ob du Schulden hast. Die finden einfach alles raus.«

»Aber Johnny hat gesagt, der Van sei sauber.«

»Der Van ist auf Johnnys Familie zugelassen. Einen gewissen Harris, der sich nicht ausfindig machen lässt. Versichert ist er. Die Papiere sind in Ordnung. Ich weiß es; ich hab sie machen lassen. Alles war super bis Las Vegas.«

»Weil wir am Kasino haltgemacht haben?«

»Es lag nicht am haltmachen«, sagte Walter. »Auch nicht daran, dass wir am Abschlepphaken hingen. Man kann den Typ immer bezahlen, ihm hundert Dollar geben, dann ist dieses Problem erledigt. Es lag an euch beiden, ihr habt's auf die Spitze getrieben. Und den Kerl geschlagen.«

»Das war ich nicht.«

»Na schön. Dein Bruder war's.«

»Den Schuh zieh ich mir nicht an«, betonte East.

Er sah sich um. Kein Laut von Ty. Es ließ sich nicht einmal sagen, ob er überhaupt noch lebte.

»Na schön. Egal. Man muss sich also fragen: Haben sie unser Kennzeichen durchgegeben, diese Cops? Wurden wir zur Fahndung ausgeschrieben? Oder machen sie es intern und haben sich gegenseitig versprochen, uns beim nächsten Mal in den Arsch zu treten?«, sagte Walter. »Nummernschilder aus Wisconsin. Sie wissen also, dass es wahrscheinlich kein nächstes Mal geben wird.«

East sagte: »Woher weißt du das alles?«

»Das ist mein Job«, sagte Walter. »Projekte.«

»Projekte?«

»Ich kenne Leute«, sagte Walter. »Ich bekomme Aufträge. Eine Zeitlang habe ich wie du ein Haus beobachtet, bin aber aufgestiegen.«

»Du hast die Führerscheine gemacht«, sagte East. »Was heißt das? Dass die Führerscheine nicht echt sind, das heißt es.«

»East. Fin hat eine ganze Organisation. Leute in der Kfz-

Zulassungsstelle. Leute in der kalifornischen Verwaltung. Ich hab da eine Halbtagsstelle; die halten mich für zweiundzwanzig. Wir können also Unterlagen ins System einschleusen. Wir können uns Leute ausdenken. Manche sitzen jahrelang im System, ehe wir sie verwenden. Wenn wir sie brauchen, kümmere ich mich drum. Ich werde aktiv.«

»Du wirst wie aktiv?«

»Ich stelle einen Führerschein her«, sagte Walter.

»Bist du Künstler? Druckst du ihn?«

»Nein, das macht der Staat. Ich hab's mal gemacht, es war aber nicht gut genug. An einem Türsteher kommt man damit vorbei. Doch ein Cop würde es merken. Jetzt sind sie echt.«

»Sie sind doch gar nicht echt.«

Walter sagte: »Was heißt echt? Die haben alles, was ein kalifornischer Führerschein braucht. Im staatlichen Archiv gibt es einen Datensatz, der belegt, dass ein Antoine Harris existiert. Wenn der Autobahnpolizist die Daten abfragt, bekommt er eine Bestätigung. Ist das echt genug für dich?«

»Ich glaub's nicht«, sagte East.

»Tja«, schnaubte Walter. »Du solltest drauf hoffen, dass du es nicht beweisen musst. Antoine ist sauber, Mann. Sorg dafür, dass er es bleibt.«

»Ich bin sauber«, sagte East. »Ich bin nie festgenommen worden. Mein Name ist makellos.«

»Du Glücklicher«, sagte Walter. »Pst, da kommt er.«

Der Einsatzwagen hatte das Blaulicht eingeschaltet, das blau und weiß pulsierte. Walter fuhr langsamer und noch weiter rechts.

Doch der Polizeiwagen brauste vorbei.

»Siehst du?«, sagte East. »Kein Grund zur Sorge.«

Walter atmete die lange aufgestaute Luft aus. Er roch nach frittiertem Essen, Schweiß und Öl. »Ach ja«, sagte er. »Ich hätte dich früher wecken sollen. Wenn ich mit dir rede, geht's mir gleich besser.«

Walter schwebte vor den Scheinwerfern, das große 4XL-Dodgers-Shirt gleißend hell beleuchtet. Noch so ein Traum, den East über die Straße hatte – jedenfalls glaubte er das. Dann sah er den Maschendraht, sie waren auf einer Raststätte, nicht auf einer Fahrspur. Hinter Walters Körper war ein Münztelefon.

Walter machte gerade den zweiten Anruf. East setzte sich rasch kerzengerade hin. Doch in dem Moment hängte Walter den Hörer ein, rosa Flyer in der einen, Straßenatlas in der anderen Hand. Er drehte sich um, sah East hinter der Windschutzscheibe und nickte.

»Ich hab's«, knurrte er, als er die Fahrertür öffnete. »Willst du fahren, oder soll ich?«

»Du bist wohl extrasanft von der Straße gerollt«, warf East ihm vor.

»Du hast geschlafen.«

»Du hast kein Recht, den Anruf ohne mich zu machen.«

»Dann fahre ich halt.« Walter versuchte sich irgendwie den Sicherheitsgurt umzulegen. Er wollte einfach nicht passen. »Klar hab ich das Recht.«

»Ich muss dabei sein, wenn du anrufst«, sagte East verbittert.

»East«, sagte Walter, »ich bin nicht dein Laufbursche. Ich habe den Anruf gemacht, so wie du vorhin auch. Fühle ich mich besser, weil ich jetzt Bescheid weiß? Ja. Wer hat die Wegbeschreibung bekommen? Das war derjenige, der lesen kann. Ein Schild lesen kann. Eine Straßenkarte lesen kann.«

»Ich kann lesen«, sagte East.

»Du Glücklicher«, sagte Walter. »Bist du fertig?«

East riss Walter den Flyer aus der Hand. Jetzt war dessen Rückseite mit Notizen bedeckt – eine üble Klaue, Kritzeleien, schräg nach unten verlaufende Schleifen.

»Ich kann das nicht lesen«, sagte East schließlich. »Keiner kann das lesen.«

»Das stimmt, mein Junge«, sagte Walter. »Keiner außer mir. Ich kann jedes Wort lesen.«

Mittlerweile war die Nacht schon angebrochen, es wurde immer dunkler. Zwei Parklücken weiter stand ein fahruntüchtiger Brotlaster, die Türen weit offen. Wie ein Haus in Zwangsvollstreckung.

»Was haben sie zu Michael Wilson gesagt?«

»Wir haben nicht über Michael Wilson gesprochen. Warum sollten wir über ihn reden?«

»Fall mir nicht in den Rücken«, fuhr East ihn an.

»Du bist so zornig«, sagte Walter. »Verjag mich doch auch. Mach schon. Es lief immer auf dich heraus. Auf dich und deinen kleinen Bruder. Ich wusste es. Ihr eigensinnigen Straßenneger. Klar, dass ihr gewinnen würdet. Also mach's jetzt.«

»Fahr los«, schäumte East.

»Ich mein's ernst«, sagte Walter. »Hier sind die Schlüssel. Jag mich weg.« Eine echte Dramaqueen. Aber Walter hatte ihn besiegt.

»Fahr los«, knurrte East erneut.

Walter spuckte zur Fahrertür hinaus und nahm die Schlüssel wieder in seine Handfläche. Er ließ den Motor an und schaute in die Rückspiegel. »Etwa eine Stunde«, sagte er. »Dann fahren wir von der Straße ab.«

Schließlich lenkte East ein. »Was haben sie dir gesagt? Über den Halt?«

»Ganz einfach. Lebensmittelladen etwa dreißig Kilometer abseits der Straße. Wir treffen dort einen Truck. Folgen ihm. Alles ist schon bezahlt. Sie kennen uns nicht. Wir gehen nur rein und verschwinden wieder.«

»Was für Leute?«

Walter beschleunigte. Eine seltsame Gruppe beleuchteter Drahtgitter-Hirsche schimmerte in der Ferne. »Das haben sie mir nicht verraten.«

9

In welchem Bundesstaat sind wir noch gleich?«

»Iowa.«

Walter verhielt sich East gegenüber immer noch frostig. Ohne Ankündigung hatte er die Interstate verlassen. Als East nach einer Weile fragte: »Bist du Richtung Waffen unterwegs?«, nickte Walter einmal. Mehr nicht.

»Ist das die Strecke aus der Wegbeschreibung?«

»Hm-m.«

Zum ersten Mal verließen sie die Interstate nicht nur kurz zum Tanken. Zum ersten Mal sah East eine solche Landschaft. Wenn East sich *Iowa* vorstellte, sah er nur eine Landkarte und Bildsymbole für Mais, einen Traktor, den lächelnden Kopf einer Milchkuh. Das war für ihn Iowa.

Auf dieser Straße gab es nichts davon. Häuser, wie Milchkartons in einsame Gegenden geschmissen – schäbige, flache, nicht gestrichene Fundamente aus Schlackenbeton. Fetzen der Fassadenverkleidung, die wie Wundverbände von den Hausecken baumelten. Vor jedem Haus wartete eine kleine Ansammlung heruntergekommener Fahrzeuge, wie sie ein Junge in einem Sandkasten aufstellen würde. Hinter den Fenstern glühten billige LED-Weihnachtskerzen, und manchmal schob im Vorgarten hinter den Entwässerungsgräben ein Jesuskind Wache.

Die Gärten hinter den Häusern waren leer, ewige Finsternis.

Die Jungs fuhren stumm und angespannt. Durch seinen Sitz spürte East den wechselnden Straßenbelag. Eine Kleinstadt tauchte auf, deren trübes Licht von den Wolkenunterseiten reflektiert wurde. Schilder, Kirchtürme, ein kleiner, abends schon geschlossener Lebensmittelladen, in dessen Plastikbuchstaben am Dach noch Reste des Abendrots leuchteten.

»Das ist es«, sagte Walter. Er rollte auf den Parkplatz, spritzte durch Pfützen. Hier draußen hatte es schon geregnet, oder der Parkplatz war mit einem Schlauch abgespritzt worden, eins von beidem.

»Das ist es?«

»Reicht dir das nicht?«

»Walt, Alter«, sagte East. »Man dealt doch im Lebensmittelladen nicht mit Waffen.«

»Hier schon.« Walter wendete den Van und stand dann im Leerlauf da, die Scheinwerfer ließ er an. »Geht's dir jetzt besser?«

»Prima.«

»Du siehst ein bisschen weniger grün um die Nase aus als vorhin«, sagte Walter. »Ich dachte, du würdest gleich wieder kotzen.«

East blaffte: »Es tut weniger weh, wenn man nicht drüber spricht.« Ein leichter Nieselregen fiel auf die Windschutzscheibe.

»Wie geht's *dir,* Ty?«, rief Walter.

Die Antwort lautete: »Hervorragend.«

»Bist du aufgeregt, Mann? Dass du noch mehr Knarren in die Finger kriegst?«

»Klar. Ich denke an nichts anderes«, scherzte Ty. »Waffen. Waffen. Waffen.«

Irgendwas war da, dachte East, und es irritierte ihn. Walter wusste etwas darüber, wie man mit seinem Bruder sprach, was East nicht wusste. Er machte sogar Smalltalk mit ihm. Als würden die beiden sich kennen, was sie nicht taten.

Er und Ty, sie kannten einander *nicht,* obwohl sie es taten.

Dann schlich hinter dem Laden ein kleiner schwarzer Pick-up hervor, neben sie, kein Blick des Fahrers, kein Zeichen, beinahe desinteressiert.

»Ist er das?«, fragte East.

Walter ließ den Pick-up nicht aus den Augen. Dessen Blinker leuchtete ein Mal auf. In Richtung Straße.

Walter erwiderte das Blinken, worauf der Pick-up aufdrehte und vom Parkplatz schlich. »Wir sind im Geschäft.«

Walter kauerte über dem Lenkrad und hielt die Entfernung zwischen Van und dem kleinen schwarzen Pick-up konstant. Der Van fuhr dieselbe Landstraße wieder zurück, vorbei an den Häusern, Schildern und Feldern, die sie schon gesehen hatten, dann auf eine Straße nach Osten. Hier gab es weniger Häuser und keinerlei Instandhaltung – der Straßenbelag bröckelte am Rand, esstellergroße Schlaglöcher gingen nahtlos in den Randstreifen über. Beide Fahrzeuge schoben sich auf dem Mittelstreifen vorwärts.

»Hast du das auch arrangiert, Walt?«, fragte East.

»Nein. Das waren sie«, sagte Walter. »Das heißt, da gibt's einen Typ. Einen Vermittler. Er nennt sich Frederick. Der macht das alles telefonisch. Der nimmt nie eine Waffe in die Hand.«

»Ist er hier? Oder in L. A.?«

»Das fällt nicht in meinen Zuständigkeitsbereich.«

»In deinen was?«

»Ich weiß nicht, wo der Mann ist. Ich hab das nicht arrangiert«, sagte Walter durch zusammengebissene Zähne. »Stell mir doch noch ein paar Fragen, ja?«

»Schon gut«, sagte East. »Schon gut.«

Eine andere, breitere Straße verlief schnurgerade zwischen zwei Stoppelfeldern. Die Scheinwerferkegel fielen auf das Hindernis eines weißen Hirschkadavers. Dann drehte sich der Pick-up und stellte sich quer auf den Mittelstreifen. Für Walter war das überraschend: Er kam mit quietschenden Reifen zum Stehen.

Ein Beifahrer sprang heraus. Blaues Sweatshirt, Kapuze tief ins Gesicht gezogen. Nur eine Nase, eine weiße Nase, ein Augenpaar wie pechschwarze Löcher. Walter packte den Schaltknüppel. Doch es war keine Zeit, irgendwas zu tun, es gab kein Entkommen.

»Bleib cool«, riet East.

Der Beifahrer schlenderte an ihnen vorbei auf den Acker, auf die ersten Meter eines unbefestigten Feldwegs. Er zog den Bolzen eines Eisengatters heraus. Dann drehte er sich um und winkte sie heran.

»Ich hab da ein verdammt komisches Gefühl«, sagte Walter. »Sie könnten uns einsperren.«

»Na ja, der Zaun taugt nicht viel«, murmelte East.

Walter bog auf den Feldweg ein. Der kapuzenbewehrte Beifahrer bedeutete ihm, er solle die Scheibe runterkurbeln.

»Der Motherfucker sieht aus wie der Sensenmann«, sagte Walter leise und kurbelte an der Scheibe.

Luft drang herein, kalt wie eine sternenklare Nacht. Sie

sahen zwar, wie sich der Kopf des Jungen drehte, aber nicht dessen Gesicht, sie hörten seine Worte, aber seine Stimme blieb ausdruckslos. Er *hätte* der Sensenmann sein können. Er hätte jeder sein können. »Ihr fahrt bis zu einer Scheune mit zwei Harvestores. Große blaue Silos«, sagte die Stimme. »Das sind anderthalb Kilometer hinter dem Hügel.«

Höflich fragte Walter: »Welcher Hügel?«

Der Beifahrer ließ sich nicht anmerken, dass Walter geredet hatte. »Folgt dem Weg. Ihr findet sie auf der anderen Seite, unten in der Senke. Ihr könnt sie nicht verfehlen. Verstanden?«

Walter und East nickten benommen.

Der Junge erwiderte das Nicken mit einem kurzen Rucken der Nase.

»Ihr könnt auf demselben Weg zurückfahren«, sagte die Nase. »Oder ihr nehmt den Fahrweg auf der anderen Seite, falls ihr ihn findet.« Er stieß das lange Gatter auf, das sich knarrend vor ihnen öffnete.

Die Jungs saßen da wie betäubt. Sie wussten nicht recht, wie sie sich zu verhalten hatten. Wie an Halloween, als sie noch klein waren und irgendein kostümierter Vater die Haustür öffnete und ihnen einen Schluck von seinem Whiskey anbot – was sollte man denn da tun?

»Los«, sagte die Nase. »Es ist keine gute Idee, hier draußen zu warten.« Er erschnupperte etwas die Straße rauf und ruckte dann mit dem Kopf: *Da lang*.

Walter tippte aufs Gaspedal, und der Van schlingerte auf das Feld. Im Schein der Rücklichter schloss der Junge das Gatter und verschwand. Die kleinen Rücklichter des Pickups entfernten sich wie winzige Briefmarken.

Walter war besorgt, er hielt an, Motor im Leerlauf, und bearbeitete mit den Fingerspitzen sein Kinn.

»Ich weiß nicht, Mann.«

»Was denn?«

»Hast du ein gutes Gefühl dabei?«

»Ein gutes Gefühl?« East musterte Walter von oben bis unten. Er war so weit gekommen, und jetzt bekam er plötzlich Angst? »Wie du gesagt hast, es ist arrangiert. Alles ist bereit. Keine Zeit, um uns umzuentscheiden.« Sanfter sagte er: »Fahr los, Mann.«

Walter schlang die Finger wieder ums Lenkrad.

Doch der Van schwankte mal hierhin, mal dorthin, als würde er von Hand getragen. Der Feldweg war unebenes Terrain zwischen Reifen und Boden – an manchen Stellen glatt, dann wieder holprig und unkrautbewachsen. Das Scheinwerferlicht tanzte vor ihnen auf den geschundenen Äckern. Nach kurzer Zeit erklommen sie einen langen, dreieckigen Höcker in der Erde.

»Das muss der Hügel sein«, stellte Walter fest.

»Waren das anderthalb Kilometer?«

»Keine Ahnung. Ich könnte einen Kaffee gebrauchen«, gab er zu.

Auf der anderen Seite nichts als dunkle Felder.

Nach zwei weiteren solchen Erhöhungen sahen sie es: Zwillingssilos, seltsam und ruhig, fast unsichtbar unter ihren galvanisierten Kappen. Ein einstöckiges Farmhaus, unbeleuchtet, es war ungestrichen oder so lange nicht gestrichen worden, dass die Farbe nachgedunkelt war und der Holzfärbung entsprach. Weiter hinten stand eine Scheune. Sie rumpelten an dem Farmhaus vorbei und fuhren hinab zu einer großen kahlen Stelle, die von Reifen eingeebnet worden war, nicht von Schuhen oder Hufen. Die Scheune war groß und aus Aluminiumblech. Irgendwo hinter einem großen, niedrigen Fenster schien ein Licht zu brennen. Davor ein paar kümmerliche Grasbüschel.

Walter manövrierte den Van vorsichtig dorthin und spähte zu den gespenstischen Silos hoch.

Ty atmete laut ein. »Und da kommen die Wölfe«, verkündete er.

East schloss seine Tür wieder. Zwei Hunde kamen angerannt – das Geräusch ihrer Sprünge drang durch Walters Fenster, der sofort die Scheibe hochkurbelte –, man hatte sie irgendwo losgelassen, die stumpfen Zähne blitzten, als sie knurrend durchs Scheinwerferlicht streiften und sich aufbäumten. Sie stießen vor und wichen zurück. Boshaft und unruhig, Rudeltiere, die eine einfache Rechnung aufstellten – zwei von ihnen, ein Wagen, also waren sie im Vorteil. War mit ihnen irgendwas nicht in Ordnung?, fragte sich East. Die Hunde stellten sich am Van auf die Hinterläufe und bellten ihn mit offenen Mäulern an, gaben aber keinen Laut von sich – man hörte nur das Kratzen ihrer Pfoten auf dem festgestampften Boden. East öffnete sein Fenster einen Spaltbreit: kein Ton. Hunde ohne Stimmen. Wie im Film.

»Bestimmt braucht ihr jetzt keinen Kaffee mehr«, krächzte Ty von hinten. Dann ertönte von irgendwo im Schatten der Scheune ein Pfiff, und die Hunde spitzten die Ohren, blieben stehen und senkten die Nasen. Automatisch. Wieder rief sie jemand, und weg waren sie.

»Herrje«, sagte Walter. »Das hat mich echt fertiggemacht.«

»Ich hasse Hunde«, sagte Ty.

»Echt?«, sagte East.

»Ja«, sagte Ty. »Machen ständig Krach, sabbern. Wollen dein Freund sein.«

East saß da, fassungslos und misstrauisch. Er mochte auch keine Hunde. Ein Hund veränderte immer die Situation.

Das bisschen Licht, das ihr Van abgab, hatte ihm kein Gefühl für ihre Umgebung gegeben. Und niemand kam heraus.

»Alles hat gestimmt«, sagte Walter. »Schwarzer Pick-up. Kurze Fahrt. Übergabe in einer Farm. Das alles hat mir dieser alte Abe erzählt. Das alles passt.«

»Dann warten wir halt.«

»Ihr sollt aussteigen und hingehen«, sagte Ty.

Einen kurzen Augenblick lang empfand East alles gleichzeitig, was er für seinen Bruder je empfunden hatte: Zuneigung und Wut, Fassungslosigkeit angesichts der Unverschämtheit.

»Seht's euch an«, sagte Ty. »Dieses Fenster. Das ist wie das Drive-in-Fenster einer Bank.«

East drehte sich um. Das Fenster hatte tatsächlich die richtige Form, war tief und breit. Eine einzelne metallene Schublade saß auf dem metallenen Fenstersims, in der auch ein Lautsprecher befestigt war.

»Ach du Scheiße«, sagte Walter. »So was hab ich ja noch nie gesehen.«

»Sie haben das Drive-in-Fenster einer Bank geklaut?«

»Wahrscheinlich gekauft. Für fünf Dollar bei irgendeiner Auktion«, sagte Walter. »Hier draußen läuft das Geschäft nicht so toll, falls ihr's noch nicht bemerkt habt.«

East sagte: »Vielleicht kannst du hochfahren?«

»Das wollen sie nicht«, sagte Ty. »Der Boden ist nicht flach. Der Van würde umkippen.«

»Scheiße.« Walter löste seinen Sicherheitsgurt.

East sah sich wieder um. »Ty? Was meinst du?«

»Wir machen Folgendes«, sagte Ty. »Ihr zwei steigt vorn aus. Schließt für mich die Heckklappe auf, öffnet sie aber nicht. Ich bleibe hier und sehe zu.«

»Ach?«, sagte East. »Du kommst nicht mit?«

»Das hat doch Hand und Fuß«, sagte Walter. »Du bist unser Backup, wenn wir dich brauchen?«

»Genau. Ich bin der Überraschungsgast.«

East seufzte. »Na gut. Bleib halt im Van, wenn du willst.«

»Ich will«, sagte Ty.

East öffnete die Beifahrertür. Die Kälte überraschte ihn – in dem Streulicht des Vans wurde sein Atem sichtbar und beleuchtet. East ging nach hinten und entriegelte die Heckklappe, ohne sie zu öffnen. Walter gesellte sich in dem Abgas und dem eisigen roten Licht zu ihm.

»Was meinst du, wie kalt ist es?«, fragte East.

»Nicht so schlimm«, sagte Walter. »Erst durch den Wind fühlt es sich kalt an.«

»Nicht so schlimm?«, sagte East. »Es ist höllisch kalt, Mann.«

»Ihr dürren Burschen«, sagte Walter mitfühlend. »Tja. Auf zu gar nichts.«

Sie näherten sich dem Fenster, unter dem sich lockere Betonbrocken und Grassoden stapelten, als wolle man tatsächlich Autos fernhalten. East drückte den kleinen, merkwürdig roten Klingelknopf. Eine Gegensprechanlage. Der Lautsprecher knackte.

»Seid ihr die Jungs?«, fragte eine Stimme aus der Scheune. »Aus dem Westen?«

»Die sind wir.« East sah zu Walter rüber.

Die Stimme klang hoch, aber krächzend, die Stimme eines alten Mannes. »Als Erstes, wir haben euch Jungs im Visier.«

East fragte sich, ob er das glauben sollte. Noch eine Waffe auf ihn gerichtet – wie viele waren das insgesamt? Er verzichtete darauf, sich umzusehen.

»Wo sind die anderen beiden?«

»Anderen beiden was?«

Die Stimme sagte: »Die anderen beiden Jungs, die bei euch sind?«

»Oh«, übernahm Walter. »Im Van.«

Der Lautsprecher knackte. »Wir müssen sie sehen. Aus Sicherheitsgründen. Keine schrägen Sachen. So war's abgemacht.«

»Das ist ein Problem«, sagte Walter. »Sie schlafen.«

»Das macht nichts«, sagte die Stimme. »Ihr kommt wieder, wenn sie aufwachen. Oder ihr könntet sie sogar wecken, stimmt's?«

»Wir wollen sie nicht wecken.«

»Irgendwie seltsam, dass ihr den weiten Weg zurücklegt«, sagte die Stimme. »Und dann seid ihr nicht bereit, sie zu wecken.«

»Tja«, sagte Walter. Er stierte East aus großen Augen an.

Der schwieg.

»Die Vereinbarung lautet eins, zwei, drei, vier. Wir haben unseren Teil der Abmachung erfüllt. Ich habe hier ein Paket für euch, genau das, was ihr verlangt habt. Und ich werde hier sein, wenn ihr Jungs aufwacht«, sagte die Stimme.

»Moment.« East trat von dem dunkel getönten Fenster zurück und betrachtete die Scheune; das vom Wind umtoste Haus, die beiden Silos. Jedes Fenster und jeder Schatten zu dunkel, um sich ein Bild zu machen. Ein halbes Dutzend Schützen könnte gerade auf ihn anlegen. Oder gar keiner.

Auf seinen nackten Armen kribbelte die Kälte.

Walter zog sich mit East zurück und beugte sich dicht zu ihm.

»Als wollte er uns eine Falle stellen«, sagte Walter. »Banküberfall: Man treibt alle Leute zusammen, damit man sie vor der Flinte hat.«

»Warum hast du abgemacht, dass wir vier sein müssen?«, zischte East.

»Das habe ich nicht, sagte ich doch schon«, sagte Walter. »Sonst wär's anders gekommen. Ich hätte den Deal liebend gern vorhin im Lebensmittelladen gemacht.«

East rieb fluchend seine kalten Handflächen gegeneinander.

»Alte Leute«, sagte Walter. »Religiöse Landeier. Jemand hat ihnen vier gesagt, das ist jetzt die heilige Schrift. Mit solchen Leuten hatte ich schon zu tun.«

»Du hast echt mit allen zu tun gehabt.«

»Ich werd dir irgendwann mal eine Geschichte erzählen. Willst du deinen Bruder aus dem Van holen?«

East sagte: »Auch mit ihm sind wir keine vier.«

Sie näherten sich wieder dem Fenster, mittlerweile vor Kälte zitternd. Als sie näher kamen, gab der Lautsprecher ein lautes Störgeräusch ab, dann war Ruhe.

»Noch mal hallo.«

Walter räusperte sich. Dabei stieß er eine kleine Dunstwolke aus. »Wir haben einen unterwegs abgesetzt«, sagte er.

»Jetzt sind wir also nur noch drei. Mehr können wir nicht anbieten.«

»Ich hab gesehen, dass ihr die Sache besprochen habt«, sagte die Stimme. »Ich mache nur, was man mir sagt.«

»Kommen Sie raus, und sehen Sie selbst. Es gibt keinen vierten Mann.«

»Ich bin nicht blöd«, sagte die Stimme. »Und ich kann den Plan nicht ändern. Wir haben uns auf vier verständigt. Ihr zeigt mir vier, und ich lege eure Ware in die Schublade.«

»Der Plan hat sich geändert«, sagte Walter. »Lassen Sie mich telefonieren.«

Das Rauschen war zäh, wie Bratfett. »Nur zu.«

Geknickt sagte Walter: »Ich meine, wenn wir Ihr Telefon benutzen könnten.«

»Kein Telefon«, sagte die Männerstimme.

East musterte das harte Glas, den unscharf gespiegelten Van, die halbdunkle eisige Welt. Seine Lippen und Haut schrumpften, wurden blutleerer. Schwarzer Himmel, spöttische Sterne.

»Durchsuchen Sie den Van«, sagte Walter. »Wir sind zu dritt. Mehr nicht. Sagen Sie mir, was Sie brauchen. Aber lassen Sie sich nicht den ganzen Tag Zeit.«

»Ich mache, was man mir sagt«, erwiderte die Stimme ungerührt.

»Wir sind hier im Auftrag einer ganzen Organisation«, probierte es Walter. »Sie halten die auf. Keine Ahnung, wie oder warum Sie uns hier in die Quere kommen. Sie müssen aber verstehen, dass Sie jetzt ein Problem sind.«

Der Alte hustete ins Mikrophon. »Darum sitze ich hier drinnen, wo es sicher ist.«

»Kann ich nicht irgendwie eine neue Absprache treffen?«

»Doch«, sagte die Stimme. »Du hast schon mal eine Absprache getroffen. Wiederhol diesen Vorgang.«

»Können Sie nicht Ihren Chef anrufen, wer auch immer das ist?«

Das Rauschen ließ nicht locker, unverdrossen. »Kein Telefon.«

East hatte sich in seinem Shirt in der Kälte von der Situation gelöst, von der Verantwortung dafür gelöst. Wie fremd sie auf diesem vom Wind gepeitschten Acker in Iowa waren, lag klar auf der Hand – drei schwarze Jungs, ihr Deal gescheitert, die zwar Waffen brauchten, aber niemanden kannten. Er beobachtete Walter, beobachtete den Probleme lösenden dicken Jungen, wie er improvisierte. Walter ging Optionen durch. Er spielte mit einer Überlegung, verwarf sie, spielte mit einer anderen. Das verschaffte ihm sein hochofengroßer Körper – die Zeit, jede Lösung durchzuspielen.

Man konnte sich vorstellen, was die Leute an ihm mochten.

East hatte zwar früher schon mal gefroren. Aber noch nie so sehr. Im Van lagen Pullover, doch er wollte sich nicht von diesem alten Mann entfernen. Ein Sieg der Kälte, deren Soldat der alte Mann zu sein schien.

Er war sich nicht sicher, ob er bleiben wollte. Er war sich nicht sicher, ob er diesen Kampf gewinnen wollte. Schließlich ging es um Pistolen. Die hatte er nie gemocht. Der Krach, die Schweinerei. Er hatte schon eine Schusswaffe gehabt, sich damit aber nie sicherer gefühlt.

Doch er war kein Narr. Er wusste, dass Waffen seine Welt regierten.

Ihn fröstelte, und die Luft in seinem Mund war nicht

wärmer als die draußen. Als er sich in die Wangeninnenseite biss, fühlte sich der Biss an wie eine Wunde.

Dieser Schwarze, der Richter, um den zu erschießen sie eine so weite Strecke zurückgelegt hatten, die Mission, die er verteidigt hatte – er sah es nicht vor seinem geistigen Auge; konnte es sich nicht vorstellen. Die Kugeln, den Leichnam. Ihn *nicht* zu erschießen, das konnte er sich jetzt vorstellen. Nicht weitermachen, keinen Erfolg haben – das war real. Das spürte er in den Knochen. Das wurde er nicht mehr los.

Dass der alte Mann nein sagte, ließ seine Knochen noch mehr schmerzen. Doch das konnte er seinem Bruder nicht mitteilen, niemals. Diese Debatte würde nicht stattfinden. Die Knochen seines Bruders, der sein Fleisch und Blut war, waren ganz anders.

East atmete die eisige Luft ein. Seine Augen waren mit irgendwas verkrustet und froren langsam zu. Walter stand rosa beleuchtet da, brachte dem getönten Fenster seine Einwände vor. East hörte davon nichts, nur das in seinen Ohren pochende Blut. Das Problem war ausdiskutiert.

»Walter«, sagte East. »Scheiß drauf. Mir ist es zu kalt.«

Walter verstummte und blickte zur Seite. Verdutzt. Manchmal konnte man ihn lesen wie ein Buch. »Na gut«, sagte er.

Doch als sie sich abwandten, erschreckte sie ein Kratzgeräusch an dem Fenster. Die Schublade ruckelte nach draußen, wie eine silberne Zunge.

»Fahrt zu diesen Jungs«, sagte die elektrisch verstärkte Stimme.

Walter trat wieder auf den Geröllhügel, ging bis zu der Metallschublade und entnahm ihr etwas.

»Die Jungs verkaufen euch, was ihr braucht.«

»Moment mal«, sagte Walter. »Die versorgen uns mit Waffen? Woher wissen Sie das, wenn Sie kein Telefon haben? Wenn Sie sie nicht *angerufen* haben?«

»Ich weiß es. Die werden an euch verkaufen«, antwortete der alte Mann. »Die verkaufen an jeden.«

East öffnete die Heckklappe des Vans, hinter Tys Sitzbank, und fand die Pullover. Es waren vier – aus Wolle, alle dunkel, das schon kalte krause Gewebe kratzte auf seiner Haut. Zwei waren klein, davon ließ er einen für Ty liegen. Einer war groß – der von Michael Wilson. Er zog ihn über seinen Pulli. Den in Größe 4XL reichte er Walter.

»Was ist das?«

Sein Gesicht war so kalt, dass er kein Wort herausbrachte.

Walter sah zuerst amüsiert, dann mitfühlend drein. »Easy«, sagte er, »mir ist noch nicht mal kalt.«

East war vor Kälte und Schlafmangel halb wahnsinnig. Das Dunkel der Nacht bröckelte allmählich ab. *Ungeziefer*, sagte Easts Verstand, und dann: *Etwas stimmt nicht mit mir. Etwas mit meinem Verstand.* Dann sah er es: ganz zarter Schneefall. Die zartesten Schneeflöckchen ließen sich von einer unmerklichen Brise tragen, statt zu fallen. Ungesehen, unaufhaltsam huschten sie an ihnen vorbei wie Fremde.

Als er es in Worte fassen konnte, war es schon vorbei.

Walter stellte die Heizung auf die höchste Stufe. East beugte sich zu ihr hinab, doch sie wärmte ihn nicht. Er schüttelte sich wie ein Wäschetrockner, der unrund lief und langsam kaputtging. East krächzte. Schlug sich auf Arme, Handflächen, Seiten, Oberschenkel. »Ty, Mann«, fing er an und kam nicht weiter. Walter berührte ihn: »East, Mann? East?«

Er konnte den Unterkiefer nicht ruhig halten. Kalter Sabber tropfte. »East? East?«

Endlich verschwanden sie, die Lähmung, das Zittern, und Easts Geist kehrte in seinen Körper zurück, und seine Finger fühlten wieder etwas, er konnte den Mund schließen. Peinlich berührt, aber auch überrascht, dass er wiederhergestellt war.

Mit einiger Mühe redete er: »Ty, Mann. Die Waffe, die du hast. Ist das genug? Reicht das?«

Ty ließ sich mit der Antwort Zeit. Als wäre es selbst nach allem, was sein Bruder hatte durchmachen müssen, unter seiner Würde, eine Antwort zu geben. Schließlich gab er zu: »Nicht diese kleine Pistole. Wir brauchen mehr Waffen.«

East nickte. Immerhin hatte er eine Antwort bekommen.

Die stummen Hunde kamen angerannt, um sie zu vertreiben.

»Gott im Himmel. Bring uns verdammt noch mal hier weg«, sagte Walter, obwohl er selbst am Steuer saß.

Sie fuhren zurück auf die befestigte Straße, auf demselben Weg, den sie gekommen waren. East entzifferte die Notiz des alten Mannes. Sie fuhren nach Norden, in die Kleinstadt von vorhin mit dem leuchtenden Ladenschild: HY-VEE FOOD STORE. Drei Skateboarder in Parkas fuhren auf dem Parkplatz herum. Ein Cop beobachtete sie aus seinem Chevy Impala.

East blieb stumm. Die Kälte hatte ihn betäubt.

»Ich sehe drei Optionen«, sagte Walter. »Wir könnten zu diesem anderen Haus fahren. Weiß nicht recht. Wir könnten aber auch den ollen Abe anrufen und um Rat fragen. Oder wir können rumfahren, bis wir irgendeinen Schwarzen treffen und ihn fragen, ob wir ihn uns als vierten Mann ausborgen können.«

»Hier draußen findest du keinen Schwarzen«, sagte East. »Also rufen wir Abe an.«

Vor dem Hy-Vee warteten zwei Münztelefone, doch Walter gefiel nicht, dass der Cop dort war. Also suchten sie weiter, bis sie eine Tankstelle fanden: ein Kasten aus gebürstetem Stahl, kein Mensch weit und breit. Walter hielt direkt davor.

»Willst du's diesmal versuchen?«

»Mach du ruhig«, sagte East. Doch er stieg aus und stellte sich neben Walter an den Hörer des Münztelefons – irgendwie schien es dank der kurz vor der Morgendämmerung eingeschalteten Tankstellenneonbeleuchtung weniger kalt zu sein. Walter machte den Anruf. Kalte, dennoch klebrige Tasten. Dieselbe Telefonistin: »Ich verbinde Sie.« Doch dann war die Leitung tot.

Walter angelte noch mehr Münzen heraus, und jetzt rief East an. Wieder die laszive Mädchenstimme vom Band, die sie willkommen hieß – mittlerweile grauste es East vor ihr. Sie laberte endlos weiter, bis die Telefonistin abnahm.

»Abraham Lincoln, verdammt noch mal«, sagte East. »Sie haben uns unterbrochen.«

»Nein, Sir. Ich habe versucht, Sie zu verbinden«, protestierte die Telefonistin. »Bitte, Sir. Er geht nicht ran.«

»In Ordnung«, schäumte East.

»Bitte, Sir. Ich versuche es noch mal. Der Anruf wird weitergeleitet – es geht immer jemand ran.«

East knurrte. Die Telefonistin hatte Angst vor ihm. Er stellte den Ellbogen hoch, um sich aufzustützen, doch die Kälte des Stahlkastens drang durch den Pulli. Ein Truck fuhr auf den Parkplatz, Wasser spritzte aus einer Pfütze auf. Eine Frau mit nassen Haaren und einer grell leuchtenden Zigarette eilte im Licht der Scheinwerfer in die Tankstelle. Ein Radfahrer schlingerte im Dunkeln die Straße entlang, graubraune Jacke, graue Mütze, die Reflektoren an seinem Fahrrad das einzige Zugeständnis an dessen Sichtbarkeit.

»Guck mal!«, brüllte Walter.

»Ja.«

»Er ist schwarz.«

»Isser nicht«, antwortete East automatisch, dann sprach die Telefonistin in sein Ohr.

»Sir? Sir? Es nimmt niemand ab.«

Eine dunkle, dumpfe Besorgnis kroch Easts Rücken hinab. »Haben Sie alle probiert? Die Weiterleitung, wie Sie gesagt haben?«

»Ich habe an drei Nummern weitergeleitet. Bei jeder Nummer habe ich es endlos lange klingeln lassen. Bei jeder habe ich es zweimal versucht«, erklärte die Telefonistin. »Es tut mir leid. Hier ist es spät, drei Uhr morgens. Eigentlich sollten sie rangehen, Sir, aber ich kann es erneut versuchen.«

Ihre Höflichkeit brachte East auf die Palme, sie machte ihn fuchsteufelswild. »Ja! Rufen Sie noch mal an.« Er drehte sich zu Walter um, und Walter packte ihn.

»Lass mich den Typ holen. Er könnte unser vierter Mann sein!«

»Ich will das hier beenden.«

»Er entwischt uns sonst!«

»Auf einem Kinderfahrrad. Auf einer Landstraße«, meinte East zweifelnd.

Walter sagte: »Ich komme gleich zurück und sammle dich auf.«

Wie ein Widder senkte East den Kopf. »Du lässt mich hier nicht in der Kälte zurück, Alter. Keine zehn Sekunden lang.«

Der Radler entschwand in der Dunkelheit.

Die Telefonistin: »Sir. Ich habe noch mal angerufen. Alle drei. Niemand geht ran, Sir … Sir?«

East dankte der Telefonistin und legte den Hörer auf. »Was bedeutet das deiner Meinung nach? Dass niemand ans Telefon geht?«

»Keine Ahnung«, sagte Walter. »Lass uns das verdammte Rad jagen, solange es noch geht.«

»Na schön«, sagte East. »Dann fahren wir hinter deinem Scheißrad her.«

Der Radfahrer fuhr immer noch auf der von Norden nach Süden verlaufenden Straße in Richtung Stadt, in einem Affenzahn. Seine stampfenden Knie standen seitlich ab wie Flügel. Er war doppelt so groß wie sein winziges Fahrrad. Walter fuhr fünfzig Meter vor dem wackligen Rad in eine Auffahrt und drehte die Scheibe herunter.

»Hey, Alter«, rief er. »Hey.«

Der schwarze Radfahrer hielt an und stand nun wie eine graue Vogelscheuche rittlings über seinem Rad. Seine graue Mütze hatte er mit Ohrenklappen unter dem Kinn festgebunden. Sein Mantel war völlig verdreckt – es war nicht seine erste Fahrt auf der Landstraße. In Los Angeles, dachte East, wäre er ein Verrückter. Hier und jetzt beneidete er den Mann um seine Oberbekleidung.

»Wo soll's denn hingehen?«, fragte Walter freundlich.

Der Mann zuckte kaum merklich mit den Schultern und zeigte nach vorn. »Ich will dahin, Junge.«

»Hör zu, Mann, wie brauchen jemanden«, sagte Walter. »Wir brauchen einen Schwarzen. Wir müssen etwas abholen, Mann, und wir brauchen dafür noch einen Mann.«

»Einen Schwarzen?«, wiederholte der Mann. »Was holt ihr denn ab? Ein Sofa oder was? Um fünf Uhr morgens?«

»Wir würden dich für deine Zeit bezahlen«, sagte Walter. Er hielt ein Bündel Zwanziger aus dem Fenster.

Der Blick der Mannes richtete sich auf das Geld, ging dann wieder nach oben. »Viel Glück.« Trocken.

»Es ist nicht schwer. Nur fünfzehn Minuten. Mach eine Spritztour mit uns.«

»O nein«, sagte der Mann auf dem Rad. »Nein, nein.« Er verlagerte sein Gewicht wieder auf den Sattel.

East beugte sich vor und hielt das Gesicht aus Walters Fenster. »Hey. Sieh uns an. Wir sind keine schlimmen Jungs. Wir nehmen dich mit, wohin du auch willst.«

»Ich fahre einfach nur *hier runter,* Kleiner«, sagte der Mann und trat in die Pedale. Als er an dem Van vorbeikam, spuckte er aus.

Ty lachte. »Der hat bloß Schiss, er wird in diesem Van sterben.«

Walter fischte den zerknüllten Zettel mit der Adresse heraus. Mehr blieb ihnen jetzt nicht übrig.

Schlichter kleiner butterfarbener Bungalow. East wollte nichts damit zu tun haben. Eine Straße, die sie noch nie gesehen hatten, eine Stadt, von der sie rein gar nichts wussten, ein Kauf, von dem sie nicht einmal wussten, ob sie ihn durchziehen konnten. Doch jetzt schien dieses Haus wie ein Kettenschloss um ihre Hälse zu liegen. Sie schlichen mit dem Van die Straße entlang, bogen um ein paar Blocks, versuchten ein Gefühl für die Gegend zu bekommen. Normal. Maschendrahtzäune um fast jeden Garten. Kleine Boote rosteten auf Anhängern, auf manchen Rasen warteten Zeitungen in blauen Plastiktüten. Einige Hunde waren draußen, schnupperten die Luft. Die Bäume waren anders als die Bäume in L. A.: Diese hier wurzelten tief, wuchsen hoch und massiv, ihre nackten Extremitäten griffen sich alle Luft der Welt.

Nichts bewegte sich. East fand es seltsam, dieses Sichumsehen, wieder ein Viertel überprüfen. So wie er es in seinem alten Haus getan hatte. Die Hunde, die Türen, die Fenster. Die Umgebung nach Augen absuchen.

Walter hielt weiter hinten, und sie beobachteten das gelbe Haus. Alle Fenster in dem weißlichen Farmhaus daneben waren massiv vergittert.

Die verkaufen an jeden.

Sie mussten jetzt improvisieren. Was blieb ihnen anderes übrig?

Er drehte sich um. »Ty. Siehst du, was wir vorhaben?«

»Ob ich es sehe?«, sagte Ty. »Bin ich bescheuert?«

Wenn sie jemals wieder etwas Ähnliches machten, würde er seinem Bruder eine Sekretärin besorgen.

»Das liegt doch auf der Hand«, sagte Ty. Für East überraschend.

»Zwei gehen rein, einer bleibt draußen?«

»Genau.«

»Du hast also eine Waffe«, sagte Walter. »Was brauchen wir?«

»Walt. Weißt du irgendwas über Schusswaffen?«

»Ein wenig.«

»Eine bessere Waffe«, sagte Ty. »Ich hab diese kleine Erbsenpistole, die ich hinter meinem Schwanz verstecken kann. Wir besorgen was Richtiges. Zwei Knarren. Einer von euch kann die hier nehmen. East kann das. Munition nicht vergessen.«

Walter fragte: »Was wird das kosten?«

»Hängt von ab, was der Anbieter verlangt«, sagte Ty. »So leid es mir tut, aber hier draußen haben wir einen Verkäufermarkt. Nehmt alles Geld, was ihr habt, und versucht, etwas wieder mitzubringen.«

»Wer geht nun rein?«, sagte Walter.

East rieb sich die Augen. Er war erschöpft, wollte nichts damit zu tun haben. Fin hatte Leute, die sich darum kümmern würden, ganz cool reingehen, Hände schütteln wie Geschäftsleute. Oder man nahm Circo, der mit einer Waffe in jeder Hand da reingehen würde, und alle Knarren glühten. Er selbst war Aufpasser. Er konnte eine Crew führen, sie die ganze Nacht arbeiten lassen. Doch irgendwo reingehen, wo die Leute bereit waren, dich umzulegen, war nicht sein Ding.

Das Gefühl in seinen Fingern war zurückgekehrt, und er rieb sie aneinander, bis die Haut warm wurde.

»Also, Walt, mein Alter«, sagte Ty scherzhaft. »Wen möchtest du draußen haben, wenn du ein Problem hast, damit er kommt und dich rettet? Mich oder ihn?«

»Wir beide machen das, Mann«, sagte Walter quer über den Vordersitz.

East nickte und schloss die Augen. Der Plan war am Ende, die Gang war am Ende. Ty gab ihm bei jeder Gelegenheit contra. Da konnte er genauso gut reingehen.

Ty fuhr fort: »Glock oder eine Tec. Glock oder eine Tec wäre nett. Falls sie richtige Waffen haben. Falls es nicht bloß so 'ne Scheiße für die Entenjagd ist. Ihr habt fünfhundert Dollar und ein paar Zerquetschte. Wenn ihr keine zwei funktionierenden Waffen kriegt, scheiß drauf, dann fahren wir nach L. A. zurück.« Er lachte. »Jetzt fahrt rüber, und parkt in der Nähe. Gleich gegenüber. Wir sind im Geschäft.«

Kalte Luft umfing East. Er beschloss, keine Worte zu verlieren. Die Tür des gelben Hauses öffnete sich, durch eine dicke Kette gesichert.

»Wir sind hier, um ein paar Waffen zu kaufen.«

Im Spalt sah man ein weißes Gesicht, bärtig, Brille mit Drahtgestell. »Ich will Geld sehen«, sagte es.

Walter machte eine Bewegung in Hüfthöhe. Dasselbe Bündel Zwanziger, das er dem Schwarzen auf dem Rad gezeigt hatte.

»Seid ihr bewaffnet?«, fragte der Bärtige. »Falls ja, händigt mir jetzt aus, was ihr habt. Kleingeld und Schlüssel auch. Und Phillip wird rumkommen und euch scannen.«

»Wir sind sauber«, sagte East. »Na schön. Aber hier draußen ist es kalt.«

Um die Ecke des Hauses tauchte ein verkniffen wirkender Mann auf, mager wie ein Hund. Den Teller eines Metalldetektors hatte er halb unter dem Arm versteckt. Das Ding rauschte, als der Mann damit herumhantierte. Er nickte zaghaft, ehe er die Stufen heraufkam.

»Seid ihr bereit?«, fragte er.

»Ist das ein Metalldetektor?«, sagte Walter.

»Jawoll.«

»Ich weiß, dass Sie uns nicht hier draußen auf der Veranda scannen werden«, sagte Walter.

»Doch.«

Sie ließen zu, dass der Teller des Geräts sie berührte und anstupste. East war sich nicht sicher, ob der hagere Mann den Detektor korrekt benutzte. Er war so dürr, dass die Schlüsselbeine an den Nähten seines Hemdes vortraten; seine Knöchel ragten wie Knoten heraus. Schwer zu sagen, wie alt er war.

»In Ordnung«, sagte Mr. Phillip. »Jetzt dürft ihr reingehen. Aber lasst euch von mir einen Rat geben. Okay? Streitet euch nicht. Der nette Mann will euch verkaufen, was ihr braucht. Aber alle anderen im Haus wollen euch tot sehen.«

Wieder diese Landei-Manieren, dachte East. Als kämen sie von einem eine Million Kilometer entfernten Planeten.

»Wir sind rein geschäftlich hier«, sagte Walter beruhigend.

Phillip sah sie mit seinem geröteten Gesicht an. »Denkt dran, was ich euch gesagt habe.« Er nickte Richtung Tür, und die Kette wurde abgenommen. Dann öffnete sie sich, und Phillip führte sie hinein. Aus seinem Kragen quoll der Anfang eines Tattoos, irgendein uraltes Manifest.

Sie betraten ein mit einer dunklen antiken Sitzgarnitur ausstaffiertes Wohnzimmer, die mit blass pfirsichfarbenem

Stoff bezogen war. »Setzt euch beide da hin«, sagte Phillip, zeigte auf eine Couch und verschwand durch eine Tür im hinteren Teil des Zimmers. Der bärtige, bebrillte Mann entfernte sich und schlich eine Treppe hinauf, die hinter der Haustür nach oben führte. An ihrem Geländer war eine fünf Zentimeter dicke durchsichtige Scheibe angebracht – einfach nachlässig mit einer gelben Nylonschnur festgebunden.

»Das ist kugelsicheres Glas«, murmelte Walter.

East nickte.

Walter nahm gehorsam Platz, und East begab sich auch in die Richtung, doch etwas über dem Sofa fiel ihm ins Auge. An der Wand hingen Porträts, rechteckige und ovale, hagere, bärtige Männer und weiße Frauen mit lockigen Haaren oder Großmütter mit ihren letzten Strähnen. Weiße Gesichter, stumpfe Mienen, steife Posen in diesen alten Rahmen. East fand sie faszinierend – die ältesten Bilder, die er je gesehen hatte. Diese Fremden hatten Posen eingenommen, die nicht zu ihnen passten, die Familie unglücklich vor einem Haus aufgereiht. Gesichter von Pionieren, die jetzt tot waren, aber ihre Augen immer noch leuchtend, wachsam, sogar in Sepiabraun. Er fühlte sich hingezogen, fühlte sich beobachtet.

Widerstrebend nahm er Platz, als Walter ihn am Arm zog.

Hinter einem flachen, eleganten Tisch stand der Vetter der Couch, ein Zweiersofa, ebenfalls pfirsichfarben. Nicht weit entfernt stand auf dem Parkettboden ein in graues Plastik gepacktes Kinderkörbchen. Dort wartete eine orange Stoffkrabbe – fest in der Hand, wie East jetzt sah, eines im Schlaf sabbernden Babys.

»Macht es euch bequem.« Phillips Stimme schwebte von hinten im Raum heran.

Durch den Türrahmen sah East das mit Antiquitäten bestückte Speisezimmer – langer Tisch und Stühle, ein mit Plastiktellern und Post übersätes Tischtuch aus Spitze. Über den Fußboden verstreut lagen überall Cheerios-Frühstücksflocken.

Wieder knarrte es, und schon füllte sich der Türrahmen mit einem Mann in einem grauen Trainingsanzug. Fast hätte East laut gepfiffen. Der Mann war riesig: Walter trug Größe 4XL, doch neben diesem Mann wirkte er wie ein Kind. Er war kahl und bewegte sich sacht, trat von einem Fuß auf den anderen, taxierte sie von Kopf bis Fuß. Wegen der blonden Wimpern wirkten seine blauen Augen eigenartig und dunkel.

»Hi«, sagte er leise. »Ich bin Matt.« Er hockte sich auf das zweite Sofa. »Freut mich, euch beide kennenzulernen. Vielleicht ist heute der Tag, wo der Fußboden einkracht.«

Walter sagte: »Einverstanden, wenn ich gleich zur Sache komme?«

»Nur zu«, sagte Matt.

»Wir sind hier, um zwei Pistolen zu kaufen. Eine sollte halbautomatisch sein. Die zweite, Hauptsache solide. Und Patronen für beide.«

»Patronen für beide«, wiederholte der Mann verträumt. Fast ein Seufzer. »Wie geht's euch Jungs so früh am Morgen? Seid ihr von weit gekommen?«

»Sehr weit«, berichtete Walter.

»Bleibt ihr hier? Oder seid ihr nur auf der Durchreise?«

»Auf der Durchreise«, bestätigte Walter knapp.

Walter war geradeheraus. Das gefiel East, beruhigte ihn – die kürzeste Strecke zwischen jetzt und ihrem Verschwinden. Das war vernünftig. Er sah zu dem anderen

Mann hoch, Matt, dessen Höflichkeit leichthin herablassend klang. Während Matt die beiden Jungs musterte, arbeitete sein Mund an etwas.

»Auf der Durchreise. Bist du dir sicher? Hier gibt's nicht viel zu stehlen.«

»Wir brechen auf«, sagte Walter, »so bald wir haben, was wir brauchen.«

»Tja.« Matt beugte sich leicht vor, irgendwo am Halsansatz musste ein Drehgelenk sein. »Euch scheint es wirklich ums Geschäft zu gehen. Mal sehen, was ich euch anbieten kann. Phillip. Phillip. Hol die Sachen, die du über dem Kühlschrank findest.«

Die Schritte des dürren Mannes kratzten über Linoleum. East beobachtete den Bärtigen mit der Nickelbrille, der weiterhin hinter der kugelsicheren Scheibe an der Treppe auf der Lauer lag. War er bewaffnet? Vermutlich ja. Vermutlich hörte auch Phillip nur mit entsicherter Waffe zu. Kleinstadtsitten.

Phillip kehrte mit einem metallenen Tablett zurück, lädiert, als wäre es einmal wertvoll gewesen. Der Mann namens Matt nahm das Tablett behutsam entgegen. Seine blauen Augen wurden rund, und er betrachtete die Waffen wie ein Pfandleiher, der Schmuck kritisch beäugte. Dann stellte er das Tablett vor den Jungs hin. Drei Pistolen. Zwei Magazine.

»Das sind hübsche Waffen«, seufzte Matt, als hätten die Jungs bei ihm Sodbrennen verursacht.

East betrachtete das Arrangement. Schusswaffen waren nicht sein Ding. Er hatte ein paar gehabt, sogar mit ein paar geschossen, um es zu lernen. Doch diese Waffen waren nicht zum Angeben oder zum Lernen.

»Das Auswählen übernimmst du, Mann«, murmelte er Walter zu.

Walter rieb sich die Hände und nahm die erste Waffe. Er überprüfte zuerst das Patronenlager, dann das Schloss. Visierte eine Ecke an der Zimmerdecke an. *Klick.* Legte sie stumm zurück aufs Tablett und probierte die nächste.

»Sind wir uns einig?«, fragte Matt freundlich.

Walter sagte: »Die nicht.«

»Ach?« Der dicke Mann räusperte sich ironisch. Seine Augen wurden wieder rund. »Die nicht? Was genau willst du denn?« Über seine Schulter sagte er: »Phillip. Er sagt, die nicht.«

»Diese Waffen sind okay«, sagte Walter, »aber die da nicht.«

»Das sind nicht die minderwertigen Sonderangebotsknarren, wie sie Stadtnigger verwenden«, sagte der Mann und leckte sich die Lippen. »Nichts für ungut.«

Jetzt war's raus. East sah es rausfliegen und versinken. Wie ein Stein im Wasser.

Walter machte aus seinen Lippen einen schlichten dünnen Strich und ließ es auf sich beruhen. »Warum zeigen Sie uns nicht, was Sie sonst noch haben?«

»Sag mir, auf welcher Straße ihr hergekommen seid«, sagte der dicke Matt.

»Aus dem Süden«, antwortete Walter. »Von der Interstate.«

»Wart ihr nicht vorher noch woanders? Bevor ihr hierherkamt?«

Jetzt stieß Walter East mit dem Ellbogen an. »Dieser Motherfucker«, schimpfte er. Doch East sah, wie sich das durch die Fensterscheiben hereinfallende Licht in Walters Augen spiegelte, seine hochgezogenen Augenbrauen. *Wie soll das weitergehen?* Improvisieren konnte nicht ewig gutgehen.

Sie hatten einiges richtig gemacht. Aber niemand verriet einem, wie viel noch zu tun war.

East griff ein. »Wir waren zuerst woanders. Los jetzt. Fragen Sie uns, was Sie fragen müssen. Dann wollen wir noch ein paar Waffen sehen.« Seine Stimme klang härter als beabsichtigt. Vielleicht war das ja gut so.

Matt sann über etwas nach, fühlte sich bestätigt. »Wart ihr bei einer Scheune? Einer Riesenscheune auf einem Acker?«

»Vielleicht.«

»Warum haben sie euch nichts verkauft?«

»Wer weiß?«, sagte East. »Vermutlich konnten sie uns nicht leiden.«

»Konnten sie euch nicht leiden, weil viele kleine Afroamerikaner klauen? Oder weil sich viele kleine Afroamerikaner schließlich als Cops entpuppen?«

»Eine Menge kleine Afroamerikaner bemühen sich gerade, höflich zu sein«, sagte East. »Warum bringen Sie uns nicht noch eine Auswahl an Waffen? Sonst kaufen wir sie einfach in der nächsten Stadt.«

»Ach?«, sagte Matt. »In welcher denn?«

Walter meldete sich zu Wort. »Dubuque.«

»Tja, ich kenne keinen, der in Dubuque Waffen verkauft.«

»Wir finden schon jemanden«, sagte Walter. »Aber wir sind hier, um mit Ihnen ins Geschäft zu kommen, wir versuchen es jedenfalls.«

Bei dieser Aussage rührte sich das Baby. Es streckte eine Hand aus, gab dann eine laute Beschwerde von sich. In Easts

Innerem schrie die Basssaite Zeter und Mordio. Er hasste das Baby; er hasste die Männer, weil sie das Baby benutzten, es als Schaustück im Wohnzimmer ließen. So wie die uralten Fotos, die Polstermöbel. Als verkörpere all das Seriosität, als wäre man unantastbar.

Irgendwo schlief seine Mutter wahrscheinlich noch.

Matt stöhnte und verschob seinen Körper auf dem Zweiersofa. »Phillip«, säuselte er, »warum siehst du nicht nach, was du in dieser Schublade findest?«

»In welcher Schublade, Matt?«

»Der zweiten«, sagte Matt. »Unter dem Toaster.«

»Zweite unter dem Toaster«, wiederholte Phillip und zog sich erneut in die Küche zurück.

Der fette Matt lächelte und sagte in seinem schwächlichen Quengelton: »Wie sieht's mit dir aus, Bohnenstange? Weißt du, wohin ihr als Nächstes unterwegs seid?«

East kniff die Augen zusammen. Als Kind hatte man ihn manchmal Bohnenstange genannt. Dass Matt den Finger in diese Wunde legte, ärgerte ihn, als hätte jemand im Inneren eines Hauses laut seinen Namen gebrüllt. Doch das hatte bestimmt nichts zu sagen. Es hieß, dass East groß und hager war, mehr nicht.

Sosehr East diese Männer verabscheute, er wollte unbedingt zum Abschluss kommen. Er wollte, dass es vorbei war. Und er wollte es sein, dem das gelang.

»Ich begleite ihn«, sagte er.

»Hmm«, sinnierte Matt. »Das ist gut. Okay, da sind sie ja.«

Das zweite Tablett, zwei Pistolen, ein zusätzlicher Ladestreifen. »Nur zu«, wiederholte Matt.

Walter nahm die erste hoch, eine graue Halbautomatik,

hebelte das Magazin raus, kontrollierte es. »Siebzehn«, murmelte er melodisch.

»Gute Waffe«, sagte Matt. »Wenn auch nicht Glocks beste.«

»Warum haben Sie uns die nicht beim ersten Mal gezeigt?«

Matt lächelte und schwieg.

»Kann ich damit irgendwo probeschießen? Haben Sie Platz im Keller?«

»Im Keller ist meine Frau«, sagte Matt. »Und schläft, wollen wir beide hoffen. Nein, du kannst nicht probeschießen. Falls wir auf die Äcker rausgehen, kannst du damit schießen. Aber du bist in meinem Haus, sehr früh am Morgen. Du hast Glück, dass wir überhaupt wach sind.«

»Sie haben eine Frau?«, fragte Walter.

Wieder lächelte Matt. »Große Jungs tun es, Junior. Du bist selber auf dem besten Weg.«

»Nicht *so* groß«, sagte Walter. Er deutete auf die zweite Waffe. »Macht als Zugabe nicht viel her. Können Sie mir keine bessere verkaufen?«

»Die kleine Ruger in der dritten Runde«, sagte Matt. »Aber die kostet. Oder ihr könnt diese Taurus haben.«

»Wie viel für diese beiden?«

»Fünf fünfundzwanzig.«

»Vierhundert.«

»Och, ich sage vier fünfzig«, sagte Matt. »Aber ich sage auch: Ich bin runtergegangen. Ich gehe nur einmal runter. Vogel friss oder stirb.«

»Vier achtzig«, sagte Walter, »dafür nehmen Sie diese Erbsenpistole wieder mit und geben mir die Taurus.«

»Fünfhundert, und du kriegst alle drei.«

»Ich will keine drei«, sagte Walter. »Ich will dieses undichte Ding nicht mal in meiner Nähe haben.«

»Ein Mann, der glaubt, Scheiße erkennen zu können«, sagte Matt, »wird sich am Ende dennoch fragen, warum seine Schuhe stinken.«

Walter sagte nur: »Vier fünfzig für die Glock und die Taurus.«

»Eigentlich will ich vor allem, dass ihr verschwindet«, sagte Matt. »Ob ihr Geld habt oder nicht, ist mir immer weniger wichtig.«

»Tja«, sagte Walter, »jetzt liegt die Entscheidung bei Ihnen.«

Easts Magen knurrte. Er beobachtete Walter mit leiser, widerwilliger Bewunderung. Vielleicht ging es hier nur ums Handeln. Doch nicht jeder konnte handeln.

»Na schön«, sagte Matt resignierend. »Vier fünfzig für die Glock und die Taurus.«

Easts Hände machten unwillkürlich einen kleinen Sprung auf seinem Schoß. »Abgemacht«, sagte Walter. »Und wir machen außerhalb der Stadt halt und überprüfen, ob sie schießen. Falls nicht, kommen wir wieder.«

»Ihr könnt sie euch *ansehen* und erkennen, dass sie *schießen*. Ein Kind sieht ihnen an, dass sie *schießen*. Die Frage lautet, könnt ihr zielen?« Matt machte Anstalten aufzustehen, zuckte aber stattdessen zusammen. »Phillip, hol mal die kleine Taurus von der Ablage auf dem Kühlschrank.«

Walter zählte dreiundzwanzig Zwanziger ab. »Können Sie wechseln?«

»Nicht wenn du Patronen haben willst. Ich habe etwa anderthalb Schachteln, die in beide passen.«

»Oh, Mist«, sagte Walter. »Klar. Hier sind noch mal zwanzig. Geben Sie mir alles.«

Phillip öffnete eine Tür in der Anrichte des Esszimmers, nahe genug, dass East zusehen konnte. Neben Vasen stapelten sich rote und schwarze Schachteln. Phillip packte zwei in eine Walmart-Tüte und ging damit zur Haustür.

Walter sagte: »Wohin geht er?«

»Bringt alles für euch raus«, antwortete Matt. »Glaubst du, wir laden Jungs in unser Haus ein und geben ihnen geladene Schusswaffen?« Er zählte die Zwanziger. »Vierhundertachtzig Dollar. Mein Handschlag ist meine Quittung.«

Sie standen auf, doch keiner gab irgendwem die Hand.

Draußen, hinter dem Lenkrad, wartete Ty gelassen. Als sie sich näherten, rutschte er wieder nach hinten in den Van. East schaute nach unten in die Plastiktüte. Neue Patronen, eine versiegelte Schachtel und eine halbe – prima.

»Diese Typen hatten in jeder Schublade im Haus Knarren«, sagte East.

Walter schnaubte. »Ich weiß. Tausend Waffen. Wir hätten den ganzen Tag da verbringen können.«

»Was habt ihr gekriegt?«, fragte Ty, sobald sie die Türen öffneten.

»Jetzt gibt's eine Lektion«, sagte Walter. Er zog seine Pistole aus der Tasche und reichte sie nach hinten. East fischte auch die Taurus heraus. Als Ty die beiden untersuchte, setzte Walter den Van in Bewegung.

»Die Glock ist schick«, sagte Ty. »Die andere, ein Stück Scheiße. Damit könnte man auf jemanden einprügeln, schätze ich.«

Walter grinste. »Siehst du?«

»Was habt ihr bezahlt?«

»Vier achtzig für alles und Kugeln.«

Ty staunte mit offenem Mund. »Vier achtzig? Für diese Knarren? Vier*hundert*achtzig?«

Walter bog um eine Ecke. »Ist das ein guter Preis?«

»In The Boxes krieg ich Glocks wie diese für zweihundert«, sagte Ty. »Wie viele Typen waren da?«

»Drei«, sagte Walter. »Und ein kleines Baby.«

Ty sagte: »Halt an.«

»Nein!«, rief East. Doch Ty wartete nicht. Er stieß die Seitentür zurück und sprang auf die Straße. East stieß auch seine Tür auf, doch erst klemmte der Sitzgurt, und dann holperte der Van, als Walter rechts ranfuhr, und East fluchte und fummelte mit nervösen Fingern. Ty spurtete zwischen zwei Häuser, und weg war er.

Auf dem Sitz hatte er zwei Pistolen zurückgelassen. Die Glock hatte er dabei. Man konnte ihn nicht verfolgen.

East knallte seine Tür zu. »Bist du bescheuert? Mach nie, was Ty verlangt.«

»Was hat er vor?«

»Das erfahren wir schon noch«, sagte East grimmig. »Fahr zurück. *Los.*«

In den Küchen gingen die ersten Lichter an, hinter den Veranden mit ihrer glühbirnenlosen Weihnachtsbeleuchtung. Walter drehte die Scheibe runter: Keine Hunde bellten. Gar nichts. Kein Ty weit und breit. Leise rollten sie Richtung Waffenhaus.

»Soll ich hier halten?«

»Nicht direkt davor«, sagte East. »Sie sollen uns nicht

bemerken und sich wundern.« Er beobachtete das Haus mit brennenden Augen.

»Gehen wir ihn suchen?«

»Nein. Noch nicht.«

Walter sagte: »Was hat er vor? Da reinmarschieren und Geld zurückfordern?«

»Walt«, schäumte East, »keiner weiß, was Ty tun wird. Er plant nichts. Bei ihm heißt es immer *Zack-wumm*.«

»Ty hat deinen Arsch gerettet«, gab Walter zu bedenken. »Er hat uns aus Vegas rausgeholt – und als Michael dich in die Mangel genommen hat? Ty improvisiert.«

»Hör dich mal selbst reden, Mann. *Gestern Abend* sagtest du, er bedeutet Ärger. Er ist ein Tier.«

»Vielleicht hat er Glück«, sagte Walter. An einer Querstraße wendete er in drei Zügen. Dort drang fröhliche Akkordeonmusik aus einem geparkten Wagen, dessen vier Türen offen standen. Ein kleiner Latino polierte in der Kälte sein Armaturenbrett.

Sie fuhren noch mal vorbei. East spürte ein kaltes Brennen im Magen. Er wünschte, er hätte sich die Uhrzeit gemerkt. Walter hielt mit dem Van fünfzig Meter vor dem Haus, sie stellten den Motor ab und warteten.

Die Uhr zeigte sechs Uhr elf. Sechs Uhr dreizehn. Wie lange gaben sie ihm noch? Oben kroch das blasse Morgenrot über den Himmel.

East kannte diese Uhrzeit vom Wachehalten im Vorgarten – binnen Minuten würde das Licht die Baumwipfel hinabrinnen, die Schornsteine färben, durch die Gärten stürmen. Die Morgendämmerung in der schäbigen Straße ließ East verkrampfen, wie sie ihn jahrelang hatte verkrampfen lassen – Wache zu halten, egal, was war; alles zu beobachten, was sich bewegte. Nicht zu blinzeln.

Eine Gruppe Jungs, die du vielleicht gestern erst kennengelernt hast, zu den Menschen zu formen, von denen dein Leben abhing. Und nie zu erfahren, ob es dir gelungen ist. Nur auf die Augenblicke der Prüfung zu warten. Wie diesen hier.

Sechs Uhr sechzehn. Ein Lastwagen, auf dessen Ladefläche ein großer weißer Containeraufbau montiert war, ruckelte langsam vorbei, wie ein von unsichtbaren Pferden gezogener Karren.

Walter sagte: »Wie lange sollen wir deiner Meinung nach warten?«

»Ich weiß«, sagte East. »Ich *weiß*.«

»Irgendwann müssen wir eine Entscheidung treffen.«

East wandte den Blick nicht von dem Waffenhaus.

»Er ist dein Bruder.«

»Wofür ich nicht sterben würde«, sagte East knapp.

Sechs Uhr achtzehn.

Er war immer größer als Ty gewesen, stärker. War immer älter gewesen und auch der gute Sohn, sozusagen. Immer derjenige, der versuchte, sich ihrer Mutter von der besten Seite zu präsentieren. Immer der, auf den sie zählen konnte, auch wenn Ty ihr Baby war. Er musste an das erste Mal denken, als er versucht hatte, den Geburtstag seiner Mutter mit einem Kuchen zu feiern, den er von seinem eigenen Geld gekauft hatte. Er brachte ihn nach Hause und versteckte ihn, doch Ty kam dahinter. Er schlich sich noch vor dem Abendessen davon und blieb weg, verantwortungslos, bis drei Uhr morgens, womit der Geburtstag ihrer Mutter gestorben war.

Er wollte sehen, ob East sich traute, den Kuchen zu überreichen. Ohne ihn. Was er nicht tat. In dieser Nacht weinte er bitterlich über seine Niederlage. Neun Jahre alt, und er wollte nur der Mann in der Familie sein.

Diese Verantwortungslosigkeit war Tys Trick. So bemächtigte er sich der zwei Jahre, die East ihm voraushatte, und pulverisierte sie.

Mit neun hatte Ty angefangen, nächtelang draußen auf der Straße herumzustreunen. Mit elf war er endgültig ausgezogen. Das Baby seiner Mutter.

»Du entscheidest«, sagte Walter. »Er ist dein Bruder. Wenn du 'ne Knarre nehmen und losziehen willst, meinetwegen. Wenn du wegfahren willst – auch in Ordnung. Wer weiß, wann eine dieser einheimischen Ladys die Polizei verständigt – könnte schon passiert sein. Und dann stecken wir in der Scheiße.« Er verstummte und rollte sein Kinn auf den Fingerknöcheln. »Also, wenn er um sieben immer noch weg ist? Um acht?«

»Ich hätte ihm nachlaufen sollen«, murmelte East.

»Ich möchte dich was fragen«, sagte Walter. »Wir sollten zu viert sein. Ohne ihn sind wir zwei. Du und ich, wir sind vom Typ her gleich. Wir beobachten. Wir leiten und verwalten. Wir sind keine besonderen Schützen. Falls wir loszögen, wir beide, wer würde es machen? Wer schießt?«

»Du meinst auf den Typen?« East war sauer, abgelenkt, hielt die Augen offen. »Ich kann schießen.«

»Schon«, sagte Walter, »aber schießt du auch? Du bist nicht so scharf auf Waffen.«

»Ich kann schießen«, wiederholte East ausdruckslos. »Er kommt zurück.«

»Nicht wenn er's nicht tut.«

Dann flippten die Hunde aus, bellten, und Walter ließ den Motor an; East setzte sich kerzengerade hin. Ein dunkler Schatten zwischen den Häusern. Ty sprintete ins Freie, eilte die Straße runter zu der Stelle, wo er aus dem Van gesprungen war. »Pass ihn ab«, sagte East, und Walter stellte den Wahlhebel auf Drive und gab Gas. Ty hielt beim Laufen die Waffe ausgestreckt: *Legt euch nicht mit mir an.* Er rannte die Straße entlang, als sähe er sie nicht mal, als wären sie ihm egal.

Im letzten Moment flitzte er zum Van rüber und riss die Tür auf.

»Was war?«, wollte East wissen. »Was hast du gemacht?«

Ty rutschte auf den mittleren Sitz. Er keuchte und lachte gleichzeitig. »Ich hab's dir doch gesagt, Mann, du hast zu viel bezahlt.«

Bei der Fahrt zurück auf die Landstraße überfuhr Walter ein Stoppschild. »Was hast du gemacht?«

»Ich hab's euch gesagt.« Ty schmiss das Bündel Zwanziger hin. »Vierhundertachtzig Dollar. Wer ist hier der King?« Der Morgen graute gerade, als Ty hoheitsvoll die Welt durch die Fenster betrachtete.

10

Er bot sich wie von selbst an, sagte Ty, der Weg in das gelbe Haus. Weit oben stand ein Fenster einen Spalt offen. Er hatte von der Garage eine Trittleiter geklaut. Wenn er es auf das Dach der hinteren Veranda schaffte, käme er von dort ins Haus.

Doch das brauchte er gar nicht. Als er gerade den Garten hinter dem Haus mit der Trittleiter aus Aluminium überquerte, kam jemand aus dem Haus. »Verkrüppelt. Kaputtes Rückgrat.«

»Phillip«, sagte Walter.

»Spindeldürr. Sieht aus, als täte ihm das Gehen weh.«

»Ja. Das ist er.«

»Phillip. Als Erstes sieht Phillip einen schwarzen Jungen, der eine Leiter klaut. Er ist mir nach, Mann, will mich mit seinen Autoschlüsseln schlagen. Ihr wisst schon, Bürger helfen der Polizei? Also nehme ich meine Leiter und verpasse Phillip eine, dass er auf den Arsch fällt, und denke mir, so wird's gehen: Ich geh einfach mit ihm ins Haus, die Knarre in seinem Arsch. Aber ratet mal, was Phillip samt den Schlüsseln in seiner Hand hält?«

East sagte: »Vierhundertachtzig Dollar.« Wie verrückt ist das denn, staunte er, einfach draufloszustürmen, ohne zu wissen, was auf ihn wartet.

»Einfach großartig«, jubelte Walter.

Ty grinste, engelsgleich, herablassend. »Der denkt, irgendein Junge aus dem Block hat ihn überfallen!«

Dreißig Kilometer weiter östlich suchten sie ein Pancake House auf, um zum ersten Mal seit zwei Tagen wieder eine richtige Mahlzeit einzunehmen. Solche Pfannkuchen hatte East noch nie gesehen. Fluffig, gehaltvoll, so dick wie Steaks.

»Heute schaffen wir's«, sagte Walter, »nur noch ein paar Stunden.« Euphorie hatte die Morgenkälte vertrieben. Sie war leicht zu erklären: neue Waffen; jede Menge Munition; Geld zurück. Ty feixte, alles lief so, wie er es gewollt hatte. An diesem Nachmittag konnten sie sich irgendwohin zurückziehen, sich etwas ausruhen. Doch nicht nur das ging East durch den Kopf. Was ihn an diesem Morgen noch angetrieben hatte, sogar in diesem schrecklichen Haus, wo die Männer mit ihren Pioniervorfahren gemeinsam Wache standen und das Baby auf dem schießpulvergrauen Boden wie eine Visitenkarte dalag – sogar dort war East nur darauf aus gewesen, dass es funktionierte. Er wollte den Deal abschließen, den Mistkerlen die Hand geben. Es war ihnen fast gelungen, geschäftsmäßig. Dann hatte Ty seinen Raubzug durchgeführt, und sie alle mussten darüber johlen, obwohl es billig und brutal gewesen war, obwohl es sie abgestempelt, sie kenntlich gemacht hatte, auffällig.

Das war's also, dachte er, während er sich an seinem Stapel Pfannkuchen zu schaffen machte, den er nie hätte bestellen sollen; so viel konnte er nie und nimmer essen. Das sind wir also. Nur ein paar diebische Strolche auf Amerikatournee.

Draußen schüttelte einen die Kälte durch.

East fuhr. Er stupste Walter an: Konnten sie es sich leisten, irgendwo haltzumachen, egal, wo, sich ein Zimmer zu nehmen, zu duschen und auszuschlafen? »Das sollten wir bleibenlassen«, erwiderte Walter. »Wir sollten nicht irgendwo einchecken. Nicht jetzt, nicht so kurz vor, du weißt schon. Wohin wir unterwegs sind.«

Sie beschlossen also weiterzufahren, bis sie dort waren. Ankommen, herumfahren, die Gegend erkunden. Einen Plan machen und sich dann daran halten.

Nach ein paar Stunden übernahm Walter wieder das Steuer. Er bog auf eine kleinere Landstraße ab, eine Straße des Bundesstaates Wisconsin, zweispurig, satter schwarzer Asphalt, auf beiden Seiten tiefe Hochwassergräben. Die Bäume wuchsen hier höher – und näher an der Straße. Kiefern, nicht dünn und hungrig nach Feuer wie in Kalifornien, sondern kompakte, undurchdringliche, wintererprobte Bäume, die Zapfen an den Ästen groß wie Katzen, so dunkelgrün, dass es fast schwarz aussah. Beim dichten Vorbeifahren überforderten sie Easts Augen mit ihren winzigen, knappen Zwischenräumen von Baum zu Baum, Ast zu Ast, übergangslos. Sie huschten vorbei wie das Gegenteil von Bergen, die großen Räume, die schier endlosen Zeiträume. Hier gab es zu viel zu sehen und zu wenig Zeit, um überhaupt etwas zu sehen. Hinter jedem Baumstamm konnte sich etwas verstecken. East schloss die Augen, doch nichts zu sehen war ihm auch nicht geheuer – Walter, den Van, die schmale Straße. Die tiefen, bedrohlichen Gräben, die ausgreifenden Bäume. In ihnen sah er Gesichter, jeder ängstliche Vogel war ein Angreifer, jeder Briefkasten ein bedrohlich lodernder Farbklecks.

Er war erschöpft und konnte nur beobachten. Walter war erschöpft und konnte nur fahren. Als wüsste keiner von ihnen, wie man anhielt. Und dann waren sie da.

WILSON LAKE stand auf einem großen grünen, an Pfählen aus Mammutbaumholz befestigten Schild, umgeben von den Symbolen von Klubs, Logen und Kirchen des Ortes. Es folgten noch zwei Kilometer Kiefern, dicht an dicht.

Nach einem Hügel und einer Senke zeigte sich der See: nur Flecken zwischen den Bäumen, verschwommen, das Blau unter dem gleißenden Mittagslicht nur angedeutet. Die jetzt auftauchenden Häuser waren nicht verkleidete Kästen, wie sie sie den letzten Tag gesehen hatten, sondern Dreiecke aus Stein und braunem Holz, Holzrahmen, Holzwände, die wie Hütten emporragten, oder Nurdachhäuser in Kiefernlichtungen. Namen auf Schildern neben den Einfahrten: WEE SLEEP, GREASY LAKE. Und auch die Briefkästen waren etwas Besonderes: nicht nur schlichte schwarze US-Postkästen, sondern Scheunen oder fröhliche Männchen mit Postschlitzen in den Bäuchen oder tierische Ungeheuer, deren Köpfe den Kasten enthielten.

»Was soll denn das sein, verdammt?«, fragte East.

»Das ist ein Dachs«, sagte Walter.

Ty fragte: »Ein was?«

»Ein Dachs. Das Wappentier Wisconsins. Habt ihr noch nie was von Dachsen gehört?«

Sie fuhren unauffällig im Zickzackkurs herum, prägten sich die Anlage ein. Viel war es nicht. Große alte Häuser. Der See war mehr oder weniger rund – vielleicht achthundert Meter im Durchmesser. Zwei Strände, drei Bootsanlegestellen und eine kleine Reihe ruhiger Läden. Drei parallel verlaufende Straßen, dazwischen eine Handvoll Verbindungen, und eine Straße, die sich um das andere Seeufer wand. Die Adresse, so entnahm Walter dem Zettel mit seinem Gekritzel, lautete Lake Shore Drive 445. Dabei handelte es sich um die Straße, die den See umrundete.

Dort auf der anderen Seite waren die Häuser neu, Hütten und Wochenendhäuser mit Oberlichtern und Dachterrassen, die emporragten wie Hubschrauberlandeplätze, Gasgrills, die unter ihren Allwetterplanen draußen standen; überall wehten Fahnen, die East noch nie gesehen hatte, in Auffahrten, über Eingängen. Er bestaunte sie im Vorbeifahren. Die Menschen hier kannten einander. Keile aus Kiefern trennten die Grundstücke, doch nebenan konnte ein Garten voller lärmender Hunde oder eine einzelne neugierige Frau sein. Man konnte nie wissen. Es war eine Wohngegend.

Vor ihnen rannte ein Eichhörnchen oder ein anderes kleines Tier über die Straße, und Walter trat auf die Bremse. East schaute hoch. Niemand beobachtete sie.

Sie waren so müde.

»Das ist es«, verkündete Walter.

Die Einfahrt gabelte sich. Vorne zwei Briefkästen, 435 und 445. Leise kroch der Van vorbei – es waren gerade keine anderen Autos auf der Straße. Niemand in der Nähe, niemand bemerkte den langsam herumfahrenden Van. Das Haus war ein Nurdachhaus, unten lugte auf jeder Seite ein Schlafzimmer hervor. Eingeschossig. Ecken mit Blockhausbalken, ein gräulicher Mörtel hielt sie zusammen.

Große Fenster auf jeder Seite der Tür und keine Fahne.

»Ein großes Haus«, sagte East. Davor ein kleiner Sporttruck, schwarz. »Das sind Ferienhäuser«, sagte Walter. »Groß und leer. Übrigens, solltest du deinen Bruder nicht wecken? Vielleicht will er es sehen.«

East spähte nach hinten und versuchte Ty zu finden. »Nö. Lass ihn schlafen.«

Zwei Frauen näherten sich, joggten die Straße entlang. Sie waren Mitte fünfzig, trugen Fleeceklamotten und reflektierende Fäustlinge. Sie grüßten den schleichenden Van mit einem Handzeichen, und Walter erwiderte den Gruß mit zwei erhobenen Fingern. Ein Naturtalent.

Keine Gärten voller Hunde. Keine Dachterrassen nebenan, von denen aus Nachbarn über die Bäume hinweg Ausschau hielten. East hatte das automatisch im Blick.

»Telefonleitungen kommen von da drüben«, sagte Walter. »Mast hinter dem Haus, die Leitungen gelangen von hinten in beide Häuser. Wir könnten sie kappen.«

»Warum? Sie haben Handys.«

»Aber haben sie hier draußen ein Netz? Negative Balken«, sagte Walter kichernd. East knurrte, mit Blick Richtung Wald. Ein Feldweg führte hinter den Häusern, zu denen auch die Nummer 445 gehörte, zurück in den Wald. »Man könnte den Van parken und den Weg zu Fuß nehmen, von hinten kommen.«

»Vorsicht, Dachse«, sagte Walter.

Sie umrundeten wieder den See und fuhren in den Ort zurück. Fanden das kleine Polizeirevier, versteckt hinter der Feuerwache. Auf dem Parkplatz standen zwei schwarzweiße Einsatzwagen und ein Zivilfahrzeug, ein kleiner weißer SUV mit guten Polizeireifen und einer Winde. Gut zu wissen.

»Ich muss schlafen, Mann«, sagte Walter. »Ich denke andauernd, ich müsste kotzen.«

»In Ordnung«, sagte East. Seine Erschöpfung hatte ihren Höhepunkt überschritten. Walter steuerte zurück auf die Landstraße, die Kiefern dichter und immer dichter um sie herum. Er fuhr, bis sie das nächste Dörfchen samt See fanden. Er war kleiner, dieser See, die Ufer unbefestigt und matschig, die öffentliche Anlegestelle eine alte Betonplatte, die zu ein paar maroden Bootsrampen führte. Die Gebäude entlang des Ufers waren einmal Ferienhäuser gewesen, doch heute wohnten dort keine Feriengäste mehr. Kaputte Stühle und Propangasflaschen im Vorgarten, kleine Kombis, deren Farbe immer erdähnlicher wurde.

»Wir haben den Ghettosee gefunden«, kommentierte East.

»Den *Volks*see«, korrigierte Walter. »Hältst du's hier für sicher?«

»Wir sind bewaffnet.«

Walter zog lachend die Handbremse an. Das ganze Grundstück fiel schräg zu dem flachen, dunklen Badestrand hin ab.

»Dein Bruder«, sagte Walter, »der kann einfach alles verschlafen.«

»Ich bin hellwach, Junge«, meldete sich Ty zu Wort.

»Du schläfst besser«, mahnte East. »Später müssen wir wach und einsatzbereit sein.«

»Das werde ich, keine Bange.«

Sie schlossen die Augen an diesem strahlenden letzten Tag.

11

East schlief wie ein Ertrunkener. Einmal liefen zwei Kids mit Angelschnüren vorbei und störten ihn. Ihre Schritte und das Geschrei – die Zunge in seinem Mund fühlte sich hart und verloren an. Ihm fiel eine Redensart ein: *Iss nie einen Fisch, der so krank ist, dass du ihn fangen konntest.*

Das war in The Boxes. Wer weiß, was die Kids hier draußen fingen? Walter hatte sich auf die mittlere Sitzbank zurückgzogen. East rollte sich auf dem Beifahrersitz zusammen und schloss wieder die Augen. Ohne Decke zu schlafen war nicht so schwer wie befürchtet. Vielleicht war hier, außerhalb der Stadt, etwas anders.

Oder vielleicht hatte er es einfach aufgegeben, friedlich zu schlafen.

Später zog die Sonne hinter den Kiefern ihre Bahn, deren gezackte Schatten jetzt auf dem eisigen Wasser lagen. In der Nähe ertönten drei metallische Klopfer.

East hob den Kopf. Draußen stand ein Rotschopf, vielleicht siebzehn oder achtzehn, Gesicht so flach wie ein Essteller, ein junger Schnurrbart, der frisch gekämmt aussah. Und er pochte mit einer Pistole gegen das Fenster.

»Aufmachen.« Ein Cop? Easts Mund schmeckte säuerlich. Er kurbelte die Scheibe halb runter und sagte: »Was ist?«

»Du musst«, sagte der rothaarige Bursche hektisch, »mir sofort dein Geld geben.«

East knetete sein Gesicht und gähnte. »Hallo«, sagte er. »Siehst du nicht, dass wir *schlafen*?«

»Aufwachen«, befahl der Rothaarige. Er mochte ein Jahr, zwei Jahre älter sein als East. Sein Schnurrbart sah verwegen aus, die Schattierungen der Barthaare reichten von Orange bis Mattweiß. Er tippte erneut mit dem Pistolenlauf gegen die Fensterscheibe. Ordentliche Zeichensetzung. Wie ein Lehrer, dachte East.

»Mann«, gähnte East. »Ich will dich nicht frustrieren. Aber jeder in diesem Van hat eine größere Knarre als du, klar? Je mehr Leute ich aufwecke, desto mehr werden auf dich schießen.«

»Blödsinn«, ertönte es unterhalb des blassen Schnauzers.

East dachte darüber nach. So einer würde tun, was er tun wollte. Es war nicht seine Aufgabe, das zu ändern.

»Ich gebe dir fünf Dollar«, bot er an, »und du verschwindest. Sonst wecke ich alle hier in diesem Van auf, und dann steckst du echt in der Scheiße.«

»*Scheiß* drauf«, sagte der Schnurrbart.

»Die Entscheidung liegt ganz bei dir«, sagte East. »Du hast mich geweckt, Mann. Ich erschieß dich nur deshalb noch nicht, damit du losziehst und all deinen Freunden sagst, sie sollen mich ausruhen lassen.«

Der rothaarige Knabe kratzte sich mit dem Lauf seiner Pistole im Gesicht, richtet sie dann hierhin und dorthin, entmutigt, als suche er nach einem Ersatzziel.

»Hier«, sagte East. Er kramte in seinen Taschen herum. Nö – der größte Teil seines Anteils war bei dem Geld für die Waffen, das Ty zurückgeholt hatte. Er hatte noch einen Zehner und drei Dollarscheine.

»Kannst du das wechseln?«, fragte er und hielt den Zehner hinter der Fensterscheibe hoch.

Der Rotschopf schaute aus zusammengekniffenen Augen hin. »Nein, ich hab kein Kleingeld.«

»Dann kannst du die haben«, sagte East und bot ihm stattdessen die Dollarscheine an. »Ich will ja nicht knausern, Mann, aber ich brauch dieses Geld dringender als du.«

Was für ein Typ. East sah die gelangweilte Erregung in seinen Augen. In jedem Viertel gab es ein paar von der Sorte.

»Wenn ich dich wiedersehe«, warnte er, »schieße ich dir zuerst in den Bauch, Mann. Direkt in den Magen. Neun Millimeter. Vielleicht überlebst du's. Es tut aber weh. Es wird dein Leben verändern.«

»In Ordnung«, sagte der Junge, und East ließ die Dollars los.

»Bleib cool, Killer«, sagte er und drehte die Scheibe hoch.

East sah zu, wie der Junge die Dollarscheine einsteckte und ging, vorbei an einem Spielplatz, wo er jeder leeren Schaukel einen frustrierten Stoß verpasste. Bald schluckten ihn die Kiefern. East schloss die Augen.

Doch er konnte nicht wieder einschlafen. Es war nicht klug, hierzubleiben. Das war nicht The Boxes. Hier gab's keinen Heimvorteil. Wahrscheinlich kam Killer nicht mehr wieder, oder er kam mit fünfzehn Freunden wieder, alle bewaffnet. Seine drei Dollar, wahrscheinlich hatte Killer damit sein Tagwerk vollbracht. Doch da konnte man sich auch irren.

Man konnte sich bei allem irren.

Er rutschte auf den Fahrersitz und fuhr den Van langsam, gemächlich zwei Kilometer weiter die Straße entlang, wo er ihn hinter einer evangelischen Kirche parkte. Fünfzig Meter entfernt spielte eine Gruppe Jungs und Mädchen wüst Basketball. Vier Erwachsene – vielleicht Eltern oder Pfarrer, es war egal – standen mit Kaffeebechern in den Händen da und sahen sich die Schlacht an. East stellte den Van zwischen ihren Fords und Hondas ab. Ein, zwei Stunden lang würde er ihre Gesellschaft dankbar annehmen.

Dichtere Wolken, trübe Sonne. Seit dem Vormittag hatten sie geschlafen. Sechs Stunden. Keine ganze Nacht. Doch es würde ihrer Konzentration guttun, dachte East, sie im Dunkeln arbeiten lassen. Im Dunkeln des heutigen Abends. Walter war immer noch nicht wieder wach, schniefte und schnaufte vor sich hin.

Plötzlich wurde East schlagartig klar: kein Kopf auf dem Rücksitz, keine hochgestellten Füße oder Knie – Ty war verschwunden.

Er setzte sich auf, feucht vom Schlafschweiß. Der graue Parkplatz, gelbe Linien. Die Kids hatten ihr Basketballspiel beendet, und der Parkplatz hatte sich geleert. Es war kurz vor sechs.

Dann entdeckte er Ty, der am anderen Ende des angegrauten Rasens an einem Picknicktisch saß und über den Rastplatz hinweg in die Bäume schaute. Sein Pulli war dunkelgrün, vielleicht aus Armeebeständen. Egal, wie kalt es war, ihn störte das nicht. Er war sogar dünner als East. Er legte seinen Kopf in den Nacken, die Augen geschlossen, was East in dem schwachen Licht kaum sehen konnte. Sein Nacken knackte.

East saß ruhig da, lauschte dem Sägeblattgeräusch des schnarchenden Walter, beobachtete seinen Bruder durch die verschmierte Windschutzscheibe. Er streckte Arme und Beine aus, doch sie waren bleiern.

Ty. Als sie das Haus gefunden und sich umgesehen hatten, hatte East ihn schlafen lassen. Nein – es war gut, dass er schlief, weshalb East beschlossen hatte, ihn nicht zu wecken, ihn schlafen zu lassen. Doch auch das stimmte nicht. Er hatte es hinausgezögert.

Stumm fluchend, atmete er durch und öffnete die Tür, stieg dann aus. Ty erhob sich, als er ihn kommen sah. »Warte mal«, sagte East, woraufhin sich Ty, mit mürrischer Miene, ein paar Schritte entfernte.

»Hast du überhaupt geschlafen?«, wollte East wissen. »Wir sind am Haus von dem Typ vorbeigefahren. Ich hab dich nicht geweckt. Jetzt glaube ich, vielleicht hätte ich es doch tun sollen.«

Ein Achselzucken. »Du glaubst«, knurrte Ty.

East schwang die Beine über die Bank und setzte sich an den Tisch, den Ty soeben verlassen hatte.

»Kalt«, sagte Ty. »Ich steig wieder ein.«

»Lass uns kurz reden«, bat East. »Walter schläft noch. Was brauchst du? Willst du das Grundstück sehen, solange es noch hell ist?«

»Muss nicht sein.« Tys Stimme war leise, fast tonlos. »Ihr zwei habt's gesehen.«

»Sieht ziemlich unkompliziert aus.«

»Ach ja?«, sagte Ty. »Was hast du rausgefunden?«

East spielte mit seinem Schlüssel auf den verwitterten, morschen Brettern des Picknicktischs. Sie waren mit Initialen und Namen der Jugendlichen dieser Stadt bekritzelt: BEAU, RH UND JM, ICH LIEBE SIGRID. Die älteren Kritzeleien waren vom Honigbraun der letzten Lackschicht bedeckt. Die neuen ins Holz geritzt.

»Willst du darüber reden, wie es ablaufen soll?«

Ty: »Wie?«

East kniff die Augen halb zu. »Wir machen es, stimmt's? So wie du es tun willst, Mann.«

»Du willst es immer noch tun?«, sagte Ty leise.

»Deshalb sind wir hier.« Ein plötzlicher Windstoß trug das Getriller eines Vogels durch die graue Luft. East blickte ihm über die Bäume hinweg böse hinterher, bis wieder Ruhe herrschte. »Aber vergiss nicht«, sagte er, »sei cool. Anschließend wegzukommen wird kein Zuckerschlecken.«

»›Sei cool‹, sagt er«, sagte Ty. »Ich *komme* weg. So wie ich es mache. Tatsache ist, wenn ich allein wäre, wär's schon erledigt und ich *wäre* bereits weg.«

»Vielleicht«, sagte East. Nein: Er zweifelte nicht daran. Er stellte sich vor, wie Ty unter eigenem Namen hierher- und wieder weggeflogen wäre: Glück, Wille und eine enorme Gleichgültigkeit gegenüber allem anderen. »Aber Fin hat uns so losgeschickt. Die vier. Also muss es so ablaufen.«

»Du kennst alle Antworten«, sagte Ty trocken, »wie immer.«

Ty ließ ihn entscheiden. Er ließ es ihn tun, dann verachtete er ihn dafür. East nahm es hin. Er schaute auf seinen Schlüssel, der einen Strich in den alten Tisch ritzte. »Verrat mir etwas, Ty. Wie bist *du* dazu gekommen?«

»Hä?«, fragte sein Bruder, inzwischen die Hände in den Taschen, gereizt. »Hast du mich was gefragt?«

»Ich fragte dich«, sagte East, »was geschehen ist, Mann, dass du jetzt ein Schütze bist.«

»Klar«, sagte Ty. »Worüber willst du reden? Was ich mache? Oder wie ich es mache? Oder willst du darüber reden, warum ich von zu Hause abgehauen bin?«

Immer das gleiche Problem. Als würde man mit einem Dreiarmigen ringen. Easts Schlüssel rutschte ab, meißelte einen langen Splitter aus dem Tisch. Eine Holzfaser. Was das helle Weichholz darunter freilegte. Mit Spucke und seinem Finger pappte er ihn wieder an seinen Platz.

»Weiß ich nicht.«

»Aha. Du *weißt* also nicht, was du wissen willst.« Böse musterte Ty den Basketballring. Sein weich geknüpftes Netz.

»Ich meine, also …«, sagte East. An einem anderen Tag hätte er seinen ganzen Namen in den Tisch geritzt. In einem anderen Leben. »Ich sehe dich nicht, Mann. Ich weiß nicht, für wen du arbeitest. Wer dich ausgebildet hat. Mit wem du unterwegs bist.«

»Nigger, mit gar keinem«, knurrte Ty. »Ich bin hier. Ich bin bereit. Mehr hab ich nicht zu sagen.«

East sagte: »Wenn du so sein willst, nur zu.«

»Ich weiß, was du denkst«, sagte Ty. »Du gehörst dazu. Du hast einen festen Job, und wenn du ihn verlierst, kriegst du einen anderen. So bin ich nicht. Ich bin selbständiger Unternehmer.«

»Du bist dreizehn, Junge«, sagte East lachend. »Du kannst kein selbständiger Unternehmer sein.«

»Sag das Fin«, sagte Ty. »Ich schlage mich irgendwie durch, Mann. Nicht wie du.« Ein schmaler, scharfer Wutstrich teilte seine glatte, hohe Stirn.

East sah seinen Bruder lange unverwandt an, dann nach unten auf seine Hände. Wieder grub er mit dem Schlüssel entlang der Maserung des Holzes, sonst machte er nichts.

»Egal«, sagte Ty. »Es ist kalt.«

»Dann gehen wir rein.« East stand auf. »Willst du in die Planungsphase eintreten, darüber reden?«

»Gibt nichts zu planen«, sagte Ty, »und nichts zu bereden.«

Während der Rückfahrt fanden sie auf halber Strecke ein Drive-in: Hühnersandwiches, Milchshakes im Wagen. East wollte Obst, etwas Frisches. Irgendwo im Van lag die Orange, die er in L. A. gepflückt hatte. Er fand sie nicht.

Nachdem sie am Nordufer ein Viertel des Sees umrundet hatten, kamen sie wieder zum Strand. Der Parkplatz dort war groß und schattig, nur wenige Autos.

Sie ließen den Motor laufen, während Ty die Waffen überprüfte und lud. Er nahm die Glock und gab die andere Walter. East warf er einen kurzen Blick zu.

»Willst du deine nehmen?«

Ein Affront. East zuckte die Achseln. »Gib mir die kleine.«

Ty reichte ihm die kurzläufige Pistole, die er mitgebracht hatte. »Die Damenpistole.«

Jetzt war seine Zeit gekommen, und er legte es drauf an, seinen Bruder das spüren zu lassen. East schwieg. Sie schüttelten das Geld auf den Sitz und teilten es untereinander auf – Ty legte auch Michael Wilsons Geld dazu. Fast dreihundert Dollar pro Kopf. Dann steckten sie es ein, man konnte ja nie wissen.

»Ich hab keinen Schlüssel. Schließt also den Van nicht ab«, sagte Ty.

»Glaubst du nicht, wir kommen gemeinsam zurück?«, fragte East. »Du kannst ja nicht mal fahren.«

Ty sagte nur: »Das weißt du nicht.«

»Man muss ihn nicht abschließen.« Walter zuckte mit den Schultern. »Den Leuten draußen im Wald ist es eh egal.«

»Denen ist es eh egal. Haha«, sagte Ty. »Also gut, machen wir einen Spaziergang.« Einen Spaziergang. East zog die Tür zu und zog die Ärmel seines kratzigen Pullovers lang. Der Motor des Vans kühlte ab, dabei pochte er. Walter wippte auf den Zehen, machte sich warm. Ty setzte sich in Bewegung, ohne sich irgendwas anmerken zu lassen. East versuchte, es ihm gleichzutun. Er sah Walter nicht an. Walter würde widerspiegeln, was East gerade empfand, so präzise, als hätten sie es laut ausgesprochen. Und es ließe sich genauso wenig wieder zurücknehmen.

Sie gingen die Kurve des Lake Shore Drive entlang, alle drei in einer Reihe. Sie hielten sich aber dicht hinter Ty. Das letzte Tageslicht ging zur Neige.

Als sie sich der Reihe von Kiefern umstandener Häuser näherten, bogen sie auf den Feldweg ein, der durch den Wald und hinter den gerodeten Gärten verlief. Der Weg führte vom See aufwärts. Sie fanden eine Lichtung zwischen Bäumen, von wo aus sie die Häuser im Blick hatten.

»Welches ist es? Viertes oder fünftes Haus?«, sagte Walter. »Hinten gibt es keine Hausnummern.«

»Halte nach dem schwarzen Truck Ausschau«, sagte East.

Ein Rauschen und lautes Kreischen, dann schienen die Kiefernnadeln unter ihnen lebendig zu werden und ein schwarzes Gespenst auszuspeien, ein auferstandenes, kreischendes Etwas. East umklammerte einen Baum, und Walter stürzte zu Boden. Ty überschlug sich fast, um zu entkommen. Es war ein Vogel, ein Truthahn oder Fasan oder so was, der in den Kiefernnadeln geweckt worden war. East sah ihn nicht fliehen, aber er hörte die Beine treten, die Flügel in der Luft schlagen, als der Vogel schrill rufend entschwand.

»Verdammt«, keuchte Ty. »Den hätt ich haben können.«

»Es wird noch nicht geschossen, Junior«, mahnte Walter.

»Ohne zu schießen. Ich hätte das Vieh *packen* können.«

East klopfte sich Kiefernnadeln ab. Sie sahen sich um. In der Hälfte der Häuser brannte Licht. Eine alte weiße Schaukel stand wie ein Galgen im Dunkeln. Menschen waren keine zu sehen.

An drei Häusern waren sie vorbeigekommen. Noch zwei, bis sie da waren. Gemeinsam bewegten sie sich in dunkler, duftender Luft unter den Kiefernzweigen entlang. Easts Augen öffneten sich der Dunkelheit, dennoch konnte er nicht alle Äste sehen, hatte keinerlei Raumgefühl. Eigentlich war da kein Raum. Er lauschte auf den vor ihm kriechenden Ty, Walter, der versuchte, sich auf den Beinen zu halten. Ein knackender Ast, ein unterdrückter Fluch.

Er atmete es. Hier könnte er schlafen. Im Dunkeln, auf dem weichen Boden. Es war nicht einmal kalt. Doch auch er ging weiter seinen Weg. Nichts zu tragen, nur der harte kleine Hahn der Waffe an seiner Hüfte.

Der Boden stieg leicht an. Sie kamen an einem vierten Haus vorbei, oben brannte zwar Licht, aber alles war ruhig. Über der Lampe drehte sich ein Deckenventilator. Das fünfte Haus war dunkel.

East trennten fünfzehn, zwanzig Meter von den anderen. Fat Boy war an irgendwas hängen geblieben, musste sich lösen, fiel zurück. Sein Bruder war wahrscheinlich schon da. Das war es. Das war das richtige Haus, kein Zweifel. Er bahnte sich unter Kiefern einen Weg zu dem schwachen Licht in der Lichtung.

Ty war schon da, wartete an deren Rand.

»Das Haus?«

»Das Haus«, bestätigte Ty.

Sehr eingeengt, wenn man von der Auffahrt absah – Bäume standen vier oder fünf Meter dicht am Haus. Nicht breit genug für eine Feuerschneise. Auf der Lichtung stand ungemähtes Gras, wadenhoch, immer noch grün.

Walter kam auf allen vieren angekrochen. »Kriechen ist leichter«, knurrte er. »Weniger astig.«

Eine gelbe Lampe hing unbeleuchtet über einer leeren Terrasse, eine andere über der Hintertür.

Für East war das Haus in seiner Anonymität verblüffend. Sie hatten eine derart lange Strecke zu dieser Adresse zurückgelegt: Das war es. Nichts weiter als ein braunes Haus im Wald. An jedem Ende ein großes A aus Fenstern, durch die von vorne nach hinten Licht fiel.

»Scheint leer zu sein«, flüsterte Walter.

»Man sollte sich schon sicher sein«, sagte Ty.

East warf einen prüfenden Blick nach oben in den Himmel. Als sie hier raufgegangen waren, hatte er schwarz ausgesehen, doch jetzt wirkte er in der Lücke zwischen den Kiefern silbrig, seltsam leuchtend.

»Kinderleicht«, flüsterte Ty. »Freie Sicht auf jeden Zentimeter der Bude. Große Fenster in die Schlafzimmer. Kein Keller.«

Walter sagte: »Wo ist der Kerl?«

»Nicht zu sehen«, sagte Ty. »Könnte im Dunkeln im Bett liegen. Könnte zum Abendessen weggefahren sein. Könnte im Dunkeln dort mit einer Knarre auf dem Sofa sitzen und warten.«

»Rechnest du mit einer oder mehreren Personen?«, fragte East.

Ty verdrehte die Augen. »Ich rechne mit gar nichts. Wir nehmen, was wir kriegen.«

Walter sagte: »Was hast du jetzt vor?«

»Wie wär's, wenn wir uns ein wenig verteilen und die Bude aus mehreren Perspektiven beobachten?«

»In Ordnung«, sagte Walter. »Aber halt dich zurück. Wir haben keine Eile. Vergewisser dich, dass wir den Richtigen haben.«

»Hast du deinen George Washington angerufen?«, stichelte Ty. »Ist es das Haus?«

»Es ist das richtige Haus«, beruhigte East. »Lasst uns den richtigen Typ erwischen.«

»Ich sehe keinen«, schnaubte Ty. »Warum erkundet ihr beide das nicht gemeinsam? Ich seh mal nach, was *ich* sehe.« Er arbeitete sich linker Hand an der Nahtstelle zwischen Garten und Wald vor, schlich an der Flanke des Hauses entlang.

Walter stand schwer atmend neben East. Sie lauschten, wie die Kiefernnadeln unter Tys Schritten knisterten.

»Ich hab auf der ganzen Fahrt darüber nachgedacht, Alter«, sagte Walter. »Und da ist es.«

»Das ging mir auch durch den Kopf«, sagte East.

»Scheint wirklich leer zu sein.« Walter stand stocksteif da. »Anscheinend ist niemand zu Hause.«

»Jemanden aufzuwecken wäre Scheiße, denn dann heißt's im Dunkeln jetzt oder nie«, überlegte East laut.

»Ja. Die Frage ist nur, wie lange will man rumstehen und warten?«

»Ich kann eine ganze Weile warten«, sagte East.

Nichts machte Geräusche oder bewegte sich. Sie hatten Ty aus den Augen verloren.

Walter sagte: »Würdest du ihn erkennen?«

»Wen? Den Richter?«

East rief sich das Foto in Erinnerung. Den grimmigen, massigen Kopf des Mannes. Das Grau an den Schläfen. Doch es hätte schärfer sein können. Das Gesicht verschwamm in seinem Gedächtnis mit anderen Gesichtern: dem von Fin. Walter. Seinem eigenen.

»Ich glaub schon«, sagte er.

»Ich erkenne ihn bestimmt.«

»Ich auch«, behauptete East. Doch das Gespräch wurde ihm allmählich unangenehm.

»Wie oft hat dein Bruder so was schon gemacht?«

»Frag ihn«, sagte East. »Viel Glück dabei«, ergänzte er.

»Wie groß war er, als er damit anfing?«

»Wer weiß.« Er machte einen Schritt beiseite.

»Er weiß, was er tut«, sagte Walter. »Ich meine, er legt sofort los.«

»Er hat einen Ruf zu verlieren«, sagte East. »Ich sehe

mal auf der anderen Seite nach.« Er folgte der Nahtstelle zwischen Garten und Wald nach rechts.

»In Ordnung. Bleib unsichtbar«, sagte Walter überflüssigerweise.

Man machte auf diesem Untergrund kein Geräusch, wenn man mit der Fußspitze in jeden Schritt rutschte. Als würde man Hausschuhe anziehen. East fand eine Stelle im Schatten von Ästen, von wo aus er die Seitenfenster und die Auffahrt, den schwarzen Truck und ein Stückchen Straße sehen konnte. Da stand er nun, schwarzes Gesicht in einem schwarzen Loch. Er konnte seine Hände kaum sehen. Eine Hand legte er sich aufs Herz und versuchte, seinen Blutfluss zu verlangsamen. Im Inneren surrte die Basssaite verärgert. So wie sich East manchmal im Haus über seine Crew geärgert hatte, wenn sie die Beobachtung einstellten, nicht mehr mit voller Konzentration im Augenblick lebten. Wenn sie wieder anfingen, Blödsinn zu machen. Das nervte East, ließ ihn verbittert werden. Und stur obendrein.

Er glättete eine Stelle in den Nadeln und tastete sie ab. Trocken – aber kalt. Er setzte sich trotzdem hin. Komisch – noch vor ein paar Tagen war er Zwölfstundenschichten gewohnt gewesen, immer auf den Beinen, sechs Schichten pro Woche. Und jetzt konnte er es kaum erwarten, sich zu setzen.

Seit wie vielen Tagen waren sie doch gleich unterwegs?

Als wäre sein Hirn aus Sand. Der unregelmäßige Schlaf war eine Sache. Aber die Straße … als hätte man ihn einer Gehirnwäsche unterzogen. Als hätte er tagelang in eine Waschmaschine geglotzt, ohne die Augen zu schließen. Sogar die Streifen und Reflektoren auf dem Highway: wie ein Code, den er zwar nicht lesen, aber auch nicht aufhalten konnte, wie ein Geräusch, das er nicht mehr hören wollte. Sein Kopf fühlte sich deformiert an, matschig.

Jahrelang hatte er etwas bewacht, was wichtig war, hatte beobachtet, alles gesehen. Jetzt hockte er, an einen Baum gelehnt, da und sah gar nichts. In dem Holzhaus gab es keinen Laut, niemand bewegte sich. Das zermürbte ihn.

Er hatte geglaubt, unterwegs Zeit zu haben, darüber nachdenken zu können – einen Mann zu töten. Oder dass bei der ganzen Anstrengung, alles am Laufen zu halten, das Töten nur eine von vielen Aktionen, ein Schritt von vielen sein würde. Das war die Adresse. Sie würden einen Mann finden. Das würde der Mann sein. Setz es alles auf die Liste.

Doch er hatte nicht darüber nachgedacht. Er hatte nicht vorhergesehen, dass sie bei der hektischen Fahrt quer durchs Land den Mann vergessen würden. Das Gesicht, der Plan, all das kam nicht vor. Nur die Kilometer und das Ziel blieben bestehen. Er hatte den Mann verdrängt, bis er schließlich vor dessen Garten saß und wartete. Darauf wartete, dass er nach Hause kam und starb.

Es wurde noch dunkler. Er hörte etwas in den Bäumen hinter sich – ein Rascheln, wie von einem Vogel. Etwas beobachtete ihn. Und dann ein schweres Malmen. Walter brauste wie ein Güterzug durch die Bäume. Unglaublich, welchen Krach er machte. East saß still da, bis Walter fast an ihm vorbeigetrampelt war, dann zischte er: »Hey.«

Walter blieb stehen und sah sich um, bis er East entdeckt hatte. Er sagte: »Ty sagt, es ist leer. Er sieht sich drinnen um.«

»Was, wenn jemand vorfährt?«

»Dann sind wir bewaffnet«, sagte Walter. »Und in der Überzahl.«

»Er könnte allein vorfahren oder auch nicht«, sagte East. »Wir wissen es nicht. Wir werden nicht mal wissen, ob er's wirklich ist.«

»Weißt du, was Ty gesagt hat?«

»Nein.« East atmete aus. »Ich will gar nicht wissen, was Ty gesagt hat. Ich weiß aber, wenn jemand zu Hause oder auf dieser Straße ist, hört er dich durchs Unterholz brechen.« Seine Halsschlagader begann vor Ärger zu pochen. Er stand auf, doch die Kälte klebte ihm am Hintern, ein unangenehmer Abdruck.

Er musterte den Garten. »Ich sag dir was. Geh zurück. Nimm die hintere Ecke auf der linken Seite. Ich nehme die vordere Ecke, rechte Seite. So haben wir alle vier Seiten im Blick. Dann kann Ty näher rangehen und sich umsehen.«

»Das macht er bereits«, sagte Walter.

»Trotzdem.«

»Na schön.« Walter machte kehrt und verschwand wieder hinterm Haus. Er bewegte sich mühsam durch die Zweige vorwärts. In dem Moment trat Ty ins Freie. East beobachtete, wie sich sein Bruder bewegte. Lässig, aufrecht, kein dramatisches Heranpirschen wie von Katzen. Die Pistole hielt er in der Hand, aber verborgen. Als er sich der Hauswand näherte, duckte er sich. Dann überprüfte er den Boden und schlich geduckt unter den Fenstern durch. Richtete sich an einem Holzbalken auf und spähte ins Innere. Mit einer Hand drehte er am Knauf der Vordertür. Sie öffnete sich nicht.

East sah Ty bei der Arbeit zu, bemerkte sein umsichtiges

Vorgehen. An jedem Fenster ließ er sich Zeit, betrachtete die Zimmer, deren Ausstattung, die Perspektiven. Profischützen durchdachten Dinge auf zweierlei Art. Wo würden Menschen wahrscheinlich sein, ehe sie von dir wussten? Und danach, wenn sie es wussten, wohin würden sie wahrscheinlich gehen? Wo gab es Schutz? Suchten sie Zuflucht? Eilten sie zu einem Schrank, in dem die Waffen waren? Falls sie dein Feuer erwiderten, von wo aus? Oder würden sie sofort raus in den Garten gescheucht? Ein Schütze verstand eine Unterkunft genauso gut wie die dort lebenden Menschen. Aber aus anderen Gründen.

Immer sorgloser arbeitete sich Ty an der Rückseite des Hauses vor. Ein Auto rollte auf der steinigen Straße vorbei, ohne langsamer zu werden. East stand jetzt auf der Lichtung, seine Ungeduld zog ihn Richtung Haus.

Nach vier Minuten hatte Ty eine volle Runde gedreht. Daraus, wie er jetzt dastand, sprach keine Vorsicht, sondern Verachtung für das Haus, in dem keine Leute waren. Verachtung für die Zeit, in der er sich langsam vorgearbeitet hatte. Er entdeckte East am Waldrand und kam näher, die Waffe steckte er lässig weg.

Fast hatte East das Gefühl, sich rechtfertigen zu müssen. »Er könnte jede Minute nach Hause kommen.«

»Nein.« Ty schüttelte den Kopf. »Nein. Keine Kleidung, keine Koffer. Kein Geschirr in der Spüle. Keine Seife im Bad. Wasser ist abgestellt. Das Haus ist kalt. Niemand war hier. Oder falls sie hier waren, kommen sie eine ganze Weile nicht wieder.«

»Soll ich nachsehen?«, fragte East.

Ty lachte. »Tu dir keinen Zwang an.«

East drehte seine eigene Runde. Seine Augen schweiften aufmerksam durch die Dunkelheit. Er spähte hinein, aber nichts widersprach Tys Bericht. Gegenstände, die einen Dieb interessierten – schicke Boxen, Espressomaschine, hoch oben ein Flachbildfernseher. Leute mit solchen Häusern waren nicht geizig. Stehlen war nicht sein Ding, doch vom Zuhören wusste er genug – die meisten Jungs, die er angeführt hatte, waren irgendwann mal Diebe gewesen. Sobald sie nicht mehr klauten, schwiegen sie auch nicht mehr darüber.

Die hintere Glastür war zwar gegen das Aufschieben gesichert, aber nicht verriegelt, wie in der Stadt. Wahrscheinlich alarmgesichert, wahrscheinlich ein Glasbruchsensor. Kein Aufkleber einer Sicherheitsfirma an den Fenstern, doch er hätte drauf gewettet. Es war nicht weiter wichtig. Wenn Ty seinen Mann sah, würde er Krach machen.

»Was habt ihr vor?«, fragte Walter, der neben ihm aufgetaucht war. »Hier bleiben und observieren?«

»Ich wünschte, wir könnten den Van holen«, sagte East. »Es ist kalt.«

»Das würde ihn gleich verscheuchen. Ein Van voller schwarzer Jungs, im Leerlauf vorm Haus?«

»Schon klar.«

Jetzt drang die Kälte in ihn ein. Doch die Wärme des Vans schien hundert Kilometer weit weg zu sein.

»Willst du weg?«, fragte Walter.

East verengte die Augen zu Schlitzen. »Nein.«

»Sogar mir wird kalt«, sagte Walter und zitterte an seinem ganzen massigen Körper. East wandte sich ab und rief sich heimlich das Aussehen des Richters wieder in Erinnerung.

Soweit er sich daran erinnern konnte.

»Willst du weg?«, wiederholte Walter.

»Hast du das nicht eben erst gefragt?«, sagte East böse.

Ty kam um die Ecke, das Gesicht verkniffen und hohlwangig, als esse er es von innen heraus auf. »Scheiße. Vergesst es«, sagte er. »Das wird nix.«

East sagte: »Geben wir ihm noch ’ne Stunde.«

»Ach ja?«, sagte Ty. »Hast du das Kommando? Schön, dann bleib hier. Ich weiß ja, dass du gern neben einem Haus rumstehst. Ich hab das hier abgehakt.«

»Ich stimme dem zu«, sagte Walter.

East verdrehte die Augen Richtung Himmel, der immer noch silbrig über dem pechschwarzen Rechteck zu sehen war, das die Bäume frei ließen.

»Wir können Abe noch mal anrufen. Vielleicht gibt’s einen Plan B«, sagte Walter. »Komm schon, East. Wenn man hier draußen rumhockt, wird man nur kalt, sonst gar nichts.«

»Aber was, wenn sie nicht rangehen.«

»Dann eben *nicht*. Wir sollten uns wenigstens aufwärmen. Was zu essen holen.«

»Ich muss mich nicht aufwärmen.«

Ty schnaubte. »Hör dir den an. Ein echt harter Typ, Alter. Ich hab letzte Nacht gesehen, wie du gefroren hast.«

East sah ihn finster an.

»Ich weiß nicht«, warf Walter ein. »Ich weiß nicht, ob sie ans Telefon gehen werden. Aber vielleicht ist er ja in einem Hotel, tankt gerade oder ist in einem Flughafen. Aber ich weiß, wenn er woanders ist, kriegen wir das raus.«

»Wie willst du das rausfinden?«

Walter presste die Lippen grimmig zusammen. »Durch Sachen, von denen du nichts weißt, Alter.«

»Du willst damit sagen –«

»Ich will damit sagen, dass ich nicht darüber reden kann. Aber es ist machbar.«

»Scheiß drauf«, sagte Ty. »Ihr könnt mich beide mal. Ich bin dann im Van.«

Walter sah Ty nach. »Ich seh das genauso«, sagte er.

Stille. Sogar die Vögel bewegten sich nicht mehr in den Bäumen.

»Kommst du?«

»Ich versuch nur, meinen Job zu machen«, sagte East.

»Okay. Verstehe. Aber von mir aus könnten wir aus diesem Kühlschrank abhauen, Alter. Na komm.«

East zögerte, dann folgte er Walter auf die Straße. Ty war schon hundert Meter vor ihnen, für jeden gut sichtbar. Wenigstens war es dunkel. East beeilte sich, um Walter einzuholen.

»Verrate mir eins«, sagte er. »Der Richter, könnte er schon nach L. A. abgehauen sein?«

»Kann sein«, sagte Walter. »Möglich. Aber ich sage mal nein.«

»Mit welcher Begründung?«

Walter verzog das Gesicht. »Wegen Sachen, von denen du nichts weißt«, wiederholte er.

»Wegen noch mehr Sachen. Scheiße.« East trat gegen einen Kiefernzapfen. »Brennt diese Wälder nieder, Alter.«

Irgendwie hatten sie vergessen, dass sie kaum noch Benzin hatten. Alle waren müde. Alle waren sauer. East nahm es persönlich. Das leere Haus war noch ein Haus, das er verloren hatte. Er hatte versucht, die anderen bei der Stange zu halten. Doch jetzt gingen sie sich gegenseitig schon nach einem schiefen Blick an die Gurgel.

East prügelte den Van durch die kleine Lichtblase namens Stadt und zurück in die dunkle, von noch dunkleren Kiefern verschattete Nacht. Der große Highway heimwärts lag im Süden, daher fuhr er mit ihnen nach Norden – zu dem anderen See, dem Ghettosee, rein instinktiv. Nur ein Blick auf den großen Highway, und das wär's gewesen. Der Job wäre aus und vorbei. Wenn er das nicht ohnehin schon war.

So viele Kilometer, dachte er. Für nichts.

»Warum haben wir kein Handy?«, murrte Ty. »Was für eine Zeitverschwendung, dauernd diese Telefone zu suchen.«

»Du weißt, warum«, sagte Walter.

»Du weißt, dass es auch anders ginge. Du hast einfach zu viel Angst vor allem.«

»Ich hab so viel Angst, weil es um einen Auftragsmord geht«, erwiderte Walter und blickte hinaus ins Nichts.

»Schon gut. Schon gut«, meldete sich East zu Wort. »Hört zu. Gab es nicht oben am Sozialhilfesee ein Münztelefon?«

»Ja.«

»Wisst ihr, dass da oben ein Typ versucht hat, uns auszurauben, während wir schliefen?«

Walter kicherte. »Wie meinst du das, versucht hat?«

»Ein weißer Typ mit 'ner kleinen Knarre in der Hand. Ich hab ihm drei Dollar gegeben.« Vorher hatte er das noch lustig gefunden, eine Geschichte, die er später mal erzählen konnte. Jetzt nicht mehr.

»Also *hat* er uns beraubt«, sagte Ty. »Warum hast du mich nicht geweckt?«

»Denk nach«, sagte Walter. »Denk mal kurz nach, warum er dich wohl nicht geweckt hat.«

Ja: Da war ein öffentlicher Fernsprecher am zweiten See, für die Angler. Das Telefon hing an einem Strommast unter einer Lampe, die letzten paar summenden Insekten quälten sich durch die kalte Luft.

Eine Frau, vielleicht dreißig, vierzig, in dreckigen rosa Sandalen, telefonierte gerade. Die drei beobachteten sie trübsinnig.

»Was wollt ihr machen?«, fragte East.

»Warten«, sagte Walter. »Was sollen wir denn machen? Herumfahren? Zurückfahren und frieren? Was meinst du, wie lange sie es in diesem Hauskleidchen da aushält?«

»Dieses Hauskleid sieht warm aus«, warf Ty von hinten ein. »Ich sage euch, sie wird die ganze Nacht dastehen.«

East hielt mit dem Van zwei Parklücken weiter und machte den Scheinwerfer aus. Er ließ den Motor im Leerlauf an, öffnete eine volle Wasserflasche, doch davon wurde ihm nur noch kälter.

»Ich frage mich, worüber sie quatscht«, sagte Walter und drehte den Hals von einer auf die andere Seite, dass es knackte.

Ihre Füße in den Puschelsandalen waren nackt. Sie schaute über die Schulter und zuckte zusammen, als sie den Van sah. Dann drehte sie sich um.

»Wenn wir drankommen, kannst ruhig du reden. Aber ich muss ein paar Fragen stellen«, sagte Walter.

»Ist mir völlig egal. Rede du«, sagte East. »Was sind *Sachen, von denen ich nichts weiß*? Das will ich wissen.«

»Wir beobachten seine Kreditkarten. Klar?«, sagte Walter. »Frag nicht, wer, frag nicht, wo. Ich werd dir jetzt zwei Dinge verraten, dann vergisst du sie gleich wieder. Erstens, wir haben Leute, die seine Kreditkarten im Auge behalten. Zweitens, hätte er ein Flugticket oder dergleichen gekauft, hätte Abraham Lincoln es uns gesagt. Gesagt, wann, gesagt, wo. Deshalb glaube ich es nicht.«

»Aber Abraham Lincoln geht nicht an sein Telefon.«

»Heute nicht«, sagte Walter missmutig. »Das gebe ich zu.«

Die Frau am Telefon streckte eine Hand aus und schlug mit dem Handrücken fünf-, sechsmal in die Luft. Als spiele sie nach, wie ein Kind geschlagen wurde.

»Scheiße, ich halt's nicht mehr aus«, sagte East, stieß die Tür auf und sprang raus. Hier war es jetzt kälter. Und ruhig.

Als er noch keine drei Meter entfernt war, bleckte die Frau schon die Zähne in seine Richtung. »Geh weg von mir!«, tobte sie. »Verschwinde! Ich war zuerst hier!«

»Ma'am«, sagte East. »Ma'am.«

»Verzieh dich!«, zischte sie. »Das ist mein Anruf!« An einem gelben Gummiarmband um ihr Handgelenk hing ein Schlüssel. Besitzergreifend hielt sie den Hörer gepackt, bereit, dafür alles aufzugeben, ihren einzigen Schatz auf Erden. »Hier ist so ein *Junge*«, schrie sie in die Muschel. »Er will den Hörer! Genau! Dabei hab ich ihm gesagt, es ist mein Anruf. Ich hab dafür bezahlt! Ich war zuerst da! Und jetzt geht er nicht mehr weg.«

East stieß mit den leeren, abwärts gerichteten Handflächen

die Luft nach unten, wollte beruhigend wirken. »Ma'am«, bettelte er. »Ich dränge Sie nicht. Ich dränge Sie nicht.«

»Tust du doch! Tust du doch!«

Er hatte Tys kleine Pistole in der Hosentasche. Was ihm ein merkwürdiges, ungutes Gefühl gab.

»Aber wie lange brauchen Sie noch? Ma'am!«

»Woher soll ich das wissen?«, schimpfte die Frau. »Vielleicht noch 'ne Minute? Ein paar Minuten? Verdammt!«

Verdutzt starrte East die Frau an. Tja, das setzte allem die Krone auf. Tagelang durchs Land fahren, dann auf diese Wesen stoßen. Stadtstreicherin hätte man sie in The Boxes genannt: krause Stahlwollehaare, Schulterblätter zitterten unter dem Hauskleid. Seine Mutter in Weiß.

»Ein paar Minuten«, gestand er ihr verbittert zu. Er machte kehrt und ging zum Van, wo sie ihn hänseln würden, das wusste er. Klar. Höhnisches Gelächter, sobald er die Tür öffnete.

»Verdammte Scheiße«, heulte Walter. »Du hättest ihre blitzenden Augen sehen sollen.« East rutschte mit seinem letzten Rest Würde ins Auto. »Eine Minute, hat sie gesagt.«

»Die ganze Nacht. Ich hatte recht«, sagte Ty. »Tu, was immer du tun willst. Das war lustig.«

East versuchte, es lustig zu finden.

»Also, wie sah dieser Räuber eigentlich aus?«, fragte Walter. »Der uns überfallen wollte?«

East zuckte die Achseln. *Sachen, von denen du nichts weißt.* »Groß und weiß. Schnauzer. Rote Haare. Jugendlicher. Hat eine grüne Jacke angehabt, 'ne Art Armeejacke.«

»Wahrscheinlich *war* er die Armee«, sagte Ty. »Oh! Seht mal!«

Die Frau eilte in ihren Schlappen davon. Sie ließ es nicht drauf ankommen.

Die Telefonistin war neu. Sie brauchte ewig, um sie durchzustellen. »Sind Sie noch da?«, fragte Walter zweimal. »Sind wir unterbrochen worden?«

»Ich bin noch da.«

Dann die Stille einer neuen Verbindung in der Leitung. »Ja«, sagte eine Männerstimme.

East hielt seinen Kopf so nahe an den von Walter, dass sie den Atem des jeweils anderen einatmeten.

»Mann«, sagte Walter, »wir sind da. Wir sind angekommen. Ihr wart offline, Leute. Und der Mann ist nicht in dem Haus. Verstehst du mich?«

»Ja«, sagte die Stimme.

»Hast du Anweisungen für mich? Irgendwas, was mir weiterhilft?«

»Wir haben hier eine neue Situation«, sagte die Stimme. »Die Polizei hat heute Morgen zugegriffen. Ein paar Leute verhaftet.«

Der obere Rand von Walters Ohr dicht hinter dem dunklen Telefonhörer, rosa-braun.

»Ein paar Leute? Wen?«

»Weißt schon«, sagte der Mann. »Ich will's eigentlich nicht aussprechen.«

»Den großen Mann?«

»Sie haben definitiv den großen Mann erwischt.«

»Scheiße«, sagte East. Er zuckte zusammen, wollte etwas zerschlagen, wollte weglaufen. Doch er biss die Zähne fest zusammen und hörte zu.

Walter fragte: »Die beiden Typen, die uns losgeschickt haben?«

»Die wurden definitiv festgenommen. Definitiv wurde die ganze Gegend leer geräumt.«

»Wie viele?«

»Vielleicht fünfzehn, zwanzig. Sagen wir's so: Gestern gab es eine Organisation. Heute nicht mehr. Wir werden sehen, was wir morgen tun können.«

Walter hielt den Hörer an seinen Brustkorb. »Hast du das gehört?«

»Ja«, flüsterte East.

»Die Situation hat sich geändert«, sagte die Stimme am anderen Ende. »Das heißt, es könnte cool sein, dass ihr diese Sache zu Ende bringt. Jetzt sogar noch wichtiger. Jetzt kann er über noch mehr Leute reden, kapiert?«

Walter sagte: »Hab's kapiert.«

»Ich habe aber keine Anweisungen. Ihr tut, was ihr zu tun habt«, sagte die Stimme.

»Fliegt er immer noch am Sonntag ab?«

»Abflug Sonntag«, bestätigte die Stimme. »Nonstop nach LAX.«

»Noch mal zur Erinnerung«, sagte Walter. »Welcher Tag ist heute?«

»Donnerstagnacht«, sagte die Stimme knapp. »Seid ihr Jungs einsatzbereit? Die Taschen voll?«

»Ja, wir sind einsatzbereit«, sagte Walter.

»In Ordnung«, sagte die Stimme. »Das nächste Gespräch sollte wie dieses Gespräch sein. Clever.«

»Du sagst also, ich soll selbst entscheiden?«, fragte Walter.

»Ja«, erwiderte die Stimme. »Das kann man so sagen.«

Walter hielt die Hand vor die Muschel. »Es bleibt uns überlassen«, flüsterte er. »Was wollt ihr tun?«

East schaute lange und fest in Walters braune Augen. »Wir ziehen los«, sagte er. »Wir machen, was Fin uns aufgetragen hat.«

»In Ordnung«, sagte Walter und holte tief Luft, der Van voller Waffen brummte im Leerlauf hinter ihnen, ohne Licht.

12

In dem Haus in The Boxes wollte einmal ein Junge namens Hosea gegen einen Jungen kämpfen, den sie Cancer nannten. Jeder wusste, dass es passieren würde, aber keiner wollte diesen Kampf, denn Hosea war sehr beliebt und Cancer nicht, und Cancer würde Hosea den Arsch versohlen. Das alles stand außer Frage. Die Jungs wussten auch, dass es passieren würde, weil Hosea es so gewollt hatte. Er hatte zu Cancer gesagt, keiner könne ihn leiden, und es ihm dann erklärt. Er beleidigte Cancer und beleidigte ihn dann gleich noch einmal. Jeder wusste, dass Hosea die Wahrheit sagte. Hosea war ein guter Junge.

Doch stärker als ihre Empfindungen für Hosea oder die Wahrheit zu sagen, war ein Prinzip: Du musst wissen, wann du dich mit jemandem anlegst. Du musst wissen, mit wem du dich anlegst. Du musst wissen, dass alles seinen Preis hat. Die Jungs wussten, dass der Kampf anstand, weil Hosea nicht sagen konnte, was er gesagt hatte, ohne dafür zu bezahlen.

Doch dann fand der Kampf nicht statt. Es war ein windiger, glutofenheißer Tag. Cancer war zuerst da und wartete auf Hosea. Als er wieder ging, tauchte Hosea auf. Dann waren sie beide da und bereit, aber Sidney rief von drinnen etwas nach draußen, weil es was zu erledigen gab: Ein User lag auf dem Küchenboden und atmete nicht mehr. Er musste nach draußen gebracht werden. Er war total am Zittern und blau angelaufen. Es ging nicht an, dass Leute im Haus starben. Am besten rettete man ihnen das Leben oder ließ sie woanders sterben. So oder so, man brachte sie raus. Deshalb wurden Cancer und Hosea beide hereingerufen, und sie halfen, den User hinauszutragen und in ein Auto zu legen. Im Auto starb der User schließlich, also wurde der Vorgang von einer Verlegung eher zum Abladen einer Leiche. Man konnte eine Leiche nicht einfach irgendwo oder jederzeit abladen. Leichen waren kompliziert. Und der Tote löste die Spannung zwischen Cancer und Hosea auf.

Doch nicht die der anderen Jungs. Diese Spannungen waren immer noch aufgestaut. Und den restlichen Tag musste East schlichten, sie voneinander trennen, verhindern, dass die Elektrizität, die wie ein Messer in die Luft gestochen hatte, nicht in sie fuhr, dass sie einander an die Gurgel gingen. Egal, dass Hosea und Cancer zusammenstanden und ihre Differenzen beendeten; egal, dass ein Toter vorübergehend gelagert wurde und darauf wartete, nach Einbruch der Dunkelheit entsorgt zu werden. Ein Messer war in die Luft geworfen worden, und die Jungs würden sich nicht auf ihre Arbeit konzentrieren, bis sie es zu Boden fallen sahen.

Da war eine Tankstelle. Unter dem Licht in der Kälte glänzten die Autos wie geleckte Lollis. East tankte und zahlte, und Walter versuchte, noch mal die Nummer anzurufen. Nichts. Nichts hatte sich geändert. Niemand wusste mehr irgendwas.

Sie kauften Hotdogs aus einem Dampfgarer und fuhren davon.

Sie schienen das Ende der bewohnten Welt erreicht zu haben. Keine nennenswerten Orte an dieser Straße, nur Stellen, wo die Bäume zurückwichen, die Straße eine Biegung machte, und plötzlich stand da ein Haus auf dem Land, brannte ein einzelnes Licht auf einer Garage; es strahlte, erhellte den Garten, als sie vorbeifuhren, dann schlossen sich die Bäume schlagartig hinter ihnen. Straßen so dunkel wie Flüsse, die alles verschluckten, nur die Reflektoren in ihrem verhaltenen Rhythmus, *hier, hier, hier,* an Leitpfosten, und *hier, hier,* entlang des Mittelstreifens.

Links und rechts am Straßenrand verschwanden huschende Augen.

Doch Walter, der East noch davor gewarnt hatte zu fragen, plauderte nun darüber, wie man die Spur eines Menschen mittels seiner Kreditkarten finden konnte. »Ist echt nicht schwer, die Nummer von jemandem zu kriegen«, erzählte er. »Das kann jeder Kellner, jede Kassiererin in einem Laden. Wenn du sie nicht stiehlst, nicht zu benutzen versuchst, merkt niemand, dass du ihn beobachtest.«

»Das machst du also?«, warf Ty ein. »Bei dem Richter?«

Der Richter. Seine Name lag irgendwo ganz hinten in Easts Gedächtnis herum.

»Ich hab das Konto eingerichtet. Ich habe es gepflegt. Manche Leute überprüfen ihren Kram nie online. Manchmal muss man Arbeit investieren. Dann wieder richtest du's einmal ein, und es läuft ewig.«

»Wie hast du das gelernt?«

»Ich hab's einfach gelernt«, sagte Walter. »Bei den Kids in der Schule.«

East betrachtete die undurchdringliche Dunkelheit draußen. Er musste diese Pause nehmen, versicherte er sich innerlich. Das war nötig. Jeder musste sich aufwärmen. Die Nacht war sogar noch kälter als die vorige Nacht in dem Waffenhaus, als es geschneit hatte. Diese Kälte fror dich ein. Jeder brauchte Wärme. Jeder brauchte was zu essen.

Sie aßen die wässrigen Hotdogs und knüllten die Verpackungen zusammen. Die Mülltüte war unauffindbar. East stopfte seine leere Verpackung in die Ritze an seinem Sitz.

Ty stellte die Füße auf die Rückenlehne von Walters Sitz. »Du verfolgst also die Karten von diesem Typ. Wieso weiß der Kerl das nicht?«

»Weiß was nicht?«, fragte Walter.

»Dass ihn jemand im Auge hat.«

»Wieso er das nicht weiß? Jeder vermutet so was. Heutzutage glaubt jeder, dass irgendwer ihn im Visier hat. Aber wenn man kein Geld verliert«, sagte er, »wenn sich dein Geld nicht bewegt, unternimmst du nichts. Und wir nehmen ihm sein Geld nicht weg.«

Ty sagte: »Wenn wir einen Computer hätten, beispielsweise in 'ner Bibliothek, könntest du ihn dann sehen?«

»Nein.«

»Ich dachte, das wäre der Zweck der Übung«, sagte Ty gereizt.

»Ich weiß«, sagte Walter. »Es ist kompliziert, Mann. Wir haben nicht nur einen verfolgt. Ich hatte ja nicht nur ein Passwort. Keine Ahnung, wie seins hieß. Ich hab die nicht alle auswendig gelernt. Außerdem haben wir IP-Adressen gefälscht, alles. Wir hatten ein ganzes System.«

»Welchen Computer hast du benutzt?«, fragte Ty.

»Den in der Schule.«

»Kein Wunder, dass du noch zur Schule gehst«, sagte Ty lachend. »Verrat mir mal, wieso dich Fin zum Schmierestehen im Vorgarten eingeteilt hat. Du bist ein kluger Junge.«

East öffnete den Mund und schloss ihn wieder. So viele Fragen hatte er Ty seit Jahren nicht stellen hören.

Walter antwortete: »Ich hab Wache gestanden, damit ich die Arbeit kennenlerne.«

Er fuhr langsamer und hielt. Der Highway endete an einem Halteschild. Vor ihnen pflasterte ein Schilderlabyrinth, eine reflektierende Leitplanke, die verhindern sollte, dass Autos in den Wald rasten. Walter war im Kreis gefahren, was East wusste, weil er beobachtet hatte, wie der Dachkompass nach und nach alle Richtungen anzeigte, N, E, S, W. Sie waren einfach um den Block gefahren, den See immer in der Mitte. Und sie hatten fast zwei Stunden gebraucht.

»Es ist ganz allein unsere Entscheidung«, sagte Walter.

Sie warteten auf Easts Ansage.

Er gab sich einen Ruck. Im Licht des Münztelefons war es ihm leichtgefallen, los geht's zu sagen, da war er noch irgendwie mit L. A., mit The Boxes verbunden gewesen. Doch hier im Dunkeln füllte sich der Van mit den Sachen, von denen er keine Ahnung hatte.

Es fiel ihm schwer, wieder etwas zu sagen. »Sollten wir sie noch mal anrufen, um rauszukriegen, was sie wissen?«

Walter schüttelte den Kopf. »Vielleicht. Aber frühestens am Morgen. Die Schule ist geschlossen. Und ich weiß nicht mal, wer den Überblick hat. Ich hab keine Ahnung, wer im Knast sitzt und wer nicht.«

Der Blinker auf der Beifahrerseite leuchtete rhythmisch in den Graben.

»Wenn wir zu dem Haus zurückfahren würden«, sagte Walter, »könnten wir nachsehen, ob inzwischen irgendwas passiert ist.«

»Wieder zurück zu den Kiefern«, sagte East verzweifelt. »Und dann ist keiner da.«

»Vielleicht würden wir etwas finden«, sagte Walter. »Wenn wir einbrechen würden. Etwas, das uns weiterhilft.«

Ty sagte: »Ich *bin* eingebrochen. Jedenfalls habe ich ein Fenster gekippt.«

Walter drehte sich im Sitzen um: »Warum hast du nichts gesagt? Gab es einen Alarm?«

»Falls es einen gab«, sagte Ty, »hab ich ihn nicht gehört. Falls es einen gab, waren die Cops schon da und sind wieder weg.«

»Meinst du, wir sollten zurück?«, fragte Walter über die Schulter. »Ty?«

Ty sagte: »Ich? Ich hab's schon gesehen. Ich mach meinen Job. Ihr zwei entscheidet euch mal.« Er legte sich theatralisch hin, außer Dienst.

»Ja«, entschied East. »Fahr zurück.« Er hatte seine Knie an sich gedrückt, und als er sie jetzt losließ, tat sein ganzer Körper weh. Von innen heraus völlig zerschlagen. Es machte ihn nicht glücklich, zu dem Haus zurückzufahren. Aber Ty hatte recht. Man machte seinen Job.

Wilson Lake. An jedem Pfosten, in jeder Einfahrt beäugten sie Reflektoren. Die Einfahrt zum Haus Lake Shore 445 war leer, von dem kalten schwarzen Truck abgesehen.

Walter ließ den Van im Leerlauf auf dem Parkplatz am See stehen, als sie sich wieder vorbereiteten und fertigmachten.

Sie streiften die dünnen schwarzen Handschuhe über. Wieder benutzten sie den Feldweg abseits der Straße.

Aus dem Gras kam kein Laut, und die Zweige schnellten zurück, wenn Walter im Dunkeln einen erwischte. Ty führte sie durch das Kiefernwäldchen bis zu der Stelle, wo sie das kleine gelbe Verandalicht sahen. Eine einzelne Motte schlug mit den Flügeln dagegen, sinnlos.

»Da ist der Telefonverteiler«, sagte Ty. Ein grauer Kasten unter den Küchenfenstern.

»Und?«

»Wenn es einen Alarm gibt, führt er dahin.«

»Manche Alarme funktionieren mobil«, sagte Walter.

»Hier oben gibt's kein Netz«, sagte Ty.

»Woher willst du das wissen?«, sagte Walter. »Woher willst du das *wissen*?«

Jetzt hatte Ty Walter Angst gemacht.

Der Telefonverteiler war von Spinnweben überzogen. Ty hebelte den Deckel ab und zog den Stecker raus.

»Wenn wir reingehen und nachsehen, wonach sucht ihr dann?«

Walter sagte: »Egal, was. Wegbeschreibung, Rechnung für ein Flugticket, eine Notiz? Wir sehen uns einfach um. Wir gehen da aber nicht rein, um Dinge kaputtzumachen und Chaos anzurichten.«

»Versteht sich«, sagte Ty.

»Zieh die Schuhe aus«, sagte Walter.

Das Fenster, das Ty aufgeklappt hatte, war in der Mitte der Rückseite, über der Spüle. Am Rahmen war zwar eine Einbruchsicherung angebracht, für Ty blieb aber genug Platz, um Kopf und Schultern durchzuzwängen.

»Vielleicht gibt's da ja eine Taschenlampe«, sagte Walter. »Eigentlich müssten wir eine dabeihaben.«

Ty trat seine Schuhe weg. »Hebt mich hoch.«

Walter schnalzte mit der Zunge Richtung East, und der legte los. Gemeinsam bildeten sie mit ihren Händen einen Steigbügel. Ty stieg darauf, bekam einen Arm ins Haus und fing an, Sachen wegzustellen – eine Flasche Flüssigseife vom Fensterbrett, zwei Gläser runter auf die Anrichte. Dann wand er sich ins Haus. Es war eng. Wegen irgendwas schrie er auf. East gab Tys Fuß an Walter ab und half seinem Bruder, betastete Ty, betastete den metallenen Fensterrahmen. Er fand, was festhing: das Ohr seines Bruders. Er fasste es an, ein kleiner, merkwürdig warmer Knorpel, und einen Moment lang dachte er an das Gesicht ihrer Mutter.

»Verdammt, das tut weh«, stöhnte Ty aus dem Inneren. East drückte das Ohr flach und half dabei, es ohne Abschürfungen durch die harte, schlitzartige Öffnung zu quetschen. Und er ließ Tys Kopf los. Rein damit. Tys Kopf war drinnen.

Nun begann East, mit seinem anderen Arm Tys Schultern in den Schlitz zu schieben, den ganzen Körper, Zentimeter für Zentimeter, Rippe für Rippe. Tys Taille und Beine zappelten mitten in der Luft.

»Fuck. Autsch. In Ordnung«, sagte Ty von innen.

»Sollen wir hier draußen bleiben?«, fragte East.

»Ja, ich seh mich mal um. Dann lass ich euch rein.«

»In Ordnung.« East und Walter stützten Tys Schenkel, während er sich in der Luft wand. Sein Körper wippte auf und nieder, und seine Hüften verschwanden über der Fensterbank. Dann bogen zwei Scheinwerferkegel in die Auffahrt.

13

Der Motor würde noch ein paar Sekunden laufen, Sekunden, in denen man sie vielleicht nicht hören würde. East hielt Tys Beine in den Händen. Ty zog immer noch und wand sich nach innen.

»Wir müssen dich rausziehen«, zischte East panisch durch das Fenster, vorbei am Körper seines Bruders.

»Was? Nein!«

»Sie sind da.«

»Ich bin doch gerade erst *drin*«, schimpfte Ty.

Die beiden Scheinwerferkegel schwenkten weg, als der Wagen die Einfahrt herauffuhr. Dann bohrten sie sich wieder durch das Giebeldreieck des Nurdachhauses. Das Licht wurde von den Arbeitsplatten und dem Wasserhahn reflektiert. Dann hielt das Auto an – es war ein neues Modell mit kleinen, besonders leuchtstarken Scheinwerfern, die nun abgeschaltet wurden.

»Jetzt«, sagte East, packte Tys Hand und zog ihn zurück, oben über die Arbeitsplatte und aus dem Fenster heraus. Tys Kopf prallte außen gegen die Fensterbank. *»Au, au, au, au«*, jammerte er.

»Pst.«

»Das Fliegengitter, das Fliegengitter«, sagte Walter.

»Vergiss das Gitter«, sagte East. Er schob das Fenster

nach unten und nahm Ty mit sich. Gemeinsam hasteten sie in die Kiefern. Die Hausbeleuchtung würde dieses kleine Rechteck von einem Gärtchen komplett erhellen.

»Wo sind meine Schuhe?«, flüsterte Ty wütend.

»Pst«, machte East.

Die Türen des kleinen Autos gingen auf. Zwei Personen stiegen aus: ein erwachsener Mann auf der Fahrerseite; jemand anderes auf der anderen.

»Was haben wir da, seine Freundin?«, sagte Walter.

Ty beobachtete sie genau.

East hob einen Kiefernzweig auf, dessen Nadeln trocken und spröde, aber noch in Reih und Glied waren. Er hielt ihn sich vors Gesicht und spähte hindurch. Der Mann kam aufs Haus zu und kramte dabei in seinem Schlüsselbund nach dem Hausschlüssel.

Als er vor der Haustür stehen blieb, ging über ihm eine Lampe an. Jetzt sahen sie ihn – ein stattlicher Schwarzer. East fragte sich: *Unser Schwarzer*? Der Mann öffnete die Tür und begab sich durch den offenen Raum in die Küche. Er legte eine Umhänge- oder Aktentasche auf den Tresen. Die Lampen, die er anknipste, waren intensiv, hell, grellweiß: ja. Ihr blendendes Licht füllte den Garten, einschließlich der Bäume. East zuckte unwillkürlich zurück.

Waren sie in Deckung? Gut genug? Dieses Versteckspiel in letzter Sekunde: Ließe sich eine bessere Stelle finden? Oder würden sie sich enttarnen, wenn man jetzt das Versteck wechselte?

Langsam verließ der Mann die Küche wieder, ging in einen Seitenbereich, geräuschlos – so als sähe man fern, während die Stummtaste gedrückt war. Als Nächstes kam das Mädchen in die Küche. East sah, wie sie nach oben griff. Aus einem Schrank nahm sie eine Tasse und von irgendwo unten einen Plastikkrug Wasser, dann goss sie sich etwas zu trinken ein.

Dunkel. Eher schwarz als dunkel. Ihre Gesichtszüge und ihr Alter ließen sich nur schwer ausmachen. »Kein Wasser«, sagte Ty. »Es ist nur ein Wochenendhaus, Mann.«

»Ist er das?«, fragte Walter. »East?«

East spähte angestrengt, bis seine Stirn weh tat. »Ich bin mir noch nicht sicher.«

»Du solltest dir besser sicher sein«, sagte Ty. »Wenn ich schieße, kommt er nicht wieder.« Angestrengt versuchte East, die Bilder in seinem Hinterkopf durchzublättern. Um wieder zu sehen, was Johnny ihn an jenem Morgen gezeigt hatte. Er konnte sich den Anzug des Mannes vorstellen, sein Gewicht. Seine Gesichtszüge waren ihm völlig entfallen.

Stumm bewegten sich Mann und Mädchen in dem beleuchteten Haus, Ausstellungsstücke in einer Schachtel. East spürte, wie sich sein Magen langsam verknotete.

»Einfach anklopfen«, murmelte Ty. »Wenn er aufmacht, fragen, ob er der Richter ist, den wir erschießen wollen.«

»Was ist mit dem Mädchen?«, flüsterte Walter.

»Erschieß sie nicht«, sagte East.

»Sie ist keine Zielperson«, sagte Ty, »aber sie sollte mir besser nicht in die Quere kommen.«

»Das ist echt übel«, sagte Walter, »den Typ vor ihren Augen zu erschießen. Er sieht nämlich, na ja – wie ihr Dad aus.«

Ty schwieg. East hielt den Kiefernzweig dicht vor sich. Die trockenen Nadeln piksten ihn in den Wangen.

»Habt ihr schon entschieden?«, fragte Ty ungeduldig.

Die Nachbarhäuser waren abgelegene, unscharfe Umrisse. Über ihnen kreisten die Sterne, vergessen. East kaute auf einer Kiefernnadel. Merkwürdig, bittersüß, irgendwie nach Orangenschale. Seine Augen richteten sich auf das grelle Licht.

Das Mädchen beschleunigte das Ganze. Da waren zwei Menschen: Eine Person musste man abtrennen. Sie ignorieren, nicht erschießen. Doch so lief es nun mal. Da dachtest du, du hättest deinen Rhythmus gefunden, dein Tempo sei das Tempo der Welt. Dann unterband jemand einen Spielzug. Jemand kam mit einer Flotte Einsatzwagen vorgefahren und störte. Jemand öffnete eine Tür. Die Welt machte mit einem, was sie wollte. Mit dir und deinem Plan. Es gab nur diese eine Lektion zu lernen.

Du könntest so tun, als wäre es nicht so, als könnten dich all deine Atemübungen und deine Schutzkleidung schützen. Frag Michael Jackson. Frag jeden in L. A. Aus dem Nichts rüttelten Erdbeben alles durch. Kein Radar, niemand schrie *Deckung!*, keine warnende SMS auf deinem Handy. Nur das Haus zitterte, Sachen fielen von der Wand. East war fünfzehn gewesen. Er hatte noch nie zuvor ein großes Beben erlebt.

Schluss, aufhören, rief er sich selbst zur Ordnung.

Er spuckte die Kiefernnadel aus und kroch los, links vom Waldrand ums Haus herum. Das ins Freie fallende Licht war so grell wie auf einem Baseballplatz: Er musste ausreichend Abstand wahren. Dunkle Kleidung, dunkle Schuhe, dunkler Zweig, dunkle Haut. Eines Abends hatte Sony ihm das Astronomiebuch seiner Schwester aus der Schule mitgebracht – sie ging auf eine besondere naturwissenschaftlich orientierte reine Mädchenschule, für die sie eine Stunde Fahrzeit auf sich nahm –, und sie schauten sich die Sterne an, die sie in L. A. nicht sehen konnten, sie lasen die Wörter, die in The Boxes nicht benutzt wurden.

Albedo. Kann ein Körper Licht zurückwerfen? Es war vielleicht das letzte Wort, das er je gelernt hatte. Easts Albedo lag nahe null. Von ihm strahlte nicht viel zurück.

Er hatte sich zur Straßenseite des Hauses vorgearbeitet, doch dann tauchte der Mann wieder hinten auf, in der Küche. Er entzündete ein Streichholz und machte die Zündflamme am Herd an. Aus einer Flasche goss er Wasser in einen silbrigen Kessel und stellte ihn auf den Herd. Das Licht über seinem Kopf verschattete sein Gesicht. Graumeliertes Haar. Um die fünfzig. Massig, breite Schultern. Er wusch die Tasse des Mädchens und trocknete sie ab.

East blieb stehen und spähte durch die Schlafzimmerfenster. Durch eins sah er das Mädchen ins Bad auf der anderen Seite des Hauses gehen. Licht ergoss sich in den Flur, dann schloss sich die Tür, und es war wieder dunkel.

Gib mir einen Moment, hatte er Ty gesagt. Denn anhand dessen, was er sah, konnte er gar nichts sagen, keine Schlüsse ziehen.

Dann bewegte sich der Mann wieder. Er begab sich zur Vordertür. East sah ihn an einem Fenster vorbeihuschen, dann am nächsten. An der Haustür durchwühlte er seine Taschen. Wo war Ty jetzt? Ty wartete. Wartete auf ihn.

Der Mann fand seine Schlüssel nicht. Er hielt inne, ging denselben Weg zurück. Zurück in die Küche. Er streckte die Hand aus, nahm die Schlüssel von der Arbeitsfläche.

Aus dem Bad fiel erneut ein Lichtstreifen, und das Mädchen trat heraus. Sie ging in die Küche. Drehte am Hahn, doch es kam kein Wasser. Wieder griff sie nach dem Krug, dann nach der eben erst abgewaschenen Tasse. Als sie die Tasse wieder füllte, schaute sie aus dem Fenster, und East sah ihre Augen. Ihr Gesicht verschwamm, schien ihn von der Seite anzusehen. Das Gesicht war das Gesicht des Mädchens aus Jackson. Das er hatte sterben sehen. Er hielt den Atem an und sah kurz weg.

Ja. Nur das Mädchen, nur der Mann. Sonst nichts.

Wo war der Mann jetzt? Er war aus der Vordertür getreten. Er war am Wagen! Im Freien, nicht bei ihr. Hatte sogar die Schlüssel in der Hand. East schaute nach hinten zum Waldrand, doch Ty und Walter waren nicht mehr dort. Jetzt waren alle in Bewegung: Ohne dass jemand *Los* gesagt hätte, passierte es. East rutschte nach links, weiter Richtung Vorderseite des Hauses, vorbei an den Schlafzimmern, vorbei an dem kurzen braunen Holzzaun um die Klimaanlage. Eine einsame Kiefer ragte aus der Erde, fern von ihrer Herde. Dann war er neben dem schwarzen Truck und dem Pkw – ein kleiner, stupsnasiger Volvo Kombi mit Nummernschild aus Illionois.

Der Mann öffnete die Türen und wuchtete hinten Koffer von der Ladefläche. Er quälte sich mit ihnen ab – große Dinger, nicht die kleinen Reisetaschen, sondern Riesen. Beide auf einmal schaffte er nicht. Den einen stellte er auf die festgetretene Erde und betrat mit dem anderen das Haus. East sah zu, wie er im Inneren verschwand.

Der andere Koffer stand neben dem Auto, unbeaufsichtigt. Ohne nachzudenken, schnell und auf geradem Weg, rannte East hinter den Truck, umlief das aus der Vordertür fallende Licht, und hin zu dem Koffer. Gab es ein Etikett? Einen Kofferanhänger? Er griff danach, den Kiefernzweig immer noch in der Hand. Suchte nach einem Namensschild, irgendwas am Griff, unten an der Seite. Nichts.

Dann fand er die goldfarbene Stickerei neben einem der Kofferschlösser. Im schwachen Lichtschein des Hauses: ein Monogramm. CWT. Einen Moment lang arbeitete sein Hirn, kramte den Namen des Mannes hervor, den sie jagten. Dann hallte ein Schrei durch das Hausinnere: alles fiel ihm ein. Carver. Thompson. Die richtigen Initialen.

Der richtige Mann.

Das Mädchen. »Daddy? Daddy? Jemand –«

Sie kam angelaufen. Nicht zu ihm – nicht, um die Tür zu schließen. Er sah ihre Augen. Vergiss die Initialen – den Koffer wollte sie haben.

Er richtete sich auf und hob den Kiefernzweig blödsinnigerweise vors Gesicht.

»Daddy!« Sie stürmte durch die Türöffnung nach draußen.

Easts Herz hämmerte. Aufgeflogen.

Der erste Ruf des Vaters kam aus der Ferne. Dann stürmte er herbei, schreiend: *Melanie! Melanie!* East drehte sich weg – wo war eigentlich seine Pistole? Er verbarg sein Gesicht, denn von ihr entdeckt zu werden war anders, als von ihm entdeckt zu werden. Sie war eine Zeugin; er war die Zielperson. Er war derjenige, der zu viel wusste. East räusperte sich, doch während er das tat, erreichte sie ihren Koffer, und er hörte ein anderes Paar Füße auf dem nadeligen Untergrund rutschen und anhalten: sein Bruder. War da.

Ty sagte: »Los geht's, E. Ist er es?«

East nickte. »Er ist es.«

Der Richter blieb an der Tür stehen. East sah, wie er sie anschaute und dann lächelte. Ein halbes Lachen, ein neugieriger Tonfall: »Kenne ich euch, Jungs?«

Ty hob den Arm, und ein Knurren drang aus seinem Hals, ein Tadel. Dann schoss er durch das Fliegengitter. Zwei Schüsse, drei. East hörte, wie sie in den Mann einschlugen, hörte das lange, verlöschende Stöhnen.

Das Mädchen zog an dem Koffer und schloss die Augen. Öffnete den Mund, blieb aber stumm.

Ihr Vater schlug auf den Boden. Walter tauchte auf.

»Ist er erledigt?«

Ty richtete die Waffe auf das Mädchen, das die Augen nicht wieder geöffnet hatte. Sie umklammerte den schwarzen Griff.

»Nicht sie«, sagte East.

Plop. Plop. Zweimal schoss sein Bruder. Der Krach fegte durch den schwarzen Garten. »Nein«, sagte East, doch sie stürzte schon, der Koffer fiel über sie.

Walters Gesicht war aschfahl, verzerrt. »Ist er erledigt, hab ich gefragt.«

»Drei ins Herz«, sagte Ty. »Das wird reichen. Er ist der Richtige?« East ließ den Kiefernzweig fallen. »Er ist es«, murmelte er. Und das Mädchen. Das Mädchen, dessen Gesicht im Lampenlicht starr wurde.

Im Dunkeln hatte sie das Gesicht des Mädchens aus Jackson. Den gleichen alles sehenden Blick in eine Welt, wo sich nichts bewegt. East stand neben ihr. »Ich sagte, du sollst es lassen«, sagte er.

»Meine Entscheidung. Ich hab's getan. Darauf hatten wir uns geeinigt«, sagte Ty. »Keine Zeit, darüber zu reden.«

»Du solltest diese Waffe loswerden, Alter«, gab Walter zu bedenken.

»Nein«, sagte Ty. »So läuft das nicht. Jetzt muss ich erst mal meine Schuhe finden.«

Er lief auf dreckigen Socken hinters Haus, wo er ins Fenster eingestiegen war. East schwankte weg. Die Schüsse hallten immer noch durch seinen Schädel. Sekunden vergingen.

Licht in einem Haus, das versteckt hinter Kiefern stand. Doch das hätte auch schon vorher brennen können.

Tys Füße raschelten in den Nadeln hinter dem Haus. Jedes Geräusch war jetzt glasklar zu hören, jeder Atemzug ließ seinen Umriss wie ein Gespenst in der Luft zurück.

»Wir müssen weg«, drängte Walter. »East. Wir müssen aufbrechen.«

»Das weiß ich.« Easts Hals kribbelte. Er schaute nicht auf die beiden dunklen Haufen, den Mann hinter der Tür und den anderen unter dem umgestürzten schwarzen Koffer. Er schaute in den baumlosen Bereich neben dem beleuchteten, leeren Haus.

»Scheiße!«, sagte Ty in der Dunkelheit, die keine Hilfe war.

Walters Blicke gingen hin und her. »East?«

»Hast du was mit seinen Schuhen gemacht?«

»Ich hab gar nichts gemacht«, protestierte Walter. »Er hat sie weggetreten. Vielleicht sollten wir einen Vorsprung nutzen? East?« Dabei ging er schon rückwärts, erreichte mit seinen Füßen die Straße.

Dann wilde, hektische Schritte, und Ty kam an, von

Lichtstreifen gezeichnet, als er unter den Fenstern vorbeilief. In einer Hand die Schuhe, in der anderen die Waffe. »Los!«, keuchte er. East drehte sich um; Walter stampfte schon die Straße hinunter. Kein anderes Geräusch, keine Bewegung, keine Reaktion. Die stummen Reihen von Briefkästen begleiteten sie beim Laufen.

Auf der steinigen Straße um den See kamen sie rasch voran. Die Straße hallte von schweren Schritten wider, als sie bergab rannten. Zwischen ihnen und dem See standen die Kiefern weniger dicht. Ihr Atem kam und entwich in raschen Zügen. Hinter der Kurve am Seeufer kam der Parkplatz in Sicht, das Licht der einzigen Lampe gelbfleckig, ein Blick auf ihren zwischen den Bäumen glänzenden blauen Van. Mechanisch beschleunigte East seine Schritte. *Verschwinden, verschwinden,* hämmerte sein Verstand. Aber auch: *Was ist eben passiert?*

Keine Worte, nur die Frage im Gesichtsausdruck des Mädchens.

Dann sah er das andere Auto, ein altes Schiff von einem Chevy, der auf fetten Reifen thronte, neben dem Van geparkt, schwarz wie die Kiefern in dem gelben Licht. Und zwei Kids schwärmten um den Van herum. Ärger.

»Seht mal«, sagte er und zeigte darauf.

»Verfluchte Kacke«, sagte Ty und lief voran. »Alles klar. Waffen hoch und ausschwärmen. Ich übernehm das. Aber macht euch bereit.«

»Das sind nur Kids aus der Gegend«, sagte Walter.

Tys finsterer Blick änderte sich nicht. »Tu, was ich sage, Walt.«

Er schwärmte nach links aus, und East lief langsam quer

über den Parkplatz, nahm jede gelbgerahmte Parklücke in zwei Schritten. Walter folgte ihm. Tys Pistole gab ein lautes *Klick* von sich, und East suchte linkisch in seinen Hosentaschen nach der kleinen Knarre. Schließlich fand er sie und tastete im Laufen daran herum.

Noch hatten die Kids sie nicht bemerkt. Einer mochte der Strolch von gestern am Ghettosee sein. Massige Schultern, Schnurrbart.

»Der eine ist bewaffnet«, keuchte East. Eine Vermutung. Doch damit warnte er Ty: *Pass auf.*

Ty hob die Hand und jagte einen Schuss in die Bäume. *Peng.* Jetzt sahen die weißen Jungs sie. Sie hielten sich kurz aneinander fest, rannten dann zu ihrem Auto. Der klapprige Motor heulte auf. Ty folgte ihnen von links, und East lief zum Van, klopfte seine Taschen nach den Schlüsseln ab.

»Hey!«, schrie Ty. »Hey!«

Der Fahrer des dunklen Autos gab Gummi. Es stürzte auf eine Baumlücke zu. Im Nu waren die Lichter verschwunden und nur noch das Heulen des Motors zu hören, als der Wagen die Straße hochfuhr, weg vom See. East erreichte keuchend den Van, den Schlüssel in den Fingern.

Doch der nutzte nichts. Die Kids hatten ein Chaos hinterlassen. Walter kam schnaufend angelaufen, die Augen aufgerissen. »O Scheiße«, stöhnte er. »O Scheiße!«

East umkreiste keuchend den Van. Ein Seitenfenster war aus der Fassung gerissen worden. Es hing wie eine Klappe an seinen Scharnieren. So waren sie reingekommen. Sie hatten alles rausgezerrt – die Kleidungsstücke, das Essen, den Erste-Hilfe-Kasten und die Decke. Den Kasten samt Wasserflaschen auf dem Boden verteilt.

»Sie haben mein Game mitgenommen, Alter«, schimpfte Ty von hinten.

»Wir haben doch das Geld, oder?«, sagte Walter. »Ihr habt doch alle noch das Geld?«

»Sie haben mein *Game.*«

»Wir müssen hier weg«, sagte East.

»Guckt euch mal das an«, sagte Walter. East ging ein paar Schritte zurück. Das Problem war nicht offensichtlich. Doch auf der anderen, der Waldseite des Vans war etwas gesprüht. Da stand: FUCK YOU NIGGERS.

»Die Rücklichter haben sie auch eingeschlagen«, sagte Ty, in der Hand immer noch die baumelnden Schuhe.

Walter kaute auf den Lippen. »So können wir nicht fahren«, sagte er. »Nach dem Motto: Hallo, helft uns, jeder Cop auf der Welt. Und zur gleichen Zeit finden sie Leichen.«

»Jetzt müssen wir erst mal los«, sagte East. »Steigt ein.«

Er fand eine vierspurige Straße nach Westen und nahm sie. Er vermied, wieder durch den Ort zu fahren, wo man sie sehen würde. Nachbarn. Der Wind wehte durch das kaputte Seitenfenster und wirbelte suchend durch den Van. Ty probierte, es mit der elastischen Binde aus dem Verbandskasten zu fixieren. East wartete, bis er wieder ruhig und regelmäßig atmete, ehe er sich umdrehte.

»Was zum Teufel war das, Ty?«

Ty, der sich am Fenster zu schaffen machte, war gelassen. »Was? Schreist du mich jetzt an?«

»Was ist passiert?«

»Was passiert ist?« Ty hielt inne und schaute einen kurzen Moment nach vorn. »Auftrag ausgeführt, mein Junge.«

»Das Mädchen. Ich sagte dir doch, erschieß das Mädchen nicht. Warum bringst du nicht gleich jeden um, der dir über den Weg läuft?«

Ty sagte: »Ich denk drüber nach.«

East hieb aufs Lenkrad. »Einfach böse. Böse! Und diese Typen eben. Du rennst direkt auf sie zu, wo sie dich sehen können. Warum erzählst du ihnen nicht gleich, wie viele Leute du in letzter Zeit erschossen hast?«

Ty machte eine ironische Pause. »Klar. Jetzt, wo du's sagst. Vielleicht hast du recht. Vielleicht sollten wir dezent sein. Mit einem Van herumfahren, auf dessen Seite *Nigger* steht.«

»Im Dunkeln sehen die Leute das nicht«, blaffte East.

»Die Leute sehen, was sie sehen wollen.«

So ging Ty vor. Er brachte East vom Thema ab. Allerdings ertrug East es nicht, auf dieses Thema zurückzukommen. Es glich einem Hochofen hinter ihnen, etwas glühend Heißem.

Vor ihnen lag eine leere, dunkle Straße. Keine Lichter oder Konturen. East kämpfte gegen seine Augen an – sie suchten ständig den unter ihnen vorbeihuschenden Straßenbelag ab. Er musste einfach auf die Straße schauen.

Trotz aller Planungen hatten sie jetzt gar nichts.

»Kriegen wir ab jetzt von irgendwem Hilfe?«, fragte er Walter. »Oder sind wir auf uns allein gestellt?«

Walter öffnete langsam die Hände und schloss sie.

»Ty?«

»Du hast ein Auto«, sagte Ty knallhart. »Du hast eine Waffe. Schlag dich durch.«

»Autos muss man wechseln«, sagte Walter. »Wir müssen einfach ein neues Auto kriegen.«

»Wir könnten Abe anrufen«, sagte East. »Sehen, ob er uns weiterhilft.«

Darauf Walter: »Nein. Hör mir zu. Wir sind jetzt auf uns allein gestellt.«

Sie näherten sich einer Kleinstadt, und East fuhr langsamer, um die Geschwindigkeitsbegrenzung einzuhalten. Der Van fuhr durch das beleuchtete Zentrum – eine Tankstelle, hell wie das Innere eines Kühlschranks, und zwei nachtaktive Mädchen beim Tanken, die braunen Haare fächerförmig auf ihren pelzbesetzten Kapuzen. Sie drehten sich um, sahen dem vorbeifahrenden Van nach, die aufgesprühten Wörter wie ein Werbebanner auf der Seite, die sie sehen konnten.

Fuck you niggers.

Auch wenn niemand wusste, wer sie waren, würde sich dennoch jeder an sie erinnern. Wenn es darum ging, Zusammenhänge herzustellen, würden die Beobachtungen ein Bild ergeben.

Sie hatten einen fast vollen Tank und ein paar Stunden bis zum Tagesanbruch.

Zwei Orte weiter fand East eine Tankstelle, in deren Nähe ein blau beleuchtetes Telefon stand. Er fuhr hin. »Ich werd anrufen«, sagte er.

»Die werden gar nichts wissen«, sagte Walter. Seine Stimme klang leise, niedergeschlagen. »Mach, was du willst«, gab er nach.

Ty war hinter ihnen verstummt. In seiner Rückbank versunken. Wie ein Ungeheuer, das sich aus dem Meer erhebt und dann wieder untertaucht.

Über einer Kreuzung blinkte unaufhörlich ein rotes Licht.

Er sah sich nach dem jetzt so lädierten Van um – diese Kids hatten die Kühlergrillverkleidung aus Plastik mit irgendwas zertrümmert. Eins der vorderen Blinklichter entfernt. *So,* dachte er. *So ist es also.* Es war zwar nicht seine Kugel gewesen, aber er hatte *Er ist es* gesagt. Er hatte sein Leben riskiert, um es zu beweisen. *Erledige ihn* wären seine nächsten Worte gewesen, wenn das Mädchen nicht dagestanden hätte.

Jetzt wollte er nicht an das Mädchen denken.

»Ihr habt's getan?«, fragte Abraham Lincoln. Verblüfft. »Ich meine, den ganzen Auftrag?« Als hätte sich das keiner vorstellen können.

Wegen einer Art gemurmelten Besprechung musste East warten, der das Gesicht seitlich aus dem Wind drehte. Schließlich war Abraham Lincoln zurück in der Leitung. »Okay, danke für den Anruf.«

»Das ist alles?«

Ein langes Schweigen.

»Falls das Sinn macht, fahrt einfach nach Hause«, sagte die Stimme.

Sie saßen auf dem Parkplatz neben dem blau leuchtenden Münztelefon, ein knochentrockener Wind fegte unter den Van. Er schaukelte ihn hin und her wie eine Wiege.

Walter seufzte. »Wir sind also hier. Wieder wegzukommen bleibt uns überlassen.«

East sah zu, wie das rote Auge der Ampel an- und wieder

ausging. »Eine Idee«, sagte Walter. »Weiterfahren. Einen Laden suchen, Farbe und Klebeband kaufen, Fenster und Rücklicht reparieren. Den Van streichen. Eine andere Idee: Wir lassen den Van stehen und gelangen auf anderem Weg nach Hause. Flugzeug. Bus. Egal. Vielleicht haben wir nicht genug Geld für drei Tickets. Aber zwei von uns könnten sich irgendwo verkriechen, und der Dritte überweist aus der Heimat Geld.«

Wenn er doch nur seine Bankkarten mitgenommen hätte, dachte East. Wenn er bloß nicht ohne alles gekommen wäre, wie sie gesagt hatten, sondern etwas Zusätzliches mitgebracht hätte. So wie Ty.

»Bessere Idee«, sagte Ty. »Wir entführen irgendeine Schlampe samt Auto und sehen zu, dass wir uns vom Acker machen.«

»Das hab ich mir auch überlegt«, sagte Walter. »Doch damit erregen wir garantiert Aufmerksamkeit. Dann können sie ein Auto suchen, ein Auto jagen.«

»Wir müssen diesen Van loswerden«, sagte Ty. »Unbedingt. Man sollte ihn abfackeln. Mit Benzin übergießen und anzünden.« Er warf sein Magazin aus und lud im Dunkeln nach.

»Lasst uns keine Zeit vergeuden«, sagte East. »Wir entscheiden hier und jetzt. Kannst du jemanden anrufen, Mann, und uns ein paar Tickets beschaffen?«

»Heute?«, sagte Walter. »*Heute* nicht, East. Wir haben einen Toten. Zeuge im Prozess von einem Bundesgericht. Drei Jungs besteigen ein Flugzeug. Keiner will, dass sein Name mit diesem Ticketkauf in Verbindung steht. Und falls sie dahinterkommen, während wir in der Luft sind, sind wir geliefert. Dann sitzen wir in der Falle. Gefällt euch diese Variante?«

»Dann fahren wir eben weiter«, sagte East. »Und unternehmen noch vor Tagesanbruch etwas mit dem Van.«

»Nicht schnell genug«, meldete sich Ty vom Rücksitz.

»Ty«, sagte Walter, »willst du nicht diese Waffe loswerden?«

Ty sagte: »Diese Waffe ist alles, was ich habe.«

Sie fuhren weiter gen Westen, nahmen eine Abkürzung durch Minnesota, dann runter nach Iowa. Straßen, auf denen es niemand eilig hatte, Straßen, auf denen man sie nicht erwartete. Bald würde die Sonne aufgehen. Walter legte seine Pistole auf das Armaturenbrett, doch sie klapperte ständig, rutschte herum. Also steckte East sie ein.

Fuck you niggers. Das trugen sie durch ein Dutzend Kleinstädte. Zuerst kamen große, gespenstische Farmhäuser, dann kleine Läden, die alten Schilder per Hand mit ihrem neuen Gewerbe übermalt. AUTOLACKIEREREI, TROCKENFLEISCH, TIERPRÄPARATION, ASISTENCIA CON LOS TAXOS.

Gelegentlich kam ihnen ein Lkw entgegen, der sein Luftpolster vor sich herschob.

»Es wird hell«, stellte Walter fest. »Wenn ihr was seht, das geöffnet hat, kaufen wir Farbe.«

Sie fuhren an einem großen Discounter vorbei in ein Einkaufszentrum, Parkplatz mit tausend Stellplätzen. Die Buchstaben waren von der Betonfassade entfernt. Als vermeintlich tot aufgegeben.

»Ich muss mal pissen, Mann«, sagte Ty. »Tankstelle ist gleich da vorn, Mann, bitte.«

»Man sollte vielleicht ein Stückchen abseits parken«, sagte Walter.

»Wir brauchen ohnehin Benzin«, stellte East fest.

Vielleicht hatten sie Glück gehabt. Vielleicht hätten sie damit rechnen sollen, dass man sie lange vorher anhielt. East betrat den kleinen Tankstellenladen und fand eine Rolle rotes Klebeband für kaputte Rücklichter. NUR ZUR VORÜBERGEHENDEN VERWENDUNG, stand auf der Packung. Die Kassiererin trug einen Pulli in Weihnachtsrot und ein seltsames Ding auf dem Kopf. Offenbar eine Art Stoffgeweih. Sie war eine stämmige Person, großer Diamantring, eine Mom.

»Haben Sie Farbe?«

Die Dame schüttelte den Kopf. »Neuer Erlass.«

»Was für ein neuer Erlass?«

»Den gibt es, weil gewisse Personen«, sagte sie laut, als handle es sich um eine einstudierte Rede, »eine ganze Mittelschule besprüht haben. Das dürfte ihnen beim nächsten Mal nicht ganz so leicht fallen.«

East schaute weg. Er bezahlte das Klebeband.

»Jedenfalls vielen Dank, Ma'am«, sagte er betont höflich.

Die Frau steckte das Band in eine überflüssige Plastiktüte. »Gern geschehen, mein Lieber.«

Draußen war kein Mensch außer Ty zu sehen, der in Socken in der Kälte stand. Die Kälte und der Van hatten ihm offenbar irgendwie zugesetzt, denn seine Augen waren groß, und er zitterte leicht, wie eine Katze, die eine Maus im Blick hat. Im selben Augenblick, als East ihn sah, zog Ty die Pistole. Ein Wagen fuhr vor, eine flache weiße Limousine, ein Infiniti. Ty stellte sich ihr in den Weg und hob die Waffe.

Die Räder zirpten, und die Limousine hielt an.

Was?, dachte East. Er war machtlos. Denn, so wurde ihm jetzt klar, wenn er und Walter sich auf einen Plan einigten, interessierte das Ty nicht im Geringsten.

Nichts, was er sagte oder tat, hatte in Tys irrer Weltsicht irgendeine Bedeutung.

Er wollte es leugnen, zum Startblock zurückkehren und neu anfangen. Nein. Im grellen Licht der Tankstelle war die Glock eine dunkle Tatsache. Die Läufer hielten nicht an. Ty umkreiste den Wagen, zielte auf den Fahrer und brüllte: »Mann! Raus aus dem Scheißwagen!«

14

Der Junge in den dreckigen Socken riss den Fahrer aus dem Auto. Er drückte dem Mann die Waffe ins Gesicht, bis der schwankend an einer Zapfsäule lehnte.

»Was machst du da?«, wollte der ältere Junge wissen. Eines seiner Augen war blutunterlaufen, das andere blickte wild drein.

Der jüngere bückte sich in den Wagen und sah sich dort um. Keine Frau. Keine Kleinkinder. Nur dieser Frühaufsteher, ein Geschäftsmann in Anzug und Krawatte. Pech gehabt. Der Junge entriegelte den Kofferraum und richtete sich auf. Er wedelte mit seiner Waffe. »Rein in den Kofferraum.«

Ein goldfarbener Schlips. Golden mit einem Muster aus leuchtend blauen Perlen.

»O nein«, sagte der Mann. Leise und gefasst, sogar entrüstet. »Da geh ich nicht rein.«

»Gib mir die Schlüssel«, sagte der jüngere der beiden, »und steig da rein.« Er richtete die Waffe wieder auf den Mann.

»Nein«, beharrte der Mann und schluckte. Eine Hand erhoben, blickte er flehend in Richtung des größeren Jungen und der Kassiererin in der Tankstelle.

Der jüngere der beiden hob die Pistole und schoss ein

Loch in das Tankstellenvordach. Das metallische Echo prallte nach unten.

»So geht das nicht«, sagte der ältere Junge. »Es ist verrückt. Du musst dich abregen. So können wir nicht mit dir kommen.«

»Glaubst du, ich brauch dich?«, sagte der Jüngere. »Du taugst doch eh bloß fürs Wacheschieben im Vorgarten.« Zu dem Mann sagte er: »Ich sag's nur einmal. Für mich bist du nur *noch* eine Kugel, sonst nichts.«

Da drängte sich der ältere Junge zwischen den jüngeren und sein Opfer und schubste, woraufhin der Schütze von dem Auto abprallte und beinahe gestürzt wäre. Doch er fing sich und drehte sich um. Der Geschäftsmann drückte sich dicht hinter die Zapfsäule.

»Aha«, sagte der jüngere der beiden. »Jetzt wissen wir Bescheid.«

Er hob die Waffe, und der ältere Junge, der nun auch eine Waffe in der Hand hielt, die vorher noch nicht dort gewesen war, schoss den jüngeren in den Brustkorb. Der stieß einen kurzen Schrei aus und fiel. Blitzschnell war der ältere Junge bei ihm, drückte dessen Arm nieder und nahm die Waffe an sich. Er durchwühlte die Hosentaschen, entnahm ihnen sorgfältig eingewickelte Reservemunition, dann öffnete er die Hose des anderen Jungen und nahm aus dem Schlitz in dessen Unterhose ein Bündel Zwanziger. Als hätte er gewusst, dass sie dort waren. Dann stand er auf und schloss die Augen.

»O Gott«, betete der Geschäftsmann. »Gott im Himmel.«

»Halt die Klappe«, sagte der ältere Junge. Er drehte sich

um. Dann fiel ihm etwas ein. Er beugte sich über den Körper des Jüngeren und legte etwas in dessen Hose zurück. Er knöpfte sie zu und stand wieder auf, dann schaute er nach unten. Der auf dem Boden liegende Junge öffnete den Mund und drehte den Kopf nach hinten. Im grellen nächtlichen Licht zitterten seine Halsmuskeln.

Hinter der Zapfsäule saß ein dicker Junge wie vom Donner gerührt am Steuer eines Vans.

Im blendenden Schein der Scheinwerfer war das Gesicht des älteren Jungen eine Maske, die Knochen starre Ecken und Kanten, seine Augen dunkle Löcher. Er sah den Mann mit dem goldenen Schlips an. »Lauf, Herrgott noch mal«, sagte er.

»Gott im Himmel«, flehte der Geschäftsmann. In der Tankstelle hielt die Frau mit dem Geweih auf dem Kopf ihren Telefonhörer krampfhaft in der Hand und starrte auf die Szene.

15

Walter schluchzte. »Ich hab's kommen sehen«, quoll es aus ihm heraus. »Ich hab kommen sehen, dass es unweigerlich darauf hinauslief. Wir wussten, du würdest es tun.«

»Wer wir?«

»Ich und Michael«, sagte Walter. »Wir wussten, dass es so kommen würde. Mike sagte, einer der Brüder wird den anderen töten. Ich dachte, er macht Witze. Ich sagte, das sind schlechte Nachrichten für Easy. Worauf er meinte, nö, ich setze auf East.«

»Blödsinn«, sagte East. »Das hast du dir ausgedacht. Wie alles.«

»Nein«, sagte Walter weinend. »Ist auch egal.«

East kaute auf seiner Unterlippe.

»Tut mir leid, Mann«, schluchzte Walter. »Ich hab's kommen sehen. Ich konnte nichts tun. Ich bin im Van sitzen geblieben. Ich konnte nichts tun. Ich konnte dich nicht aufhalten.«

»*Mich* aufhalten?«, sagte East. »*Ty* ist doch außer Kontrolle geraten.«

»Du hast auf ihn geschossen. Du warst die ganze Zeit immer so kühl zu ihm.«

»Ich bin nicht kühl zu ihm.«

»Und ob.« Walter beharrte darauf.

East raste durch die Dunkelheit, die Furcht in seinen Eingeweiden wie zwei kalte Hände, die sie umformten, die seinen Körper umbauten. Er spürte jede Erschütterung, jeden Essensrest in sich, jeder Stein auf der Straße wurde durch die Reifen in seinen Sitz geleitet. Seinem unter Schock stehenden Verstand war jedes Zeitgefühl abhandengekommen.

Er war schon früher vor der Polizei davongelaufen: beim Wachestehen im Vorgarten, nach Schlägereien oder wenn er Steine auf Schaufenster geworfen hatte in der Hoffnung, etwas zu zerbrechen. Flucht nannte man das. Ein Teil Angst, ein anderer Teil die zielloseste, nackteste Erregung. Sie befreite einen von der Zeit, von dem, der man war, oder dem, was man getan hatte. Man schoss davon, wie ein Fisch weg von einem Netz, wie ein Hund, der dem Hundefänger davonlief.

Keine Blinklichter hinter ihnen. Doch es war auch keine Zeit, an seinen Bruder oder die anderen zwei zu denken, die unterwegs umgelegt worden waren. Und Walters Trauer nahm kein Ende: Sie war wie Tys Unnachgiebigkeit, nur in anderer Form.

»Es tut mir leid«, sagte East einmal. Was aber nur bewirkte, dass Walter wieder zu schluchzen begann.

Keiner von uns war perfekt, dachte East.

»Glaubst du, ich habe ihn getötet?«

»Du hast ihn in den Brustkorb geschossen, East.«

»Stimmt.«

»Tja«, sagte Walter, »so bringt man Leute um.«

Einmal, als Ty etwa sechs war, wurde East geschickt, um dem Machtwort seiner Mutter Geltung zu verschaffen. Damals war das Schlafzimmer ihrer Mutter sonnig und sauber gewesen, und der Fernseher war klein und stand ausgeschaltet in einer Ecke – später übernahm er die ganze Wohnung. Es sei an der Zeit, den Fernseher auszuschalten, sagte ihre Mutter, aber Ty machte ihn nicht aus – SpongeBob oder so was. Darum stellte East die Glotze für ihn aus. Ty sprang auf, schlug ihn und machte das Gerät wieder an. East wiederholte die Warnung ihrer Mutter und zog den Stecker aus der Wand. Ty warf die Fernbedienung und traf East am Kopf. Als East zurückkam, nachdem er seinen Kopf im Spiegel nach einer Verletzung abgesucht hatte, war der Fernseher wieder an. Lauter als je zuvor. East schnappte sich Ty und schloss sie beide aus dem Schlafzimmer ihrer Mutter aus. Dafür bekam er einen Anschiss – wenn man sich bei dem alten kaputten Schloss ausschloss, kam man nur wieder rein, wenn man die Tür aus den Angeln hob.

East schleppte Ty wie einen Wäschesack, einen Arm um den Oberkörper, den anderen um Tys Hüften geschlungen. Ty erwischte die Hand, die sein Schlüsselbein gepackt hielt, und biss, so fest er konnte, in den vierten Finger von Easts linker Hand. Zuerst schrie East vor Wut und Schreck auf – der richtige Schmerz kam erst später. Schreien brachte alles zum Stillstand: Es rüttelte sie auf, war ihnen peinlich, gab ihnen eine gewisse Befriedigung. Ty war nur wichtig, dass es East verstummen ließ, so dass seine Zähne besser zubeißen konnten. In diesem Moment fing es an weh zu tun. East hatte aufgehört zu schreien, um seinen Bruder bekämpfen zu können – ihn abzusetzen, seine Arme zu lösen, sich von dem Zugriff seiner Zähne zu befreien, die nur noch fester zubissen. In diesem Augenblick stellte East sich das Leben als eine Art permanenter Schlacht vor. Wenn das Licht im richtigen Winkel auf seine Hand fiel, konnte er heute noch die Einkerbungen – eine Kette kleiner Zahnabdrücke – auf seiner braunen Haut sehen.

Andere Straßen, eine andere Landschaft, doch East, der phantasierend am Steuer saß, stellte sich die Tage im schnellen Rücklauf vor: Sein Bruder war wiederhergestellt. Der Van unbeschädigt. Das Haus im Wald – unbehelligt. Der rote Schnurrbart mit seiner Waffe, gelangweilt und einsam bei den Schaukeln. Zurück unterwegs, ohne die Waffen, ohne das viele Essen. Und Michael Wilson wartete irgendwo am Fuß einer Brücke auf sie, hieß sie willkommen. Alles vergeben und vergessen. So wie East manchmal frierend und schuldbewusst nach einem furchtbaren Traum aufwachte und dort blieb, während die schwarze Saite in ihm ein dumpfes Echo produzierte. So wie er um Atem rang und sich selbst beschwichtigte, dass nichts geschehen war. Doch es gab keine Beschwichtigung. Walters Weinen sorgte dafür. East schaute auf seine Hände, die immer noch in den dunklen Handschuhen steckten, die man ihnen mitgegeben hatte.

Er hielt den Van nur einmal an, um hinter sich zu greifen, unter die mittlere Bank, und die leeren schwarzen Schuhe zu suchen, klebrig von Kiefernsaft und Erdkrümeln, in deren Schnürsenkeln sich ein Bündel Kiefernnadeln verfangen hatte. Vielleicht nass von irgendwas, vielleicht auch nur kalt, so wie die Luft. Er konnte nicht hinsehen. Er raste auf die Gegenfahrbahn, drehte seine Scheibe herunter und warf die Schuhe in einen Graben, der dunkel von Schilf und Müll war, Dingen, die dort gewachsen waren, und Dingen, die man dort entsorgt hatte.

Draußen kündigte sich ein schlichter blauer Morgen an. Die elektronischen Schilder der Banken gaben verschiedene Temperaturen an: -2, 0, +2 Grad Celsius. Kalte Luft pfiff durch das Seitenfenster herein, das Ty notdürftig befestigt hatte. East suchte die Straßenränder nach Läden ab. Nach einer Idee. Egal, was.

»Streichen wir dieses Ding jetzt neu an?«, schlug East vor.

»Mach, was du willst«, antwortete Walter ausgelaugt.

Ein Palast von einem Discounter in einer Kleinstadt. Etwas an diesem großen, heruntergekommenen Laden, der über einem alten, abschüssigen Parkplatz von der Größe eines Sportfeldes thronte, versprach die Lösung aller Probleme. Hier gab es eine Kreuzung, und drum herum war ein Flickenteppich asphaltierter Stellen entstanden, in einigen Gebäuden gab es noch Läden, andere Grundstücke waren so leer, als hätte der Himmel sämtliche Gebäudereste weggefegt.

Walter setzte sich auf dem Beifahrersitz aufrecht hin. »Stell den Van hinter dem Denny's da drüben ab«, sagte er. »Park zwischen den Trucks, damit wir nicht auffallen.«

Die auf den blauen Van gesprühten Wörter waren in dunklem Schultafelgrün gehalten.

»Was hast du vor?«, fragte Walter, dessen weißer Atem davonschwebte.

East musterte den Van. »Es übermalen. Nur schnell mit Sprühfarbe, ist gut genug. Und etwas Klebeband, damit dieses Fenster dicht ist. Das Rücklicht überkleben wir rot. Und fahren weiter.«

Sogar schon bei Sonnenaufgang war in den Geschäften einiges los – morgenaktive Frauen, die Haare nach hinten gebunden. Einzelne schlechtgelaunte Männer, die Waschmittel oder Milchpulver schleppten. Alle waren müde, selbst die Leute, die dafür bezahlt wurden, da zu sein. Jeder bekam Stielaugen, als er die schwarzen Jungs bemerkte. Eine Frau mit kinnlangen, orange gefärbten Haaren und grellem Pulli stierte in den Gang mit den Kerzen. East fühlte sich klein und versuchte, klein zu bleiben. Neonröhren in sieben Metern Höhe. Kiefernspäne und -nadeln spickten immer noch seinen Pulli, und seine Haut sonderte einen übelriechenden Angstschweiß ab.

Er fühlte sich überdreht, übel, ohne Schlaf.

»Da hinten«, sagte Walter. »Farben und Malerbedarf.«

Dieser Gang war atemberaubend. Der Laden schien insgesamt eher durchwachsen, Waren kippten um, Regalenden waren leergeräumt. Doch der Farbengang war ordentlich und prall gefüllt.

»Kann ich euch bei der Suche helfen?« Ein Zwanzigjähriger schob den Kopf um die Ecke. Mexikanisches Spitzbärtchen. Tattoo am Hals.

»Wir kommen zurecht«, sagte Walter.

East sah sich den Burschen an. Er hatte bunte Gangstreifen an den Klamotten. Sogar in dieser Gegend. Er betrachtete die beiden mit einer Ruhe, die East nervös machte.

»Ich bin hier drüben, falls ihr mich braucht«, sagte der Typ, und East hörte das *R* rasseln und rollen wie ein Motorrad. Wie in der South Side von Los Angeles. Dieser Typ war aus der Heimat.

»Danke«, sagte East und nickte. So neutral wie möglich.

Walter, der die Aufschriften auf den Sprühdosen las: »Das wird's abdecken. Sollten wir eine Grundierung nehmen?«

»Nein«, sagte East.

»Was würde Johnny sagen?«

East sagte: »Johnny will diesen Van nie wiedersehen. Jetzt nicht mehr.«

»Grundierung ist billiger«, sagte Walter. »Eine Dose oder zwei?«

»Eine. Meine Güte«, sagte East.

Walter suchte eine Spraydose mit grauer Grundierfarbe aus. Schüttelte sie einmal, die Mischkugel klapperte in der hohlen Dose.

Plötzlich ging der Farbenmann hinter ihnen vorbei. *»Váyanse con Dios«,* trällerte er, womit klarwurde, woher sein Akzent kam. East sah ihm nach, bis er am Ende des Regals verschwand.

Sie gingen weiter durch den Laden, und Walter nuschelte die ganze Zeit vor sich hin. Sie hatten Farbe, Klebeband. Walter zog eine Schachtel mit Granolariegeln von einem Regalbrett.

»Das brauchen wir nicht«, sagte East missmutig.

»Guter Preis, Mann.«

»Nicht zu fassen, Mann, dass du selbst hier ein paar Kröten sparen willst.«

»Ich esse gern, East«, sagte Walter. »Ich lebe gern.«

Die Kassiererin würdigte sie kaum eines Blickes. Jetzt sah es East: Im ganzen vorderen Bereich war die Decke mit Kameras übersät. So würde es jetzt überall sein, wohin sie auch kamen.

»Glaubst du, dass sie in der Tankstelle Kameras laufen hatten?«

»Wer weiß?«, sagte Walter. »Keine Ahnung, ob wir uns überhaupt wieder in diesen Van setzen sollten.«

Wieder draußen, kondensierte ihr Atem in dem kühlen Sonnenaufgang. East nahm die Sprühfarbe und schüttelte sie einsatzbereit. »Wo willst du das machen?«

»Irgendwo. Nicht hier«, sagte Walter.

Dann sahen sie die Polizeiwagen. Hinter dem Denny's. Hinter dem Van und drum herum. Die blauen Lichter durchschnitten die Luft, und die roten blinkten nach oben und waren oben auf den Lastwagen, an den Lichtmasten zu sehen. Die Cops schlenderten herum, in Uniformen und mit Schlagstöcken, alle ihre Einsatzwagen stießen Rauch in die Luft.

»Alter«, sagte Walter.

Dann, ohne ein Wort, machte er kehrt und ging in die Gegenrichtung.

East erstarrte kurz, Farbdose in der Hand, entgeistert. So lief es also. Den Bach runter. Vielleicht waren die Polizisten gerade erst eingetroffen. Vielleicht waren sie noch nicht auf die Idee gekommen auszuschwärmen, oder sie warteten noch auf Unterstützung. Vielleicht hatten sie sich dem Van noch nicht genähert, sondern ihn nur eingekreist, unsicher, ob er leer war. Wenn einem nur eine Minute blieb, klammerte man sich an diese Minute, man war dankbar dafür, man machte eine Stunde daraus, tat, was man konnte. Man ging runter zur Straße, brachte möglichst viele Fahrzeuge zwischen sich und die bedrohliche Situation. Kein spezielles Ziel, einfach nur weg. Nach einer gemeinsamen Woche rief der Van ihm zu: *Verteidige mich*. So wie er das Haus bewacht hatte. Die Stimme eines Narren. Nur weg.

Sie hatten die Waffen in ihren Taschen und das Geld. Keine Straßenkarte, keinen rosa Flyer, keine Decke, kein Wasser, keine Klamotten, keine Handschuhe, keine Wegbeschreibungen in Walters unleserlicher Klaue. Keine Heizung.

Sie brauchten keine Farbe mehr. East schmiss sie auf die Ladefläche eines Pick-ups.

»Such dir eine Richtung aus«, sagte East. »Ich bin dabei.«

Der Parkplatz war mit Steinen gespickt, die wie Augen hervorstanden, als hätte man sie einmal in Beton gegossen, der aber inzwischen abgewetzt war. East und Walter verließen den Parkplatz und überquerten einen Entwässerungsgraben, eisig, glatt. East sah sich kurz um: Jetzt konnte er weder Van noch Cops sehen. Nur noch Blinklicht. Nur noch den Laden. Jetzt auch den Laden nicht mehr.

»Schau dich nicht dauernd um«, sagte Walter.

Sie erreichten den Randstreifen des Highways. »Hier über die Straße?«

»Da unten.« Walter wies auf die nächste Kreuzung.

East sah sich die Ampeln an. »Da unten an den Ampeln hängen Kameras.«

Walter wedelte hilflos mit den Händen. »Na schön, gehen wir hier rüber.«

Sie passten eine Verkehrslücke ab und liefen los. Auf der anderen Straßenseite waren die Gebäude kleiner, zwischen den Highway und einen langen drei Meter hohen Zaun gequetscht. Eingeklemmt. Tankstellen, Donutläden – überall Menschen und große Fenster.

Walter keuchte seinen abgehackten Atem. Ein kleiner Feuerwehrwagen, ein Löschfahrzeug mit eingeschaltetem Blinklicht, raste hinter ihnen vorbei. Es fuhr auf der linken Abbiegespur in Richtung Denny's. *Man sollte ihn abfackeln. Mit Benzin übergießen und anzünden,* hatte Ty gesagt.

East bekam Seitenstechen. Walter keuchte schon, er guckte besorgt, wie aus Hundeaugen.

Die erste Tankstelle. East musterte prüfend den einen Pick-up, der an der Säule stand: unscheinbar, aber alt, Reifen mit grobem Profil. Unverwüstlich, aber langsam. Sie eilten weiter. Als Nächstes kam eine Art Postamt. Noch geschlossen. Dann ein Waschsalon. Ein Kosmetiksalon. Ebenfalls geschlossen. Dann eine Reihe Drive-ins. East blickte wieder nach links zu dem Drahtzaun. Oben Stacheldraht, mit Müll gespickt. Dahinter gar nichts.

Es gab nichts, wohin man gehen konnte, kein Versteck. Es musste hier geschehen.

East schloss die Augen und wartete, bis Walter ihn eingeholt hatte. »Wir müssen einen Wagen kapern, hab ich recht?«

»Wir könnten auch anrufen«, schlug Walter keuchend vor.

»Und was sagen?«, fragte East. »Um irgendeinen Superman-Scheiß betteln?«

»Du hast recht«, sagte Walter. »Anrufen bringt nichts.«

»Wir müssen was kapern.«

»Stimmt«, pflichtete ihm Walter bei.

Die Zeit. Auf der Flucht nutzte man sie. Den Raum. Wie ein Schütze, der ein Haus in Augenschein nimmt. Sie nahmen die Drive-in-Restaurants unter die Lupe. Das erste war ein Burger-Laden. Fazit: zwei Fahrspuren im Drive-in-Bereich, in beiden staute es sich. Da standen schicke, schnelle Wagen: ein Lexus-Sport-Coupé. Doch wenn man hier irgendwas unternahm, sähen zehn Leute zu.

Im nächsten Drive-in gab es Donuts. Sie betrachteten das Gebäude, hässlich und rechteckig, ein kleiner Betonkasten mit aufgemalten Streifen. Eine Asphaltschlange hinten herum und bis zum Fenster. Und das Ganze von einer ein Meter fünfzig hohen, wuchtigen grünen Hecke umgeben.

»Sehen wir mal nach«, schlug East vor.

Sie gingen außen um die Hecke herum, bis sie hinter ihr gegenüber vom Fenster standen. Es gab eine etwa einen halben Meter breite Lücke, wo die Fahrspur in einen in den Asphalt eingelassenen Gitterrost entwässert wurde.

»Genau da kommen wir durch«, sagte East. »Wir warten, bis der Betrieb nachlässt. Einer von uns blockiert den Weg, einer redet. Wir steigen ein und fahren los. Die Uhrzeit passt.«

»Hast du schon mal ein Carjacking gemacht?«

»Noch nie«, sagte East. »Ich stehe Wache.«

»Und bist stolz drauf«, sagte Walter. »Wie verhindern wir, dass das Mädchen in dem Fenster es mitbekommt?«

»Wir erledigen das Ganze vielleicht vor dem Fenster«, sagte East. »Hinter dem Haus.«

»Was ist mit dem Fahrer?«

»Was meinst du damit?«

»Mitnehmen oder zurücklassen? Ty wollte den Typ in den Kofferraum packen. Was hast du vor?«

»Keine Ahnung«, sagte East. »Ich weiß es nicht, schätze ich.«

Missmutig betrachteten sie die Hecke. »Perfekt ist es nicht«, befand Walter.

»Weitersuchen?«

»Ich weiß auch nicht«, sagte Walter. »Was Perfektes werden wir nicht finden. Nicht auf dieser Seite. Wir können nicht auf Teufel komm raus losballern. Es muss leise ablaufen.«

»Wenn es nicht anders geht«, begann East.

»East. Wir sind nicht mehr im Wald. Gleich da drüben sind hundert Cops. Und je länger wir hierbleiben, desto schwärzer werden wir.« Er warf East einen besorgten Blick zu.

»Na gut«, sagte East. »Was ist? Hältst du mich für schießwütig?«

»Du hast deinen Bruder erschossen«, stellte Walter düster fest.

»Er war total am Durchdrehen.«

»Als wir vor, wie viel, vor sechs Stunden den Richter erschossen haben, hab ich nicht geglaubt, dass wir in den Knast kämen. Jetzt glaub ich's. Wir hatten eine Zeitlang alles im Griff, was uns in den Weg kam. Doch jetzt sind wir auf der Verliererstraße. Und wir haben deinen Glückspilz von Bruder nicht mehr, auf den wir zurückgreifen könnten.«

»Er ist kein Glückspilz.«

Walter sagte: »Das kannst du laut sagen.«

Sie bezogen hinter der Hecke Stellung. Durch die Lücke konnten sie die einfahrenden Autos beobachten, sehen, ohne gesehen zu werden.

Zwei Wagen kamen gleichzeitig. Erst ein Van, getönte Scheiben, grün, schwer, anonym. Ideal, dachte East, aber nicht zu machen, denn direkt dahinter folgte ein kleiner Suzuki oder Isuzu oder so was, Frau am Steuer, eine Art Ohrring glitzerte neben ihrem Ohr. Direkt hinter dem Van, zack, eine Zeugin. Die Frau sah sie überhaupt nicht. Doch ihr Kind, ein fettes kleines Ding mit was Rotem am Kinn, glotzte sie unverwandt an.

»Ich glaub nicht, dass diese Bude 'ne Kamera hat«, sagte Walter. »Wir könnten wohl gleich da hinten stehen, wenn wir wollten.«

»Und was tun?«, sagte East. »Einfach wenden und verschwinden, wie wir gekommen sind?«

»Das könnte klappen.«

Im folgenden Wagen, einem Pick-up, saßen zwei Männer und ein Junge. In der Fahrerkabine hing ein voller Gewehrständer. »Der nicht«, sagte Walter.

»Nein.«

Das nächste Auto tauchte so plötzlich auf, als hätte East im Stehen geschlafen. Unmöglich, aber wer weiß. Walter berührte ihn am Arm, und da sah er es. Hellbrauner Ford mit nachgerüsteten Kotflügeln und goldfarbenen Schonbezügen. Eine alte schwarze Dame, allein.

»Sie sieht nett aus«, sagte Walter.

»Die Lady werd ich nicht zwingen, in den Kofferraum zu klettern«, murmelte East.

Der Ford hielt auf ihrer Höhe und wartete an dem Drive-in-Fenster. Plötzlich schob sich Walter durch die Hecke, deren gepflegte Zweige an seiner Kleidung zerrten. Er zog den Pullover gerade und hob die Hand zum Gruß. Als wäre die Frau seine Großtante.

Verrückt. East fröstelte. Er hatte große Lust wegzulaufen.

Die alte Frau drehte den Kopf, zog eine Schnute und musterte ihn durch goldgerahmte Brillengläser. Langsam fuhr ihr alter elektrischer Fensterheber die Scheibe runter, und sie sagte mit hoher, brüchiger Stimme, akkurat und deutlich: »Seid ihr beiden jungen Männer *Trampel* und wollt mitgenommen werden?«

»Ma'am?«, sagte Walter.

»Ich sagte, seid ihr jungen Männer *Tramper* und wollt mitgenommen werden?«

Walter sagte: »Ja, Ma'am. Vielen Dank, Ma'am.«

Die heitere Miene der Dame verdüsterte sich ein wenig, als ihr Blick hinter Walter auf East fiel, der sich immer noch in der Hecke versteckte.

»Gehört ihr zusammen?«

»Er ist mein Cousin, ja.«

Ein stummes *Hm.* »Na, dann kommt.«

Walter drehte sich um, nickte East ungeduldig zu. »Los, *komm.*«

East zögerte und quetschte sich dann durch die Hecke. Presste die Augen zu, wie ein Kind, das ins Wasser sprang. Die kleinen Zweige zerrten und zogen an ihm. Walter war doppelt so breit, war aber leichter durchgekommen.

»Eine einzige Schwarze im ganzen Bundesstaat«, flüsterte er, »und du klaust ihr Auto.«

»Sie hat's *angeboten*«, zischte Walter.

Da klappte das Drive-in-Fenster auf, und man sah ein weißes Mädchen mit rundem pickligen Gesicht. »Guten Morgen, Martha!«, rief sie. »Wie geht's Ihnen?«

»Oh, mir geht's prima, prima«, sagte die alte Frau. Die Kassiererin nahm vergnügt das Geld der Dame und reichte ihr eine Schachtel mit einem Dutzend Donuts nach unten. »Ich wünsche Ihnen ein schönes Wochenende – bis zum nächsten Mal!«, rief sie. Walter und East warf sie einen scheelen Blick zu.

East stellte sich an die Hintertür, und die Verriegelung löste sich krachend. Die alte Dame stellte die Donutschachtel neben sich auf den Sitz und schaute wieder zu Walter hinüber.

»Kommst du nun?«

»Ja, Ma'am.« Walter nickte energisch. »Lass *mich* reden«, murmelte er East zu.

»Das will ich hoffen«, sagte East.

Schon setzte sich Walter nach vorn, flötete seinen Dank. East ließ sich in den sauber gefegten Innenraum sinken. Zusätzliche Gummimatten unten, auf dem Sitz ein Regenschirm mit Blumenmuster. Der leichte Geruch nach Schmieröl. Er griff nach dem Gurt; der rasselte, als er ihn entrollte. Die alte Feder war weich und klickte kaum zu.

Er hatte Tys Waffe in der Hose. Und die pikte.

»Wie heißt ihr?«, erkundigte sich die alte Dame, die nicht losfuhr, noch war sie nicht so weit.

»Walter, Ma'am.«

Einfach so, dachte East, den richtigen Namen. Warum auch nicht?

»A«, sagte East. »Steht für Andre.«

»Ich heiße Martha Jefferson«, sagte die Dame. »Und wohin seid ihr zwei heute unterwegs?«

»Wir fahren einfach mit, Ma'am«, sagte Walter. »Wenn Sie einverstanden sind.«

Die Dame hielt inne. Beim Nachdenken setzte sie wieder ihren großmütterlichen Schmollmund auf. »Meiner Erfahrung nach fährt ein junger Mensch nicht einfach irgendwohin. Ein junger Mensch hat eine gute Vorstellung davon, *wohin* er unterwegs ist.«

»Wir waren ja unterwegs, aber jetzt stecken wir hier fest«, sagte Walter. »Wir müssen weiter.«

»Habt ihr Ärger?«, sagte die Frau und kniff die Augen zusammen. »Oder *macht* ihr Ärger?«

»Hoffentlich haben wir keinen Ärger«, sagte Walter.

Sie lachte. Das gefiel ihr. »Seid ihr Ausreißer?«

»Nein, Ma'am«, sagte Walter.

»Landstreicher?« Ihr Kichern war ein Knarzen, wie von einem alten Holzstuhl.

»Nein.« Walter kicherte listig zurück.

»Seid ihr Studenten?«

»Ja.«

»Nein, seid ihr nicht. Zu jung!« Doch endlich, an dieser Stelle des Verhörs, setzte sie den Wagen in Bewegung. Alt, aber nicht einfältig, befand East. »Seid ihr Räuber?«, fragte sie vergnügt.

»Nein, Ma'am«, sagte Walter wieder.

»Ihr wollt mich also nicht ausrauben. Nun, was dann?«, sagte Martha Jefferson. Wie ein flirtendes Liebespaar, dachte East.

»Wir könnten gemeinsam ein paar andere Leute ausrauben, wenn ich euch helfen würde.« Die alte Dame knarzte vor Fröhlichkeit. »Ach nein«, sagte sie. »Ich komme schon klar.«

Jetzt würde sie mit der Sprache rausrücken.

»Heute Morgen«, verkündete Martha Jefferson, »fahre ich zum Flughafen nach Des Moines. Ich weiß nicht, ob euch das weiterhilft. Ich kann euch aber am Highway absetzen, wenn ihr nicht zum Flughafen wollt.«

»Wir würden Sie gern bis zu Ihrem Ziel begleiten«, sagte Walter. »Besten Dank.«

Martha Jefferson erklärte sich förmlich einverstanden. »Dann nehme ich euch mit.«

»Ja, Ma'am.«

East sah nach draußen. Sie fuhren gerade am Denny's vorbei. Überall auf dem Parkplatz standen Polizeiwagen. Dann bog Martha Jefferson an der Kreuzung ab, und alles blieb hinter ihnen zurück: dieser Van, überhaupt alles. East drehte sich nicht um.

»Kühler Tag, um nur einen Pullover anzuziehen, Mister Walter«, sagte die Frau. Die Donuts in der Schachtel verbreiteten ihren Duft in die Fahrgastzelle des Autos. Würde sie die jemals anbrechen?, dachte East ungeduldig. Walter öffnete seine Packung Granolariegel und bot sie zuerst Martha Jefferson an, ehe er einen nach hinten reichte. East wickelte ihn aus und feuchtete einen ersten, trockenen Bissen langsam im Mund an, fühlte ihn ebenso sehr, wie er ihn schmeckte, wie sich die einzelnen Stückchen lösten, auf der Zunge zu Stärke wurden. Wie etwas Schlichtes sich öffnen konnte, als wäre es die ganze Welt, wenn man halb verhungert war. Bevor er einen zweiten Bissen nehmen konnte, war er eingeschlafen.

Er wachte auf. Die kleine Digitaluhr auf dem Armaturenbrett zeigte 9:20 an. Keine Ahnung, wann sie aufgebrochen waren. Draußen rauschte der Highway vorbei. Sie waren schon einmal auf diesem Highway hier durchgekommen, als sie im Dunkeln nach Osten gefahren waren.

Walter sagte gerade: »Ich werde Elektrotechnik studieren. Elektronik. Schaltungen. Installieren. Sie wissen schon. Wenn ich gut bin, mache ich einen Abschluss und kann dann

Entwickler werden. Ich könnte sogar oben im Silicon Valley einen Job finden. Nicht als Programmierer, sondern im technischen Bereich. Und falls nicht, kann ich einfach installieren und reparieren. Computer. Kabel. Alarmanlagen.« Immer und immer weiter.

»Du hast dir alles genau überlegt«, bemerkte Martha Jefferson bewundernd.

»So oder so, ich komme klar«, sagte Walter.

»Die Welt ist nun mal so. Man muss für alle Eventualitäten gerüstet sein.«

Walter sagte: »Amen.«

»Mein Enkel lebt in Kalifornien«, verriet sie.

Der Highway sang unter ihnen, und die beiden unterhielten sich, wie Verwandte, wie Menschen, die sich ihres Zuhauses sicher sind, bis East merkte, dass er wieder einnickte. Walter war ein guter Junge. East träumte, er wäre allein in dem Van, allein in einem Unwetter, in dem er vor sich überhaupt nichts sehen konnte, und wusste, dass vor ihm nichts war. Niemand hatte Walter gesehen. Walter war ein guter Junge. East schlief, bis er den sanften Anstieg einer Zufahrt spürte und wieder wach wurde, inzwischen im Inneren eines Parkhauses. Draußen der Flughafenhimmel, überfüllt, grau. Ein Flugzeug kurvte hinter einem Tower mit grauen Fenstern herum.

»Ich möchte mich Ihnen gegenüber erkenntlich zeigen«, sagte Walter gerade. »Hier sind vierzig für die Parkgebühren.«

»Nein, nein«, widersprach Martha Jefferson. »Ich bin doch nur zwei Tage fort. Das kostet nur fünf am Tag.«

»Dann auch fürs Benzin«, sagte Walter augenzwinkernd.

Er stopfte die Zwanziger in ihre Handtasche, und wieder machte sie leise *Hm.*

Was ging da jetzt ab? East hatte das gesamte Gespräch voller Lügen verpasst. Er hielt den Mund.

»Ich wusste es«, sagte die Dame, »dass ihr gute Menschen seid.«

Walter. Ein guter Junge. Easts Magen fühlte sich hart und ausgeschabt an. Er kam sich vor, als hätte er einen kräftigen Schlag aufs Kinn bekommen. Er fragte sich, wie er wohl riechen mochte. Zitternd bog der alte Ford in eine Lücke am Rand des Parkhauses ein, von der aus es zwei Stock nach unten ging. Walter sprang raus und holte die Reisetasche der alten Dame aus dem Kofferraum.

Dann trottete East hinter ihm her, der dusslige Cousin. Der Flughafen. Hatte Walter nicht betont, sie sollten sich davon fernhalten? Die Welt war ein grauer Schleier. Der schier endlose gemusterte Teppichboden erinnerte ihn diffus an das Kasino. Hundemüde, an einer unsichtbaren Leine, schlich er einfach hinterher.

Die Menschen, die ihm entgegenkamen, waren schlank, trugen Schwarz und Grau, die Ohren an ihre Handys geheftet. Über ihm hingen grelle gelbe und weiße Lampen – sie sagten ihm nichts.

»Sie treffen sich am Flugsteig?«, erkundigte sich Walter.

»Meine Schwester? Ja, mein Lieber. Aber wir haben keine Sitze in derselben Reihe mehr bekommen. War nichts zu machen«, sagte die alte Dame. »Sie sitzt aber direkt vor mir. Oh. Ach du meine Güte.« Sie blieb abrupt stehen. »Wir haben die Donuts vergessen.«

Walter blieb auch stehen und grinste.

»Sie wird Zustände kriegen!«, schalt er Martha Jefferson.

Martha Jefferson lachte laut auf. »Ganz bestimmt!«

Walter wandte sich mit gespielter Wut an East. »Andre! Warum hast du die Donuts nicht mitgebracht!«

Andre. Genau. Müde musterte East Walter.

Entweder war es die Erschöpfung, oder es lag daran, dass er abseits stand, aber er merkte, was sie da aufführten. Als hätte man seine Sonnenbrille abgenommen, und das Tageslicht schien jetzt hell und eigenartig. Sie spielten drei Schwarze, ulkig und lärmend in einem Flughafen. Wie ein Sketch in der Schule, in dem die Jungs Wölfe und die Mädchen Lämmer verkörperten. Sie stellten dar, was all diese Leute von ihnen erwarteten. Etwas Besseres als das, was sie wirklich waren.

Er begriff es, kannte aber seinen Text nicht.

Martha Jefferson sagte: »Sie wird so *enttäuscht* von mir sein.«

»Ich könnte –«, begann Walter.

Die alte Dame, mit fragendem Blick: »Würdest du?«

Und Walter sagte, wie ein braver Neffe: »Ich tu's. Ich gehe sofort los. Andre, begleite jetzt Martha Jefferson zur Sicherheitskontrolle. Ich bin zurück, ehe ihr an der Reihe seid. Aber du darfst nicht durch die Kontrollen gehen – weil du kein Passagier bist. Verstanden?«

Easts Magen drehte sich um. Er nickte. Walter nahm Martha Jeffersons Tasche von seiner Schulter und bekam dafür ihren Schlüsselbund.

»Andre. Du darfst dich nicht in der Schlange anstellen«, sagte Walter. »Hörst du mich?«

»Ich stell mich nicht in der Schlange an«, nuschelte East.

Herrje. Die Dame musterte ihn von oben bis unten. Wieder fragte sich East, wie er wohl roch.

»Ich kann Ihre Tasche tragen, wenn Sie möchten«, bot er an.

»Sehr freundlich«, sagte Martha Jefferson, behielt aber ihre Tasche. Er war derjenige, den sie nicht mochte. Auch gut.

Zu zweit trotteten sie Richtung Schlange vor der Sicherheitskontrolle.

Eine Handvoll Leute formierten sich bereits zu einer Warteschlange. Sie blieben stehen und schlurften weiter, schauten auf Handys oder unterhielten sich leise. Bugsierten ihr Gepäck, beiläufig, aber aufmerksam, an den Absperrbandserpentinen entlang. East und Martha Jefferson kamen kurz vor dem abgetrennten Bereich zum Stehen.

Einige Passagiere beobachteten die alte schwarze Dame mit der strengen Miene und ihren ungepflegten jugendlichen Begleiter. East war hundeelend. Ihm fiel nichts Besseres ein, als schläfrig zu tun.

»Übrigens darfst du da nicht durch. Durch die Sicherheitsschleuse. Außer du hast ein Ticket«, erinnerte ihn Martha Jefferson.

»Ich weiß«, antwortete er dumpf. »Walter hat's gesagt.«

Wie lange brauchte der Dicke denn noch?

Er begriff, dass er jetzt nicht neben Martha stand, um still und nett zu sein, sondern um sich hinter ihr zu verstecken. Er war so angeschlagen, dass er kaum noch stehen konnte. Und Walter flitzte herum und trug Sachen durch die Gegend. Draußen im Parkhaus ohne ihn, einen Schlüsselbund in der Hand. Dachte sich Sachen aus. Während er neben

Martha stand, um die Sorte Junge zu sein, der mit seiner Großtante reiste, der kein Blut an den Schuhen hatte. Der erst spät in das Stück einstieg, aber froh war, dabei zu sein.

Hauptsache, Walter kam zurück.

Ein schwarzes Paar rückte zentimeterweise in der Schlange voran, ihr mittelgroßer Sohn in ein Videospiel vertieft, während die kleine Tochter mit geflochtenen Zöpfen auf den Schultern ihres Vaters saß. Sie betrachtete East voller Furcht.

»Ich bin einmal getrampt«, erinnerte sich Martha Jefferson. »Das werde ich nie vergessen. Es war natürlich in Louisiana, lang ist's her.«

East wollte eigentlich *Oh* sagen, hickste aber stattdessen.

»Geht's dir gut?«, sagte Martha Jefferson.

»Prima.«

»Du siehst aber nicht prima aus«, sagte die Dame. Sie machte einen Schritt zurück, und East fehlte die Kraft zu widersprechen. Er konnte nirgendwohin. Das kleine Mädchen schaute zur Seite. Es schloss die Augen und wurde das Mädchen aus Jackson.

Sein Magen stülpte sich um, und er drehte sich instinktiv zum nächsten Abfalleimer. Er kämpfte gegen seine Kiefermuskeln an, doch die hebelten sich selbst auf, und er übergab sich mit einem langen, verzweifelten Schrei in die Becher und Verpackungen.

»Ach herrje«, sagte die Dame. »Sieh dich nur an.«

Gelbes warmes Zeug im Mund. Er spuckte den Rest aus und tastete in seinen Taschen nach etwas, womit er sein Gesicht abwischen konnte. Nichts. Nur die Verpackung eines Granolariegels, ein Schlüssel, ein Bündel Zwanziger und eine Pistole. Er wischte sich mit dem Handrücken übers Gesicht.

»Ich hab's dir *gesagt*«, behauptete die Dame. Dabei hatte sie ihm gar nichts gesagt. Doch dann sah er, dass sie nicht zu ihm sprach, sondern zu den Leuten in der Warteschlange, die jetzt von ihrer Absperrung auf dieses kleine Missgeschick blickten. Er sah, dass sie ihm nicht beistehen würde, wie es eine Großtante wohl getan hätte. Sie trat zurück, distanzierte sich von ihm.

Endlich, Walter. Der idiotisch strahlende dicke Engel trug die Schachtel Donuts mit ihrem goldenen Siegel wie einen Pokal vor sich her. »Das ist für Sie«, jubilierte er, zückte Martha Jeffersons Schlüsselbund und half ihr, ihn wieder in ihre Handtasche zu bugsieren.

Er schaute sich um, sah, dass etwas geschehen war. Alle Mienen zeugten davon. »Was ist los?«

»Dein Cousin ist krank«, verkündete Martha Jefferson.

Walter fühlte Easts Stirn, seine Hand war schwer und weich. »Mir geht's gut«, sagte East.

Ein Wachmann kam näher, um nachzusehen. Die Warteschlange rückte vor. Das kleine Mädchen auf der Schulter ihres Vaters drehte sich wieder zu East um.

Walter sagte: »Nun, vielleicht sollten wir jetzt *aufbrechen,* Andre.«

Martha Jefferson pflichtete ihm stumm bei, bewegte sich mit den Augen Richtung Schlange. Sie war erpicht darauf, sie beide loszuwerden. Auch Walter. Sie wusste, wie man das machte: Sie tat es mit demonstrativer Herzlichkeit. »Es war *wirklich* nett, euch kennenzulernen. Was für entzückende junge Männer.«

Sie und Walter strahlten im Duett, falsch.

»Ich freue mich sehr, dass ich Ihnen begegnet bin«, sagte Walter.

Ihre Lider zuckten. »Gleiches kann ich von mir sagen.«

Walter händigte ihr die Schachtel Donuts aus und tat dann, als fiele ihm etwas ein. »Oh!«, rief er. »Aber Mrs. Jefferson, wird man zulassen, dass Sie die mit an Bord nehmen?«

Mrs. Jefferson lächelte, ein letztes Lächeln, nicht für sie. »Nun, es ist nicht gestattet. Aber keine Sorge. Man kennt mich. Alle am Himmel kennen mich.«

East, matschig, wie er war, sah das anders. Gar keiner kannte diese Lady.

Walter: »Was hast du?«

Easts Magen kam zum Stillstand. »'ne Art Lebensmittelvergiftung. Irgend so was.«

»Du kriegst die Krise, Mann. Dein Körper verarscht dich.«

East ließ es auf sich beruhen. Auf dem riesigen Männerklo wuschen sie sich mit Flüssigseife und trockneten sich mit braunen Papiertüchern ab. Morgendliche Geschäftsreisende zogen die Hände rasch unter dem sensorgesteuerten Wasserhahn durch. East stand lange Zeit da. Im Spiegel blickte ihn ein Schlamassel an, wie er es noch nie gesehen hatte: Ein Auge war immer noch dunkel und geschwollen, dank Michael Wilson. Er hatte es völlig vergessen; er hatte noch nicht die Zeit gehabt, den Schmerz zu spüren. Jetzt, gesäubert, war das Auge dick und empfindlich. Kein Wunder, dass Martha Jefferson ihn so komisch angesehen hatte. Auch nachdem er seine Haut gewaschen hatte, war sie aufgedunsen, schwarz und fettig. Das kalte Wasser brachte seine Konzentration ein wenig zurück.

»Ich wäre fast aus den Latschen gekippt«, knurrte er.

»Das bist du. Du hast die ganze Fahrt verschlafen.« Walter sah zu den anderen Männern hinüber. »Können wir hier raus? Wir müssen reden.«

East nickte. Das reflektierte Tageslicht außerhalb des Toilettenbereichs stärkte East, brachte ihn zurück in Raum und Zeit. Er und Walter begaben sich zum Ausgang. *Iowa*, sinnierte er. Wieder in Iowa. Hinter ihnen lagen die anderen Orte, wie Perlen an einer Schnur aufgereiht: der Van, sein Bruder, das Holzhaus in Wisconsin. Und The Boxes, das mit Brettern vernagelte Haus, das mal seines war. Sie erstreckten sich hinter ihm, nicht weit, nicht lange, aber hinter ihm. Glieder in einer Kette. Hinter ihm, wie sein blaues Auge, dessen Bluterguss allmählich verblasste.

Die giftige Luft von Taxis im Leerlauf. Sie fanden eine Bank, und Walter kramte in seiner Hosentasche.

»Was ist das?«

Ein einzelner Schlüssel. »Ihrer.«

»Wessen?«

»Miss Jeffersons. Sie hatte zwei. Das ist der für den Parkservice. Damit kann man den Motor anlassen – ich hab's probiert. Nur den Kofferraum öffnet er nicht.«

East hielt den Schlüssel in den Fingern, betrachtete ihn.

»Und sie kommt erst in zwei Tagen wieder.« Walter schaute die Reihe wartender Taxis entlang. »Wahrscheinlich merkt sie vorher gar nicht, dass der Wagen weg ist.«

East pfiff. »Schlauer Junge«, sagte er leise.

Walter machte die Beine lang und schlug eins über das

andere, wie ein alter Zigarrenraucher. »Ich weiß«, sagte er. »Bin von mir selbst beeindruckt.«

»Walter«, sagte East. »Wird man uns erwischen?«

»Ich hab drüber nachgedacht«, sagte Walter. »Anscheinend hat die Polizei den Van. Die Frage ist, warum? Wegen Wisconsin? Oder wegen deines Bruders?«

»Spielt das eine Rolle?«

»Allerdings«, behauptete Walter. »Zwei ganz verschiedene Dinge.«

»Willst du damit sagen, sie sind sauer wegen Wisconsin«, vermutete East, »aber mein Bruder ist ihnen scheißegal?«

»Tja, das ist das eine.« Walter lächelte schmallippig. »Vielleicht hast du recht. Vielleicht fahnden sie wegen der Sache überhaupt nicht. Aber sie werden bei der Fahndung in beiden Fällen unterschiedlich vorgehen. Wenn sie nur im Fall Tys ermitteln und den Van gefunden haben, dann sind wir bloß schwarze Teenager, die aufeinander geschossen haben. Die wahrscheinlich nicht weit gekommen sind. Dann sucht die Polizei in der Gegend. Sogar in diesem Denny's. Aber nicht auf einem Flughafen. Kannst du mir folgen?«

East nickte.

»Aber wenn es um Wisconsin geht, dann bringen sie vielleicht Ty damit in Verbindung – es gab Zeugen, die uns gesehen haben, Alter, sie haben ein Kennzeichen, vermutlich gab's die ganze Nacht schon einen Fahndungsaufruf für uns – dann finden sie den Van, das ergibt eine Richtung. Eins, zwei, drei. Das zeigt nach Westen. In diese Richtung. Richtung Heimat. Verstanden?«

»Wie kannst du dir sicher sein, was von beiden zutrifft?«

Walter lachte. »Ha. Bin ich mir nicht. East, ich rate nur,

dass es wegen dir und Ty war. Wegen der Zeugen. Ich nehme an, dass sie deiner Kugel folgen.«

East lehnte sich zurück. Seine Basssaite machte sich wieder bemerkbar.

»Doch der Van ist nicht hier. Da haben wir Glück gehabt – wir sind letzte Nacht ein paar hundert Kilometer damit gefahren und haben ihn dann stehenlassen. Wir haben einen rätselhaften Sprung gemacht. Und wir haben ihn nicht in der Nähe eines Flughafens abgestellt. Wir haben auch keinen Wagen geklaut, nach dem sie suchen könnten. Das verrät den Cops nicht, dass wir ein Flugzeug nehmen wollen.«

»Das wollen wir doch gar nicht«, sagte East, »ein Flugzeug nehmen.«

»Nun, ich habe mit dem Gedanken gespielt«, sagte Walter.

»Du hast was? Du hast doch gesagt, es sei gefährlich, Alter. Allein schon sich da drin aufzuhalten.«

»Inzwischen ist alles gefährlich«, sagte Walter. »Stimmt's? Wir haben aber Bargeld. Sie können uns Stand-by-Tickets verkaufen. Sie müssen unsere Ausweise kontrollieren, aber die sind koscher, und wir können sie loswerden, sobald wir nach L. A. kommen. Dann lassen wir diese Namen sterben und schauen nie wieder zurück.«

Walter richtete sich aus seiner geduckten Haltung auf und sah sich um, das Gesicht weit offen, als warteten sie auf eine Mitfahrgelegenheit, als sei er unbekümmert.

»Was kostet das?«, fragte East. »Haben wir genug?«

»Keine Ahnung«, sagte Walter, »doch für mich hört sich das gut an. Ich wär heute Nachmittag zu Hause.« Er zeichnete die Idee mit dem Finger auf seiner Hose nach und beendete sie mit einem Punkt. »Niemand weiß, wo ich die ganze Woche war«, gestand er. »Sie machen sich vermutlich Sorgen.«

»Ach, du hast Familie?«

»Ja«, antwortete Walter. »Klar hab ich Familie.«

East beobachtete weiter unten den Flughafen-Cop, vierzig Meter weg, wie er Leuten mit Koffern den Weg wies.

»Je schneller wir die Knarren loswerden, desto besser«, sagte Walter.

»Wenn wir mit Schießen fertig sind.«

»Woher wissen wir, ob wir mit Schießen fertig sind?«

»Ich bin mit Schießen fertig«, sagte East. Er stand auf und ging zum nächsten Abfallbehälter, in dem er herumstocherte, bis er eine gute Fastfood-Tüte fand, solides weißes Papier, ein bisschen fettig. Er nahm sie heraus, strich sie glatt, packte dann die kleine Pistole in die Tüte. Damit ging er zurück zu Walter.

»Schau mal, ob du deinen Müll hier reintun kannst. Sieh dich dabei vor.«

Walter leerte seine Taschen auf der Bank neben sich: Granolariegel, Schlüssel für den Van, Geldscheine in einer Klammer, saubere und gebrauchte Papierservietten. Er deckte seine Tasche mit einer Serviette ab und fischte die Waffe damit heraus. Dann wanderte sie in die Tüte. East zerknüllte die Tüte und brachte sie zurück, packte sie dann einfach so in eine Ecke des Abfallbehälters.

»Fühlst du dich jetzt besser?«, fragte Walter, der aufgestanden war.

»Nein.«

Walter runzelte die Stirn. Vielleicht war er enttäuscht. Für

Walter war es wichtig, erkannte East, Probleme zu lösen. Etwas zu erfinden. In Easts Magen gab es nichts, was Walter lösen konnte.

Ein Polizeiwagen fuhr vorbei, weißer Cop, schwarze Sonnenbrille, wer wusste schon, wonach er Ausschau hielt. Flughafensicherheitsdienst. Fuhr vorbei, ohne langsamer zu werden.

Easts Verstand schmerzte, und er konnte nur einen Teil davon sehen: den Teil, der sich entschieden hatte. Nichts in ihm wollte ein Flugzeug nehmen. Er traute ihm nicht. Oder vielleicht traute er sich selbst nicht. Krank, müde, unbeherrscht. Jene Person, die er immer im Zaum gehalten hatte, in sich oder bei anderen – laut, gewalttätig, aufsässig –, die spürte er jetzt hinter sich, oder dicht neben sich, oder angehängt, wie einen Schatten. Außerhalb von ihm – vielleicht, aber als Doppel. Sichtbar.

Er war noch nie an Bord eines Flugzeugs gewesen. Doch alles, was er darüber wusste – einsteigen, anschließend dort bleiben, mit tausend anderen zusammengepferchten Leuten –, würde heute nicht passieren.

»Ich werd's am Boden schaffen, Mann«, erklärte East. »Nimm du dein Flugzeug, wenn du willst. Wenn du das für sicher hältst.«

Walter sagte: »Echt jetzt?«

»Ja.«

»Es ist sicher. Also, auf diese Art«, sagte Walter und schaute unwillkürlich schuldbewusst drein. »Für mich. Keiner hat mich gesehen, Mann. In Wisconsin, weil ich hinterhergelaufen bin. Oder bei Ty, weil ich im Van geblieben bin. Sie haben nur dich gesehen.«

East berührte mit der Schuhspitze eine Stelle auf dem Pflaster. »Schon klar.«

»Ich meine –«, begann Walter, gab es dann auf.

»Komm schon«, sagte East. Er wollte es hinter sich bringen, endlich allein sein. »Mal sehen, wie es läuft.«

Von einer Bank in einiger Entfernung aus beobachtete er die Warteschlange am Schalter. Was am Flugsteig geschah, lag nicht in seiner Hand. Er mochte Walter. Walter war in mancherlei Hinsicht nützlich, was er sich so nie vorgestellt hatte. Doch er konnte für Walter nichts tun. Auf der Fahrt quer durchs Land hatten sie zueinandergefunden – ein Team. Eine Crew, stimmt's? Jetzt waren sie vom Winde verweht. Sie hatten den Richtigen mit Kugeln durchsiebt – den Auftrag erledigt. Doch East fühlte sich einfach nur vollkommen fertig. Das war der Preis. Die Woche war eine Wunde, die zu betrachten er sich noch nicht traute. Und doch spürte er, dass sie blutete.

Er hatte hundert Dollar in der Tasche. Walter hatte den Rest. Er dachte an diese mageren hundert und den kleinen Stapel Bankkarten, die er unter dem Holzklotz in seinem Schlafzimmer versteckte, die er nicht mitgebracht hatte, die er versteckt hatte, um sich an Fins Vorgaben zu halten. Er fragte sich, wie Walter wohl wohnte, dieses geregelte Zuhause mit Computer und Bibliothek, vielleicht mit Klavier oder Katze, und die Leute, die ihn dort erwarteten. Wer würde in L.A. sein, wenn er nach Hause kam oder wenn er es nicht tat? Wer mochte sich fragen, wo er jetzt gerade war, und, falls man Walter am Schalter oder am Flugsteig festnehmen oder aus dem Flugzeug holen würde, wer würde sich wünschen, dass sie hier wären, wo er gerade saß und beobachtete, wie Walter seinen Fehler beging, wo er beobachtete, wie Walter Schritt für Schritt dem hintergrundbeleuchteten Ticketschalter näher kam, mit seinem Strebergrinsen und seiner Tasche voller Zwanziger? Übermäßig selbstsicher. Oder vielleicht hatte er nur Glück.

Lieber Glück haben als gut sein, sagte man. Auf East traf keins von beidem zu.

Was East einmal hatte – das Haus in The Boxes, eine Crew, der tägliche Job mit Fins Gang und Fin selbst, vielleicht sogar seinen Rückzugsort unter dem Bürogebäude, und Ty, was auch immer Ty bedeutete am Ende jener unsichtbaren Anziehungskraft, die sie leider über Wohnblocks und Jahre hinweg verband –, all das gab es nicht mehr. War alles Vergangenheit. Die Straßen würden noch da sein, auch das Geschäft, und er kannte sich aus. Doch er war auch bekannt, einer von Fins Leuten. Selbst wenn er bei einer anderen Organisation unterkam, wäre er einer aus zweiter Hand, ein Flüchtling. Nie ein Bürger. Nichts, was er je mit Fin getan hatte, würde ihm weiterhelfen.

Er müsste wieder ganz unten anfangen, wie ein zehnjähriger Bubi.

Den Ticketschalter in Des Moines vor Augen, dachte er an L.A., an den Geruch der Blumen, vermischt mit dem Geruch von Sonne, Wüste, Autos und gebratenem Essen. Die Menschen, die er kannte, das Gespenst, das seine Mutter war, die Jungs, die sich zerstreut hatten. Nichts davon bewog ihn, ein Flugticket zu kaufen, um heute dort hinzukommen.

Das war das Geschäft gewesen, und das Geschäft war geschlossen.

Der Mann an Walters Schalter war jung, dünn, dünner Schnurrbart, ein völlig fettfreies Gesicht. East merkte, dass der Mann nicht viel von Walter hielt – dick, schwarz, zerknitterte, nach Tagen und Nächten miefende Klamotten. Vergnügt und abgerissen. Seine ganze Genialität im Inneren verborgen. Der junge Mann hörte zu, die Lippen geschürzt, wie zu einer Grimasse. Er tippte auf seinen Bildschirm, fragte, überprüfte den Führerschein, fragte nach. Nun ging es wortlos weiter, nur die Augenbrauen hoben und senkten sich.

Ein Augenblick verging, in dem East hoffte, der Mann würde Walter abweisen. Würde ihn am Schalter abblitzen lassen, ihn wegschicken. Damit East die Waffen zurückholen konnte. Damit East den Ticketverkäufer durchlöchern, sich aufgeben konnte. Alles in einem gewaltigen Racheausbruch wegwerfen konnte.

Er schüttelte den Kopf, damit er wieder klar wurde. Ein ausgedrucktes Dokument wanderte über den Schalter. Walter nickte wieder. Und entfernte sich.

Wird man uns erwischen?, hatte er Walter gefragt.

Fat Boy zog auf einer Seite die Hose hoch und schlenderte zurück zu East, er wirkte unbekümmert, sogar ein wenig stolz auf sich.

»Was hat es gekostet?«, fragte East.

»Alter.« Walter pfiff. »Dreihundert und 'n paar Zerquetschte. Haufen Schotter. Wenn man im letzten Moment bucht, kriegen die einen dran.«

Grimmig erwiderte East: »Das nächste Mal müssen wir vorausplanen.«

»Es gibt da eine Person«, sagte Walter. »Das Mädchen

in dem Donutladen. Sie hat uns beide gesehen. Sie sah uns ins Auto steigen. Sie kannte Martha Jefferson und wusste, dass sie zum Flughafen fuhr. Falls man sie nach uns fragen würde, Alter, könnte sie uns fertigmachen.«

»Aber du hast dein Ticket«, sagte East. Es gab keine Alternativen mehr. »Du fliegst sowieso.«

»Ich flieg auf jeden Fall«, sagte Walter. »Suchen wir uns ein Fleckchen, wo wir reden können. Ich muss in zwanzig Minuten am Gate sein.«

Sie saßen in getrennten Toilettenkabinen und versuchten den Darm zu entleeren, dann steckten sie an den Waschbecken die Köpfe zusammen. Um sie herum schlugen die Geschäftsmänner die Augen nieder, benetzten ihre Hände unter den Wasserhähnen. Walter steckte East ein Bündel zerknitterter Scheine zu. East zählte sie. Einundsiebzig Dollar.

»Nimm du es«, sagte Walter. »Gib mir einen Zwanziger, für alle Fälle. Damit ich einen Bus oder sonst was besteigen kann. Und nach Hause komme.«

East schob ihm einen Zwanziger zurück. Jetzt belief sich sein weltlicher Besitz auf hunderteinundfünfzig Dollar.

»Hier«, sagte Walter. Er gab East einen Zettel vom Schalter der Fluglinie. Ein Kofferanhänger, auf dem eine mit 310 beginnende Telefonnummer stand. »Gib mir bis heute Abend, Alter. Dann ruf mich an. Ich kümmere mich um dich, Mann. Ich schwör's.«

East lachte rauh. »Du willst dich um mich kümmern? Echt?«

Walter stammelte. »East. Warum sollte ich dir was antun? Ich meine, du bist doch jetzt einer von den Bösen, stimmt's?«

East senkte den Kopf.

»Du sagst mir, wo du dich aufhältst. Ort und Adresse. Ich kann dir ein Ticket kaufen – Flugzeug, Zug, ganz egal. Ich kann dir ein Auto mieten. Ich kann dir Geld überweisen. Wahrscheinlich kann ich ein Haus finden, in dem du pennen kannst.«

»In Ordnung«, sagte East. »Ich weiß Bescheid. Wir sollten die Van-Schlüssel loswerden.«

»Ach du Scheiße. Du hast recht«, sagte Walter. Er nahm eine Reihe Papierhandtücher von der Wand, trocknete sich die Hände, dann wickelten sie die beiden Schlüssel darin ein und schmissen das Ganze weg.

»Was passiert mit dem Müll?«

»Wird verbrannt. Irgendwo in 'ner Müllverbrennungsanlage. Sie landen in der Asche. Die sich aber nie jemand anguckt«, sagte Walter. »Warum verschwinden wir nicht aus diesem Klo? Ich hab den Gestank hier satt.« Plötzlich grinste er, erleichtert. »E, Alter. Wir haben's zu Ende gebracht.«

Gemeinsam traten sie in das sich auf den weißen Teppichboden ergießende Licht des Flughafengebäudes. Menschen strömten um sie herum, East bemerkte sie kaum.

»Das war furchtbar«, sagte Walter. »Mir war's zuwider. Den Typ umzulegen. Ich bin aber froh, dass du dabei warst. Ohne dich hätte es nicht geklappt.«

»Ich weiß«, sagte East.

»Wir haben's geschafft«, sagte Walter. »Ich muss los.«

»Sei vorsichtig.«

»Versprochen.« Walter gab East einen Klaps auf die Schulter. »Ich liebe dich, Alter.«

Der gab den Klaps zurück und ging los. Er rülpste; was hochkam, war garstig, bitter. *Ich liebe dich, Alter.* Er liebte Walter nicht, und so'n Scheiß sagte er auch nicht. Er vergewisserte sich, dass die Geldscheine in seiner Tasche steckten, dann fädelte er den Gepäckanhänger mit der Telefonnummer durch das Loch an Martha Jeffersons Schlüssel. Und ging nach draußen Richtung Parkhaus. Doch ehe er aufbrach, blickte er sich um. Walter stand in der Schlange vor dem Sicherheits-Check, beobachtete ihn. Walters Hose war bereits unter seinen Bauch gerutscht, doch das Ticket hielt er fest in der Hand. East hob eine Hand, und Walter lächelte zurück. So. Das musste reichen.

Er kehrte zu dem Müllbehälter vor dem Gebäude zurück und holte die fettige weiße Tüte heraus, die er dort verstaut hatte. Er fühlte ihren Inhalt, die beiden losen Gewichte im Inneren. Die Erbsenpistole, mit der er auf Ty geschossen hatte, und die andere, die Carver Thompson und das Mädchen getötet hatte. Die beiden Schusswaffen mit Geschichte. Die dritte, die Taurus, mit der keiner einen Schuss abgegeben hatte, war bei seinem Bruder geblieben, er hatte sie zum Schluss in dessen Hose gesteckt. Er raffte die Tüte zusammen und drückte sie an seine Hüfte.

»Kann ich dir helfen, irgendwohin zu kommen?«, sagte eine Stimme über seine Schulter.

Vielleicht hatte der Flughafen-Cop ihn gesehen. Vielleicht war er näher gekommen, weil East die Tüte aus dem Müll genommen hatte. Vielleicht lag es nur daran, wie East aussah. Oder sich fühlte.

»Nein, Mann«, sagte er schleppend, ohne hinzusehen. »Sie können mir nicht helfen.« Dann setzte er sich wieder in Bewegung, Richtung Parkhaus. Er war jetzt ein Böser.

Zuerst fuhr er nach Süden. Süden war fort von der Polizei und dem Van, es war fort von Wisconsin; es war weder hier noch dort. Farmen neben der Straße, nackte Highways, baumlos. Gelegentlich erspähte er gespenstische Scheunen, verloren auf Ebenen, Schweineherden hinter Drahtzäunen gefangen.

Seine Augen fühlten sich verkrustet und verklebt an, als wären sie in der Gosse herumgerollt, ehe er sie sich wieder ins Gesicht gesteckt hatte.

Braune Schilder wiesen den Weg zu einem State Park: Picknick, Camping, Flusszugang. Etwas in seinem Hirn schreckte auf, als er an einen Fluss dachte – der verhieß Überquerung, Hineinfahren, das kalte Wasser trennte dieses von jenem. Er bog von dem Highway auf die alte, baumbestandene Straße ab.

Ein Streifenwagen rollte vorbei. STATE PARK RANGER. Ein Cop in einer anderen Uniform ist immer noch ein Cop.

Dann näherte er sich einem kleinen Farmhaus, keinen halben Kilometer vor dem hölzernen Tor zum State Park. Das alte Haus stand grau und einsam auf einem großen vergessenen Grundstück. Bis zur Farblosigkeit verwittert, so wie kürzlich die Schusswaffenscheune. Mannshohes Unkraut war überall in die Höhe geschossen. Auf zwei Schildern wurde das Haus zum Kauf angeboten, aber die Sonne hatte deren Rot zu Rosa ausgebleicht. Sie standen schon eine Weile da.

Er lenkte Martha Jeffersons Wagen auf das Anwesen. Die Auffahrt führte im Kreis hinters Haus. In diesem Unkraut konnte er den Wagen fast vergraben. Es gab eine freie Stelle unter einem Baum, aus dem kleine graue Vögel hinaus- und in den sie wieder hineinflogen. Vögel so klein, dass sie noch Küken hätten sein können. Dort in den Schatten verbarg er das Auto, legte die fettige Tüte unter den Sitz und beobachtete die Vögel, bis er einschlief.

III
Ohio

16

Als er aufwachte, brach es aus ihm heraus wie Magma, wie ein Vulkan, stieß ein Loch durch den Fels, ergoss sich über sein Gesicht. Aus dem blauen Auge ergoss sich ein Tränenschwall. Die Rückseite des Hauses, der aufgegebene Öltank, die Unkrautwiese, der Leib des Baumes. Dort hatten Menschen gelebt und waren weggezogen. Er schluchzte, bis nichts mehr kam. Doch er wusste, dass sich dadurch nichts geändert hatte. Keine Worte, keine Bilder, keine Gedanken. Es war nur ein Trick der Muskeln, die Drüsen hatten sich geleert.

Als sich das Auto abkühlte, wurde seine Haut trocken und kalt, und als er wieder aufwachte, war es Nacht.

Nicht düster wie am Nachmittag, sondern pechschwarz. Die auf Martha Jeffersons Armaturenbrett geklebte Digitaluhr zeigte Viertel nach acht an. Er hatte also sechs Stunden geschlafen.

Nicht die ganze Nacht, aber relativ lange und tief. Er hatte keine Nacht mehr durchgeschlafen, seit sie am Dienstag The Boxes verlassen hatten.

Wenn er sich nicht irrte, war jetzt Freitagnacht.

Er stand auf und pisste auf die Baumwurzeln. Ein Chor hoher Stimmchen zwitscherte im Dunkeln. Etwas bewegte sich, und er schreckte auf, Wind. Unkraut und Wind. Die Rückseite des Hauses, das keinem gehörte.

Er wartete im Freien.

Das Auto war zwar alt, aber gepflegt, gut eingestellt. Es schnurrte ruhig über die holprigen Nebenstraßen. Wie der Van war es besser, als es aussah. East tankte an einer Tankstelle voll, wo sich zwei leere Straßen kreuzten, jede Straße eine Geschichte, beschienen vom Tankstellenlicht. Er wischte Dreck von Martha Jeffersons Windschutzscheibe und trocknete das Putzwasser mit einem Papierhandtuch.

Er bedauerte, dass er der alten Dame schadete. Doch er fuhr nicht zurück nach Des Moines in Iowa – weder zum Flughafen noch sonst wohin. Diese Lady hatte ihn sich genau angeschaut; sie hatte ihn schlafen hören. Sie wusste über ihn Bescheid. Es ließ sich unmöglich erraten, was genau sie über ihn wusste oder was Walter erzählt hatte, während er schnarchte. Es war durchaus denkbar, dass letzten Endes Martha Jefferson diejenige sein würde, die ihn zur Rechenschaft ziehen würde, weil er auf ihrem Rücksitz geschlafen, weil er ihr Auto gestohlen hatte. Daher putzte er ihre Windschutzscheibe sauber und aß das belegte Brötchen, das er an der Kühltheke gekauft hatte, außerhalb des Wagens – keine Krümel, keine Verpackung.

Er schaltete das Autoradio an, hörte aber nur Rauschen. Er wollte den Sender, den sie eingestellt hatte, nicht verstellen.

Jedes Mal, wenn ihm eine Kreuzung die vier Himmelsrichtungen anbot, nahm er die, die weg von zu Hause führte. Immer weiter nach Osten.

Um vier Uhr morgens passierte er Schilder, die den Weg nach Chicago wiesen. Er spielte kurz mit dem Gedanken. Chicago: eine Stadt für Gangster, wie jeder wusste, Michael Jordans Stadt, voller Menschen und Möglichkeiten, an Geld zu kommen. Waffen begleiteten ihn auf seiner Reise. Doch das graugelbe Licht der Stadt unter den Wolken rief Michael Wilson in Erinnerung, wie er nach Vegas schlich. *Nur eine Kostprobe*.

Die Werbetafeln priesen alles an, versprachen alles. Die langen, dampfenden Ausläufer der Stadt begleiteten ihn kilometerweit, zu seiner Linken graue, von orangefarbenen Glühbirnen erleuchtete Fabriken, gewaltige eiserne Skelette, die Züge gehalten oder Schiffe beladen oder die Straße über Flüsse verlegt oder Raketen in den Himmel geschossen hatten.

In Indiana, inzwischen auf einer größeren Straße, musste er samt anderen Autos an einem Häuschen halten und einem Kasten ein Ticket entnehmen, wie in einem Parkhaus. Er saß da und las die Aufschrift. Irgendwo weiter hinten an der Straße würde er vier Dollar zahlen müssen. Hinter ihm hupte jemand.

Mauthäuschen, Kamera, geklautes Auto. Mach einfach das, was die anderen machen.

Dann verschwanden die letzten Zeichen der Stadt, und er war wieder im Dunkeln, der Highway wurde schmaler, die sternenbeschienenen Kästen der Häuser standen kurz hinter den Bäumen.

Bei Sonnenaufgang hatte er das Ende des Bundesstaats erreicht. Eine Ansammlung von Mauthäuschen versperrte die Straße; hier gab es überall Kameras. Er fuhr langsam bis zu einem, an dem BARZAHLUNG stand, und händigte sein Ticket aus. »Vier fünfundsechzig«, sagte die Frau.

Seit er am Nachmittag des Vortages vom Flughafen weggefahren war, hatte er kaum eine menschliche Stimme gehört. Ein Schild kündigte die letzte Ausfahrt vor einer neuen Mautstraße an. Jetzt war er in Ohio. Er nahm die Seitenstraße gen Süden, Highway 49, dann bog er wieder ostwärts ab.

Gegen elf Uhr morgens, in einer Kleinstadt mit einem altersschwachen Wasserturm, wo sich die Sonne hinter Wolken zurückgezogen hatte, war er weit genug in Martha Jeffersons Auto gefahren. Sein Tank war fast leer. Er hatte drei Staatsgrenzen überquert.

An der Hauptstraße machte er in einem Eckhaus ein kleines Polizeirevier ausfindig. Davor standen Parkuhren. Er hielt in einer Lücke und vergewisserte sich, dass er sein Geld eingesteckt hatte. Er nahm eine Pistole aus der Tüte, wickelte die Tüte wieder um die andere Waffe und steckte in jede vordere Hosentasche eine Pistole. Den Schlüssel legte er in den mittleren Aschenbecher und schloss den Wagen nicht ab.

Einen Moment lang überkam ihn Panik. War es ein Fehler, das Auto aufzugeben? Wieder durch den Winter zu marschieren?

Parkdauer eine Stunde. Man würde es finden.

Ty hätte es hinter einem Gebäude abgestellt und abgefackelt. In aller Ruhe steckte East einen Vierteldollar in die Parkuhr und ging weg.

17

Außerhalb der Stadt ging er auf schiefen, eingesunkenen Gehsteigen, vorbei an nach Schinkenspeck riechenden Restaurants und präzise bestückten Parkplätzen von Gebrauchtwagenhändlern, Rad an Rad, Scheinwerfer poliert und justiert, alles vis-à-vis von allem anderen.

An einem grauen Mittag mit tiefhängenden Wolken waren die Fenster der Gebäude Spiegel, das Glas glotzte zurück, während das Innere unsichtbar blieb. Die Grundstücke waren rechteckig und einander sehr ähnlich und durch Einfassungen und Begrenzungen voneinander getrennt. Ein Zaun, ein Geländer, ein Grasstreifen oder vermülltes Gebüsch wie in der Gasse, wo sie auf Martha Jefferson gewartet hatten. Oder ein Stück geteerter Bordstein. Jede Parzelle bezeichnete die Grenze zwischen diesem und jenem, hier und dort. Jedes Grundstück, an dem er vorbeikam, bedeutete den Übergang von damals zum Jetzt.

Er hörte zuerst den Motor, dann auf dem Asphalt das Schaben der Reifen, die hinter ihm hielten. Ein kleines Polizeiauto mit dicken Reifen, die Scheiben unten. Ein Schnurrbart, borstig.

»Wie geht's denn heute Morgen so?«

East blieb stehen.

Hilflos stellte er sich die Parkuhr vor – die müsste immer

noch laufen. Das war's nicht. Ein lebenslanger Umgang mit Cops hatte ihn gelehrt, was man nicht tat.

»Gut«, murmelte er.

»Hast du ein spezielles Ziel?«

»Nur ein Spaziergang.«

Der Cop schaute skeptisch drein, woraufhin East stumm die Schultern zusammendrückte.

»Kennst du jemanden in diesem Ort?«, fuhr der Cop fort. Sie stellten eine Frage, dann stierten sie in einen hinein wie in einen Fischteich, als würde die Wahrheit früher oder später nach oben schwimmen.

»Eigentlich nicht.« East rührte sich nicht, die Hände in den Hosentaschen, in denen sich nur noch ein kleines Bündel Geldscheine und die an Kaliforniens Umriss erinnernden Pistolen befanden.

Der Polizeifunk rülpste und pfiff. Der Cop warf einen Blick auf das Gerät, brachte es dann mit einer Hand zum Schweigen.

East schaute die Straße entlang und sagte: »Haben Sie, was Sie brauchen?« Der Schnurrbart sah durch ihn hindurch. Wie ein Blick, den man regelrecht fühlen konnte, den man attackieren konnte, wenn man heute Nacht auf einem Betonfußboden schlafen wollte.

»Pass auf dich auf«, sagte der Cop. Kein Lebewohl. Eine Anweisung. East sagte kein Wort. Hinter ihm dröhnte der Motor. Die Reifen schlichen nicht, sondern machten eine harte 180-Grad-Wende. Jemand hatte also den Cop nur losgeschickt, damit er sich East ansah.

Die Stadt roch wie zu lange gekochter Mais. Weiter hinten, wo sich die erlaubte Geschwindigkeit erhöhte, wurden die zwei Fahrspuren breiter – flache, ausgedehnte Randstreifen, Autos mit achtzig oder neunzig, die schwarzen Schotter und Schlacketornados aufwirbelten, die ihm in den Ohren brannten. Er vergrub sich tief in seinen Pulli. Keine Bäume, hinter denen man sich verstecken konnte, kein Waldrand, dem man folgen konnte, nur offene Landschaft, wo man für alle sichtbar war .

Anderthalb Kilometer flache Äcker. Zu Splittern zerkleinerte Halme, vom Wind verwehte Schnipsel hell in den Furchen. Er hörte Michael Wilsons lachende Stimme: *Willkommen auf dem Land.*

Laut einem Schild waren es sechs Kilometer bis zum nächsten Ort.

In einer Tankstelle an einer Kreuzung, in der ein junges Mädchen, ein Teenager, das Sagen hatte, kaufte er ein langes Baguettesandwich und eine Beanie-Mütze. Auf den Mützen stand BROWNS, und es gab sie in zwei Farben, Orange und Braun. Er nahm Braun. Er nahm Schinken. Sein Magen war in ihm wie ein dahintreibendes Schiff. Doch er sollte essen. Das wusste er.

Während das ängstliche Mädchen sein Sandwich zubereitete, sah er sich neben der Tür eine Landkarte an, auf der ein Pfeil aus gelbem Klebeband eine Stelle markierte: SIE SIND HIER. Kein Wisconsin, kein Iowa, keine dieser Gegenden auf einer Karte, die für das standen, was sie getan hatten. Nur dieser Bundesstaat, nur Ohio, der Ort, wo das braune Auto schlief, irgendwo weiter westlich. Er erinnerte sich nicht an den Namen des Ortes. Er wollte nur weg. Er lief davon. Vor der Polizei und vor dem Rotieren in seinem Körper, vor dem Schlingern.

Das Mädchen packte mit Plastikhandschuhen die Zutaten seines Sandwichs zusammen. Als er um mehr Tomaten bat, nahm sie ihr Handy aus der Tasche und legte es neben Zwiebelhalbmonde auf die Arbeitsfläche, in greifbare Nähe. Ihre Bewegungen wurden hektischer; sie drückte das Sandwich zusammen und zerteilte es mit flinker Klinge, und dann war sie fertig mit ihm, musste nur noch Wechselgeld herausgeben.

Er wusste, er sah bestimmt furchtbar aus.

Er nahm sein eingetütetes Sandwich und benutzte das kleine Klo. Alles sah aus, als hätte es jahrelang in rostbraunem Wasser verbracht. Gern hätte er eine Runde geschissen, doch sein Inneres war trocken. Der Trinkbrunnen, ein echter *Halsey Taylor,* war nur eine leere Hülle.

Als er wieder rauskam, hatte sich das Mädchen halb im Hinterzimmer versteckt und telefonierte. Sobald sie ihn sah, verschwand sie ganz. Er hätte gern einen Becher Wasser bekommen.

Draußen stand ein Picknicktisch mit eingelegten Steinen, darüber ein harter stählerner Schirm. Es war winterlich kalt, und der Schirm war einmal weiß gewesen und hatte ein großes rotes Logo gehabt, doch jetzt war das Rot in der Sonne verblichen und überwiegend verrostet, und der Rost war mit dem Regenwasser nach unten getropft und hatte angefangen, an den Rändern der Steine zu kleben, wie Nagelhäutchen. Es war der ungemütlichste Tisch, den er je gesehen hatte, daher aß er das Sandwich im Gehen, ließ Essensteilchen fallen, wischte sie von seiner Hose und auf den grobkörnigen Randstreifen des Highways.

Ganz unten in der Tüte steckte eine Faustvoll Servietten,

vielleicht zwanzig. Am grauen Südhimmel tat sich ein langer orangefarbener Schlitz auf, wie ein Kopfschmerz, wie ein Riss.

Die Landschaft veränderte sich, von flach und offen zu Wäldern, die über einer Reihe abschüssiger, stufenartiger Hügel thronten. Die Leute hier hatten tiefe Schneisen gegraben – den ganzen langen Weg zurück von ihren gepanzerten Briefkästen zu ihren Häusern in den Bäumen. Manche Häuser waren groß mit spitzen Dächern und hübschen Fenstern; andere waren kleine Kästen aus Hohlblocksteinen. Vor oder neben ihren Häusern hatten die Leute hier ihre Pkw und Pick-ups und Boote aufgebaut, und manche hielten sich Hunde an Leinen oder hinter Zäunen.

Auf dem Randstreifen, wo er ging, spürte East den Blick jedes vorbeifahrenden Fahrers. Er wäre ja durch den Wald gegangen, doch wenn er auf etwas verzichten konnte, dann dass irgendein Hund ihn sich vornahm.

Hier und da sah er ein Pferd oder eine Kuh. Oder erhöhte Kästen, die von einer kleinen Wolke umgeben waren. Da wurde Fleisch geräuchert, dachte er – oder was auch immer. Als er einen besseren Blick hatte, sah er einen von Bienen umwölkten Kasten. Bienen: Früher, als er noch zur Schule ging, hatte man einmal einen Film über sie gezeigt. Kleine Kolonien, die zusammenarbeiteten, alles für die Königin. Ein Lehrer versuchte, auf dem Flachdach der Schule einen Bienenstock anzulegen – es wurden Schutzanzüge für Imker und alles beschafft. Doch dann wurde ein Junge fünfzigmal gestochen und musste ins Krankenhaus, und damit hatte sich der Unterricht mit Bienen erledigt.

Er ging weiter, entfernte sich weit von dem Städtchen und dem kleinen Auto von Martha Jefferson. Dieses Auto war der Knochen, der ihn mit Iowa verband. In Iowa war der Van der Knochen, der ihn mit Wisconsin verband. Irgendwo lagen der Richter und seine Tochter, und irgendwo lag sein Bruder, unfähig, seinen Namen zu sagen, Knochen. Walter und Michael Wilson, in L.A. gelandet oder sonst wo. Sie konnten überall sein. Walter würde nichts nach außen dringen lassen. Michael Wilson – East konnte nur hoffen, dass er nicht in Schwierigkeiten geriet, dass er nicht in Situationen geriet, wo er sein Wissen als Verhandlungspfand einsetzen könnte.

Er fragte sich, wer ihn beobachtete. Nicht wegen der Polizei – natürlich tat sie das. Natürlich beobachteten die Polizisten misstrauisch jeden seiner Schritte. Er wusste, wie man Polizisten auswich. Sogar mit den Waffen in den Hosentaschen hatte er keine Angst davor, von ihnen angehalten zu werden.

Nicht nur die Polizei machte ihm Sorgen, sondern die Begegnung, die er nicht kommen sah. Die kleinen Ortszentren waren gefegt worden und ruhig, ältere weiße Männer hatten ihn im Blick, behielten ihn ein Weilchen im Auge: *Magerer schwarzer Junge, allein, unterwegs nach nirgendwo. Mütze auf dem Kopf.* Genug, um sich an ihn zu erinnern. Genug, um eine Beschreibung abzuliefern oder um ihn wiederzuerkennen. Sie sagten »Tag auch«, und East nickte, ging weiter. Dankbar für das Tageslicht.

An den ungefegten Rändern der Stadt bemerkte East den Müll des Lebens – die kleinen Kreise niedergetrampelter Verpackungen, weggeworfene Flaschen. Er verließ seinen Kurs auf dem Randstreifen der Straße, um einen Blick zu riskieren: genau. Die Ampullen und Pfeifchen, die kleinen

Zeichen von Aktivität, leere Streichholzbriefchen, halb durchgeschmorte Eiscremelöffel aus Plastik. *Einen Plastiklöffel erhitzen,* dachte er kopfschüttelnd. Drüben auf dem Asphalt Unrat und bunter Müll, der außerhalb des Parkplatzes auf nichts wartete, Kotzeflecken und der warme, triste Geruch von Pisse.

Sie machten es direkt am Rand der Hauptstraße. Solchen Leuten musste er aus dem Weg gehen. Er hatte jede Menge Freunde gehabt, die süchtig waren, die noch vor dem Teenageralter User wurden. Denen konnte er widerstehen. Aber hier draußen hatte er keine Freunde. Er fragte sich, wie jung die sein mochten.

Während er durch die Kälte ging, sah er das Gesicht der alten Dame wieder vor sich, hörte ihre spitze Stimme und wie sie mit Walter sprach. Er sah, wie sie ihn musterte. Manchmal war es auch das Gesicht des Mädchens aus Jackson, wie sie Blut verlor und sich auf der Straße zum Schlafen hinlegte, oder der schreiende Mund des Mädchens in Wisconsin. Ihr Körper unter dem umgekippten Koffer. All das war jetzt in ihm, wollte mit Macht hinaus. Alles.

Noch einen Kilometer, dachte er. Noch einen Kilometer.

Als er an einer Tankstelle vorbeikam, fragten ihn zwei Männer, ob er eine Mitfahrgelegenheit suche. Er schaute hoch, doch dann redete der eine mit dem anderen, obwohl sie ihn beide ansahen. Sie waren zu zweit, er war allein. Er senkte den Kopf.

Sein Orientierungssinn war ausbaufähig. Doch die Wintersonne rutschte immer weiter nach rechts. Bald konnte er im Schutz der Dunkelheit gehen.

Ein Stück nach jeder Kreuzung stand auf dem Schild am Highway EAST, Osten. Also ging er weiter.

Innerlich war er fix und fertig, doch sein Körper machte ihm Freude, als wäre er Teil eines Experiments, das er gleichzeitig auch beobachtete. Noch nach stundenlangem Wandern war sein Körper leicht. Wenn es nieselte, kühlte ihn der Regen nicht aus. Er atmete ihn ein, absorbierte ihn mit der Haut; der Regen sättigte ihn, und der Wind trocknete, was in seinem Pullover davon übrigblieb. Der Wind schob ihn voran. Seine Beine, so weich nach dem Autofahren, wurden nun warm und gut und hart. Als er sich bückte, um einen Schnürsenkel zu binden, zitterten seine Beine wie Motoren im Leerlauf.

Er hatte keine Ahnung, wie lange er gegangen war. Es wurde dunkel und kälter, und er würde sich entscheiden müssen. Es würde viel kälter werden. Er konnte die Pflanzen schrumpfen sehen, kleine Rauchfahnen aus Schornsteinen. Bedauern überkam ihn: Hätte er den Wagen nicht noch einen Tag lang fahren können? Hätte er das alles nicht in einer einzigen Stunde zurücklegen können?

Nein. Das musste er sich immer wieder selbst sagen. Er hatte das Auto zurücklassen *müssen*.

Inzwischen hatte es einen Strafzettel. Inzwischen stand es im Computer. Außer es war Sonntag, und die Parkuhren wurden nicht kontrolliert. Auch das fragte er sich. Er hatte vergessen, welcher Wochentag war.

Schilder versprachen, dass die nächste Kleinstadt zwei Kilometer entfernt war – Kirchen, Nachbarschaftswache, eine Werbetafel für einen in Amerika gebauten Chevy Pick-up.

Die Bäume trennten die Wohnviertel von den letzten abgewirtschafteten Äckern. Der erste Schnapsladen, kurz vor dem Ortsrand. Die Straßenbeleuchtung fing direkt dahinter an, blassgelb unter den Bäumen.

Als er wieder an Häusern vorbeiging, rückte sein Körper wieder in den Blickpunkt, nahm Farbe und Form an. Menschen überquerten die Straße – sie gingen zusammen, sie waren schon älter, vielleicht zwanzig, relativ leicht bekleidet, mit offenen Jacken oder Pullis mit Schal. Kleidung, um draußen zu gehen, aber nicht sehr lange, sie tranken in der Kälte aus Pappbechern, verschwanden in Häusern oder traten daraus hervor, händchenhaltend, besorgt, lachend. Trotz der Kälte betrachtete East die großen alten Häuser mit Fahnen und offenen Fenstern. Schließlich verkündete es ein riesiges steinernes Schild von der Größe einer Schlafzimmerwand: Es war ein College. Das waren Studenten, wie Michael Wilson einer gewesen war.

Er musste immerzu hinsehen. Wie sie gingen – sie trafen sich auf dem Gehsteig und bildeten dort Grüppchen, saßen auf Veranden. Unbekümmert überquerten sie den Highway, und Autos fuhren ihretwegen langsamer. So sicher waren sie sich ihrer Welt.

Er verließ die Straße und folgte einer Sechsergruppe, die eine Abkürzung über einen Parkplatz nahm. Glänzende Limousinen, wie er sie nicht mehr gesehen hatte, seit sie aus L. A. weggefahren waren: Volkswagen, Acuras, Hondas, Hondas, Hondas. Zwei Studenten lösten sich von der Gruppe und gingen auf ein Gebäude mit hundert langen, beleuchteten Fenstern zu. East hielt sich hinter der größeren Gruppe. Drei Jungs und ein Mädchen. Sie gingen zwischen den Häusern hindurch und überquerten ein grünes Feld. Wie Kids bei einem Streifzug durch ein Viertel. Schließlich näherten sie sich einem großen, rechteckigen Gebäude. East holte auf und trat direkt hinter ihnen ein. Eine Sporthalle. Auf einem Schreibtisch stand: ALLE BESUCHER MÜSSEN IHREN AUSWEIS VORZEIGEN, doch der junge Mann am Schreibtisch telefonierte gerade. East ignorierte ihn wie die anderen auch, und der Junge schaute nicht auf.

Im Inneren des Gebäudes bogen die vier Studenten in eine laute Halle ab, wo Mädchen unter blau-weißen Lampen Volleyball spielten. East blieb auf dem frischgebohnerten Flur. Er wusste, wohin er wollte: UMKLEIDEKABINEN MÄNNER. Dort, im Toilettenbereich, setzte er sich auf ein Klo und wartete, bis es sich in ihm rührte, das Schiff, diese Ladung, bis er sich dessen entledigen konnte. Dann folgte er den Geräuschen zu den Duschen – gedämpfte Beleuchtung, zwei ältere Männer putzten, Behälter mit Flüssigseife und Shampoo an den Wänden.

Er öffnete einen leeren Spind und zog sich aus. Die Hose mit den zwei Waffen hing er behutsam auf, damit man sie nicht auf den ersten Blick sah.

Doch sein Geld nahm er heraus und mit sich in den Duschbereich. Die Fliesen, quadratisch und von Linien aus weißem Fugenkitt getrennt, Rechtecke von hier bis in alle Ewigkeit, fühlten sich unter seinen Füßen körnig an. Doch das war nur der Dreck an seinen Fußsohlen. Sein ganzer Körper war damit überzogen, der Dreck einer Woche, bis zurück in The Boxes. Seine Haut wurde unter dem heißen Wasser rot, und sein Körper tat innen wie außen gleichermaßen weh, wurde weich wie Fleisch unter einem Hammer.

East hielt den Kopf in den Schwall und versuchte, ihn sauberzuwaschen.

In einem Spind lag ein Paar sauberer Socken. Ein getragenes rotes T-Shirt lag oben auf einem anderen Spind. Es war zwar mit einer Schicht Sägemehl bedeckt, doch das ließ sich ausschütteln. Vorne stand »Champion«.

Er knüllte das letzte fiese Dodgers-Trikot zusammen und stopfte es in den Müll. Schluss mit Baseball. Schluss mit allem, was Weiße mögen.

Als er die Schuhe wieder schnürte, wirkten sie schäbig an seinen Füßen. Dunkle Tropfen auf Spitzen und Schnürsenkeln, die ihm bisher nicht aufgefallen waren. Flecken. Sie konnten alles sein. Er trottete durch die Flure, so leise wie möglich. Niemand glotzte übertrieben; niemand warf ihn raus, noch nicht. Krafträume, ein Pool, wo sogar die Luft blau aussah, die große Halle, wo das Spiel inzwischen beendet war. Die Menge war gegangen, und er trat ein und trank aus dem Trinkbrunnen. Ein kleiner Mann in einem blauen Arbeitshemd fuhr ein Tribünenteil zurück auf einen Stapel an der Wand. Ein Team jüngerer Helfer baute mit kleinen, blitzenden Werkzeugen das Volleyballnetz ab und trug dann den Schiedsrichterturm und die Stühle weg. Gründlich fegte das Blauhemd die gegenüberliegenden Tribünen, hielt hier und da an, um etwas mit einem an seinem Gürtel befestigten Tuch zu polieren, baute dann diese Tribünen ebenfalls ab. Der ganze Raum veränderte sich. East fand das interessant. Er saß an die Wand gelehnt da und sah zu, die beiden Pistolen schwer und hart an seinen Oberschenkeln.

Endlich verschloss der kleine Mann einen Lagerraum, wozu er sich eines großen Schlüsselbundes bediente, und dann verschwanden seine Helfer. Zwei schwarze Männer kamen mit einem Basketball, wählten ein Ende des Spielfelds, blockieren, jede Menge rempeln und festhalten. *Verdammt,* sie lachten. *Verdammt.*

Einer der beiden ging, und der Zweite bemerkte East, der neben den gestapelten Tribünenteilen herumlungerte. »Was geht ab, junger Mann? Willst du spielen?«, rief er ihm zu.

East schüttelte den Kopf. Doch der Spieler kam näher, betrachtete ihn genauer. Etwas in seiner Stimme änderte sich. »Alles in Ordnung? Brauchst du was zu essen?«

East versuchte, den Kopf in seinem Pulli zu verstecken. Er konnte sich nicht mit diesem Mann unterhalten.

»Ich kann dich in meinen Speisesaal schmuggeln. Dir Hilfe besorgen, wenn du welche brauchst.«

Wieder schüttelte East den Kopf, stand auf, schlich sich davon. Der Typ wirkte nett. Doch nichts reichte aus, um ihm zu vertrauen. Und es hatte keinen Sinn, den Mann in seine Probleme mit hineinzuziehen.

Diese Nacht schlief er in der Sporthalle. Die zerlegten und gestapelten Tribünen bildeten auf der Rückseite einen Turm aus dünnen Brettern, jedes dreißig Zentimeter unter dem nächsten. East schob sich auf eins dieser Bretter, in Brusthöhe. Die nächste Planke war nur wenige Zentimeter über seiner Nase. Wie ein Werkzeug in einer Schublade, dachte er, wie ein Leichnam in einem Leichenschauhaus. Dass er zuletzt geschlafen hatte, war über vierundzwanzig Stunden her, doch selbst in seinem traumlosen Schlaf war ihm klar, dass er leise sein musste.

Um fünf Uhr morgens war East wach. Die Halle war bestimmt noch geschlossen, dachte er, und er lag ruhig in seinem sicheren Stückchen Dunkelheit, Körper und Geist entspannt, bis die ersten Geräusche durch den Flur hallten: ein Wischeimer, das metallische Klacken von Türriegeln. Seine Finger rückten die Waffen in seinen Hosentaschen zurecht, und er wartete, bis er die ersten Stimmen hörte, Frühaufsteher. Da glitt er vorsichtig aus den Tribünen. Er dachte daran, noch einmal zu duschen. Doch das wäre purer Luxus gewesen. Er konnte nicht ewig hier in der Halle bleiben.

Er trank, ging auf die Toilette, sah dann drei Leute das Gebäude verlassen, musste eine sehr kurze Begrüßung durchstehen. Eisige Luft. Von einer dürftigen Beleuchtung abgesehen, lag der Campus überwiegend im Dunkeln. Nach der langen Nachtruhe fühlte East sich gut. Waren es acht oder neun Stunden?

Neunzig Dollar und ein paar Cent waren nach dem Benzin, der Maut und dem Essen des ersten Tages übrig. In einem Inbiss an einer der Seitenstraßen kaufte er sich einen Bagel mit Frischkäse. Ein Bagel: drei Dollar und achtzehn Cent. Seine erste Lektion am College.

Heute ging es auf der Straße ständig bergauf und bergab. Die Bäume klein, verbogen und verkrüppelt, als hätten Stürme sie häufig durchgeschüttelt Ein paar Äpfel hingen noch. Er hatte Hunger, traute sich aber nicht auf die Obstplantagen. Einmal fand er einen Apfel am Straßenrand und hob ihn auf.

Fast makellos, wie ein Köder in einer Kindergeschichte. Er steckte ihn in seine linke Hosentasche zu der einen Waffe.

Er bemerkte Tags auf den Rückseiten der Schilder auf der anderen Straßenseite: C + W. Ein Teil der Farbe war verwittert, andere Tags leuchteten noch frisch. Auf den meisten Schildern. Dann auf allen Schildern. Er drehte sich um und schaute hinter die Schilder auf seiner Seite. Auch die trugen Gang-Zeichen. Er ging durch Gang-Gebiet.

Etwa einen Kilometer vor ihm kam ihm auf dem Kies des Randstreifens eine Gestalt entgegen. Auf kürzere Entfernung befand er, dass der Körper einem Mädchen gehörte. Er schob seinen Kopf tief in den Kragen seines Pullovers. Vermied sogar, genau hinzusehen. Eine Masse hinten festgesteckter brauner Haare. Sie trug eine Daunenjacke, zitterte aber auch. Er war erleichtert, als sie vorbeigegangen war.

Ein Haus weckte sein Interesse. Er sah, dass es vor gar nicht langer Zeit gebrannt hatte. Die Backsteine waren noch schwarz verrußt. Die Spitze des Dachs ähnelte jetzt der Öffnung eines Vulkans. Schwerer Rußdunst hing immer noch in der Luft. Auf der anderen Seite des Vorgartens stand ein Schulbus, noch in seinem auffälligen Gelb. Doch auf seiner langen gelben Blechseite stand in grauer Grundierfarbe: Christian Wolves. Dazu das Plus-Zeichen, wie ein Kreuz. Wie beim Van.

Er speicherte es in seinem Gedächtnis, überquerte dann die Straße, um auf die andere Seite zu gelangen.

Er rutschte. Nieselregen hatte gerade gereicht, den Straßenrand schmierig zu machen. Easts Gelenke taten vor Erschöpfung weh. Mit der Kälte hatte er nicht gerechnet.

Gegen Mittag überquerte er eine kleine Kreuzung, was er nicht einmal bemerkte, ehe ein Lastwagen vorbeiraste.

Er berührte seine linke Hosentasche. Der Apfel war weg. Er wusste nicht mehr, ob er ihn gegessen oder weggeworfen hatte. Die Waffen steckten noch in den immer weiter ausgebeulten Taschen und drückten auf die blauen Flecken, die sie an seinen Oberschenkeln hinterließen.

Die nächste Stadt war über drei Kilometer entfernt, und er dachte sich, wenn es dort einen Laden gäbe, würde er sich etwas zum Anziehen kaufen. Wenn es dort einen Ruheplatz gab, würde er ausruhen. Er stellte sich vor, dass Walter ihn begleitete, seine Stimme, seine Hypothesen: Was diese geschlossene Fabrik hergestellt hatte, wie diese Bäume gepflanzt wurden, wie sich jene Sorte Kirche gegenüber jungen Schwarzen verhielt. Aber Walter hätte nie und nimmer so weit laufen können. Walter würde jetzt zu Hause sein und sich fragen, warum East nicht angerufen hatte. Und sich wegen der alten Dame Vorwürfe machen, Martha soundso. Sie würde heute zurückfliegen, wie East einfiel. Und Walter würde deswegen außer sich sein vor Schuldgefühlen.

East fragte sich, ob er weit genug gegangen war. Es fühlte sich weit an. Er kam sich verloren vor. Doch wenn es so etwas wie »weit genug« gab, dann war das kein Ort, zu dem man laufen konnte.

Er setzte auf den nächsten Ort. »Weit genug« würde nun hier sein müssen, wenigstens eine Weile, auch wenn er noch keinen Blick darauf geworfen hatte.

Dieser Ort machte nicht viel her. Ein paar Läden neben dem Highway, geschlossen oder belanglos, Zigarettenkippen und

Ernteabfälle bis an die Türen geweht. Telefonbücher, die in zerrissenen Plastiktüten vor sich hin gammelten. East gab sich einen Ruck und warf einen Blick auf das, was von den Schildern übrig war: REIFEN, STAUBSAUGER-REPARATUREN. Es war jetzt unwichtig. Ein Nachtclub, der einst einen gewissen Stil besessen hatte: ein früher einmal aufreizendes Schild, jetzt ein Skelett, und Außenwände, gespickt mit weißen Steinen wie der Panzer eines Dinosauriers. Eine Art seltsamer, eingezäunter Hof wie ein Abschleppplatz, die Wörter SLAUGHTERRANGE.COM. AUSHILFE GESUCHT auf dem Fenster. Ein stattliches Farmhaus auf der anderen Straßenseite missbilligte all das.

Er ging die Seitenstraße hinunter bis zu einer Hauptstraße, die parallel zum Highway verlief. Dort gab es einen alten Lebensmittelladen, ein Postamt voller spinnwebenbedeckter Versandschachteln, eine Pfandleihe. An zwei Läden stand ANTIQUITÄTEN, aber sie fielen selbst auseinander. Die Fenstersimse am Eisenwarenladen waren morsch. Nur in einem Donutladen schienen sich noch Menschen aufzuhalten und in einer Bar mit einem blinkenden BUD-Schild, wo sie heute Abend sein würden. Ein Waschsalon, die Maschinen ausgeschlachtet und gähnend leer.

Und das kleine Motel: Starlight. Zwei kleine Flügel mit jeweils zehn Zimmern gingen von einem luftigen Büro in der Mitte ab, in dem sich vor allem Staub breitmachte. Die Röhren der Neonbeleuchtung klammerten sich noch an das Schild. Ein Motel von der Sorte, wie man es in The Boxes an den großen Nord-Süd-Achsen fand. Aber dort waren sie geöffnet, dort war immer etwas los, die Kundschaft dort nahm Drogen, trank oder versteckte sich. Manche von ihnen waren Dauergäste und mit den anderen Gästen überkreuz. Unter ihren Autos, die nie bewegt wurden, verfaulten abgefallene Orangen. Doch das Starlight hier in Ohio war leer, sonnenweiß gebleicht und dann wieder verstaubt, die Vordertür mit einem Vorhängeschloss gesichert, obwohl auf dem Schild noch GEÖFFNET stand.

Der Ort machte nicht viel her. Offensichtlich hatten sie irgendwann mal den Highway gleich nördlich davon gebaut. Doch der Highway hatte den Ort trotzdem nicht am Leben gehalten.

O Mann, deshalb nimmt man das Flugzeug, dachte East.

Vor dem Starlight Motel stieg er auf einen Blumenkübel aus Beton, der voller giftig aussehendem Dreck war, und hielt Ausschau. Da sein Körper nicht mehr unerbittlich weitergehen musste, überkamen ihn nun seine Bedürfnisse. Kurz trat die Sonne aus den Wolken und erhellte die Häuser. Eine Kirche war zu sehen, ein mit Schindeln gedecktes Ding, zusammengestoppelt wie aus Bauklötzen für Kinder, ein großes Kreuz, vergoldet und verschmutzt.

Zwei Tage Laufen in der kalten Luft hatten ihn etwas von seiner Sturheit gekostet. Doch der verbliebene Rest an Sturheit war wählerisch. Er hatte gewählt. *Du hast gesagt, du würdest hier haltmachen,* rief er sich in Erinnerung. Kleines Nest und keine Menschen draußen: Alles, was er sah und was gegen den Ort sprach, also Gründe, wieder wegzugehen – ja, aus ihm zu fliehen –, waren Gründe, gegen die er sich wappnete, als er da im schwindenden Licht stand.

Ein Pick-up-Truck mit fünf Kindern in Parkas auf der Ladefläche, dicht an dicht, rumpelte langsam vorbei. Alle fünf Kids drehten die Köpfe und sahen ihn an. Ihre Mutter schenkte ihm einen kurzen Blick und blies eine Rauchfahne aus dem Fenster, schnippte dann den glühenden Zigarettenstummel hinterher.

Er wusste nicht mal, wie dieser Ort hieß.

Als seine Augen nach einer Stunde den Ort begutachtet hatten und sein Körper starr vor Kälte war, stieg er unbeholfen von dem Blumenkübel herab und ging zu dem Lebensmittelladen. Geschlossen. Aber drinnen gab es Orangen und Dosen auf Regalen – immerhin. Wenigstens lief der Laden noch. Er betrachtete das Dunkel im Inneren, machte dann ein paar Schritte zurück und las das Schild. SONNTAGS GESCHLOSSEN. Er hatte noch nie von einem Lebensmittelgeschäft gehört, das sonntags geschlossen hatte.

Vielleicht war also Sonntag.

Als Nächstes ging er zu dem Donutladen. Vielleicht war er ja leerer als vorhin. Hatte aber geöffnet. Er zahlte für zwei große Apfelkrapfen, bestellte dann noch eine Tasse heißen Kakao. Allmählich behandelte er die Kälte wie einen hartnäckigen Gegner. Die heiße, teigige Luft in dem Laden war der Preis, den er gerne dafür zahlte, dass die Leute ihn anstarrten. Er stand da, klamm, atmete den Dampf aus der glühend heißen Tasse ein.

Er benutzte die Toilette, wie er hoffte, nicht übermäßig lange. Ließ am Waschbecken heißes Wasser über seine Unterarme laufen, übers Gesicht, auf seinen Nacken. Er trocknete sich gründlich ab. Das Rattern draußen am Highway zog ihn wieder in diese Richtung. In den letzten beiden Stunden hatte sich der seltsame Abschleppplatz mit Pickups und Pkw gefüllt. Das dazugehörige Gebäude glich einer kleinen Scheune, die hinten an eine ungeschickt mit dem Bulldozer aufgeschüttete, ein Stockwerk hohe Straßenböschung gebaut war, die die Sicht von der Straße nahm. Ein paar schwache Lampen brannten kalt an Masten. Das Rattern weiter hinten waren Schüsse. Es hatte kurz vor Sonnenuntergang begonnen. Die ersten Schüsse hatte er im Donutladen gehört, als er dort einen Apfelkrapfen aß und im Stehen träumte. Die erste Salve sorgte dafür, dass er sich den Rest seines Heißgetränks auf die Finger kippte. Einzelfeuer, nicht automatisch, vier oder fünf Schuss insgesamt. Erschrocken schaute er auf; die Einheimischen in ihren Nischen schauten auch auf, widmeten sich aber gleich wieder ihren Donuts.

Als er am Eingang des Platzes stand, ertönten wieder Schüsse. Das Haus. Das verdutzte Gesicht des Mädchens. Sein Körper duckte sich unwillkürlich. Er sah sich in der kalten Luft um – ein letzter Streifen Orange in dem sich eintrübenden Himmel in der Richtung, die er inzwischen als Süden erkannte. Ein Kleinwagen mit eingeschalteten Parkleuchten stand wie ein ruhendes Hausschwein neben der Scheune.

Etwas stimmte mit den Schüssen nicht – sie klangen nicht wie sonst. Ihnen fehlte der Knall einer normalen Schusswaffe. Ein *Wumm*, ein anderes Peng – er konnte es nicht beschreiben. Keine Häuser wie in The Boxes, die den Knall zurückwarfen. Es war aber der gleiche Rhythmus, die Schusswechsel, das konnte er hören – das Zwiegespräch. Die alte Musik seiner Straßen.

Ein Schießplatz? Doch auch aus dem Inneren ertönten Rufe und Gerangel. Gelegentlich ein Aufschrei.

Jemand *verballert* seine Munition, sagte er sich.

Er schlich sich näher an die Scheune, fand eine Stelle, wo er lauschen konnte.

Nachdem er ein halbes Dutzend Männer hatte kommen oder gehen sehen, einzeln oder paarweise, die Dinge in schweren Segeltuchtaschen trugen, wie sie Sportler oder Jäger benutzten, da traute er sich, die Tür zu öffnen. *Slaughterrange*. Ein elektronisches Piepen kündigte sein Kommen an, es bimmelte aber auch ein lärmender Strauß Weihnachtsglocken, die mit Klebeband an der Rückseite der Tür befestigt waren.

Lange, von den Deckenbalken baumelnde Leuchtröhren zischten und flackerten. Vielleicht war das Gebäude einmal eine Autowerkstatt gewesen: Der Boden war aus Beton und fiel zu zwei langen, vergitterten Abflüssen hin ab. Die vordere Hälfte bedeckten schäbige und farblose Teppiche, auf jedem standen ein Sofa, ein Stuhl, ein Couchtisch mit Schleifspuren und ein großer Röhrenfernseher. Im hinteren Bereich stand ein Tresen, museumsreif mit Glasscheiben. Über dem Tresen hingen diverse Waffen, dahinter stand ein junger Mann.

»Hallo«, sagte der Mann und rührte sich nicht. Er hatte einen durchdringenden Blick und eine Stupsnase, eine Nase, die glänzte und zuckte wie die eines Kaninchens. Es war die Nase eines Users, erkannte East.

East schwieg. Er betrachtete die Waffen über dem Kopf des Mannes. Groß und Spezialgriffe, Scharfschützengewehre. Noch nie hatte er solche Waffen in Plastiktüten gesehen, wie Haarbürsten im Drogeriemarkt. Es waren keine richtigen Gewehre, aber er wusste nicht, was sie waren.

Manche von ihnen sahen nach Fantasy aus, Weltraumwaffen, grün und orangefarben, wie Kinderspielzeug.

»Kann ich dir helfen?«, fragte der Mann und musterte East. East erkannte die kleinen, heimlichen Zuckungen in seinem Gesicht. Er mochte dreißig sein. Hinter dem Tresen hatte er bestimmt eine richtige Knarre.

»Was für ein Laden ist das hier?«

»Beste Paintball-Arena nördlich des Ohio River«, sagte der Mann automatisch, als wäre er dafür bezahlt worden, sich an diesen Satz zu erinnern.

»Paintball?«, wiederholte East.

Der Mann streckte die Hand aus und griff nach einer orangen Perle. Er warf sie East zu. »Die ist alt«, sagte er. »Die tut weh, wenn sie einen trifft.«

East betrachtete das schwach leuchtende Klümpchen in seiner Hand. »Weshalb bist du hier?«, fragte der Mann. »Wegen dem Job?«

East zuckte die Achseln.

»Perry ist heute Abend nicht da. Vielleicht erwischst du ihn morgen früh. Er hat das Sagen; er wird mir dir darüber reden.«

»Was ist das für ein Job?«

»So 'ne Art Assistent. So was wie ein Aufpasser.«

East hörte den Akzent heraus, den rauhen Unterton. Wie ein Filmspion.

»Das kann ich machen«, sagte East.

»Der Job ist für einen Erwachsenen. Man muss bis spät bleiben.«

East sagte: »Ich kann einen Erwachsenenjob machen. Ich kann bis spät bleiben.«

»Was bist du«, sagte der Mann höflich, »dreizehn? Vierzehn? Gehst du noch zur Schule?«

»Ich bin ein Mann«, sagte East. »Ich gehe nicht mehr zur Schule.«

»Ha. Gut«, sagte der Mann. Seine Nase war verräterisch feucht, sie blubberte. Dann betraten zwei Männer mit Segeltuchtaschen den Raum, und East sah zu, wie sie bezahlten und die Behälter mit bunten Kugeln entgegennahmen, die ihnen der Mann reichte, und sie mittels trichterförmiger Ladehilfen in ihre Gewehre und ihre eigenen Behälter umfüllten, während sie auf den Sofakanten saßen und unflätiges Zeug vor sich hin murmelten. Schließlich gaben sie die Becher zurück, gingen eine Treppe neben dem Tresen hinauf und zu einer Tür hinaus, die hinter das Gebäude führte, zur Böschungsseite.

»Darf ich zuschauen?«, fragte East.

»Heute nicht«, sagte der Mann am Tresen. »Komm morgen wieder.« Zuerst hatte er einen auf freundlich gemacht, sich aber jetzt offenbar anders entschieden.

Auf dem Parkplatz setzte sich East weit weg von den Fahrzeugen der anderen Männer und lauschte der Musik des Schießens, die die Luft erfüllte. Trübe Nacht. Keine Sterne. Er merkte, dass er an Schlafmangel litt. Unregelmäßige Zeiten.

Er wachte schwer atmend auf und merkte erst jetzt, dass er an dem Gebäude lehnte. Er hatte von dem Van geträumt, wie jemand Schreckliches ihn mit Kugeln durchsiebte: irgendwie Michael Wilson, aber mit Sidneys Gesicht, der aus dem Eingang der Hütte in Wisconsin schoss, wo die Tochter das tote Mädchen aus Jackson war, die unter dem

Koffer liegend auf sie zielte. Das ließ sich nicht abschütteln. Er konnte nicht *Es reicht* sagen, um seinen Kopf im Schlaf zur Ruhe zu bringen.

An der Mauer lehnte auch eine Rolle rosa Dämmmaterial, das man bei der Isolierung von Wänden benutzte, Glaswolle. Er sah es sich an, schüttelte es – trocken, weder Mäuse noch Ungeziefer.

Er suchte sich den größten Pick-up auf dem Platz, einen höhergelegten Ford mit Ladefläche, und packte drei Meter Dämmmaterial zwischen die riesigen Hinterreifen. Dann kroch er darauf und wickelte die restliche Rolle um sich, wie eine Decke, wie eine Hülle, bettete sich unter das riesige runde Differential, das nach verbranntem Sirup roch. Hier waren Kälte und Lichter gedämpft, und er schlief ein, begleitet von dem Geklapper der Schüsse auf dem Gelände hinter ihm.

Irgendwann nachts wurde er wach und sah durch das Loch am Ende seiner rosa Wickeldecke den Himmel. Der Truck über ihm war weg. Aber er war noch da.

18

Das Morgenlicht schreckte East auf, und er strampelte, um sich zu befreien, sich auszuwickeln, auf die Beine zu kommen und ins Freie zu stolpern. Rosa Strähnen im Mund, die an seinen Lippen trockneten. Rosa Flausch in den Haaren. Seine ganze Haut juckte.

Dann wurde sein Kopf wieder klar. Er ging zurück, nahm das Dämmmaterial, wickelte es sorgfältig zusammen. Dann stellte er es wieder an die Wand, wo er es gefunden hatte.

Er ging den Highway hinunter, unbemerkt in der kalten Luft, und suchte wieder den Donutladen auf, wegen der Toilette wie wegen des Essens. Mit den Handflächen wusch er sich im Becken. Ein wenig Salz in den Mundwinkeln, Wasserflecken auf seinem Pulli. Das blaue Auge näherte sich wieder dem Normalzustand. Seine Muskeln waren glatt und hundemüde unter der Haut. Er ertrug es nicht, sich den Rest im Spiegel anzusehen.

Er erstand zwei Donuts, brachte es aber nicht über sich, in dem warmen kleinen Geschäft Platz zu nehmen, zwischen Leuten. Stattdessen ging er die Straße runter, um vor dem kleinen geschlossenen Motel vor sich hin zu grübeln.

Als East die Tür wieder öffnete, saß eine Person in dem großen weißen Gebäude von Slaughterrange: ein alter Mann, rosa wie ein Schinken, größer als der Barhocker, auf dem er thronte. Rote Schmirgelpapierstoppeln auf dem Kopf. In der linken Hand hielt er einen kleinen Apparat, den er mit dem Schraubenzieher in der rechten bearbeitete.

»Bist du der, der laut Shandor Arbeit sucht?«, dröhnte er, ohne aufzusehen.

East musterte den Mann von oben bis unten, und er blieb stehen. Eins fünfundneunzig groß, etwa hundertfünfunddreißig Kilo. Die Sorte Mann, die es gewohnt war, Dinge zu bewegen. Er legte das Werkzeug und das Stück lädiertes Metall hin und wischte sich die Hände an seinem Carhartt-Overall ab.

»Hast du letzte Nacht auf dem Parkplatz gelegen, mein Junge?«

East log nicht. »Ich bin eingeschlafen.«

»Ziemlich kalt«, sagte der weiße Mann, »um unter Tim Cranes Truck einzuschlafen. Wo wohnst du?«

East sagte nichts.

»Dann bist du das also, der den Job haben will?«

East nickte. Er wandte den Blick nicht von den Augen des Alten. Irgendwas stimmte nicht damit. Schwerfällig. Nicht sehr, aber leicht verzögert.

»Ich muss dir ein paar Fragen stellen.«

East sagte: »Ich weiß.«

»Name?«

»Antoine.«

»Hast du schon mal einen Job gehabt?«

»Ich war für Sicherheit zuständig. Zwei Jahre lang.«

»Wie alt bist du dann?«

»Sechzehn.«

»Du bist keine sechzehn und hast nicht zwei Jahre als Securitymann gearbeitet, mein Junge.«

»Ich hab 'n Führerschein«, sagte East. »Auf dem steht sechzehn.«

Der massige Mann rutschte auf dem Hocker herum. Er ließ sich den Führerschein nicht zeigen. An so etwas hatte er kein Interesse. »Ziehst du dir was rein? Oder« – seine Stimme klang jetzt bitter, aber launig – »törnst du dich an?«

East schüttelte den Kopf.

»Bist du in 'ner Gang?«

Erneutes Kopfschütteln. Das war nicht unbedingt gelogen.

»Christian Wolves? Irgendeine andere Gang, bekannt oder unbekannt? Hast du Tätowierungen?«

East verneinte.

»Was dagegen, es mir zu zeigen?«, sagte der Mann. »Wenn du dein Hemd anheben würdest.«

East hielt den Pulli und das rote Hemd darunter hoch, so dass der alte rosa Mann ihn sehen konnte, Rippen und die beiden schwarzen Punkte auf seinem Brustkorb.

Jetzt war es auch dem Mann peinlich. »Höher«, sagte er. »Ich muss deine Schlüsselbeine sehen. Da lassen die sie sich anbringen.«

»Wer?«

»Die Wolves. Ihre Tattoos. Weiß auch nicht genau«, sagte der Mann.

East zog sein Hemd ganz aus und drehte sich einmal um die eigene Achse, aus seiner Miene sprach eine von innen kommende, dumpfe Empörung. Doch als er sich umdrehte, sah der Mann weg, angewidert. Vielleicht über East; oder weil er ihn fragen musste.

Vielleicht wollte der Mann nur seine Bereitschaft testen, sich ansehen zu lassen.

»Gut«, sagte der Mann. »Ich kann dir zeigen, was man hier arbeitet. Aber ich kann dir nicht zeigen, wie man arbeitet. Das musst du schon wissen.«

»Ich weiß es«, sagte East.

»Ich bin Perry Slaughter. Ich wäre dann der Besitzer. Entschuldige mich.« Der massige Mann schien in sich zusammenzufallen. Er wandte sich ab und bückte sich hinter dem langen hölzernen Tresen mit den dicken Glasscheiben vorn und oben. Als er wiederauftauchte, hielt er eine Konstruktion aus dünnen Plastikschläuchen in den Händen, die er sich über die Ohren streifte und in die Nasenlöcher steckte. Einen Augenblick stand er einfach nur da und nahm durch den Schlauch etwas auf.

»Wenn Sie mit mir nicht zufrieden sind, kann ich weiterziehen«, bot East an. »Ich brauche diesen Job nicht.«

»Genau darum fragt jemand nach einem Job«, schnaufte Perry Slaughter unter seinem Schlauch, »weil er ihn nicht braucht. Nein, das geht schon in Ordnung, jedenfalls heute.«

Er zog den Schlauch ab und stopfte ihn in die Schublade zurück. Über das borstige Rosa seiner Wangen hinweg musterte er East misstrauisch. »Ich genehmige mir gelegentlich ein wenig Sauerstoff«, gab er zu. »Den guten Stoff.«

Es gab unten, und es gab oben. Unten waren die Kasse und der Tresen und die Vitrinen voller Paints, das Vorzimmer, die Toiletten. Oben, zur Hintertür raus, gab es eine überdachte Veranda mit Spinden und einer Vier-Mann-Anlage zur Druckluftbefüllung, lauter Chrom, glänzend und erpicht darauf, Druckluft abzugeben, sowie das zu Fuß erreichbare Podest auf der aufgeschütteten Böschung mit seinem Beobachtungsgeländer und dem Stuhl für die Aufsichtsperson, die von dort aus das Spielfeld im Blick hatte.

An den ersten beiden Morgen fegte East das Spielfeld, rechte schweren Abfall und die Unmengen Paintballs zusammen, die er fand, geplatzt, verschüttet oder zertreten. Er betrat den abgestellten, radlosen Schulbus und die mitten im Spielfeld steckengebliebenen und zerfallenden Jeeps, sammelte frische Glasscherben oder Metallbrocken auf. Dabei zog er einen leichten Einkaufstrolley mit Ballonreifen hinter sich her, den er auf dem Parkplatz in einen Müllcontainer leerte, der wiederum von einem schwarzen Lastwagen geleert wurde, der vorbeikam und den Container wie eine Trophäe über den Kopf hob, ihn schüttelte, da der unsichtbare Fahrer an den hydraulischen Hebeln herumriss. Zuerst ließ Perry Slaughter den anderen jungen Mann East Anweisungen erteilen: oben oder unten, was er tun sollte. Der andere Angestellte, Shandor, zeigte East die grellorangen Jacken und Helme, die man bei Betreten des Spielfelds anziehen musste, wenn Spieler unterwegs waren; erklärte East, welche Vorschriften es gab, um Probleme zu lösen oder Verletzte zu begleiten. Shandor zeigte ihm, wie die Registrierkasse funktionierte, wie viel Eintritt man von Mitgliedern verlangte, wie viel von Gästen, wie man Zeit und Paints verkaufte, wie man Markierer, also Gewehre, und Schutzmasken verlieh und sie wieder zurücknahm, wie man eine Kreditkarte annahm, wie man eine ablehnte. Shandor zeigte East, wo der Toilettenraum war und wie man ihn feucht wischte. Dem anderen jungen Mann schien es draußen besser zu gefallen, wenigstens anfangs während einer Reihe warmer Nachmittage, doch dann wurde es nachmittags nicht mehr warm, und er überließ East die Kontrolle des Spielfelds.

Drinnen oder draußen – East kümmerte sich um beides, ohne sich zu beklagen.

Die Männer kamen an jedem Tag, besonders sonntags, neu und neugierig oder Stammgäste, polternd oder humpelnd, Reifen oder Stiefel knirschten über die gefrorenen Hubbel des Parkplatzschlamms. Sie liehen sich Markierer oder brachten sie selbst mit, in Nylontaschen mit mächtigen Spezialreißverschlüssen. Sie zahlten mit Karte oder bar – Geldscheinklammern bei denen, die noch arbeiteten, Verstecke zur Aufbewahrung geheimer Geldreserven wie zusammengequetschte Trinkbecher für diejenigen, die gerade so über die Runden kamen, die es sinnlos verprassten, die es aus einer Matratze oder von einer Mutter oder einer Ehefrau stibitzten. Sie kamen einzeln oder in Gruppen. Es gab offizielle Öffnungszeiten, doch sie kamen vorher, und sie kamen danach.

Sie zahlten Eintritt und Mietzubehör, und sie kauften Paintballs. Manchmal kauften sie auch Zubehör – Markierer, Helme, Protektoren, Taschen, militärische Schutzbrillen. Sie kauften Getränke, Cracker, Trockenfleisch, Schokoriegel. Sie lungerten unten herum und sahen sich auf dem alten Röhrenfernseher Football an, aus skeptischer Entfernung, oder sie setzten sich zu anderen auf die Sofas. Oder sie eilten die Treppe hoch und hinten raus, um sich umzuziehen und ihre Portemonnaies, Handys und Arbeitsschuhe dort in den Spinden einzuschließen, den Spindschlüssel steckten sie in die Tasche oder befestigten ihn an der Hüfte. Jogginghose,

Overall, Trainingsanzug, dreckige Jeans. Dann gingen sie raus, um zu spielen, um aufeinander zu schießen.

Sie ließen Müll zurück: die verbrauchten Paints, die Hülsen mit ihren leuchtenden Dottern. Die kaputten Tüten und Verpackungen, die Kaffeebecher, die Salbentuben, die Poppers-Fläschchen, die Verbände. Das Gummi, das sie kauten, den Tabak, den sie fallen ließen, die Zigaretten, die sie austraten, die Handschuhe, die sie verloren. Sie ließen Unterlagen vom Staat und von ihren Kreditgebern, über ihre Unterkünfte und von ihren Frauen zurück. Sie ließen den *Plain Dealer, Dispatch* und USA *Today* zurück. Sie ließen das kostenlose Anzeigenblättchen und die Autoanzeigen, ihre Waffenzeitschriften und ihre Computerausdrucke mit der Wegbeschreibung nach hier oder anderswo liegen.

Sie verteilten sich und hielten die Stellung, spielten ihre Schlachten, dunkle Hemden oder helle, rote Bandanas oder blaue, lauerten einander mit der einen oder anderen Farbe auf. Sie krochen durch Lücken in der Landschaft, buddelten sich unter den aufgeschütteten Hügelchen und den ausrangierten Wohnwagen und Bäumen durch, unter der Festung aus umgestürzten Baumstämmen, dem einen Stück Feldsteinmauer, das älter als alles andere war. Sie versteckten sich in dem Schulbus, oder manchmal schwärmten sie wie ein Bienenschwarm in ihn hinein oder aus ihm heraus. Besonders liebten sie die beiden armeegrün bemalten alten Jeeps aus Heeresbeständen, die neben den Schützengräben am anderen Ende des Spielfelds im Schlamm steckten, jeder mit seinem weißen fünfzackigen Stern.

Sie drängelten und zielten, drängelten und zielten. Manchmal riefen die Männer einander etwas zu, koordiniert, diffuse militärische Anweisungen, benutzten Handys, benutzten Walkie-Talkies, funktionierende Organisationen im Unterholz. Sie bildeten Teams, Crews, Allianzen, Fraktionen. Sie wendeten sich gegeneinander und versöhnten sich dann wieder. Manchmal liefen sie allein los, Augen geschwärzt, Ärmel in der Kälte hochgerollt, keuchend, wartend, schossen auf alles und jeden, bewachten ihre Aussichtspunkte eifersüchtig, die langen umgeschlungenen Markierer machten ihre Oberkörper ganz starr, verlängerte Skelette.

Sie starben, und sie warteten am Spielfeldrand, rieben ihre blauen Flecke, beobachteten die anderen. Sie starben, und sie wurden wieder lebendig.

Am Anfang bekam East sechzig Dollar am Tag bar auf die Hand – ohne Diskussion darüber, was ein Tag war oder wie lange er dauern mochte. Das war egal. Noch vor Ende der zweiten Woche machte Perry hundert daraus. Inzwischen kannte East das Gelände. Er kannte die Formulare mit der Verzichtserklärung und wusste, wie man jemandem pampig antwortete, der sich den Knöchel verstaucht oder einen Paintball an den Hals bekommen hatte und jetzt sauer war und mit einer Klage drohte. Bald stellte man East die Fragen, wie man einen verstopften Lauf wieder freibekam oder jemanden bestrafte, der gegen die Regeln verstieß. Shandor war seit vier Monaten dort beschäftigt, aber Shandor arbeitete weder so schwer wie East noch so ausdauernd. Und an manchen Tagen lauteten Perrys Anweisungen, er solle Shandor sagen, dass er an diesem Tag freihabe.

Vielleicht vertraute Perry East mittlerweile, da er ihn arbeiten sah und bei der Arbeit ertappte, wenn er dann und wann für ein paar Minuten vorbeikam. East arbeitete schwer. Oder vielleicht hatte Perry von vornherein Shandor nicht gemocht. Shandor war höflich und gutaussehend, gab aber ausweichende Antworten. Ständig tupfte er sich an der Nase herum. Er erinnerte sich nicht, dachte sich Dinge aus. Er hatte eine schmale Kaninchennase, die immer irgendwie feucht war.

Bis East eines Montags fragte, wo Shandor sei, ob er krank sei, obwohl er wusste, dass das nicht der Grund war.

Perry schaute weg. Sein lautes Wiehern klang an diesem Morgen leise und aufgebracht. »Na schön. Ich werd's dir sagen. Shandor kommt nicht wieder.«

East runzelte die Stirn.

»Ich hab ihn in meinen Pick-up gesetzt und nach Columbus gefahren.«

»Columbus? Zum College?« Er hatte Gespräche auf den Sofas mitgekriegt, während im Fernsehen Football lief.

»Die Universität?«, sagte Perry. »Hat nichts damit zu tun. Er wollte es so. Er dachte, das wär ein guter Ort für einen Neuanfang. Ich musste ihn mit seinem Köfferchen und einer Handvoll Geld auf der Straße absetzen.«

Er schüttelte den massigen Kopf, und sein ganzer Körper wackelte mit.

»Falls sich einer nach ihm erkundigen sollte«, schloss Perry, »kannst du ihnen jetzt verraten, wo sie ihn suchen können. Aber ich wüsste nicht, wer, außerhalb von Ungarn oder so.«

»Wieso nicht?«, sagte East.

»Die Leute haben keinen Bezug zu einem wie ihm«, sagte Perry, »der nicht von hier ist.«

»Ich bin auch nicht von hier.«

»Na ja«, sagte Perry. Er zählte Zwanziger für das Wochenende ab und schob sie über den Tresen.

East schloss das Vorhängeschloss auf, das die Rückseite der Vitrine sicherte. Zeit, den Tag zu beginnen.

»Und, stellen Sie noch jemanden ein? Weil es schwierig ist, vorne und hinten gleichzeitig im Auge zu behalten.«

»Das mach ich. Sofort«, versprach Perry. »Hab das AUSHILFE-GESUCHT-Schild nie abgenommen. Brauchst du einen freien Tag?«

»Ich komm schon klar«, sagte East. Er hatte den Kalender zwar nicht im Kopf, glaubte aber, dass er fünfzehn Tage am Stück gearbeitet hatte. »Schon okay.«

»Sag mir ruhig, wenn du mal einen freien Tag brauchst«, sagte Perry geistesabwesend.

Perry stellte nicht sofort jemanden ein. Aber er hielt sich jetzt häufiger auf der Anlage auf. East dachte sich, dass es ihm dort gefiel: Ihm gefiel es, die Männer zu sehen und sie mit Fragen zu bombardieren. Er murmelte gern in ihrer Gegenwart vor sich hin und hielt dann eine Ansprache.

Wenn East Perry zuhörte, lernte er allerhand über die Anlage. Perry hatte das Ölfeld der Familie seiner Frau genommen und die Böschung aufgeschüttet, Perry hatte die Zäune mit Plastik verkleidet, um den Lärm und die Paintball-Querschläger auf dem Gelände zu belassen, Perry hatte die alte Scheune entkernt und darin den Laden gebaut. Außerdem die Plattform oben, wo während der langen und trüben Nachmittage bis nachts die Lampen angingen und East die Anlage überwachte.

Auf der Böschung, auf seinem Bademeisterstuhl mit

der klappbaren Blende aus fleckigem Plexiglas, betrachtete East die Männer, wenn sie wie Eichhörnchen über das Gelände schwärmten. Drängelten und zielten, drängelten und zielten. East bewunderte einige der Spieler, die kleinen, diejenigen, die weniger schossen, die Ausschau hielten und warteten, zufrieden damit, Heckenschützen zu sein, sich zu verstecken und mit ihren Kräften hauszuhalten. Perrys Anweisungen folgend, warf East die Spieler raus, wenn sie die anderen nervten – Betrüger, die auf den Kopf schossen, die in Gruppen, wo Overkill verpönt war, übertrieben viele abschossen. Jeden mit eingeschmuggelten Paintballs, mit alter Paint, die beim Auftreffen nicht zerplatzte, die zu Prellungen führte und abprallte. Er schützte die Kunden und schützte das Geschäft.

Einige der Männer behandelten East zuerst geringschätzig oder ignorierten ihn. Doch die meisten akzeptierten ihn schließlich. Sie sahen, dass er immer da war. Er saß ruhig auf seinem Stuhl über dem Geländer und beobachtete geduldig, hetzte sie nie. Sie bekamen nicht viel aus ihm heraus. Doch einmal nickte er leichtsinnigerweise, als ihn ein Spieler fragte, ob er aus dem Westen sei, und diese Neuigkeit sprach sich herum, wurde die Grundlage von einem Dutzend Erzählungen über ihn. Er war kein Schüler, sondern ein Ausreißer oder entflohen. Er war jemand, dem Perry Unterschlupf gewährte, irgendjemandes unehelicher Sohn. Er befasste sich ohne Umschweife und gelassen mit ihnen, sah Jungs und Männern gleichermaßen in die Augen, löste Probleme umgehend, warf Leute unauffällig raus, wenn es sein musste, weil sie gegen die Regeln verstoßen hatten, egal, ob es Neulinge oder Stammkunden waren. Er ließ Leute auflaufen, wie es ein Barkeeper tun würde. Er schien keine Angst und keine Körpertemperatur zu haben: Er saß in einem Baumwollhemd auf seinem Stuhl, während alle anderen Parkas trugen.

Einige der Jüngeren, Jungs, die mit ihren Teilzeitjobs oder von dem Geld ihrer Eltern Paints kauften, vergötterten ihn. Sie nannten ihn Warlord, nannten ihn Antiker, nannten ihn Gangsta.

An dem Abend, als die Ohio State Buckeyes Michigan im Football schlugen, machte eine Wagenladung Fans aus Michigan an der Anlage halt, lieh sich Markierer und schmuggelte eine Ladung extern gekaufter Paintballs ein, die hart wie Steine waren und, wo sie trafen, blaue Blutergüsse hinterließen. Dann schossen sie sich auf einen Stammgast ein, unerbittlich, vier von ihnen gegen einen, fünfzig oder sechzig Schüsse überall auf Rücken und Schultern, sogar noch als er auf dem Boden lag. East hatte nicht gebrüllt oder die laute Druckluftfanfare betätigt, sondern einfach nur die Beleuchtung ausgeschaltet. Nun waren die Stammkunden im Vorteil, da sie das Spielfeld wie ihre Westentasche kannten, wie ihren eigenen Garten, und einem der Leute aus Michigan wurden mit einem Gewehrkolben die Zähne gelockert. Im Dunkeln war das nur ein Unfall, und sie wurden laut gegenüber East, der sich allen vier stellte, ihre Markierer zurücknahm und die blutenden vier zur Tür begleitete. In dieser Nacht ließ East die Einheimischen bis fünf Uhr morgens bleiben und fernsehen. Es kamen noch mehr Männer; sie brachten kaltes Bier und Pizza mit, sie sahen sich das Footballspiel noch mal um ein Uhr früh in der Wiederholung an und sangen dabei.

Sie forderten East auf, sich zu ihnen zu setzen, ein Bier zu trinken, doch er wischte den Boden und hielt Distanz, beließ es beim Geschäftlichen.

Vielleicht war er noch nicht im Alter, wo er trinken durfte.

Die Spieler waren weiß, und zwar alle. Manche von ihnen mussten erst vergessen, welche Hautfarbe er hatte, ehe sie mit ihm sprachen. Doch er hatte sich seinen Platz gesichert. Er war einfach nur Antoine, der neue Junge, den Perry hatte, und er war in Ordnung. Besser als Shandor – Shandor hatten sie nie gemocht. Er war irgendwas, Russe, Ukrainer vielleicht, aber kein Amerikaner. Und Shandor war süchtig. Immer schaute er an ihnen vorbei, auf irgendwas anderes. Ihnen war dabei unbehaglich zumute, den Männern, die hierherkamen, ein paar Bier tranken, jeden Tag Paintball spielten. Antoine, wer auch immer er sein mochte, war Amerikaner. Antoine sah ihnen in die Augen. Er wusste, was er tat, Antoine.

Sie respektierten ihn, behielten ihn nicht mehr ständig im Auge. Doch er ließ sie nie aus den Augen.

19

Die Schießerei, die ganze Zeit diese Schießerei. Sie ging ihm nicht aus den Ohren, er hörte nichts anderes mehr. Doch dann hörte er sie gar nicht mehr.

Die Paintball-Anlage war eins von mehreren Geschäften, die Perry gehörten – seine Deals, wie er sie nannte. Das Paintball-Spielfeld war ein Deal. Er hatte noch einen Deal, Winterdienst – städtische Straßen, mit einem Truck, und Auffahrten, für die er einen anderen Truck brauchte, und bezahlt wurde er vom Bundesstaat als Subunternehmer für die Schneeräumung von Straßen, für die normale Räumfahrzeuge zu groß waren. Ein anderer von Perrys Deals waren Planierraupen, Bulldozer. Er konnte einem den Garten planieren oder das Grundstück leer räumen oder das Haus zu einem Haufen zusammenschieben, damit man es abräumen konnte. Wenn man ein Haus hatte und Grundsteuer dafür zahlte, man aber nicht mehr dafür blechen wollte, sondern nur noch für das leere Grundstück, konnte Perry morgens anfangen, und abends war die Fläche nur noch Matsch. Er verfügte über Bobcats und größere Bulldozer und Erdhobel und ein paar Bagger, von denen einige ihm gehörten, andere dem Staat, der sie auch wartete, auch wenn sie auf seinem Grundstück blieben und auf der Seite in schwarzen Buchstaben seinen Namen trugen. FACHBETRIEB. Auch der Lkw, der täglich den Müllcontainer leerte, gehörte Perry.

Noch ein Deal: Perry war Bürgermeister des Ortes. Der nannte sich Stone Cottage, Ohio, auch wenn sie dort keine Steinbrüche mehr betrieben und niemand hier ein Cottage kannte. Eigentlich wollte er kein Bürgermeister sein, aber der Bürgermeister kontrollierte den Flächennutzungsplan, und er wollte den Flächennutzungsplan kontrollieren, da niemand ein Paintball-Spielfeld einen Katzensprung neben der Hauptstraße haben wollte. Alle hatten gewusst, dass er nur deshalb zur Bürgermeisterwahl antrat. Doch sie hatte er auch plattgemacht, einen nach dem anderen, und am Wahltag, vor etwas mehr als einem Jahr, hatte er gewonnen. Im selben Monat öffnete die Paintball-Anlage.

Vielleicht hatten sie es gewusst, sagte Perry, vielleicht hatten sie die ganze Zeit gewusst, dass er es hasste, Bürgermeister ihres verdammten Kaffs zu sein. Vier Jahre. Vielleicht war das ihre Rache an ihm, die Lebenszeit, die sie im Gegenzug von ihm bekamen.

»Sie könnten als Bürgermeister hinschmeißen. Jetzt, wo Sie haben, was Sie wollten«, sagte East mit gesenktem Kopf, als er die Glasscheibe auf dem Tresen polierte. Der Tresen war über vier Meter lang, aus einem alten Süßwarenladen. Die Scheibe oben war fast drei Zentimeter dick. Das Glas wurde von den vielen Ellbogen verschmiert, doch East hielt es gern durchsichtig, damit man darunter die Behälter mit Paints sehen konnte, die leuchteten, auch wenn kein Licht auf sie schien.

»Was ich *damals* wollte, mein Junge«, sagte Perry. »Man will immer irgendwas Neues. Und ich krieg es auch, aber sie werden mir die Hölle auf Erden bereiten.« Er nahm den Sauerstoffschlauch aus der Schublade und zog ihn über. Eine Kanüle, nannte er es. »Das ist nur fair.«

»Die Hölle dauert ewig«, sagte East tapfer. »Nicht nur vier Jahre.«

Perry hustete feucht. »Falls ich's vier Jahre schaffe«, sagte er, »wäre das das letzte Wunder des Teufels.«

Ein noch größeres Wunder war es für Perry offenbar, dass East kein Geld stahl. Er hielt die Kasse sauber, war zuverlässig, nahm weder Schuldscheine noch schloss er Sondervereinbarungen. Er begriff aber nicht, woher Perry das wissen konnte. Ein wenig Geld abzuzweigen – wie es Shandor offenbar getan hatte – wäre leicht. Es gab eine Menge Geld. Das meiste wechselte in bar den Besitzer. Gelegentlich wurden ihm Scheine angeboten, um die Spielzeit von jemandem zu verlängern, als Bezahlung für eine kaputte Waffe oder für eine Handvoll alter Paints, Blindgänger, weil man dem Geburtstagskind oder dem Chef weh tun wollte. Er nahm es. Doch was auch kam, er legte es in die Kasse, genau wie die Kaution. Die Kaution kam nicht in eine Bank. Sie wanderte durch den Briefschlitz an der Haustür des Farmhauses auf der anderen Straßenseite, wo Perry wohnte.

Perry vertraute ihm. Aber vielleicht war Vertrauen ja ein Trick. Vielleicht war Vertrauen die Tarnung, die sich Nichtvertrauen zulegte, wenn es keine bessere Alternative gab.

Vielleicht war Vertrauen der Trick, der ihn zwölf, dreizehn, vierzehn Stunden täglich arbeiten ließ. Wischen, rechen, auf dem Arsch am Tresen hocken.

»Mein Junge, ich weiß, dass du mich eines Tages schröpfen wirst. Ich weiß nur noch nicht, wie«, grölte Perry lachend, als könne er aufgrund seiner Lautstärke diesen Laden ewig leiten.

Die hundert am Tag waren immer noch kein angemessener Lohn. Dennoch, East bekam jeden Tag seine Handvoll Scheine, pünktlich bezahlt. Und in diesem Ort gab er wenig aus – weil es nichts zu kaufen gab. Ein Eierbrötchen jeden Morgen im Laden und Obst aus dem Lebensmittelgeschäft zweimal wöchentlich. Ein gebrauchter Mantel für draußen im Secondhandladen, gebrauchte Jeans für einen oder zwei Dollar, warme Hemden. Ein gutes Kissen, originalverpackt. Im Eisenwarenladen kaufte er Handschuhe – sogar die Männer mit abgerissenen Mänteln und ungeschnittenen Haaren trugen gute Handschuhe. East verglich, kaufte ein neues Paar, dreißig Dollar. Warm, elastisch, in ihnen konnte er den ganzen Tag arbeiten, ohne zu klagen.

Die alte Bank war aus Stein gebaut und hatte vorn dicke Sandsteinsäulen, hieß aber genauso wie Easts Bank in The Boxes. Banken gegenüber benahm er sich vertrauenswürdig, und bisher hatten Banken ihm vertraut. Jedenfalls wurde sein Bündel Zwanziger immer dicker. Er würde sein Geld nicht vergraben oder hamstern, wie er die beiden Waffen hinter dem Rand des Parkplatzes vergraben hatte, in Plastik gewickelt, in einem Erdhügel, den Perrys Bulldozer zurückgelassen hatte.

Er ließ sich einen Bankscheck über fünfhundert Dollar ausstellen. Dann eröffnete er ein neues Konto, auf dem er den Rest einzahlte. Die Frau schien verwirrt, dass er keine Schecks bestellen wollte.

»Nur die Bankkarte.«

»Aber Sie möchten doch flexibel sein«, sagte sie. »Nicht alles kann man online bezahlen.«

Geduldig hörte er sich an, wie sie ihm die Optionen erklärte, das gebührenfreie Girokonto, den Onlinezugang. Sie wirkte bemüht, freundlich, aber geschäftsmäßig. Ihr dunkler schwarzer Pagenkopf hing runter. In einem Nasenflügel hatte sie ein Piercing. Sie mochte dreiundzwanzig sein. Er fragte sich, ob sie zur Arbeit ging oder fuhr, ob sie es bereute, hier zu leben.

Schließlich beendete sie ihr Verkaufsgespräch.

»Nur die Bankkarte«, wiederholte East ruhig.

»Aber Sie können. Sie könnten«, gab sie zurück. Offenbar wusste sie nicht, wohin mit ihren Händen, und legte sie schließlich auf den Schreibtisch. »Nun«, sagte sie, »wir freuen uns, Sie als Kunden zu haben.«

Er stand auf, ging zum Postamt, kaufte einen bereits frankierten Umschlag und schickte den Scheck seiner Mutter, kommentarlos.

Der Geruch von Bleiche, Putzmittel und Wasser, die East gern in dem Wischeimer zusammenmischte, stimmte nicht; er stieg auf und kroch beißend in seine Nasenlöcher. Aber es roch sauber. Jetzt, wo Shandor weg war, machte East zweimal täglich das Klo sauber. Seit er angefangen hatte, es zu putzen und die Spinnweben wegzuwischen, die Armaturen vom Staub zu befreien, der sich in ihnen festsetzte, waren die Männer hilfsbereiter geworden, sie benutzten den Mülleimer, pissten weniger auf den Boden. Sie spuckten oder kleckerten anderswo, wischten ihr Blut vom Waschbecken, hoben ihre Verbände auf und warfen sie weg. Sie fingen an,

Ordnung zu halten. Die ausgeliehenen Dinge legten sie auf die Rückgabekiste, ihre Bierdosen in die Recyclingtonne.

Die Spinnen kamen nicht mehr jeden Abend aus der Decke nach unten, um die Ecken mit Beschlag zu belegen.

Die Scheune, erfuhr East, war die alte Werkstatt für die Landmaschinen und Nutzfahrzeuge der Farmen gewesen, ehe Perry Slaughter sie umbauen ließ. All diese Arbeiten – in den Toilettenräumen, dem Abstellraum oben, der Treppe nach hinten raus, am alten Tresen mit seinen schweren Glaselementen – hatte Perry eingetauscht: »Gegen Paintballs«, sagte Perry. »Manche Leute tun alles für Paintballs, Gott helfe ihnen.«

Während East wischte, stand Perry in der Klotür und hustete und lachte zugleich. »Als ich hier eröffnete, dachte ich, es wäre was fürs Wochenende. Doch sie wollten wiederkommen. Dann öffnete noch eine Anlage acht Kilometer die Straße rauf, und die blieb die ganze Woche offen. Alle meine Kunden gingen weg. Also öffnete ich täglich, und alle kamen zurück.« Er kratzte sich mit einem Mittelfinger am Stoppelkinn. »Die Typen, gegen die sie da oben gekämpft hatten, brachten sie mit. Jeden Tag.«

»Wie können es sich diese Leute leisten, jeden Tag zum Spielen herzukommen?«, fragte East, während er den Mopp ausdrückte.

Perry schnaubte. »Das können sie nicht. Mein Junge, es ist wie wichsen. Es ist wie Meth. Diese Jungs können nicht aufhören, und sie können nicht zugeben, was es wirklich ist.«

»Wie meinen Sie das?«

»Darüber lügen sie. Genauso, wie sie nicht zugeben würden, dass sie keine Freundin haben. Oder dass sie trinken. Sie kommen hierher und erzählen der ganzen Welt, dass sie nicht hier waren.« Er sah sich über die Schulter um: Schwere Reifen rollten auf der Straße vorbei, heulend. »Es ist das hässlichste Geschäft, an dem ich je beteiligt war.«

»Wenn's Ihnen nicht gefällt«, sagte East, »warum haben Sie's dann?«

»Man muss das verkaufen, was man noch hat.« Um Perrys Stiefel herum stieg Dampf auf. »Hast du mal Leute davon reden hören, dass Amerika seinen Gipfel längst überschritten habe?«

»Gipfel?«

»Gipfel. Wie ein Berggipfel, Antoine. So hoch, wie du nie kommen wirst.«

East knotete den Müllsack zu. »Nein.«

»In Ohio, also genau hier, war das vor fünzig Jahren«, sagte Perry. »Was für ein gottverdammt tolles Land. Doch das war einmal.« Er ging rückwärts raus und setzte sich auf den Hocker hinter dem Tresen, und East folgte ihm mit Müllsack und Wischeimer.

»All diese Jungs«, seufzte der alte Mann. »Vor fünfzig Jahren hatten ihre Väter Jobs, sie arbeiteten in der Gießerei oder als Maschinisten oder als Angestellte, in Bürojobs: Verkauf, Lehrer, Bank. Alles. Sie fuhren nach Cleveland, fuhren nach Youngstown, hatten eine Rente, 'nen Zweitwohnsitz. Ohio exportierte mehr Stahl als Japan. Gefolgt von Deutschland. Dann England oder Spanien. Diese ganzen Länder. Damals haben wir Babys gemacht, kannste mir glauben. Wenn man dreißig wurde, hatte man vier oder fünf. Heutzutage wollen die meisten dieser Jungs, die Tag für Tag hierherkommen, insgeheim, dass ihr Mädchen sie rauswirft. Das Haus kann sie behalten. Je eher sie einen neuen Mann findet, desto früher ist er frei. Reparieren kann er sowieso nix. Er nimmt sich ein winziges Apartment – so groß wie diese Toilette da. Mehr will er nicht«, sagte Perry. »Macht Gelegenheitsarbeiten, wenn er kann. Hat sein Bier und seine Playstation. Seinem Dad kann er nicht in die Augen gucken. Das meine ich. Wir waren mal ganz oben, und das ist jetzt aus uns geworden.«

East rührte sich nicht. Er dachte an die Straße, die Orte, durch die er gekommen war. »Alles hier draußen ist ziemlich schrottig«, sagte er von sich aus.

»Wenn du wüsstest.« Einen Moment lang musterte Perry East, leckte seinen Daumen, als wollte er eine Seite umblättern. »Glaubst du, du möchtest mal Dad werden, Antoine?«

East lachte.

Perry sagte: »Vielleicht bist du's schon. Manchmal *benimmst* du dich so«, ergänzte er versonnen.

East schleppte den Müllsack aus der Tür und auf den kalten Parkplatz, wo er ihn über die Seite des Containers warf. Er atmete die kalte Luft, betrachtete die Bäume gegenüber, ihr feuchtes Schwarz und nacktes Weiß. Ein großer Vogel saß da und beobachtete die Straße unter sich.

Easts zwei Pistolen lagen genau dort in dem Erdhügel. Jeden Tag rief er sich das in Erinnerung. Doch der Regen verdichtete die Erde immer mehr.

Drinnen wechselte East das Thema. »Was ist mit Ihnen? Hatten Sie je Kinder?«

»Schon sehr lange her«, sagte Perry. »Mit meiner ersten Frau. Ich war kein toller Vater. Früher oder später will dir jedes Kind in den Arsch treten.« Sein feuchter Husten. »Damals gab ich ihnen jede Gelegenheit dazu.«

East freute sich auf diese Gespräche mit Perry – der Grund war ihm nicht ganz klar. Sie kamen vom Hundertsten ins Tausendste, und der alte Mann nuschelte und brüllte über Dinge, als wären sie Easts Schuld: Zweiter Weltkrieg. Tote Bergleute. Amerikanischer Stahl und japanischer Stahl. Alles über Holzfällerei, und was geschah, als es keine alten Bäume mehr gab. Perry hatte zeitlebens gewusst, woraus Dinge gemacht wurden. Darüber konnte er den ganzen Tag reden. Manchmal ertappte sich East dabei, wie er selber darüber nachdachte, ohne sich zu erinnern, dass er jemals Perry darüber hatte reden hören.

Perry war sterbenskrank. Nicht dass er das gegenüber East je erwähnt hatte. East hörte nur allmählich auf, es insgeheim zu leugnen. Perry nahm täglich Unmengen Pillen ein. Alle Farben, alle Formen, er zählte sie aus einer Schachtel ab, die in seiner Tasche steckte. Unter dem Tresen lagen andere Pillen, von denen seine Frau nichts wissen sollte. Er zählte eine Handvoll ab, spülte sie mit einer Dose Rootbeer runter, und dann verzog er das Gesicht und presste die Augen zusammen.

Niemand nahm solche Unmengen Tabletten, wenn er eine Wahl hatte.

Perrys Husten war wechselhaft, wie ein Motor, der manchmal morgens ansprang und dann wieder nicht. Manche seiner Zähne lösten sich. Eines Tages zog er einen heraus und legte ihn auf die Glasplatte des Tresens. Dann wurde er auf seinem kleinen silbrigen Klapphandy weggerufen und vergaß ihn. East wusste nicht, was er mit dem Zahn tun sollte. Ein winziger, schwärzer werdender Blutfleck schaute ihn aus der Zahnwurzel an. Nach einer Weile hob er den Zahn auf und legte ihn in die Kasse.

Perry hatte noch niemanden eingestellt. East erinnerte Perry daran, wie überfordert er war, dass er den Laden allein schmeißen musste. Danach kam Perry und arbeitete vier Tage am Stück – von zehn oder elf Uhr morgens bis abends zum Geschäftsschluss, wenn er East beim Saubermachen half. Damit war East zufrieden. Er brauchte nicht irgendeinen neuen Burschen, dessen Chef er war. Das kannte er zur Genüge.

Eines Morgens, ehe die Anlage öffnete, lud Perry East zum Essen in das große, blassgelbe Farmhaus gegenüber ein. East wollte nicht gehen, wusste aber nicht, wie er ablehnen sollte. Und so setzte er sich zum Frühstücken mit Perry und dessen Frau auf einen Stuhl mit gerader Rückenlehne, dessen Weidengeflecht ihn nicht weniger unbequem machte.

Perry trug Eier und Schinken und Kartoffeln auf und redete über dies und das.

Seine Frau Marsha saß fast die ganze Zeit stumm da. Sie stellte East ein paar höfliche Fragen über Belangloses, brach dann ab, als hätte sie schon genug gebohrt.

Perry sprach über seine Frau, während sie dabeisaß und gelegentlich zustimmend nickte. Das Land hatte ihr gehört, ihre Familie hatte hundert Jahre darauf gelebt, früher einmal Weintrauben angebaut, und Äpfel und Gurken und verschiedene Kürbissorten und Mais. Tiere hatten den Boden gedüngt, Boden, der die Tiere ernährte. »Das ist Schnee von gestern«, sagte Perry, worauf sie aufstand, ihren Teller abräumte und sich mit einem Glas Wasser wieder setzte, in das sie etwas rührte, das sank und wirbelte.

Ihre Schwester war nach Kalifornien gezogen, seitdem hatte man nichts mehr von ihr gehört. Zwei Brüder kamen im Krieg um und der dritte, als er betrunken Auto fuhr. Als man keine Männer mehr fand, die auf den Äckern arbeiteten, und dann auch keine Jugendlichen mehr, hielten ganze Wellen Mexikaner die Farm noch zehn oder fünfzehn Jahre am Laufen. Doch jetzt waren die Mexikaner weg, und die Farmen entlang der Straße waren keine Farmen mehr: Sie zu bewirtschaften kostete mehr, als jede Feldfrucht einbrachte. Die Windschutzhecken hatten sich breitgemacht und die alten Furchen überwachsen.

Mit der Paintball-Anlage, so nahm East an, hatte Marsha sich einverstanden erklärt, ohne zu wissen, was das war, ohne zu wissen, wie hoch die Bulldozer die Wälle aufschütten würden, oder dass ein großes rot-weißes Banner mit der Aufschrift SLAUGHTERRANGE.COM das sein würde, was sie künftig aus ihrem Wohnzimmerfenster sah. Und dass der Krach von Gewehrschüssen und Pick-up-Motoren im Leerlauf jeden Nachmittag ihr Haus erschüttern würde. Sie hatte den Plänen ihres Mannes zugestimmt, ohne mehr als nur vage zu wissen, was die Bulldozer tun würden. Und jetzt, das sah East, war sie eine Frau, die sich bemühte, nicht aus dem Fenster auf das zu schauen, woher ihr Geld kam.

Die Wände des Esszimmers schmückten die Fotografien der Weißen, die Marshas Vorfahren waren. Grimmige Gesichter in Grau, die Frauen mit aufwendig geflochtenen Haaren, die Männer immer ein wenig kleiner als ihre Anzüge.

Die Kinder konnte er kaum ansehen, weil er sich fragte, ob das ihre Geschwister sein mochten, die alle umgekommen waren.

East dachte an die Fotos in dem Waffendealerhaus in Iowa. Genauso grimmig, Weiße mit harten Augen und starren Mienen, die ihr hartes Leben so hatte werden lassen.

Nachdem Perry das Geschirr abgeräumt und abgewaschen hatte, dabei von der Küchenspüle aus immer noch Reden schwingend, deutete East eine Verbeugung an und dankte Marsha wortlos, ehe er das ruhige Esszimmer verließ. Er hatte kaum ein Dutzend Sätze von ihr gehört, wusste aber, dass er in eine Schlacht über das, was man noch hatte, geraten war, über das, was verkauft werden konnte und was nicht. Er erkannte den zerbrechlichen Burgfrieden, den er in seinem eigenen Interesse besser nicht störte.

Seine Bankkarte traf ein. In die neuen Geldautomaten konnte er Geld direkt einzahlen, ohne es für die Einzahlung in einen Umschlag zu stecken. Der Automat zählte es für ihn. East war misstrauisch, doch die Maschine hatte immer recht.

Das kleine Auge in dem Fenster über der Tastatur, das ihn beobachtete, die Kamera unter der Decke, die störten ihn nicht – er verbarg nicht einmal mehr sein Gesicht.

»Der wärmste Dezembertag seit dreißig Jahren.« Perry trank Bourbon aus einer Flasche Old Crow. »Als Nächstes kommt eine Kaltfront aus Kanada runter«, ergänzte er. »Dann muss ich mit dem Schneepflug raus. Ich besorge jemand, der dir hier hilft.«

»Ist recht.« Für East war das ein leeres Versprechen. Damit Shandor Hilfe bekam, hatte *er* halbtot hier reinmarschieren müssen.

Sie saßen nebeneinander auf Feldstühlen am Ende der Terrasse, in einiger Entfernung vom Gebäude, wo die Wolken über ihnen dahinzogen, große Wolken, kaum von unten getönt, verschlungen wie die Gedärme irgendeines großen Lebewesens.

»In einer Stunde«, sagte Perry, »haben sich die Wolken verzogen, und wir sehen nur noch Sterne. Falls wir so lange wach bleiben.«

Und tatsächlich, die Wolkenbank verzog sich und ließ eine lange, klare, schwarze Himmelsstraße zurück. Die Zahl der Sterne war größer, als East je geahnt hatte. Als wäre etwas verstreut worden. East traute seinen Augen nicht.

Perry nahm einen Schluck aus der Flasche, schläfrig und zufrieden.

»Hast du dich mal mit Astronomie befasst? Den Sternbildern und so weiter?«

»Was ist ein Sternbild?«

»Du weißt schon, was man am Himmel sieht. Sagen wir, der Große Wagen. Sagen wir, der Polarstern.« Perry drehte unter Schwierigkeiten seinen Stiernacken herum. Der Norden lag hinter ihm. »Du kennst den Polarstern? An dem man sich orientieren kann, weil er zeigt, wo Norden ist?« Er wies vage in eine Richtung. »Beim Großen Wagen, dort.«

East lachte. »Was für ein großer Wagen?«

Perrys Finger hielten in der Bewegung inne. »Eine Art Kastenwagen. Mit einer, wie heißt das noch gleich? Einer

Deichsel. Aus drei Sternen. Da: Deichsel, Deichsel, Deichsel, dann der Kasten aus vier Sternen.«

»Welchen Kasten meinen Sie?«

»Verdammt, Junge. Diesen da. Und die letzten beiden zeigen auf den Polarstern.« Perry trank noch einen Schluck und hörte auf, ehe er noch etwas sagte.

East war sich nicht sicher. Aber war das überhaupt wichtig? So viele Sterne. Das machten alte Männer nun mal, sie saßen auf Stühlen, guckten nach oben. Am nächsten Morgen, als East in seinem Stuhl zusammengesackt aus dem Schlaf schreckte, stand Perrys Whiskeyflasche leer auf dem Boden. Aber er war weg.

Die Kaltfront schob sich herein, wie Perry gesagt hatte. Zwei Tage lang ballten sich die Wolken und wurden dunkler; dann schneite es, als ob der Himmel versuchte, die Welt unsichtbar zu machen.

East hatte schon Schneegestöber gesehen – zweimal, seit er The Boxes verlassen hatte, und einmal, als er dort war, eine seltsame Wolke, die aus den Bergen südwärts zog und eines Januartages die Luft über dem Viertel fünf Minuten lang zum Glitzern brachte. Aber nie etwas wie das hier. Die Straße unter dreißig Zentimeter Schneedecke, die Trucks rutschten, hilflos, Donner dröhnte hinter dem Farmhaus. Niemand kam, und darüber war er froh. Er vertraute nicht darauf, dass es sicher war, jetzt rauszugehen.

Perry kam gegen Mittag auf dem kleinen Schneepflug vorbei, bog vom Highway ab, schob auf dem zugeschneiten Parkplatz ein Dreieck frei. Dann sprang er ab und ließ den Schneepflug mit laufendem Motor draußen stehen.

»Herrje«, kicherte Perry. »Nicht übel für einen Samstag. Ich glaube, du kannst dir den restlichen Tag freinehmen. Ich stell ein Schild auf und bezahl dich trotzdem.«

East konnte seine Besorgnis nicht für sich behalten. »Ist das denn normal so?«

In der schauderhaften Kälte wirkte Perry so jung und glücklich, wie East ihn noch nie gesehen hatte. »Ja. Genau so soll es sein.«

Die Männer gingen genauso gern in knietiefem Schnee schießen. An diesem Sonntag nach dem Spiel der Cleveland Browns kamen zwanzig, dreißig Kerle vorbei. Perry brachte eine große rote Thermoskanne mit Kaffee vorbei und verteilte Becher. »Keine Ahnung, was ich hier gemacht habe, bevor dieser Junge aufgetaucht ist«, sagte er zu den Älteren, die nur vorbeikamen, um den Abend rumzubringen, die nicht über Paintball redeten, sondern über Dinge, die sie getan hatten, und warum ihre Knie und Rücken und Herzen schlappmachten. Warum sie Rentner waren, aber keiner der Jüngeren das je schaffen würde. Warum sie hier in Ohio blieben, auch wenn es eine schlechte Idee war. Sie würden bis zum bitteren Ende bleiben oder verdammt sein. Das erzählten sie einander.

Später wurde das Spiel der Browns im Fernsehen wiederholt, und die Männer blieben und redeten und sahen sich noch mal an, wie sie verloren. Ihre Saison würde in zwei Wochen enden. Doch eigentlich war sie schon lange vorbei.

East fegte den von ihren Stiefeln losgetretenen Schnee zur Tür hinaus, wischte das Schmelzwasser auf, wiederholte das Ganze ein- oder zweimal in der Stunde, bis endlich niemand mehr kam. Niedere Tätigkeiten. Manchmal war er sie leid und spürte Ärger aufsteigen. Doch Perrys Lob weckte in ihm auch ein intensives, durchdringendes Gefühl von Stolz. Bei Fin, vermutete er, war es mehr oder weniger genauso gewesen. Zum ersten Mal seit einiger Zeit ließ er Gedanken an Fin zu.

Wenn er manchmal bei der Arbeit auf die Anlage sah, den Männern zuschaute, wenn sie sich versteckten, sich sammelten und losstürmten und schossen, dachte er an Ty, dachte an The Boxes. Aber er fand die Telefonnummer nicht mehr, die Walter ihm gegeben hatte, und er versuchte nicht, sich an sie zu erinnern. Was in The Boxes war, war auch ohne ihn sicher.

Am oberen Treppenende führte die Hintertür auf die Terrasse, die Spinde und die Druckluft-Abfüllstation lagen zur Rechten. Zur Linken, verriegelt und kaum genutzt, war ein kleiner Abstellraum. Mit einem Spülbecken, einem grünen Oberlicht. Die ganzen Wochen hatte East dort geschlafen. Er konnte eine Doppellage Pappe auf eine Palette legen – das war bequem, glatt, gab ein wenig nach. Er hatte sein Kissen, eine gebrauchte Decke. Und neben der Straße hatte er einen Karton gefunden, in dem eine Waschmaschine transportiert worden war, sauber und trocken. Den konnte er flach zusammenfalten und tagsüber hinter die Vitrine schieben. Nachts klappte er ihn auf und schlief darunter, seine dunkle Saite machte sich leise in seinem Brustkorb bemerkbar, tief drin, gut versteckt.

Falls Perry davon wusste, ließ er sich nichts anmerken.

Manchmal träumte East nachts von dem Mädchen aus

Jackson. Oder von der Tochter des Richters, wie sie schrie. Oder davon, dass er mit Walter und Michael Wilson hier auf der Paintball-Anlage war und sie alle drei jemanden suchten, jemanden jagten. Oder von nichts, nur von der unterbrochenen gelben Linie auf der Straße, einer Linie von nichts, von Fragen. Wenn er tagsüber die Männer beobachtete, wie sie sich gegenseitig anpirschten, träumte er manchmal auch davon.

Doch eines Dezembertages, als die Spieler wegen des Dauerregens gegangen waren, kam Perry und lud East zum Abendessen ein. Abzulehnen kam natürlich nicht in Frage. Perry zählte die Einnahmen in eine Ledermappe, entnahm ihr wieder etwas Geld für die Kasse morgen und versteckte es, wo sie es immer hinlegten. East fegte rasch und schloss die Hintertür ab. Dann eilten sie über die Straße, geduckt unter ihren Mänteln, und Perry erklärte, dass Marsha einen Sohn hatte. Er schaffte es an keinem der üblichen Feiertage vorbeizukommen, weder Erntedankfest noch Weihnachten. Heute musste also reichen. Er war am selben Tag aus Philadelphia in Pennsylvania gekommen. »Tut mir leid«, schloss Perry, »dass ich dich damit überrumple.«

East interpretierte das so, dass eigentlich Perry damit überrumpelt worden war.

Der Sohn hieß Arthur. Er war groß, ein Anwalt – wie er betonte –, und saß zur Linken Marshas. Als East und Perry das Esszimmer betraten, saßen die beiden schon. Perry brachte das Essen aus der Küche und nahm dann auf Easts Seite des Tisches Platz. Das Zimmer war schummrig, wie bei einem Festessen, doch eine Deckenlampe schien auf den

Tisch, hell genug, dass man zur Not ein Dokument hätte lesen können.

Marsha hatte den Butternut-Kürbis, die grünen Bohnen und den Wildreis gekocht, betonte Perry.

»Aber der Truthahn ist aus einem richtig guten Laden«, sagte Marsha trocken.

East nickte. Er hatte keine Ahnung, was hier los war. Perry erhob sich und zerlegte den Truthahn mit einem langen, polierten Messer mit schwarzem Griff. Der Sohn sprach ein kurzes Gebet, und danach wurde Fleisch auf die Teller verteilt. Es war warm und zart, die erste richtige Mahlzeit, die East seit fast einem Monat gegessen hatte. Er merkte, wie das seinen Magen durcheinanderbrachte, der sich dumpf zusammenzog.

Marsha ergriff erst das Wort, als alle sich zum zweiten Mal bedient hatten.

»Du musst Antoine eine anständige Unterkunft besorgen«, sagte sie. »Er braucht mehr als ein Sofa, auf dem andere den ganzen Tag herumlümmeln.«

Das war also der für ihn gelegte Hinterhalt. Der Sohn und Anwalt war Marshas Version eines bewaffneten Helfers. War sie in die Anlage gekommen und hatte sich das Spielfeld, den Abstellraum angesehen? Vielleicht als er draußen war und frühstückte? Hatte sie erraten, dass das Sofa sein Bett war? Oder hatte sie sein Nest gefunden, seinen Karton, sein Bett?

»Das ist eine Autowerkstatt, keine anständige Unterkunft für einen Menschen«, sagte Marsha, »aber du lässt jemand dort wohnen. Ich gucke abends aus dem Fenster – er geht nicht weg. Ich schaue morgens – er kommt nicht zurück.«

Perry, Bürgermeister des Ortes, betrachtete seine Gabel, dann zog er in seinem Kartoffelbrei parallele Furchen. »Also gut. Ich wusste nicht, wo er wohnt. Ich wusste es einfach nicht. Angenommen, ein Steinbruch stellt einen Arbeiter ein – die fragen doch auch nicht, wo er wohnt, oder?« Er hustete wieder und entfernte mit spitzen Fingern etwas von seiner Wange. »Antoine. Hab ich gewusst, wo du wohnst?«

East rührte sich. »Nein, Sir.«

»Man weiß es, wenn man es wissen will«, sagte Marsha. »Und wenn man fragt. Wenn man Unterlagen führt. Wenn der Schreibkram juristisch hieb- und stichfest ist, dann weiß man es.« Ihr Anwaltssohn gab durch ein Nicken zu verstehen, dass er zuhörte.

»Es gibt genug Schreibkram«, sagte Perry. »Eigentlich wenig, aber genug.«

»Falls dein Glück anhält«, sagte Marsha und spießte eine grüne Bohne auf. »Aber du wusstest es, Perry. Du wusstest es, und du hast ihm nicht mal etwas gebracht, um es wohnlicher zu machen. Ein Bett, eine Kochplatte. Du hättest versuchen können, es ihm nett zu machen. Also echt, wir haben bestimmt ein Dutzend Toaster auf dem Dachboden. Arthur schenkt mir jedes Jahr einen.«

»Nicht jedes Jahr«, widersprach Arthur.

Nun sah sie East an, hatte traurige Halbmonde unter den Augen. Eine stumme Entschuldigung. Vielleicht tat es ihr leid, dass sie ihn beobachtete. Aber sie beobachtete ihn.

Perry reichte ihm zwei Brötchen aus dem Korb. »Wir werden sehen, was sich machen lässt.«

Dann sprach sie East an. »Warum das aktuell wird: Wir haben die Benachrichtigung erhalten. Der Staat wird eine

Überprüfung vornehmen. Innerhalb eines Monats. Und wenn sie merken, dass du dort wohnst, werden sie die Zulassung widerrufen und das Geschäft schließen.«

»Was sie nicht unglücklich machen würde«, sagte Perry kauend. »Was ihr nicht das Herz brechen würde.«

»Antoine.« Sie wurde lauter – ein so lautes Geräusch hatte East noch nie aus ihrem Mund gehört. Ihr Blick verfinsterte sich. »Er muss für dich eine Bleibe finden. Ich bringe ihn dazu. Es gibt anständige Unterkünfte.«

»Nicht für das, was er jetzt zahlt«, knurrte Perry.

»Wenn ich dich daran erinnern muss, wem das Land und das Gebäude gehört«, sagte Marsha, »dann tu ich das.«

Perry wendete das Thema hin und her, erwähnte ein ihm bekanntes Apartmentgebäude, das einer Dame unten bei Chillicothe gehörte; da unten wurden früher Lkw-Achsen hergestellt, außerdem war das mal Ohios Hauptstadt gewesen. Heute hatten sie ein Erzählfestival.

Doch Marsha unterbrach ihn. »Jetzt machen sie keine Lkw-Achsen mehr, oder?«

»Nein, Marsha, tun sie nicht.«

»Du warst doch nie auf diesem Erzählfestival, oder?«

»Nein, meine Liebe, war ich nicht.«

»Es findet im September statt. Das ist noch fast *ein Jahr* hin.«

Perry hustete. Auch ohne das Gespräch war das Essen für ihn anstrengend gewesen. Er war krank. East hatte das von Anfang an bemerkt, doch irgendwo im Inneren war Perry immer voller Leben, kraftstrotzend gewesen. Doch jetzt war er innerlich müde.

»In Ordnung«, sagte er leise. »Ich finde für dich eine Unterkunft. Ich kann dir helfen, sie zu bezahlen.« Er schaute auf das vor ihm aufgehäufte Fleisch, dann auf seine Frau. »Aber nicht heute Abend. Vielleicht morgen.«

Der Sohn und Anwalt nahm sich noch etwas Wildreis. Er hatte überhaupt nichts sagen müssen. East fragte sich, ob er seine Fahrt hierher für Zeitverschwendung hielt. Doch dass er neben Marsha saß, hatte ihr Mut gemacht.

Alle aßen schweigend auf. East kaute seine letzten grünen Bohnen langsam, eine nach der anderen, quetschte jeden kleinen Samen heraus und spürte ihn mit der Zunge auf. Als er seinen Teller abgab, war der so sauber, als hätte nie Essen darauf gelegen. Er stand auf und schob seinen Stuhl akkurat vor den Tisch, als wäre er nie da gewesen.

Es war schwierig gewesen dazusitzen. Ein Gespräch, an dem er sich nie wirklich beteiligen konnte. Doch ihm würde dieses Mahl in Erinnerung bleiben – das gute Essen einer Familie. Sogar dieser Familie, so weit von seiner eigenen entfernt oder davon, was einmal seine gewesen war.

Das Gerede über ein Apartment verunsicherte ihn – umzuziehen, Platz, den er kannte, aufzugeben, für etwas anderes, Bedrohliches. Er grübelte und konnte nicht schlafen. Der Karton war heiß von seiner Rastlosigkeit. Er warf ihn runter und lauschte, wie der Wind das Oberlicht in seinem Rahmen zum Knarren brachte. Er streckte die Beine und zog sie wieder an. Schließlich setzte er sich auf und suchte seine Schuhe.

Er schloss die Tür hinter sich ab und ging in den Ort. Nachts war die Luft wärmer und der Schnee zu einer glucksenden Pampe geworden. In dem einen erleuchteten Fenster im Ort saß eine Handvoll Menschen gedrängt am Donuttresen. Sie alle schauten zu dem Gast am Ende hinüber, der gerade eine Geschichte erzählte. Es war drei Uhr morgens. Die Straße roch nach süßem frittiertem Teig. Die Leute schauten nicht auf, als er an dem kleinen Lichtfleck vorbeiging.

Neben der Tankstelle hingen zwei schwarze Münztelefone. East nahm einen kalten Hörer in die Hand und betrachtete die staubigen Tasten.

Sie war ihm wieder eingefallen, die Nummer von dem Telefonsex-Flyer, die auf die Brüste jener Frau gedruckt gewesen war. Er sah sie wieder vor sich. Er wählte.

»Abraham Lincoln, bitte.«

»O Baby«, schnurrte die Frau am Telefon. »Er ist in letzter Zeit nicht zur Arbeit gekommen.«

»Ich muss mit jemandem reden«, sagte East. »Wie können Sie mir helfen?« Sie hätte die Frau vom letzten Mal sein können. Er wusste es nicht.

Manche Männer schenkten Frauen eine Menge Aufmerksamkeit, doch das galt nicht für ihn.

»Wenn Sie da arbeiten«, sagte er, »wissen Sie über Abe Lincoln Bescheid. Entweder können Sie ihn ans Gerät holen oder nicht.«

Sie sagte: »Bleib dran.«

Die Musik klang hell, vibrierte. Vampir-Hiphop. Ein Auto matschte vorbei und hielt vor dem Donutladen; zwei Männer und eine Frau stiegen aus, alle redeten gleichzeitig.

East hörte den anderen, männlichen Atem zuerst. Ungeduldig. Vielleicht gerade erst aufgewacht.

»Ja. Wer ist da?«

»Und wer ist da?«, entgegnete East.

Der Mann am anderen Ende sagte kategorisch: »Nein. Ich habe zuerst gefragt.«

Jetzt fiel East wieder ein, welches Chaos das letzte Mal herrschte, als er diese Nummer gewählt hatte. Alle waren verhaftet worden.

»Ist Walter zurückgekommen?«

»Welcher Walter?«

»Michael Wilson? Ist Michael Wilson zurückgekommen?«

»*Welcher* Michael Wilson?« Doch der Sarkasmus war nur gespielt. Die Stimme wusste, dieser Anruf war echt.

»Anhand meiner Fragen«, sagte East, »weißt du, wer ich bin. Sag's mir einfach. Sind sie wieder *zurück*?«

Er stand da und wartete. Es summte in der Leitung. Der Mann wartete ab.

»Sag einfach Walter von mir Bescheid«, sagte er schließlich. »Ich war mit ihm hier draußen. Hol ihn an den Apparat. Ich ruf zurück, in einer halben Stunde.«

»Ich bin nicht deine Sekretärin«, sagte die Stimme. »Du kannst mich mal.«

Doch das hieß *ja*. Dass man East immer noch zuhörte, der Hörer nicht aufgelegt wurde, hieß *ja*. »Halbe Stunde«, wiederholte er. Er legte auf und drehte sich um.

Leere Straße. Ein großer Laster fuhr die Seitenstraße hinunter über den Bach – was sie nicht durften. Sie machten die kleinen Brücken kaputt, deren zulässige Höchstbelastung nicht berechnet worden war, hatte Perry gesagt. Aber nachts taten sie es doch. Jemand saß am Steuer, und dieser Jemand musste nach Hause.

Er kaufte einen Schoko-Donut und aß ihn in einer Ecknische. Ströme von Glasur und Fett an den Fingern und das leckere, köstlich riechende Gebäck. Dunkle Krümel an der gewachsten weißen Tüte. Das halbe Dutzend Gäste und die Bedienung der Nachtschicht beobachteten ihn verstohlen. Und wenn schon.

Er lauschte. Die drei, die reingekommen waren, sprachen über ein Kartenspiel, Buben und ein Schrottblatt. Einer der Männer war der Bruder der rothaarigen Bedienung hinterm Tresen. Das Mädchen bei den zwei Männern hatte gerade das Rauchen aufgegeben, wie East auffiel. Man merkte es an ihrer Rastlosigkeit. Er roch keinen Rauch an ihr, aber er roch ihr Bedürfnis nach Tabak. Er wusste Bescheid. Das Mädchen am Tresen mochte die ehemalige Raucherin nicht, die ihren Bruder begleitete. Sie schwieg sich aus. Niemand kannte den Gast am Ende des Tresens, den mit der Halbglatze und dem stromlinienförmigen Kopf. Er versuchte, sich anzubiedern, indem er freundlich über alles lachte. Er wollte hier dazugehören.

East behielt die Uhr im Auge und wartete eine halbe Stunde. Dann zog er den Reißverschluss seines Mantels zu und ging zur Tür. »Gute Nacht«, rief ihm die Bedienung mit ihrer schlichten, tonlosen Stimme über das Gemurmel und das Gebimmel der Weihnachtsglocken über der Tür hinweg nach.

»Gute Nacht«, gab er zurück.

Über ihm schimmerten schwach einige Sterne, wie etwas, das noch nicht gestorben war.

»Ich stelle Sie durch«, sagte die Telefonistin. »Dreierkonferenz.«

»Ich will nur mit ihm reden«, sagte East. »Ich will kein Dreiergespräch.«

»Soll er Sie unter dieser Nummer zurückrufen?«

»Sie haben die Nummer?«

»Ja, ich habe die Nummer.«

Damit hatten sie eine Ahnung, wo er sich befand.

»Wie geht's denn so da draußen?«, fügte sie hinzu. Als hätte ihr das jemand aufgetragen.

Er knurrte und legte auf.

East kratzte an der trockenen Haut seiner Wange. Er dachte kurz daran, einfach wegzugehen – das Telefon aufzugeben, nur diese winzige Spur von sich zu hinterlassen. Doch das setzte etwas voraus, wie er wusste. Dass jemand sich an ihn erinnerte. Dass irgendwer sich noch Fragen stellte.

Walters Stimme klang gedämpft. »Wer ist da?«

»Wie war dein Flug?«

»Verdammt.« Walter pfiff. »Alter. Keiner wusste, was mit dir los war. Warst du tot oder irgendwo im Knast? Oder bist du hierher zurückgekommen und hältst dich versteckt?«

»Können wir reden?«, sagte East.

»Ja«, sagte Walter. »Ja, ich hab mir ein Handy geliehen, alles cool. Schieß los.«

East war kurz davor, eine Geschichte zu erzählen. Doch er schluckte sie runter. »Also. Ist Fin noch im Bau?«

»Ja. Er wird sich aber freuen, dass ich von dir gehört habe.«

»Wer leitet den Laden?«

»Oh«, stöhnte Walter. »Vorgesehen war Circo, weißt du?

Alle fanden das schrecklich. Aber dann wurde er mit Alkohol am Steuer erwischt und hatte Gras dabei, da sagte Fin aus dem Bau, nein. Fin hasst so was, solche Ablenkungen. Es ist also irgendwie kompliziert, irgendwie noch in der Schwebe. Wir nehmen Änderungen vor. Raus aus der Sache mit den Häusern. Ein Typ hat tatsächlich dreißig Blocks gekauft, die Häuser, die User, die Kids, alles.«

»Er hat also die Häuser gekauft? In denen Leute wohnen?«

»Er hat die Rechte gekauft«, sagte Walter. »Alle Geschäfte, die darin abgewickelt werden, die gehören ihm. Dafür hat er 'n Haufen Geld bezahlt. Und –«

Wie seltsam, Neuigkeiten von zu Hause zu bekommen. Wie eine Flaschenpost. »Hat es Michael Wilson zurückgeschafft?«

»Hat er, wie ich hörte«, sagte Walter. »Gesehen hab ich ihn nicht.«

»Warum sitzt Fin noch?«

»Ach, Alter«, sagte Walter. »Er hat so etwa eine Milliarde Dollar Kaution. Zuerst waren es hunderttausend, das konnten wir leicht aufbringen, da hat der Richter sie in unermessliche Höhen getrieben. Die lassen ihn nicht raus. Nie.«

East sah sich im Dunkeln um. »Hat jemand darüber geredet?«

»Keiner verliert auch nur *ein Wort* darüber«, sagte Walter.

East verspürte eine leichte Enttäuschung. Unwillkürlich.

Walter lachte. »Du bist immer noch da draußen, Alter. Das verblüfft mich echt. Was treibst du so? Wenn du Geld brauchst, kann ich dir welches schicken. Oder ein Ticket. Du kannst jetzt problemlos nach Hause fliegen, es gibt nur ein paar Dinge, über die ich dich ins Bild setzen muss.«

»Nein. Ich bin jetzt hier.«

»Ich hab auf deinen Anruf gewartet.«

»Nein, ich bin hier«, sagte East. »Also, Mann. Was machst du so?«

»Ich? Geh wieder zur Schule.« Walter kicherte. »Hab 'ne Woche gefehlt, keiner hat was gesagt. Aber im Frühling geh ich auf eine *Privat*schule. Letztes Semester, Vorbereitung aufs College, nichts mehr mit The Boxes. Sie schicken mich hoch, ich werd da wohnen. Die Lage ein wenig sondieren, du weißt schon.«

»Wie Michael Wilson an der UCLA?«

»Vielleicht. Oben in den Canyons, das ist eine gute Schule. Die Kids da oben sind entweder Filmstars oder Geeks.«

East versuchte, es sich vorzustellen. Er wusste nicht, was er sich vorstellen sollte.

»Und was machst *du*?«

»Das Übliche«, sagte East. »Ich beobachte nur.«

»Was? Du hast ein Haus und 'ne Crew gefunden?«

»Anders.«

»Anders, aber das Gleiche?«

»Stimmt«, sagte East.

»Das hält dich über Wasser«, sagte Walter, »aber das ist Arbeit für kleine Jungs, E – und das weißt du auch. Das haben wir gemacht, als wir kleine Jungs waren.«

East fühlte den Stich. Doch das ging vorbei. »Walter, du musst etwas für mich tun.«

»Was?«

»Schick mir etwas. Geh rüber zum Haus meiner Mutter, und dreh mein Bett um. Da findest du einen Holzklotz, der da nicht hingehört, mit einer Flügelschraube befestigt. Hol meine Bankkarten und mein Handy, wenn du kannst, und schick sie mir per Post.«

Er nannte Walter die Adresse seiner Mutter und die Straßenadresse der Paintball-Anlage.

»Ich hab die Vorwahl gesehen. Musste sie nachschlagen«, sagte Walter. »Ohio?«

»Ohio.«

»Ist das wie in Wisconsin, total kalt?«

»Warm und Berge«, sagte East, »genau wie L. A.«

»Wie komme ich da rein, ins Haus deiner Mom?«

»Sag ihr, ich brauch es. Gib ihr fünfzig Dollar, Mann. Dann lässt sie dich im Handumdrehen rein.« Grimmig fügte er hinzu: »Wahrscheinlich lässt sie dich für fünf rein.«

»Du kommst nicht zurück, oder?«

»Wohl eher nicht. Sag keinem, was ich dir gesagt habe.«

»Glaub mir, Mann. Ich werde schweigen wie ein Grab. Du kommst echt nicht wieder?«

»Sag keinem, dass ich hier draußen bin«, wiederholte East.

»Ich sag kein Wort«, versprach Walter. »Aber du kommst nicht zurück. Das lässt mir keine Ruhe.«

Perry legte die Post auf den Tresen und betrachtete sie von der Seite. Eilpaket, adressiert an Antoine Harris. Es hatte anderthalb Tage gebraucht.

»Nachname Harris«, stellte er fest. »Bisher wusste ich gar nicht, dass du einen Nachnamen hast.«

»Ich verlier selbst den Überblick«, sagte East.

»Ich muss dir ein Namensschild gravieren lassen«, verkündete Perry.

Den ganzen Tag strahlte das Päckchen in der Vitrine, strahlte radioaktiv wegen Easts Vorleben.

Am Abend riss er das Packpapier und die Klebstreifen ab und wickelte einen Schuhkarton aus, der zu Hause unter seinem Bett gestanden hatte und ein Paar seiner alten Schuhe enthielt, aus denen er herausgewachsen war, lädiert, aber noch ganz, noch real. Warum hatte Walter die geschickt? Fast hätte er sie in den Müll geworfen. Der Mief seiner Socken, des Schlafzimmers im Haus seiner Mutter. Sein Salz.

Dann tastete er in ihnen herum. Unten in einer Schuhspitze war ein flaches Bündel in braunes Papier gewickelt, darauf Gekritzel, das er kaum entziffern konnte: HAB DAS HANDY NICHT BEKOMMEN. SUCHE WEITER. W. Das Bündel enthielt, um seine Bankkarte gewickelt, tausend Dollar in Zwanzigern und noch eine Karte: ein Führerschein, Staat Kalifornien.

Der Name darauf war sein echter. Seltsam, ihn dort zu lesen, in dieser offiziellen Schrift, unter dem Wasserzeichen. Die Adresse war die seiner Mutter, der Geburtstag sein eigener. Er war gerade ein paar Tage her – er hatte ihn vergessen. Er war jetzt sechzehn. Ein zugelassener Fahrzeugführer.

Ihm fiel ein, dass er das Foto vor einem Jahr in einem Drogenhaus hatte machen lassen, ein anderes Hemd, eine neue Frisur. Jemand hatte sich in einem Schlafzimmer im ersten Stock geprügelt, während er, East, aufrecht vor der Kulisse gesessen und direkt in die Linse der Kamera geblickt hatte.

Den Führerschein herzustellen mochte nicht viel Arbeit gewesen sein. Aber Walter hatte ihn gemacht. East wusste nicht recht, was er davon halten sollte. War es eine Belohnung? Eine Einladung? Oder war es ein Strick, der ihn an eine bestimmte Stelle fesselte? Und an den sich irgendwo Melanie und das Mädchen aus Jackson klammerten?

Er betrachtete eine Weile sein Gesicht, bis er schläfrig wurde. Dann versteckte er den Führerschein in einer kleinen Ritze hinter der Fußleiste. Er griff nach oben und löschte das Licht.

Irgendwann im Dunkeln, in der dichten, trüben, drückenden Winterdunkelheit, hörte er den Riegel vorn schaben, wie die schwere Tür sich öffnete. Er schob seinen Karton beiseite. Geräuschlos drehte er sich auf den Bauch, kam auf alle viere und richtete sich dann auf, im Gleichgewicht und kerzengerade.

Mit einer raschen Bewegung drehte er einen stabilen Stiel von einem Besen und hielt ihn vor sich, bereit.

»Antoine?« Es war Marshas Stimme.

Sie war zu zittrig, um selbst zu fahren. Er half ihr in einen von Perrys Pick-ups und setzte sich ans Steuer. Den ganzen Vormittag hielten sie im Krankenhaus Wache, in einem Zimmer weit oben, mit Blick auf einen schneebedeckten Teich. Perry lag da, aufgeschnitten, ein Netz aus Schläuchen und Kabeln durchkreuzte ihn wie Straßen und Leitungen auf einer weißen Landschaft.

20

Seine Zeit auf der Schießanlage schien sich schier endlos zu dehnen: Es wurde spät hell, und sogar der kurze Dezembertag schien sich ewig in die Länge zu ziehen, über ungezählte Stunden. Die Stammkunden kamen vorbei, um zu fragen, was East wusste. Sie wollten Perry nicht im Krankenhaus besuchen, wussten nicht einmal genau, ob sie überhaupt Zutritt hatten. Doch Perry fehlte ihnen, sie wollten sich unterhalten. Sie stützten sich auf das schwere Glas des Süßwarenladentresens. Einige von ihnen erzählten East von den Herzinfarkten ihrer Väter, einige von ihren eigenen. Hinten war ein wenig Betrieb, aber nichts, was East vom Tresen weglockte. Er verlieh Zeit und Markierer und verkaufte Paints, während die Stammkunden um ihn herumhingen.

Einige dieser Männer hatten vorher nie ein persönliches Wort mit East gewechselt. Sie kannten ihn noch keinen Monat. Was bedeutete es, dass sie zu ihm statt zu Marsha kamen, dass sie *ihn* als Perrys Freund, seinen Vertrauten betrachteten? Sie erzählten East nichts von Perry – da Perry weg war, erzählten sie East von sich selbst. »Wünsch ihm gute Besserung«, sagten sie. Sie ließen East Karten da, die er ins Krankenhaus bringen sollte, manchmal von einer ganzen Gruppe unterschrieben: GUTE BESSERUNG, schrieben sie mit

Kugelschreibern, manche ordentlich, andere in kindlichem Gekritzel. BIS BALD.

Bald. Bis hierher war die Zeit geschlichen. Für East stand sie still, aber bereit wie eine Katze auf dem höchsten Punkt ihres Sprunges. Er fragte sich, welche Zukunft Stone Cottage ohne Perry haben mochte. Inzwischen empfand er für den Ort fast eine Art Beschützerinstinkt, obwohl er erst kurz hier war.

Am dritten Tag kehrte sie zurück. Sie trug einen braunen Pullover, gerippt und wollig; East stellte sich vor, dass ihre Haare einmal so braun gewesen waren. Er fragte nach Perry, worauf Marsha fragte, ob er wisse, was eine Patientenverfügung sei.

»Das bedeutet, dass er seinen Willen kriegt«, sagte sie düster. Es hieß, sie wussten bereits, dass Perry heute Nacht oder morgen sterben würde. In Easts Hals krampfte sich etwas zusammen, und er nahm den Besenstiel und lehnte sich darauf, bis er wieder sprechen konnte.

Das konnte anhand eines Papiers entschieden werden, das ihr Mann unterschrieben hatte.

»Weiß er es?«

»Weiß er was?«

»*Weiß* er«, sagte East, in dessen Stimme so etwas wie Panik mitschwang, »dass er jetzt sterben wird?«

Sie hob eine Hand und biss hinein. Dann drehte sie sich weg, wirkte dabei sehr klein, und er folgte ihr nicht.

Wieder begleitete er sie ins Krankenhaus. Diesmal fuhr sie, in einem langen, weißen Wagen, den er noch nie zuvor gesehen hatte, einem Plymouth.

Perry lebte immer noch in seiner Kreuzung aus Schläuchen und Kabeln, den Monitoren, den Kanülen, den intravenösen Zugängen, ein unbekleideter Berg. Seine Augen waren nach oben gerichtet. Sie waren trübe wie die Augen der Fische, die East auf den spanischen Märkten gleich östlich von The Boxes gesehen hatte, Augen, in die er mit Bedacht nie hineinsah, da er wusste, dass er eines Tages sehen würde, was sie gesehen hatten. Er ließ Marsha zu Perrys Körper gehen und wartete an der Tür. Die Krankenschwestern beäugten ihn, diesen geheimnisvollen schwarzen Jungen: Was hatte es mit ihm auf sich? Es gab schwarze Schwestern, fiel ihm auf, junge Frauen in blassblauen Klamotten mit Blumenmuster; es gab schwarze Ärzte und schwarze Männer mit Haarnetzen, die Wischeimer durch den Flur schoben. Aber dieser schwarze Junge mit bloßem Kopf im Zimmer dieses dicken, alten weißen Mannes, der leise versuchte, die zukünftige Witwe zu trösten, was war das? Er versteckte sich nicht vor ihren Blicken.

Er ließ Marsha die Zeit, die sie brauchte, und als sie von Perrys Seite wich und sich ans Fenster setzte, wo sie weinte, ein leises Schnaufen, trat er zu Perry ans Bett.

»Haben sie ihn aufgegeben?«

Marsha atmete tief ein. »Da gibt's nicht viel aufzugeben, Antoine. Die ganzen Kabel an ihm, die halten ihn am Leben. Wenn sie die wegnehmen, stirbt er. So einfach ist es.«

»Wann tun sie das?«

»Jetzt«, sagte Marsha. »Hätte ich es mal nicht getan. Du musst nicht bleiben.« East sah nach unten in Perrys Pupillen, als schaute er in ein Loch in der Straße, als gäbe es in dem Mann Tiefen, und in den Tiefen wäre das, was die

Fische kannten, was die Fische sahen: das Ende. Das Aufgefegtwerden, das Hinlegen. Klar und deutlich, als wäre sie jetzt hier, sah er das Mädchen aus Jackson auf der Straße, ihre Augen: Wie sie die letzten Dinge sah und den Blick darauf richtete. Ihn schauderte. Perrys Hautfarbe war zum Teil windgepeitschtes Rot und zum Teil das schimmernde Weiß von Farbe, das Weiß des Winterhimmels. East zog sich zurück. Er stellte sich wieder neben die Tür, und als die beiden Krankenschwestern zurückkamen, mussten sie sich an ihm vorbeiquetschen, so sehr hatte er vergessen, wo er war.

»Mrs. Slaughter?«, sagte die jüngere der beiden Krankenschwestern. Die schwarze. Die ältere Schwester wartete ruhig, respektvoll, ganz wie eine Nonne. »Sind Sie bereit?«

Wieder nahm sich Marsha einen Moment Zeit. »Ja«, sagte sie leise.

»Der Arzt kann in wenigen Minuten hier sein.«

Marsha stand auf und stellte sich zu East in die Tür. Ihr Körper war das Gegenteil von Perrys, weiblich, klein, ihre vogelähnlichen Knöchelchen in den Handgelenken sichtbar, die Hände vom Alter dunkler. Ihre braunen Haare und dunklen Augen ergrauten.

»Du musst nicht bleiben, Antoine«, sagte sie. »Ich komme schon zurecht.« Worte, die ihm einfielen, blieben im Halse stecken. Er schüttelte den Kopf. Es ging schneller, als East gedacht hätte. Die Nadeln verschwanden aus Perrys Körper, und der Atemschlauch mit seiner tiefroten Schleimhülle ließ sich mit einem leichten Rucken aus dem Mund ziehen. Marsha hatte ihre Unterschriften auf dem Papier kontrolliert, ohne besonders gründlich hinzusehen, und als sie Perry berührte und sich wieder zum Fenster begab, sah sie ihn auch nicht besonders gründlich an.

»Er hat es so gewollt«, sagte die ältere Krankenschwester zum Trost, worauf Marsha kurz auflachte, ein hohles *Pop*.

Hinter dem Fenster lag der Highway. Winterliche Autos in ihrem Schmutzmantel brausten vorbei.

»Drücken Sie auf diesen Knopf, wenn Sie jemanden brauchen«, sagte die Schwester.

Marsha schien in einen Trancezustand verfallen zu sein, und nach einer Weile bewegte sich East wieder Richtung Bett. War es das? Plötzlich wollte er es unbedingt wissen. Er beugte sich über Perry, beobachtete, obwohl er Ty nicht hatte beobachten können, nicht hatte bleiben können, wo Ty und die anderen vor ihm gelegen und gelitten hatten.

Perrys Atem war leicht und klirrte, wie ein in einer rollenden Flasche klappernder Stein. Er fiel und wurde langsamer, fiel und wurde langsamer. Es würde nicht mehr lange dauern, dachte East. Es ist nicht mehr viel da. Einmal endete Perrys Atem beinahe beim Einatmen. Dann ließ er die Luft raus – noch ein Rollen, noch ein Fallen. East legte seine Hand neben Perrys Hand, dann beugte er sich vor und blickte wieder in den Gewehrlauf von Perrys Augen. Das Letzte, was jemand sah. Er war wohl bereit, das zu sein. Er legte die Finger seiner Hand oben auf Perrys Knöchel, und Perry stieß ein halbes Husten aus, aus seinem Brustkorb, der hoch und weiß und mit Haaren besetzt war wie kahle Winterbäume auf einem Berg. Der Stein in der Flasche rollte wieder. Die Augen schwammen in ihren Wolken, ihren weißen Wannen. Dann stieß die Flasche gegen etwas, rollte nicht weiter, und der Berg wusste auch, was der Fisch wusste, das letzte Ding der Dinge.

21

Dann war es wieder windig und warm. Wie sommerliche Wärme nach dem Schnee, wie kalifornische Wärme: noch eine Welle südlicher Luft, Männer liefen in Hemdsärmeln herum, Autos fuhren mit offenen Fenstern, Musik ergoss sich nach draußen. East ließ die Anlage geschlossen. Er war allein. Niemand fuhr auf den mittlerweile matschigen Parkplatz, die Reifenspuren glänzten vom schmelzenden Schnee unter blauem Himmel. Überall hörte man Schmelzwasser. Keiner hielt an. Er vermutete, dass die Stammkunden jetzt Marsha aufsuchten, jetzt da Perry tot war. Über die Krankheit eines Mannes sprach man mit anderen Männern. Wenn ein Mann starb, dann endlich sprach man mit dessen Frau. Doch auch vor dem Haus standen keine Autos. East überquerte die Straße nicht. Er war sich nicht sicher, wie er sich dem Haus nähern sollte, nun da Perry nicht mehr war, oder wie Marsha ihn empfangen würde.

Er arbeitete in dem Gebäude und auf dem Gelände in der Wärme, die vermutlich nicht so bald wiederkommen würde. Er arbeitete, als gehöre das alles ihm. Er lüftete das Gebäude, putzte den Abstellraum, in dem die vielen Behälter mit Paintballs ihren wächsernen Geruch abgaben. Er stellte die Stehleiter auf – fast fünf Meter, sie hochzuklettern machte ihm Angst – und putzte die Lampen, ersetzte zwei alte Röhren, die knisterten und flackerten. Das waren die Lampen, die dich fertigmachten – wie Fin einmal gesagt hatte, sie trübten deine Augen ein, machten den Anstrich farblos. Er warf die alten Röhren in den Mülleimer und sah zu, wie sie zu Glaskringeln zerbrachen, wie weiße Pulverwölkchen aus ihnen aufstiegen.

Am Nachmittag zog er ein Paar schicke Stiefel an, die Perry hinterlassen hatte, und rollte einen Müllcontainer durch das Gelände hinterm Haus. Im Schatten lag dickflüssiger Schneematsch, von der gleichen Konsistenz wie der süße Slush, den die Kids tranken, und der Schnee lag noch hoch im Schutz der Böschung mit ihrem schattenspendenden Zaun. Wo aber die Sonne auf den Schnee traf, kam der Müll im Matsch zum Vorschein: Chipstüten, Bonboneinwickelpapiere, Sandwichverpackungen, Frotteetücher, Plastikflaschen, Zigarettenpackungen, blutige Socken, Poppers-Fläschchen, Reißverschlussringe, Bierdosen, einzelne Handschuhe. Manches vom Winde verweht, das meiste fallen gelassen. Jedes Mal, wenn er das Spielfeld reinigte, erfuhr er etwas, das er nicht gewusst hatte: Was sie mitbrachten und hinwarfen, waren Dinge, die auf der Anlage nicht verkauft wurden. Kirschzigarren, grüne Becher mit Kaubonbons. Verpackungen von Chicken Lively – was war das denn? Glaspfeifen, jemand hatte sich zugedröhnt – er konnte sich denken, wer. Er packte die Teile mit dem Abfallgreifer und hob sie hoch, um sie sich anzusehen. Die Stiefel an seinen Füßen waren riesig, und er band die Senkel fester, bis sich um seine Knöchel Ringe einschnürten.

Der gelborange Streifen am Himmel im Süden. Ein Riss in den Wolken, vielleicht auch ihr Ende.

Vor Einbruch der Dunkelheit füllte East zwei Säcke mit Müll. Mit den Säcken stimmte etwas nicht. Sie waren aus einem komischen, labbrigen Plastik, dünn und flattrig, nicht stabil wie die normalen Säcke. Vielleicht waren sie für etwas anderes, nicht für Müll. Aber Perry konnte er nicht mehr danach fragen. East schleifte einen nach dem anderen weg, öffnete das Tor und schlurfte die dichtbewachsene Böschung hinab zum größten Müllcontainer. Dann stand er draußen, aß einen trockenen Bagel und betrachtete das allmählich schwächer werdende Tageslicht zu seiner Linken. Ein dürrer, besorgt dreinblickender Hund trabte von Osten her den Straßenrand entlang, als folge er dem abnehmenden Licht. Er sah East an und senkte seinen Straßenköterkopf. East warf ihm den Rest des Bagels hin, und der Hund schnüffelte daran, hob ihn dann auf und nahm ihn mit. Geräuschlos, konzentriert.

East ließ die Stiefel vor der Tür stehen. Im Gebäude legte er die Rolle dünner schwarzer Plastiksäcke in den Abstellraum und zog seine guten Handschuhe aus.

Er saugte die Sofas und die beiden schäbigen Teppiche. Fegte die Ecken.

Der nächste Tag, genauso warm. Er gönnte es sich, ein paar Minuten in einer Nische des Donutladens zu sitzen. Sein Sandwich zu essen. Ein verchromter Serviettenhalter mit Rostflecken. Das Morgenlicht spielte auf dem salzbestreuten Parkplatz wie ein einziger beharrlicher Dauerton.

Er fand die Farbe, die Perry verwendet hatte, um die Tür und ihren Rahmen weiß zu streichen, und strich sie noch einmal über, solange die Sonne schien. Er malte, bis die

Farbe alle war; dann stellte er den Pinsel in Farbverdünner und säuberte die Fensterscheiben mit einem Glasschaber.

Es war unklar, was er als Nächstes tun würde. Für East stand fest, dass er auf etwas wartete, irgendein Zeichen, ein plötzliches Aufklaren, das es ihm erlauben würde zu erkennen, was er wollte. Klar verdiente er es, zu warten. Nicht klar war, ob er solch ein Zeichen verdiente.

Doch der Tag war frisch, und die Luft zog durch, voller Staub, vielversprechend. In der Abenddämmerung saß er wieder draußen und beobachtete das Haus, Perrys Haus. Marsha war weder herausgekommen noch hineingegangen. Zwei Tage jetzt ohne Kunden, ohne Kälte. Er betrachtete die Einfahrt neugierig, den kleinen Hügel des Vorgartens über dem Straßengraben.

Er versuchte, sich nicht ausgegrenzt zu fühlen.

Nach einem Weilchen schlenderte der Hund wieder vorbei. East sah ihn kommen. Vorsichtig auftretend, leise neben der Straße, Steinen ausweichend. Er wusste, was er tat.

Diesmal hatte East einen Teil seines Mittagessens aufgehoben, Eier und Käse zum Brot. Er lockte den Hund, nicht mit Worten, sondern einer Art Jaulen. Der Hund blieb stehen, betrachtete ihn ängstlich. East warf ihm ein Stück fettiges Brot zu, und nachdem der Hund es verschlungen hatte, blieb er einfach stehen und musterte ihn prüfend. Er holte sich die Handvoll Essen, die East ihm hinhielt. Der rührte den Hund nicht an. Er sah die haarlose Stelle, die etwas um den Hals des Hundes gescheuert hatte, teils Narbe, teils trockenes Flussbett. Wie eine Markierung im Fell. Er sah, wie der Hund fraß, ihn nachdenklich beäugte und sich dann entfernte.

East nahm eine Schaufel aus dem Schrank auf der Terrasse und grub seine Waffen aus dem Erdhaufen, wo sie auf ihn gewartet hatten.

Lange vor Mitternacht schlief er ein, zusammengerollt auf seiner Palette, dem einen Kissen. Er schlief den langen und dankbaren Schlaf arbeitender Menschen – ein Schlaf des Atmens, des Träumens von der Kindheit, oder vom Fliegen, oder von Pfaden, die irgendwohin führten. Er rülpste und wälzte sich, und ununterbrochen saugte in ihm, wie die Gezeiten des Meeres, ein großer Muskel Luft ein und stieß sie wieder aus, saugte sie wieder ein.

Es war Ende Dezember, ein Dienstag. Es war ein anstrengender Tag gewesen.

Die Hintertür stand offen, als kümmere sich jemand um die Anlage, als würde das Gebäude noch gelüftet. East schlief. Unter seinem Karton spürte er den Luftzug nicht. Und er war den ganzen Tag an der frischen Luft gewesen, an dieser Luft aus dem Süden, die sich vom Gefühl und Geruch her kaum von der Luft unterschied, in der er aufgewachsen war.

Nur die Geräusche, das ständige Klappern, weckten ihn. Als werde etwas geschleift, kaputtgemacht. Seine Augen öffneten sich, und er lag wie gelähmt da, was er aus manchen seiner Träume kannte. *Ich muss mich bewegen.* Er konnte sich nicht bewegen. *Es ist mitten in der Nacht.* Die Ausrede eines Kindes.

Die Geräusche hallten durchs Haus. Jetzt roch er die Luft. Der nächtliche Wind und der Geruch von schmelzendem Eis, der milchige Geruch von Steinen, die zertreten wurden.

Er griff nach oben unter die Spüle. Dort machte das stabile Plastik eine Falte, bildete eine Öffnung, in die er die beiden von ihm ausgegrabenen Pistolen gedrückt hatte. Er zog eine heraus, schloss die Hand um sie und stand lautlos auf.

Durch die offene Hintertür blickte man über das Paintball- Spielfeld auf die gedämpften Lichter der Ortes. Keiner da. Nur die mannsgroßen Ackerfurchen.

Er schlich zur Treppe. Das Geräusch hielt an: War es Marsha? Ein Scheppern und ein Seufzen, ein Scheppern und ein Seufzen. Als würde ein Riese seinen Werkzeugkoffer schleppen und ihn mit jedem Schritt ein Stück weiterzerren. Die Waffe in Easts Hand fühlte sich seltsam und kalt an. Er bog um die Ecke, hielt inne und machte einen Schritt hinab.

Der Schlag kam von der Seite, von unten. Er schmetterte ihm die Waffe aus der Hand, die über das abgewetzte Sofa flog. Der nächste Schlag warf ihn von der Stufe. Er stürzte die halbe Treppe hinunter, fiel auf den Beton und rollte weiter. Er versuchte aufzustehen – *der Boden ist nicht dein Freund* –, doch schon traf ihn der dritte Schlag. Irgendein Knüppel, der sich in ihn bohrte. Er schmiss East wieder um, und jetzt hörte er die Füße herumlaufen und gab den Versuch auf zu entkommen, wollte sich nur noch schützen, als ein Tritt seinen Kopf zu Boden stieß. Er klemmte ihn zwischen die Knie, rollte weg, bekam die schweren Schläge gegen die linke Körperseite. Sie prasselten auf ihn ein wie Peitschenhiebe.

Nicht den Kopf, nicht den Magen, nicht den Rücken, flehte er stumm. *Nicht den Hals oder die Schulter, den Ellbogen oder den Arm.* Nicht die Stellen, auf die er geschlagen wurde: Er wollte sie unbedingt retten, als sorgten die Schläge dafür, dass ihm die betreffenden Körperteile abhandenkamen. Er wollte seinen Körper unbedingt schützen, doch dann brach er unter zwei weiteren Schlägen zusammen, drehte sich weg und verbarg sein Gesicht wieder, unter dem Arm, wie ein Vogel den Kopf unter einem zitternden Flügel verbirgt. Wimmernd. Er fürchtete den Schlag, der seinen Schädel brechen, ihn dorthin schicken würde, wo die anderen schon warteten.

Da zogen sich die Füße zurück. Er hatte gedacht, es seien zwei Paar, doch jetzt sah er die Schuhe im Kreis gehen, die Richtung wechseln. Der dunkle Knüppel ruhte. Nur einer. Die Schuhe warteten ab, angehoben und klein, als wählten sie ein Ziel aus. Dunkle knöchelhohe Turnschuhe. Er machte sich bereit und schloss die Augen.

Die Stimme war sanft und klang überaus amüsiert. »Verdammt, Junge«, sagte sie. »Du hältst 'ne Pistole wie ein Mädchen.«

Jetzt musste er nicht mehr hinsehen.

»Du bist vor mir weggelaufen, Mann. *Gelaufen* bist du.«

East öffnete den Mund, doch er bekam keinen Ton heraus.

»Ich wusste, du würdest weglaufen«, sagte Ty. »Ich dachte nicht, dass du auf mich schießen würdest. Auf die Idee wär ich nicht gekommen.«

East schlug die Augen auf, doch sie liefen voll Wasser. Der Betonboden verschwamm, makellos sauber. Er war ein Idiot. Er hatte Ty als vermeintlich tot zurückgelassen. Doch *ihn als tot zurückgelassen* – so etwas redete man sich selbst ein. Tot musste eindeutig sein.

Blut verschmierte sein Gesicht; sein Arm war aufgerissen,

rohes Fleisch. Er bewegte ihn unter Schmerzen. »Ty«, hustete er. »Tötest du mich?«

Er wagte es aufzuschauen. Über dem Sofa sah er etwas baumeln – eine Tragetasche aus Nylon, die am Griff von einem Dachsparren hing. Etwas da drin regte sich und verursachte die Geräusche.

Ein Lockvogel.

»Hab dich gefunden«, sagte Ty.

East schloss die Augen.

»Was machst du hier?«

»Hab dich gefunden«, sagte Ty nur. »Steh auf.«

East war bereit, auf dem sauberen, harten Boden zu sterben. Wie es die Leute taten. Zu stehen bedeutete jetzt gar nichts.

Ty beugte sich über ihn. Er zog East an der Schulter, ließ ihn wieder los. »Dann peitsch ich dich eben, bis du aufstehst«, sagte er, beinahe hilfsbereit. Ein Fuß half East durch Anstupsen auf alle viere zu kommen. Sein Arm schmerzte, und er schützte ihn vor Ty.

»Nimm Platz«, sagte Ty. Er deutete mit dem Schlagstock. Es war nur ein Stiel, der Besenstiel, den East benutzt hatte, wie er jetzt sah. Komplett mit Besen.

»Tötest du mich?«

»Das sollte ich eigentlich tun«, sagte Ty.

East schaute verstohlen, wohin seine Waffe gefallen war. Irgendwo weit hinter dem anderen Sofa. Aber darauf würde Ty vorbereitet sein.

Er setzte sich.

Eine seltsame, lange Reise quer durch die Welt. Die Welt würde machen, was sie wollte; sie ließ sich nicht aufhalten. Und sein Bruder war die Welt.

Das war auch Ty aufgefallen. »Komisch, dich wiederzusehen. Wenn man bedenkt, wo wir aufgehört haben.«

East nickte im Dunkeln.

Spielerisch drehte Ty den Besenstiel. »Du willst wissen, was ich hier mache? Hast du versucht, über mich was herauszufinden?«

»Was herauszufinden?«

»*Was* herauszufinden«, schnaubte Ty. »Ob ich noch lebe? Ob ich überlebt habe oder tot bin, Nigger?«

»Wie sollte ich das herausfinden?«, murmelte East.

»Nun, zuerst muss es dir wichtig sein«, blaffte Ty. »Wichtig genug, um es zu versuchen. Internet, Mann. Aber das tust du ja nicht – hatte ich vergessen. Oder jemanden anrufen. Zu Hause anrufen. Ich erzähl dir mal was. Sie wollten mich offiziell zu einem Waisenkind erklären. Mich einer Farmersfrau übergeben. Eine Woche lang haben sie mich jeden Tag nach meinem Namen gefragt. Dann bin ich weggegangen.«

»Von wo?«

»Aus dem Krankenhaus.«

»Und was hast du dann gemacht?«

»Was glaubst du?«, sagte Ty. »Ich bin *nach Hause*.«

»Wie lange hast du nach mir gesucht?«

»Nach dir?«, sagte Ty. »Seit gestern.«

East zog eine Grimasse.

»Ich hab nicht gesucht, sondern gewartet, bis du dich gezeigt hast. Ich wusste, du würdest irgendwo hier draußen sein, Alter. Du hast dich in jede Kuh verknallt, die du unterwegs gesehen hast.«

»Hat Walter mich verpetzt?«

»Nä. Walter liebt dich, Mann. Für den bist du das Größte seit der Erfindung des Toastbrots.«

»Wie dann?«

»Du hast Abraham Lincoln angerufen«, sagte Ty. »Das wurde mir zugetragen. Ich gehöre jetzt nämlich zum inneren Kreis. Bin nicht mehr am Rand und bettle um Jobs. Fin hat seine Meinung geändert. An den meisten Tagen krieg ich nicht mal 'ne Knarre zu sehen. Ich schau also in den Unterlagen nach, finde die Nummer. Das Münztelefon da drüben, stimmt's?« Er zeigte mit dem Finger über seine Schulter in Richtung des Ortes. »Ich bin heute Nachmittag hergeflogen, kam in den Ort, marschierte zu deinem öffentlichen Fernsprecher. Hab jemand zwei Fragen gestellt, und schon wusste ich, wo ich dich finden würde.«

»Du bist hierhergeflogen?«, sagte East. »Allein?«

»East. Spar dir deine Beleidigungen«, sagte Ty. »Erinnerst du dich an das Schwimmbad in der Bishop Street? Wo man den Kopf nicht ins Wasser tunken durfte?«

East erinnerte sich an das alte, schmierige städtische Bad. Herumgespritze, Höllenlärm. Ständig ertranken Kinder. Keiner von ihnen hatte je Schwimmunterricht. Die jugendlichen Badewärter waren nicht besser – sie waren nur diejenigen, die es so weit geschafft hatten.

»Du bist mit deinen Freunden zum tiefen Ende gestrampelt. Ich war so was wie vier, fünf und hab dich aufgespürt? Hab geplantscht und Wasser geschluckt, weil ich nicht schwimmen konnte. Aber ich hab dich gefunden.«

»Das weiß ich noch.«

»Tja, Nigger«, sagte Ty leise, »jetzt kann ich schwimmen.«

East sah zu seinem Bruder hoch. Das leichte Zucken seiner Hände, als der Besenstiel in diese und jene Richtung ausschlug, seine metallene aufschraubbare Spitze blitzte. In die Sofapolster gebohrte Absätze.

Fast ungeduldig sagte East: »Tötest du mich?«

»Nein«, sagte Ty. »Tu ich nicht.«

»Ich glaub dir nicht.«

»Vielleicht auch besser so.«

Die hängende Tasche schwang nicht mehr hin und her, sondern drehte sich jetzt nur noch langsam. East griff nach unten, um sein Blut wegzuwischen, anderswo an seinem Hemd abzuwischen, gab sich Mühe, damit es nicht aufs Sofa tropfte. *Na endlich,* dachte er. *Familientreffen*.

»Ich hab Hunger«, sagte Ty.

In dem schummrigen Licht sah Ty aus wie immer. Nur magerer. Falls das möglich war.

»Wieso –«, begann East, brach dann verlegen ab. Er glaubte es nicht. Ein Gespenst. Ein Gespenst flog nicht quer durchs Land, um seine Rache gegen eine Abreibung einzutauschen.

»Wieso lebst du noch?«, beendete er den Satz.

»Das fragst du? Warum ich nicht gestorben bin?« Ty drehte den Besenstiel und hielt ihn in senkrechter Position an, wie eine Uhr. »Ich *danke* dir. Ich wurde in einem Krankenwagen wach. Hab rosa Dreck gespuckt. Mich den ganzen Tag an einem Beatmungsgerät entspannt. Du weißt, was das ist? Ein Gerät, das dafür sorgt, dass du weiter atmest. Noch mal vier Tage, in denen ein Schlauch in meiner Seite steckte. Das Scheißding tat *weh*. Hat schlimmer weh getan als die Erbsenpistole. Deshalb bin ich nicht gestorben.«

»Wie konntest du einfach weggehen?«, hauchte East. »Haben sie dir keine Handschellen verpasst, dich nicht verdächtigt? Haben sie nicht danach gefragt?« Er suchte die Worte. »Nach dem Richter?«

Ty blinzelte. »Warum sollten sie?«

»Ich weiß, dass die Polizei da ermittelt hat.«

»Schon möglich«, sagte Ty. »Aber wir haben uns unauffällig verhalten. Haben es richtig gemacht. Für die bin ich nur ein Opfer, irgend so 'ne finstere Schwarz-gegen-Schwarz-Scheiße. Viel *wahrscheinlicher* ist, dass sie nach dir suchen.«

East ließ den Kopf hängen. »Und wann bringst du mich um?«

»Wenn's nach mir ginge, wärst du schon steif und kalt«, sagte sein Bruder. »Doch ich bin geschäftlich hier. Und ich hab Hunger. Also lass uns was essen.«

Es war früh am Morgen. Also gab es keine Alternative. East ging mit Ty los, um eine Schachtel Donuts zu kaufen, ehe es hell wurde. Ty wartete unten an der Straße.

Auch schon vor sechs Uhr war es im Laden warm, verwirrend, lebendig. Am Tresen sah sich East unauffällig um. Doch er sah nichts als die Fenster, die bewegte Bilder aus dem Inneren widerspiegelten.

Er könnte weglaufen. Zu Fuß war er schneller als Ty, jedenfalls früher gewesen. Er kannte hier die Gärten und Äcker. Er wusste, wo Perry einen Schlüssel für den alten Pick-up aufbewahrte.

Doch es brachte nichts, wenn er weglief. Er könnte eine

Lücke zwischen jetzt und seinem alten Leben öffnen. Aber nur eine Lücke.

Die Donuts warteten in ihren Behältern, verheißungsvoll und glänzend. Heute arbeitete am Tresen ein dünner Junge, die Haare glatt nach oben gebürstet. Er faltete die Schachtel zusammen, und East suchte sich zwölf aus und bezahlte.

»Du kriegst noch einen. Dreizehn für ein Dutzend«, sagte der dünne Junge. Doch East sagte: »Nein, danke.«

»Was«, sagte der Junge, »ist mit deinem Arm passiert?«

East sah ihn sich zum ersten Mal bei Licht an. Es war eine kaputte Schweinerei, der Ärmel blutgetränkt, er wurde immer schwärzer. Sein Magen sackte tiefer. »Danke«, sagte er.

Fünf Personen. Es war unwichtig, wer in dem Laden war oder was er laut gesagt hatte: Sie konnten nichts ändern. Doch es stimmte, was Ty gesagt hatte. Wenn er hier wäre, um East zu töten, wäre das schon passiert.

Obwohl er sich immer noch spontan umentscheiden konnte.

Ty wartete in einer Haustür und blätterte die Morgenzeitung durch. Als er East sah, rollte er den *Plain Dealer* zusammen und steckte ihn weg. In seiner Hose zeichnete sich der Umriss einer Pistole ab.

Er ging neben East her. »Das ist also dein Haus? Hältst du noch Wache im Vorgarten?«

»Ist irgendwie das Gleiche.«

»Paintball? Damit kann man Geld verdienen?«

»Man kann.« Wenn er sagen würde, wie wenig, würde das Ty nur amüsieren.

»Was hast du nebenher noch am Laufen?«

»Nichts.«

»Ehrlich?« Ty lachte. »Ha.« Stumm gingen sie neben dem Highway zurück.

Der Tag bahnte sich an, aus Schwarz wurde allmählich Silbern. Die beiden Jungen überquerten den feuchten Parkplatz, und East schloss die Tür auf. Die Weihnachtsglöckchen bimmelten. Sie hingen dort seit seiner Ankunft, doch er hatte sie seit Wochen nicht mehr bewusst gehört.

Ty sah sich um, inspizierte den Tresen und die Waren, probierte eine Schutzbrille auf. East stand da und beobachtete, bis ihm die Zeit wieder zu lang wurde. Er ging und knotete das Seil auf, mit dem die Tasche an den Dachsparren befestigt war, und ließ sie zu Boden.

Ty beendete seine Runde. »Jetzt setzt du dich hin«, sagte er. »Ich habe eine Nachricht mitgebracht.«

Vorsichtig setzte sich East auf eins der Sofas. Ty hockte sich ihm gegenüber hin.

»Bist du bereit?«

»Vermutlich«, sagte East.

»Also – du kommst zurück. Das ist nicht dein Zuhause. Hier gehörst du nicht hin.«

East zuckte die Schultern.

»Die Organisation hat sich verändert. Darum bin ich gekommen, um dich zu holen. Von jetzt an geht's ums Geschäft.«

»Geschäft«, wiederholte East verständnislos.

»Vielleicht hat es dir der Dicke erzählt. Jemand hat The Boxes gekauft.«

»Walter hat's mir gesagt«, sagte East. »Und, haben sie Fin ausbezahlt?«

»Straßen und Häuser. Diese Dreckslöcher, vor denen du

Wache geschoben hast, Mann«, höhnte Ty. »So wie diese Bude hier. Weißt du noch, wie dein Haus zerlegt wurde? Das dauerte fünf Minuten. Während du weg warst, hat die Polizei noch zwei überrannt. Ist ihnen nicht mal schwergefallen; sie waren vor dem Mittagessen fertig. Also, ja, wir haben Fin ausbezahlt.«

East schüttelte den Kopf.

»Die Dinge ändern sich«, beharrte Ty. »Sie haben uns mit Kohle zugeschissen. Geschäftsleute aus Mexiko. Die in Amerika verknallt sind, Alter. Die haben uns anderthalb Millionen Dollar bezahlt.«

East pfiff. »Aber was ist noch übrig? Wie sieht das Geschäft jetzt aus?«

Tys Miene verfinsterte sich. »Hörst du denn nie zu, Mann? Häuser haben keine Zukunft. Cops knöpfen sie sich gern vor, Bürgermeister knöpfen sie sich gern vor, Medien knöpfen sie sich gern vor.« Er wischte sich über den Mund. »Du bist der Einzige, der es nicht begreift. Deine Jungs, deine Crew? Die gehen jetzt wieder zur Schule. Und sorgen dafür, das etwas aus ihnen *wird*.«

»Was ist mit uns?«

»Wir. Wir verdienen Geld. Alles, was Michael an der UCLA gemacht hat, ziehen wir jetzt an anderen Unis durch. Diese Studenten stehen auf Gras. Kiffen zu viel. Bezahlen zu viel. Die ziehen sogar los und holen's ab. Walter geht auch wieder zur Schule. Aber samstags arbeitet er noch in der Kfz-Zulassungsstelle. Die halten ihn für fünfundzwanzig oder so. Jetzt weiß er so viel von Computern, er ist nicht zu stoppen.« Ty grinste. »Weißt du, Walter erfindet einfach Leute, Mann.«

»Er erfindet Führerscheine.«

»Nein. Er macht Leute. Er hat dich gemacht, Antoine Harris. Wir haben darüber *gesprochen.*«

Easts Arm brannte. »Und wie wollt ihr damit Geld verdienen?«

»Scheiße, Junge. Leute zahlen. Weißt du, was ein Student bezahlt, um volljährig zu sein, einen zweiten Namen zu haben? Was ein Mexikaner bezahlt, um während etlicher zurückliegender Jahre im Computer zu stehen?« Ty wischte sich den Mund. »Mit so'm Scheiß bauen Leute sich ein neues Leben auf.«

»Wird euch die Polizei auch dabei erwischen?«

»Walter ist schlau«, sagte Ty. »Und vorsichtig. Du weißt nicht mal, wie er heißt.«

»Er heißt Walter«, blaffte East.

Ty lachte ihm ins Gesicht. »Du hörst nicht zu. Du weißt ja nicht mal, wer du bist.«

»Dein Bruder«, sagte East.

»Halbbruder. Stimmt«, sagte Ty. »Wir haben eine gemeinsame Mutter. Aber da du immer Fins Junge warst, wird diese Organisation dir gehören. So will es Fin.«

»Fins Junge?«

Nun füllte sich Tys Gesicht mit Leben, war nicht mehr nur ein redender Schädel. Es füllte und spannte sich mit dem alten Hass.

»Nigger, du weißt schon«, sagte er. »Halbbruder. Aber du bist, was ich nicht bin.«

Die Leute hatten es schon immer geflüstert. Es gab aber nichts, worauf er sich hätte verlassen können. Er hatte nie einen Vater gekannt.

Aber das half ihm jetzt nicht weiter.

»Deshalb haben wir die Stadt verlassen«, sagte Ty.

»Weshalb?«

»Um den Kern zu schützen.«

»Den Kern?«

»Glaubst du etwa, Fin würde *uns* vier losschicken, um einen Typ zu töten?«, sagte Ty. »Ergibt keinen Sinn. Warum nicht nur zwei Schützen, warum nicht nur einen losschicken?«

»Um uns zu schützen«, sagte East unsicher.

»Um euch aus der Stadt zu schaffen. Walter und dich. Hirn und Blut.«

»Aber was ist mit …«, sagte East, und dann schien er sich an gar keinen Namen mehr erinnern zu können. »Was ist mit Michael Wilson?«

»Michael Wilson war ein Babysitter. Ein schlechter, wie wir gemerkt haben. Er hat sich um die einfachen Situationen gekümmert. Ich um die schwierigen.«

»Aber Leute weiter oben«, sagte East. »Sidney. Johnny.«

»Es gibt keinen Sidney oder einen Johnny.« Ty machte eine kurze Geste, die East nicht sehen wollte. Etwas rutschte, pochte unter seinen Rippen.

»Aber was ist mit dem Typ?«, wandte er ein. »Dem Richter? Was war das?«

»Ein Vorwand.«

»Ein Vorwand?«

»Die Staatsanwaltschaft hat hundert Zeugen, Alter. Die brauchte Richter Carver Thompson nicht.«

»Warum haben wir ihn dann *getötet*?«

»Wegen dir«, sagte Ty.

»Wegen mir?«

»Du warst der Einzige, der das ernst nahm. Du hast nicht lockergelassen. Auftragsorientiert – das muss ich dir lassen, Mann. Wenn Fin etwas sagt, dann machst du's.«

Ty deutete eine spöttische Verbeugung an.

»Nein«, widersprach East. »So isses nicht gewesen. Häng mir das nicht an. Wir haben den Mann getötet. Wie geht's weiter?«

»Nichts geht weiter.«

»Nichts? Menschen sind tot, Mann.«

Tys Finger kreisten über der Schachtel und suchten sich noch einen Donut aus.

»Kranke Scheiße«, sagte er.

Die ganze Zeit wirbelte es wieder durch seinen Schädel. Der Van, die vielen Stunden quer durchs Land. Die Stunden glitten unter ihren Rädern dahin wie Wellenspitzen, die am Strand an Easts braunen Waden entlangstrichen. Das gleiche Gefühl, das gleiche matte Rauschen, Wasser, die gleichen Lichtmuster auf Sand und Zaunpfosten und allem anderen. Unbeschwertes Dahinfliegen. Er fühlte es immer noch.

Er schüttelte den Kopf frei, so wie er es manchmal tat, wenn er von einem Traum aufwachte.

»Wie geht's Fin?«

»Fin?« Ty kaute langsam. »Der hat sich gestellt, zwei Tage nachdem wir die Stadt verlassen hatten.«

»Er hat was?«

»Er ging in eine Polizeiwache und setzte sich hin. Müde. Ständig das Wohnhaus wechseln«, sagte Ty. »Aber glaub nicht, sie wären nicht überrascht gewesen.« Er hielt einen Finger hoch, während er mit der Zunge irgendwas in seinem

Mund herumschob. »Komm zurück, Mann. Fin will es so. Fin *weiß*, dass du auf mich geschossen hast. Aber er hat schließlich nur einen unehelichen Sohn.«

East rieb sich die Augen. Das Tageslicht fand die Oberlichter.

»In meinem Arbeitsvertrag steht«, sagte Ty, »ich muss dich zurückbringen.«

»Ich glaub dir nicht«, sagte East.

»Wenn ich dich hätte töten wollen«, sagte Ty, »war das meine Gelegenheit gewesen. Also, komm zurück. Fin macht uns nämlich die Hölle heiß, wenn du's nicht tust.«

East stand auf. Er versuchte, auf seinen wackligen Beinen zu stehen. Ty hatte keine Einwände.

»Diese Donuts.« Ty nuschelte mit vollem Mund. »Gut. Kann verstehen, warum ein Mädchen wie du sich hier niederlassen möchte.«

»Ich hab dich noch nie so viel reden hören«, sagte East.

»Tja«, sagte Ty, »wir alle müssen Dinge tun, die wir nicht tun wollen.«

Wenn einen in The Boxes jemand beleidigte, gab man die Beleidigung zurück, oder wenn einen jemand schlug, schlug man ihn auch. Doch alles war der Organisation untergeordnet. Kam eine Beleidigung von innen, gab man sie zurück. Falls nicht, fand man das vorher heraus. Und lotete aus, womit man durchkam. Möglich, dass man mit gar nichts durchkam. Womöglich musste man seinen Stolz hinunterschlucken.

Wenn einem jemand wirklich weh tat, einen grün und blau schlug oder auf einen schoss, musste man nicht erst fragen. Verletzung verlangte nach Verletzung. Da spielte die Organisation keine Rolle. Diese Lebensregeln kannte man auswendig. Diese Lebensregeln ließen die Jungs tagaus, tagein höflich sein, auch wenn sie freie Hand hatten zu töten.

Dass ein Bruder eine Kugel in einen Bruder jagte, ging gar nicht. Es war geschehen, kein Zweifel. Man musste dafür einen Grund gehabt haben. Doch es würde eine Reaktion geben. Das war East klar, da musste er keinen fragen. Das wusste er, so wie er wusste, wie man ging, wie man sprach. Er war in der Erwartung nach Ohio gekommen, getreten und ausgeweidet zu werden, dass die letzte Kugel auf der Welt ihn fand und ihm ins Gesicht spuckte.

Er hatte nicht damit gerechnet, nach Hause geschickt zu werden. Er erwartete keine Donuts, noch weich und frisch aus dem Ofen, oder dass man ihm ein Flugticket übergab, auf dem ERSTE KLASSE LAX DATUM OFFEN stand, samt einem ihm unbekannten Namen, mit Büroklammer an einen auf denselben Namen ausgestellten kalifornischen Führerschein befestigt. Derselbe Name und ein Foto seines Gesichts, aufgenommen damals an einem Tag, als alles noch Sinn ergab.

Tys Wagen war ein schnittiger grauer Lincoln, der einen halben Kilometer entfernt parkte. »Wie hast du den ergattert? Du bist dreizehn.«

Ty fummelte an Knöpfen herum. »Du hast meinen Geburtstag vergessen. Ich bin jetzt vierzehn.«

Stimmt, er ist jetzt vierzehn, dachte East. Beide Schütze, Anfang Dezember geboren.

»Geklaut?«

»Nein, Mann. Einfach ein Autoverleih.« Schließlich rastete Ty aus, angewidert. »Scheiß auf dieses Kackteil. Wie kann man gleichzeitig auf Abtauen und Heizung stellen?«

East probierte die Knöpfe aus, entschied sich für einen. Ty schüttelte den Kopf und ließ den Motor an. Er war geschmeidig, neu und kraftvoll. »Das mit dem Radio hab ich auch nicht rausgekriegt«, gab er zu.

East hatte gelogen – er habe noch Geschäftliches zu erledigen. Geld müsse versteckt und eingezahlt, Schulden müssten eingetrieben und bezahlt werden. Sonst, so fürchtete er, hätte Ty ihn einfach heute noch in ein Flugzeug gesetzt. Ihn überraschte, dass Ty sofort einverstanden war.

Ty dagegen flog sofort nach Hause.

»Ich will nicht wegen dir noch mal zurückkommen müssen«, warnte er. »Wir haben diesen Wagen eine Woche.«

»*Wir* haben?«

»Dir bleiben noch sechs Tage. Wenn es länger dauert, muss ich einen Anruf machen. Ich will diesen Anruf *nicht* machen. Also sechs Tage.«

»In Ordnung«, sagte East.

Die Wunde war jetzt verbunden. Ty hatte ihm auf der Anlage geholfen, sie zu desinfizieren. Der große Verbandskasten enthielt alles, was er brauchte. Doch das Hemd aus dem klebrigen, verklumpten Blut zu ziehen hatte fast so sehr weh getan wie die eigentlichen Prügel. Ty verband den Arm und befestigte den Verband mit Klebeband. Drückte einmal drauf, wie zum Scherz, und East schrie auf.

»Siehst du?«, murmelte Ty. »Siehst du?«

Es regnete leicht. Die Temperatur fiel wieder.

»Eins hab ich vergessen zu fragen. Wie bist du hierhergekommen?«, fragte Ty.

East überlegte. Auch das, diese Erinnerung, kam ihm vor wie ein Zug auf einem anderen Gleis als das, das er genommen hatte. »Eine alte Dame fuhr uns zum Flughafen. Walter flog nach Hause. Dann hab ich ihr Auto geklaut.«

»Du hast ein Auto geklaut? *Du* hast es geklaut? Von einer Frau, die euch mitgenommen hat? Wie herzlos«, sagte Ty. »Hast du's beseitigt?«

»Ich hab es zwei Tage hinter mir stehen lassen.«

»Zwei Tage was?«

»Zwei Tage Fußmarsch.«

»Du hast den Wagen abgefackelt, stimmt's?«

»Nein. Vor einem Polizeirevier abgestellt.«

»Irre«, sagte Ty. »Wieso hast du hier haltgemacht? Bei dem Laden, Paintball-Gewehre, das ganze Zeug?«

East musste an die Zeit vor Shandor, vor Perry zurückdenken, als er nur ein Junge auf der Straße gewesen war. »Mir war kalt, Mann. Kalt, und müde war ich auch. Auf 'nem Schild stand AUSHILFE GESUCHT, da bin ich rein.«

»Die mochten dich garantiert, stimmt's? Musstest du einen Wischmopp schieben?«

East zuckte die Achseln. »Hundert Dollar am Tag.«

»Der weiße Mann hat dich ausgenommen«, höhnte Ty. »Hoffentlich hast du ein wenig gestohlen.«

»Ich stehle nicht«, sagte East.

»Du hast den Wagen der Dame gestohlen.«

»Stimmt.« Easts Blut floss schneller. »Das war was anderes.«

»*Ach*.« Tys Finger trommelten aufs Lenkrad. »Ich sag dir

was, das anders war. Bestimmt hat das Auto, das du geklaut hast, keiner Weißen gehört.«

East hielt den Mund und schaute hinaus auf den schmutzigen Schnee, das hatte gesessen. Ty summte vor sich hin. Er fuhr schnell, entspannt. Vierzehn Jahre, und Autofahren schien ihm im Blut zu liegen. Den Weg zum Flughafen hatte er anscheinend im Kopf. Solche Sachen flogen ihm offenbar einfach zu.

East sagte: »Ty. Damals an der Tankstelle, als du den Typ mit der Waffe bedroht hast. Was hast du dir dabei gedacht? Was hattest du vor?«

»Du meinst«, sagte Ty, »*bevor* du auf mich geschossen hast?«

»Bevor ich das tun *musste*. Du hattest dich nicht mehr unter Kontrolle.«

»Das mag sein«, sagte Ty. »Aber mach mal halblang. Wer hat dich denn gerettet, immer wieder? In Vegas vor Michael Wilson, in diesem Kuhkaff? Und wer hat den Job erledigt?«

»Welchen Job?«

»Den *Richter*.«

Da fiel East der Richter wieder ein: sein Name, sein Gesicht. Wie seine dunkle Gestalt in der hell erleuchteten Hütte herumlief wie eine Ratte in einem Versuchslabor. »Ty. Kannte dich der Richter? Er hat dich so angesehen.«

»Klar hat er das.«

»Er hat dich *angelächelt*«, sagte East.

Ty lachte nur.

»Du verrätst es mir nicht?«

»Nein«, sagte Ty.

Dieser Drecksack, dachte East. »Aber jetzt sagst du, ich hab das Sagen.«

»Genau«, sagte Ty. »Du hast immer das Sagen. Für Fin haben hundert hungrige Nigger gearbeitet, aber du bist der Einzige, der immer die Anweisungen befolgt hat. Hast du dich mal gefragt, wieso ich noch eine Knarre hatte, nachdem sie mir eine abgenommen hatten?«

»Du hattest eine zweite«, sagte East, »die sie nicht gefunden haben.«

»Es war dieselbe«, sagte Ty. »Fin hat sie mir zurückgegeben. Hörst du jetzt zu?«

»Vergiss es«, schäumte East.

»East. Du hast deinen Kopf durchgesetzt. Dir ist klar, dass dein Kopf vor meinem Kopf kommt. Aber dass dein Kopf mich nicht aufhält?«

»Sei einfach still, Mann«, sagte East. Der Regen ließ nach, und Ty nahm die Abfahrt zum Flughafen. Doch East befand sich wieder in der Wohnung seiner Mutter und stritt sich. Redete um sein Leben gegen diesen unmöglichen Jungen.

»Du hältst dich an die Regeln«, sagte Ty. »Aber ich *mach* die Regeln, East.« Sie saßen angespannt auf ihren Sitzen, hassten einander wie Brüder, bis sie an dem Flughafengebäude hielten, wo graue Flugzeuge im Himmel hingen.

22

Der graue Lincoln hielt am Bordstein neben dem Abflugbereich. PARKVERBOT, NUR AUSSTIEG.

Ty sagte: »Wenn du so weit bist, ihn wieder abzugeben, ruf diese Nummer an.« Ein Aufkleber am Armaturenbrett. »Gib ihnen eine Stunde Vorlauf. Sie werden dich hier treffen. Oder wo du willst.«

»Was brauche ich dafür? Kreditkarte? Volltanken?«

»Bitch, das ist nich Avis. Gib einfach den Wagen zurück.« Ty reichte East die Schlüssel. »Walter sagte, du fliegst nicht. Wenn du also den Wagen zurück nach L. A. fahren *musst,* in Ordnung. Aber ruf an, und lass es sie wissen.«

East musterte die Fensterfront entlang des Terminals. Gepäckträger. Polizisten. Familien, die Koffer auf kleinen unsichtbaren Rädern zogen.

»Noch zwei Sachen«, sagte Ty. Er klappte ein Fach zwischen den beiden Sitzen auf. »Da ist dein Handy. Und auch ein Ladegerät.«

East drehte sein Handy zwischen den Fingern. Das vertraute Gewicht, die gewohnte Form.

»Sei nur vorsichtig. Sag nicht viel. Sei clever. Ich hab dich angerufen. Die letzte Nummer drauf ist also die meines neuen Handys.«

East betrachtete das Telefon. Er rang sich ein »Danke« ab.

Ty griff noch einmal in das Fach und nahm eine Rolle Geldscheine heraus.

»Dreitausend Dollar, falls etwas passiert«, sagte er. »Das ist übrigens *mein* Geld. Ein Darlehen von mir für dich. Begriffen? Sag es.«

»Es ist dein Geld.«

»Genau. Nimm es.«

East ließ das Geld lange in Tys Hand liegen. Ein Darlehen, das er nicht wollte. Doch ihm blieb jetzt nichts anderes übrig. Er steckte es sich in die Tasche.

»Verlier's nicht.«

»Werd ich nicht.«

»Und das noch.« Ty fischte eine kleine silbrige Pistole aus dem Fach, zeigte sie und legte sie zurück. Dann nahm er einen Umschlag heraus und legte ihn auf seinen Oberschenkel, während er den Reißverschluss seiner Jacke einfädelte. ERSTE KLASSE, stand da, genau wie auf Easts Ticket. DATUM OFFEN. JOE WARNER.

»Das ist alles?«, fragte East. »Kein Gepäck? Gar nichts?«

Ty schüttelte den Kopf.

»Also. Sechs Tage. Du hast, was du brauchst. Wenn du Fragen hast, ruf mich an.«

Ty nahm sein Ticket. East betrachtete ihn eine ganze Weile. Cool, gerissen und das alles ohne jede Anstrengung. Sein länglicher, kleiner, schon schütter werdender Kopf. Feuerbohne – so hatte ihre Mutter ihn genannt.

»Ich will nicht wieder hierherkommen. Winter und so 'n Scheiß. Falls ich zurückkomme, gelten die alten Regeln. Das wird Konsequenzen haben.«

»Verstehe«, sagte East.

Ein fester Klaps auf Easts Arm, direkt auf den Verband – East musste an sich halten, um nicht laut aufzuschreien. Ty öffnete die Fahrertür, und ein Windstoß wehte herein. Er stieg aus und rückte seine farblose Jacke zurecht. Das Ticket einmal in der Hand gefaltet, warf er einen Blick auf den Verkehr hinter ihnen und betrat dann den Gehsteig, ging vorbei an Menschen in Parkas und bunten Sportjacken mit Aufschriften. East sah zu, wie Ty auf die hydraulischen Türen zueilte, die für ihn aufglitten, nur noch irgendein junger Mann auf dem Weg nach irgendwohin.

East brauchte ein Weilchen: Jetzt erwartete man von ihm, mit dem Lincoln wegzufahren. NUR AUSSTIEG. Nicht rüberzurutschen – auszusteigen und um den großen Wagen herumzugehen. Das tat er, Hände und Brustkorb kribbelten. An der Fahrertür wartete er kurz und betrachtete den kleinen verchromten Schlüsselanhänger: DODGERS. Die Marke der Heimat.

Ein Mädchen ging auf dem Gehweg vorbei, klein und schwarz, hinter ihr die Eltern, beladen mit Kleidersäcken und Skistöcken. East sah nicht hin: Er wusste, sie würde das Mädchen aus Jackson sein, große Augen und tapfer. Das Gesicht schwamm auf ihrem richtigen Gesicht.

Dann war sie weg.

Er zwang sich weiterzumachen, öffnete die Tür, ließ sich auf den Fahrersitz sinken.

Fast geräuschlos. Solide. Er überprüfte die Spiegel, stellte die Rückenlehne gerade. Er wünschte, er hätte sich die Strecke auf dem Hinweg besser gemerkt. Ty fuhr auf den Straßen, als kenne er sie. East kannte nur einen Ort.

Wenn er den Weg zurück auf den langen alten Highway fände, käme er klar.

Der Wind fuhr in die Bäume. Allmählich hörte der Regen auf. Doch der Straßenbelag war schon trocken.

Das Lenkrad war dick und fast einschläfernd, weil es so weich war. Sobald es irgend ging, brauchte er ein wenig Schlaf.

Zurück auf der Anlage, machte er sich ein paar Stunden nützlich. Er polierte den Tresen. Er putzte den Abstellraum. In der abendlichen Dunkelheit schleppte er Dinge zum Müllcontainer – das Bett aus sauberen, flachen Kartons. Und seine Decken – sein neues, noch frisches Kissen behielt er. Den Karton, den er nachts unterlegte. Die letzte Nacht schlief er auf dem Sofa, angenehm ohne die Heizkörper. Jetzt störte ihn die Kälte nicht mehr. Er war nicht mehr so mager wie früher.

Der letzte Tag. East nahm Alkohol und rieb die Registrierkasse, das Bad, die Türgriffe, die Vitrinen ab – alles, was er berührt, alles, was er sich angeeignet hatte. Er ging zur Bank und räumte sein Konto in Ohio leer, über tausend Dollar in bar. Packte es zu Tys Geld und dem von Walter. An einem Tisch vor dem kleinen Lebensmittelladen, wo Farmer manchmal ihre Erzeugnisse anboten, kaufte er einen Strauß Trockenblumen, gelb und orange. Damit überquerte er den Highway zu dem nach vorn geneigten Haus, in dem Perry mit Marsha gelebt hatte. Einen Moment lang stand er auf der Veranda, klopfte aber nicht an. Er legte den Strauß auf den Schaukelstuhl neben der Tür, samt einem Zettel, auf dem stand: *Von Antoine, danke. R. I. P.*. Ein doppeldeutiger Abschied. Er wusste nicht, ob sie die Blumen je bekommen würde. Er bezweifelte, dass sie – oder ihr Sohn – die Paintball-Anlage je wieder betreten würde. Die Anlage schien verlassen zu sein, außer von ihm. Sie schien der Traum dieses einen Mannes gewesen zu sein, und als der starb, war sie am Ende. East hatte sie makellos zurückgelassen. Er hatte nichts gestohlen.

Die beiden alten Waffen aus Iowa reinigte er innen wie außen. Begrub sie erneut, diesmal tief. Er legte die drei Führerscheine nebeneinander auf den Tresen – East, Antoine und der Neue, die Person, die zu dem Flugticket passte – und betrachtete sein Gesicht: drei verschiedene Gesichtsausdrücke, drei verschiedene Hemden. Doch jeder von ihnen war er. Jeder stand für ein anderes Leben.

Die Entscheidung fiel nicht leicht.

Zuerst zerkleinerte er Antoine. Der Van. Die Waffen. Die Spur, die sie hinterlassen hatten. Er schnitt ihn mit Perrys Drahtschere in kleine Stücke. Blieben noch der neue Name und East.

Er fragte sich, was Walter für ihn erfunden hatte, was für ein Leben, welche Schwächen. Was für eine Geschichte, falls er nicht zurückkam. Und zurückgehen würde er nie.

Schließlich trennten sich er und East. Sechzehn Jahre alt, Führerschein, Staat Kalifornien. Er schnippelte ihn zu winzigen Stücken. Packte ihn in die Fetzen des One-Way-Tickets nach Los Angeles. Und ließ ihn in dem Mülleimer vor dem Donutladen, samt dem Einwickelpapier und dem halb zerquetschten Kaffeebecher. Er wurde der neue Name und nur der. Er würde hineinwachsen, wie er in den Körper hineinwuchs, der sich unter ihm regte, der merkwürdige und im

Umbruch begriffene Körper, so unruhig und jugendlich, wie er unnachgiebig und loyal war. Er sah jetzt ohnehin anders aus, voller, älter. Der Wind, das Essen – von irgendwas hier draußen bekam er Pickel.

Ein paar Minuten lang stellte er den Wagen an der Anlage ab. Er legte seine Kleidung und die Zahnbürste in eine Einkaufstüte. Warf sein Kissen in den Kofferraum. Wischte Tresen und Türknäufe noch einmal gründlich ab, ehe er das Gebäude endgültig verließ. Den Lincoln währenddessen gut sichtbar stehenzulassen war vielleicht nicht klug, doch es ging schon in Ordnung. Der Wagen würde genügen, um ihn ostwärts zu bringen, zu dem dichten Gewirr auf der Karte, der anderen Küste mit ihrem eng verknäuelten Netz aus großen Städten: Washington, Philadelphia, New York. Ihm blieb der Rest der Woche.

Die Sonne ging unter. Der Hund, der farblose Hund, folgte dem Straßenrand, wich Hindernissen aus. Diesmal hatte er kein Essen anzubieten, doch er pfiff, und das Tier kam. Er berührte den narbigen und geriffelten Hals, und das Tier winselte. Aufmerksame, schwarze, vorsichtige Augen.

Er öffnete die Hintertür des Lincoln, und argwöhnisch musterte der Hund den Wagen. »Rein mit dir«, sagte er.

Ehe er den Ort verließ, hielt er am Laden und aß einen Donut. Das Geschäft war beinahe leer – der dünne Junge goss Kaffee ein, zwei Frauen aus dem Lebensmittelladen, eine Truckerin mit Pelzkragen ließ ihre Fahrerkabine draußen nicht aus den Augen. Der Ort würde ihm fehlen, nicht dass er ihn je gemocht hätte. Er hatte in dem Städtchen haltgemacht und es studiert. Doch wie er aufbrach war so, als würde er sein Zuhause verlassen. Er kaufte einen zweiten und einen dritten Donut und ließ sie in eine Papiertüte stecken. Take-away nach Werweißwohin. Draußen lag der fremde Hund schlafend und atmend in dem Leihwagen.

Er stand draußen und sah sich ein letztes Mal um. Es wurde langsam Nacht, doch der Ort war nicht dunkel. Lampen leuchteten neben Türen und über Einfahrten, windstill. Irgendwo spürte er ein Klappern: Er horchte, hörte dann die Stimmen, Jungs in einer Einfahrt warfen auf einen Basketballkorb, die Echos prallten aufeinander. Er sah die Rauchfahnen, den Atem jedes Schornsteins, die aufstiegen und sich verteilten. Jedes Haus ein stilles Geheimnis.

Niemand sah ihn. Er spielte mit den Schlüsseln, die sein Bruder ihm gereicht hatte, und als er die Tür des geliehenen Lincoln öffnete, sah er sich, nur ganz kurz, selbst in dem gebogenen Fensterglas. Allein, die ersten wenigen Sterne in dem unaufgeräumten Himmel hinter ihm.

Dann war er weg.

Danksagungen

Mein Dank gilt vielen Menschen, die mitgeholfen haben, *Dodgers* auf den richtigen Weg zu bringen, so auch Dan Barden, der die Ansicht vertrat, fünfzehn Seiten seien vielleicht nicht immer genug, meinen alten Freunden Wendy Brenner und Kevin Canty, die immer wieder zuhörten und halfen, Steve Yarbrough und anderen Fellows und Lehrern an der Sewanee Writers' Conference, sowie Lehrkräften und Fellows am Virginia Center for the Creative Arts, wo ein Großteil dieses Buchs geschrieben wurde.

Meiner bemerkenswerten Agentin Alia Hanna Habib, einer brillanten Leserin und Fürsprecherin, und meinem ausgezeichneten Lektor Nate Roberson, geduldig, scharfsichtig und klug, und allen bei McCormick Literary und bei Crown, die diesem Buch den Weg an Orte geebnet haben, die mir nicht einmal im Traum eingefallen wären.

Meine Dankbarkeit gilt auch Ion Mills, Clare Quinlivan, Claire Watts, Elsa Mathern, Sue Amaradivakara und Alejandra Creixell von No Exit Press für ihren sorgsamen Umgang mit dem Buch und dass sie ihm geholfen haben, ans Licht zu gelangen.

Und meinen Studenten an der Trinity University.

Meinen Eltern, für die Welt, und Deborah Ager, durch die sie toll wurde.

Dennis Lehane im Diogenes Verlag

Dennis Lehane, irischer Abstammung, geboren 1965 in Dorchester, Massachusetts, arbeitete als therapeutischer Berater für geistig behinderte und sexuell missbrauchte Kinder, als Kellner, Limousinenchauffeur, Parkplatzwächter, in Buchläden und als Erntehelfer, bevor er Creative Writing an der Florida International University studierte. Er lebt in Los Angeles und Boston.

»Dennis Lehane schreibt auf eine Weise, die es dem Leser schwermacht, seine Bücher wieder beiseitezulegen, wenn man erst einmal angefangen hat zu lesen.«
Süddeutsche Zeitung, München

»Dennis Lehane ist ein Meister des Thrillers.«
NZZ *am Sonntag, Zürich*

In der Nacht
Roman. Aus dem Amerikanischen von Sky Nonhoff

Mystic River
Roman. Deutsch von Sky Nonhoff
Auch als Diogenes Hörbuch erschienen, gelesen von Stefan Kaminski

The Drop · Bargeld
Roman. Deutsch von Steffen Jacobs

Am Ende einer Welt
Roman. Deutsch von Steffen Jacobs

Shutter Island
Roman. Deutsch von Steffen Jacobs

Ein letzter Drink
Ein Fall für Kenzie & Gennaro. Roman. Deutsch von Steffen Jacobs

Dunkelheit, nimm meine Hand
Ein Fall für Kenzie & Gennaro. Roman. Deutsch von Peter Torberg

Der Abgrund in dir
Roman. Deutsch von Steffen Jacobs und Peter Torberg
Auch als Diogenes Hörbuch erschienen, gelesen von Bibiana Beglau

Alles, was heilig ist
Ein Fall für Kenzie & Gennaro. Roman. Deutsch von Peter Torberg

Gone Baby Gone
Ein Fall für Kenzie & Gennaro. Roman. Deutsch von Peter Torberg

Joey Goebel im Diogenes Verlag

Joey Goebel ist 1980 in Henderson, Kentucky, geboren, wo er auch heute lebt und Schreiben lehrt. Als Leadsänger tourte er mit seiner Punkrockband ›The Mullets‹ durch den Mittleren Westen.

»Joey Goebel wird als literarische Entdeckung vom Schlag eines John Irving oder T.C. Boyle gehandelt.«
Stefan Maelck / NDR, *Hamburg*

»Solange sich junge Erzähler finden wie Joey Goebel, ist uns um die Zukunft nicht bange.«
Elmar Krekeler / Die Welt, Berlin

Vincent
Roman
Aus dem Amerikanischen von
Hans M. Herzog und Matthias Jendis

Freaks
Roman
Deutsch von Hans M. Herzog
Auch als Diogenes Hörbuch erschienen,
gelesen von Cosma Shiva Hagen, Jan Josef Liefers,
Charlotte Roche, Cordula Trantow
und Feridun Zaimoglu

Heartland
Roman
Deutsch von Hans M. Herzog

Ich gegen Osborne
Roman
Deutsch von Hans M. Herzog

Irgendwann wird es gut
Deutsch von Hans M. Herzog